김유정 문학의

감정 미학

필자

강헌국(姜憲國, Kang, Hunkook) 고려대학교 국어국문학과

김근호(金勤浩, Kim, Keunho) 전남대학교 국어교육과

김윤정(金阭訂, Kim, Younjung) 이화여자대학교 국어국문학과

박세현(朴南澈, Park, Namchul) 시인

송주현(宋周賢, Song, Juhyun) 한신대학교 정조교양대학

신정숙(申正淑, Shin, Jungsuk) 조선대학교 기초교육대학

우한용(禹漢鎔, Woo, Hanyong) 서울대학교 국어교육과

이덕화(李德和, Lee, Dukhwa) 평택대학교 국어국문학과

이미림(李美林, Lee, Mirim) 강릉원주대학교 국어국문학과

이태숙(李娧叔, Lee, Taesuk) 단국대학교 교육교양대학

장수경(張壽慶, Jang, Sukyung) 목원대학교 교양교육원

전상국(全商國, Jeon, Sangguk) 강원대학교 국어국문학과

조수진(曺壽珍, Cho, Sujin) 성균관대학교 학부대학

김유정 문학의 감정 미학

초판 인쇄 2018년 3월 12일 **초판 발행** 2018년 3월 25일

엮은이 김유정학회 **펴낸이** 박성모 **펴낸곳** 소명출판 **출판등록** 제13-522호

주소 서울시 서초구 서초중앙로6길 15, 1층

전화 02-585-7840 **팩스** 02-585-7848 **전자우편** somyungbooks@daum.net **홈페이지** www.somyong.co.kr

값 27,000원 ⓒ 김유정학회, 2018

ISBN 979-11-5905-271-2 93810

이 책은 춘천시 문화재단의 '2018문화예술지원사업'에 의하여 출판되었습니다.

김유정 문학의 감정 미학

The Aesthetics of Feeling in Kim Yu-Jeong's Literature

김유정학회 편

강헌국 김근호 김윤정 박세현 송주현 신정숙
우한용 이덕화 이미림 이태숙 장수경 전상국 조수진

소명출판

책머리에

『김유정의 귀환』(2012), 『김유정과의 만남』(2013), 『김유정과의 산책』(2014), 『김유정과의 향연』(2015), 『김유정의 문학광장』(2016), 『김유정의 문학산 맥』(2017). 이 책들은 김유정 학회가 출범한 이래 매년 김유정 학술 연구 발표회와 학술 세미나를 열고 소명출판을 통해 간행한 단행본들이다. 2018년. 올해도 그때가 되었다.

봄의 기운이 절정에 달한 2017년 4월 15일 토요일. 회원들은 강원대학 교 208동 교육4호관에 모여들었다. 김유정과 그의 문학을 사랑하는 자 원 봉사 회원들이 이들을 맞이했다. 제7회 학술연구발표회 날이었다. 김유정학회와 강원문화연구소가 공동 주관하고, (사)김유정기념사업 회가 후원했다. 오전 11시. 두 개의 장소에서 학술대회는 시작되었다. 발표자는 송주현(한신대), 장수경(카이스트), 신정숙(조선대), 이호(서강대), 이미림(강릉원주대) 선생이었고, 토론자는 양한울(강원대), 박창범(한림대), 차희정(아주대) 선생이었다. 오후에는 장소가 세 개로 늘었다. 발표자는 홍기돈(가톨릭대), 강헌국(고려대), 김근호(전남대), 홍주영(공군사관학교), 이 태숙(단국대), 천춘화(명지대) 선생이었고, 토론자는 이명원(경희대), 최성 윤(상지대), 은미숙(아주대), 송주현(한신대), 정진석(강원대), 심재욱(강원대) 선생이었다. 몸, 사랑, 음식, 돈, 그리고 감정 등이 주된 화두였다. 이윽 고 마련된 어울림마당에서는 김유정과 시와 소설이 어우러졌다. 박남

철(영서대) 시인의 시와 우한용(서울대), 이덕화(평택대), 전상국(강원대) 소설가의 소설이 김유정 문학에 응답하고 새로움을 더했다. 학술연구가 김유정학회의 뇌와 뼈라면, 문화콘텐츠가 다채롭게 뒤섞이는 어울림마당은 김유정학회의 살과 피다.

　뒤엎어진 세상에서 새 지도자와 함께 2017년의 여름은 온다간다는 말도 없이 훌쩍 지나갔다. 2017년 9월 23일 토요일. 하늘은 멀찍이 높아져버린 날이었다. 회원들은 김유정문학촌 생가에 모여들었고, 김유정문학촌 촌장인 전상국 소설가를 따라 생가와 문학촌을 누볐다. 그리고 실레 이야기 길을 따라 가다 잣나무숲 그늘에 자리를 잡았다. 제8회 학술세미나는 거기서 열렸다. 임원진과 회원의 상견례에 이어 유인순 전임회장의 축사가 있었다. 발표자는 권은(한국교통대), 김윤정(이화여대), 조수진(성균관대) 선생이었고, 토론자는 정래필(한국외대), 이미림(강릉원주대), 정재림(고려대) 선생이었다. 발표자들의 주된 화두는 도시, 연애, 결혼, 정서 등이었다. 잣송이에서 풍기는 향은 생강나무의 아싸한 내음을 잊게 한다. 잣 향이 무디어질 때면 생강나무는 그 내음이 더욱 강해질 것이다.

　이전에도 그랬듯이 지난해 봄가을에 발표한 연구물과 창작물을 모아 한권의 책으로 엮는다. 글의 면면을 들여다보다가 책 제목을 떠올린다. '김유정 문학의 감정 미학'. 연구자와 작가들은 김유정 문학에서 어떤 감정을 읽어 내고, 썼을까.

　김근호 교수는 「김유정 소설에서의 반전과 감정의 정치학」을 통해 김유정 소설에 나타난 반전에서 감정의 속살과 정치의 역학을 읽어낸다. 즉 반전의 구조뿐 아니라 이를 통한 독자에게 주는 감정 그리고 그

것이 갖는 시대적인 의미와도 연결시킨다. 반전이라는 서사 장치의 내적 에너지는 인물들이 서로 속고 속이는 행위에 있으며, 그것은 김유정 단편소설의 깊이와 넓이를 더해주는 원리라는 것이다. 요컨대 믿음에 따른 행동과 현실 논리에 따른 배반의 대칭 구조는 김유정 소설에서의 반전이 갖는 주요 골격이며, 반전은 감정을 희망과 불안으로 양분할 뿐 아니라, 이러한 소설미학을 통해 식민지 지배 질서에 대한 불편한 감정과 동요를 드러냄으로써 정치적 주체화의 길을 모색했다고 평가하고 있다.

김윤정 교수는 「김유정 소설의 정동 연구」에서 김유정 문학의 특이성은 감정 분석만으로 온전히 찾아낼 수 없다고 본다. 김 교수는 정동이라는 방법론을 끌어와 그것이 작동하는 방식을 이해하고 그 성격 규명을 시도한다. 그리하여 인물, 갈등, 공간, 주제 등에서 상충하는 정동의 효과가 서사적 교란을 자극하고 그것이 김유정 문학의 특이성을 이룬다고 주장한다. 연애와 결혼을 모티프로 한 소설에서 부정적 정동이 작동하고 있음을 밝히고, 그것은 당대 식민지 청춘 남녀가 처했던 비극적 현실과도 관련되어 있다고 보았다.

장수경 교수는 「「만무방」에 나타난 '불안'과 '유랑'의 서사」에서 「만무방」의 서사행로에서 인물의 정념이 드러나는 양상과 인물이 존재 의미를 어떻게 탐색해 나가는지를 살핀다. 이를 위해 기호학이라는 방법론을 동원한다. 기호학적 주체로서 행위소에 해당하는 인물과 그것이 양태화되면서 의미를 형성해가는 과정을 추적한다. 그리하여 인물 응칠의 행로는 '잠재화−현동화−실현화'로 나타난다. 그리하여 김 교수는 김유정은 「만무방」에서 주체의 불안과 유랑의 상호연관성을 통해 식민지 농촌의 모순을 비판적인 시선에서 보여주고, 열린 결말을 제시

함으로써 응칠이 존재의 자각을 미학적으로 구현할 수 있도록 했다는 데 그 의미를 부여할 수 있다고 주장한다.

조수진 교수는 「한국어교육에서 해학의 정서 표현 교육 방안」에서 한국어교육에서 언어와 문화적 사고의 집합물인 문학의 정서에 주목하여 외국인을 위한 문학교육을 모색하고자 한다. 조 교수는 문학 작품 교육이 의사소통을 위한 언어 기능 교육과 인간의 감정과 태도를 형성하는 정서 언어를 통합적으로 가르칠 수 있다는 데서 출발한다. 그리하여 문학을 정서라는 틀로 고찰하고 그 표현 교육을 문학 교육의 목표로 제시한다. 특히 「동백꽃」의 해학의 언어 표현과 인물·상황의 사회문화적 정서 표현은 한국의 특수성에, 웃음과 화해의 미적 정서 표현은 문학적 보편성에 주목한 문학이해교육이라 주장하면서 구체적인 교육 방법을 모색한다.

송주현 교수는 「김유정 소설에 나타난 사랑의 의미 연구」에서 김유정이 동시대의 여타 작가들과는 다른 자의식을 가지고 작품 활동을 했다는 점에 주목하고, 그 거리 내지 괴리를 이해하는 실마리로 사랑의 의미에 천착한다. 사랑은 김유정의 생과 문학을 관통하는 추동력이며, 나아가 김유정 작품에 구축된 사랑의 세계는 수직적 관계에서 수평적 관계로, 타자에 대한 이해와 연민의 정서 그리고 용서와 치유 등을 특징으로 한 레비나스의 무한책임의 윤리 차원으로 확대 해석할 수 있다고 주장한다.

신정숙 교수는 「외로운 청년의 '생의 반려' 찾기」에서 김유정의 문학 창작 동인을 염인증과 이를 극복하고자 하는 열망에서 찾고 있으며, 이것은 그의 전체 문학을 관통하는 핵심적인 특성이라 본다. 김유정이 염인증을 갖게 된 것은 돈과 연루된 불행한 가족사에 있으며, 이로 인한

불신, 증오, 단절, 소외 등이 나타나고, 그럼에도 불구하고 가족 간의 소통과 재건에 대한 열망이 혼종되어 나타나며, 그의 문학은 이 염인증과 소통 사이에서 끊임없이 진동한다고 보고 있다. 나아가 그의 문학과 삶의 지향성은 소통과 관계성의 회복을 추구한다는 점에서 상동성을 지닌다고 본다.

강헌국 교수는 「김유정, 돈을 위해」에서 김유정 소설의 거의 모든 소설은 돈과 관련되어 있다는 점에 주목한다. 그런데 당대 소설의 일반적 경향이 돈의 부정적 속성을 비판하고 있다는 점에서 보면 김유정 소설은 예외적이다. 돈과 비교할 때 우위를 차지하는 가치를 찾아볼 수 없으며, 돈을 부정할 수 없는 삶의 조건으로 수락한 세계에서 인물들은 살아가기 때문이다. 강 교수는 당대 주요 작가들과의 차별성을 인식이 아니라 그것을 형상화하는 방법에서 찾는다. 즉 방법적 차원에서 돈의 내적 기능과 효과에 천착한다. 김유정 소설에서 돈은 정확한 금액 표기, 돈 계산과 거래로 나타나고, 서사 형성에도 적극적으로 포섭된다. 그리하여 김유정에서 돈은 현실적 결핍을 파악하게 하는 계기이면서 동시에 희망의 계기가 된다고 판단한다. 돈을 부정할 수 없을 때 그것을 인간에게 이롭게 사용하려는 희망을 잃지 않고 있다고 해석함으로써 김유정에 대한 부정적인 기존 평가의 재고를 주장한다.

이미림 교수는 「김유정·이효석 소설의 음식과 성 비교 고찰」에서 1930년대를 대표하는 강원 출신 작가인 김유정과 이효석의 소설에 나타난 음식과 성을 비교한다. 김유정의 경우 음식과 성은 폭력적, 공격적, 일방적인 특징을 나타내며, 이는 육식성을 특징으로 하는 도스토옙스키 문학과 닮아 있다는 것이다. 반면 이효석의 소설에서 음식과 성은 배고픔이나 굶주림의 차원이 아니라 관능성으로 나타나기에 톨스토이

적이라 할 수 있으며, 성장소설적인 특징을 나타낸다고 해석한다. 결국 음식과 성에 대해 김유정은 폭식성으로, 이효석은 관능성으로 나타나는 문학적인 차이를 보인다고 주장한다.

이태숙 교수는 「김유정 소설의 근대성과 여성의 신체」에서 근대성을 내재적 발전론에서 바라보기 위해서는 차이를 통해 고찰할 필요가 있다는 데서 출발한다. 이는 김유정 소설에 대한 새로운 시각을 줄 수 있는 것이라 판단한다. 이 교수는 김유정 소설에서 가장 큰 특징적인 요소인 들병이에 주목하고 푸코의 근대적 신체 개념에 입각하여 들병이의 신체는 푸코의 유사 주체가 형성되는 과정을 보여준다고 해석한다. 이는 신체를 통해 권력 형성이 망 속에서 규정된다는 점에서 아감벤의 경계적 신체로서의 성격도 보인다고 판단한다. 신체는 생명권력과 연결되고, 권력으로부터 벗어나 사물화되는 들병이는 근대성이 발현하고 확장되는 존재라고 주장한다.

박세현 시인은 시 「김유정역 갑니까」를 선보인다. 화자는 친구를 만나 한가로이 이야기를 나누다가 무슨 일인지 갑자기 일어선다. 거기까지는 추억의 시간으로 자리 잡아도 좋을 것이다. 그러나 이야기는 '~것이다', '~걷겠다', '~있겠다' 등이 말해 주듯이 현실이 아니라 가상의 세계로 들어선다. 가상 속에서는 뒷골목, 영화관, 의암호가 등장하지만, 화자는 그곳에 머물지 않고 김유정역을 찾는다. 추억이 되살아나고, 김유정문학관 사랑채에서 소설가를 만난다. 그리고 글쓰는 사람으로서 그와의 동지 의식을 애절하게 나눈다. 돌아오는 길에 김유정과 그의 일행들을 만나고, 필승이와 들병이와 그의 문우들과 더불어 뜨겁고 신나는 만남을 갈구한다. 「김유정역 갑니까」는 김유정역이라는 공간을 매

개로 현실과 가상을 넘나들면서 김유정과 그의 시대 인물들과의 만남을 노래하고 있다.

전상국 소설가는 「춘천 아리랑」에서 「동백꽃」의 후속 이야기를 들려준다. 화자는 조점순이다. 점순이는 춘배만 보면 절로 흥이 솟고 맘 한 구석이 짜안하다. 어느 날 춘배는 점순이에게 장수바위 밑에서 만나자고 한다. 춘배가 점순이에게 만나자고 한 건 처음 있는 일이다. 거기서 점순이는 그동안 별러 왔던 것 즉 시집간다는 말을 한다. 함께 도망치자던 점순이는 마음이 변했는지 도망을 못 간다고 한다. 먹고 살 일을 생각하니 겁이 났던 것이다. 춘배는 부모가 징역을 간다며 떠날 수 없다고 한다. 서울과 가까운 양주로 시집간 점순이가 실레마을 친정집을 찾는다. 시집가고 삼년 뒤에 다녀갔고, 다시 삼년이 지나 아버지 환갑 잔치에 가는 길이다. 연초조합에 다니는 남편은 동백꽃이 강원도 아리랑에 나오는 동백이라는 것도 모르는 맹추다. 집으로 가는 기차 길에 그동안 이쁜이가 전해 준 고향 소식을 회상한다. 이쁜이에 따르면 점순이가 시집간 뒤 춘배는 거의 실성을 해 금병산 장수바위에 돌을 내리쳐 글자를 새겼고, 춘배네 다섯 식구는 만주 땅으로 떠났단다. 「춘천 아리랑」에서는 「동백꽃」 이후 실레마을의 세태, 점순이와 춘배 사이의 사랑과 달라진 삶의 모습이 애잔하게 그려진다.

우한용 소설가는 「유정 / 무정」에서 김유정과 이상을 연상시키는 인물을 등장시킨다. 나라에 폐결핵이 다시 창궐했다는 말로 시작하는 소설은 닭을 서너 뭇 고아먹고 살고 싶다는 유정과 결핵 진단을 받은 무정이 등장한다. 이들은 춘천과 서울을 오가며 2016~2017년의 세태를 고민하며 살다가, 마침내 유정은 이듬해 3월 29일에 죽고 무정은 20일 뒤에 죽는다. 유정이 타계한 날은 3월 29일이고, 이상이 이 세상을 떠난

날은 4월 17일이다.

무정이 유정의 아들 응구에게 몸은 죽어도 책이라는 미라를 만들어 남기면 죽지 않는다고 말하자, 응구는 자신이 글 안 쓰기 잘 했다는 말로 응수한다. 글을 쓰는 유정의 삶을 본 그가 충분히 대답할 수 있는 말이다. CSPCyber Sex Palace가 그를 더욱 위로해 줄 수 있을 뿐이다. 무정도 흔들리기는 마찬가지다. 무정은 응구를 보고 자신의 그림자나 아바타일지도 모른다는 섬뜩한 느낌이 들었기 때문이다. 더욱이 그를 더욱 우울증에 빠지게 하는 것은 여왕을 둘러싼 촛불과 태극기의 대립이다. 그 와중에 그들은 남이란 무엇인가, 나라는 무엇인가, 전체라는 게 무엇인가, 신념이란 무엇인가, 시간의 의미란 무엇인가, 역사 앞에서 문학을 한다는 것은 어떤 의미가 있는가 등에 대해 고민한다. 그 종착은 무정이 유정에게 한 충고, 즉 실체 없는 아가씨에게 몰두하지 말라는 말에 대하여 유정이 죽기 전에 한 말 곧 인간이 몸 말고 뭐가 있느냐고 반문하는 말 속에 있는지도 모른다. 「유정 / 무정」은 김유정과 이상, 과거와 현재, 시대와 세대, 말과 기호, 의미와 무의미가 융합된 이야기다.

이덕화 소설가는 「하늘 아래 첫 서점」에서 김유정의 「산골나그네」를 등장시킨다. 대학 교수인 찬경은 정년을 앞두고 아내를 잃은 뒤 고향에 돌아와 지리산 중턱에 자리잡은 하늘 아래 첫 동네에 하늘 아래 첫 서점을 짓고 산다. 모래알 같은 가족 관계 속에서 너무나 허무한 삶을 뒤로하고 고향에 정착한 것이다. 어느 날 50대 후반의 매력적인 여인이 서점을 찾는다. 그녀는 남편을 차고 나와 시한부 인생을 살고 있는 첫사랑을 간호하기 위해 그 마을에 온 것이다. 찬경이 산에 간 사이 그녀는 통장을 들고 사라진다. 어찌해야 좋을지 망설이는 그는 그녀와 나눈 어릴 적 다락방 이야기를 통해 같은 꿈을 꾸는 사람이라는 유대감을 갖게 됨으

로써 그녀에게 모든 것을 주고 싶다는 생각을 갖는다. 그리고 그는 「산골 나그네」의 마지막 부분을 읽으며 심신을 다스린다. 「하늘 아래 첫 서점」은 김유정의 소설과 재생 공간인 서점 그리고 성과 속을 오가는 인물들의 삶의 이야기가 녹아 있다.

이 책을 간행하기 위해 옥고를 보내주신 저자 및 작가분께, 그리고 원고가 또 하나의 소금이 될 수 있도록 도와주신 소명출판 사장님과 편집진께도 감사드린다. 특별히 김유정학회에 물심으로 도와주고 계시는 춘천시문화재단의 이사장님과 김유정문학촌의 촌장님께 진심으로 고마움을 전한다. 이 책이 김유정과 그의 문학을 이해하고, 더욱 풍성한 이야기를 확장시켜 나가는 데 기여할 수 있기를 기대한다.

2018.2.28
김유정학회장 임경순

차례

제1부
/
김유정 문학의 감정

김유정 소설에서의 반전과 감정의 정치학

김근호

1. 머리말

김유정 소설의 대부분을 가득 채우고 있는 인물 간 상호작용의 특징은 '속이기cheating'이다. 특히 거짓말을 통해 구체화되는 언어적 수행성은 김유정 소설에서 매우 두드러진 면모 중의 하나이다.[1] 그러한 언어

---

[1] 김유정 소설에서 인물 상호간에 속고 속이는 관계가 두드러지는데, 이는 인물들이 서로 간에 주고 받는 대화에서 잘 나타난다. 『말과 행위(*How to Do Things with Words*)』의 저자 존 오스틴(J. L. Austin)의 생각을 빌려보면, 소설 속 등장인물의 발언이 수행성을 가지는 것은 그 발언이 특정의 혹은 전체적인 상황을 연출하고 또 그 상황에 따라 발언이 결과를 갖는 어떤 행위 즉 수행으로 나타날 경우에 해당된다. 좀 더 나아가 혐오 발언을 두고 주디스 버틀러가 주장한 언어행위론을 참고해 보면, 수행성을 지닌 언어는 그 속의 주체들 간의 사회적 관계를 형성시키고 또 그 주체들을 특정 상황 속에 종속시킨다고까지 말할 수 있다(주디스 버틀러, 유민석 역, 『혐오 발언-너와 나를 격분시키는 말 그리고 수행성의 정치학』, 알렙, 2016, 44쪽). 김유정 소설에 나타난 속이기는 특히 거짓말이라는 언어행위를 통해 인물 상호 간의 속이기와 함께 심층적으로는 작가와 독자 사이의 속이기 상황까지도 연출해내는 역학을 지닌다. 또

및 소통의 특질은 인물 간 심리적인 상호 대결과 속고 속이기의 대결적 서사로 구체화된다. 물론 김유정의 인물들은 서로 적당히 속이지만 근본 악惡의 경계를 넘어서지 않는 선에서 최소한의 인간다움을 지키고자 애를 쓴다. 그 선과 악의 경계선에서 서성일 수밖에 없는 인물들은 우선 그 상황을 스스로 선택한 것이 아니기에 독자들에게는 분명 동정과 연민의 여지를 남긴다. 윤리적 기준에 비추어 정상적이고 화해로운 소통이 불가능한 극단적 상황과 그 상황으로 계속 내몰리는 인물들의 불행이 김유정 소설의 특징이다. 그런 극단적인 상황에서 인물 상호 간에 서로 속이는 행위와 그로 인해 생기는 사건과 상황은 김유정 소설을 해석하는 데 매우 주요한 지점을 차지한다. 그런데 더욱 깊이 따져보면, 김유정 소설은 인물 간의 속이기뿐만 아니라 그 서사를 공유하는 작가와 독자의 관계까지도 속이기라는 장치로 서사화되어 있다.

즉 김유정 소설에서는 인물 간 속이기와 함께 더 심층적으로는 작가와 독자 간의 속이기가 작용하고 있는데, 이른바 '반전反轉, peripeteia'이라는 서사 장치로 그러한 원리가 기법화되어 있는 것이다. 김유정 소설에는 반전이 나타나는 작품을 다수 볼 수 있다. 반전이 있는 작품은 특히 재미가 두드러지는데, 그것은 독자들과의 독서 상황을 두고 작가가 특정한 수사학적 상황을 연출해내는 효과를 지닌다. 그것은 독자가 그의 소설에 깊은 재미를 느끼고 지속적으로 읽어가도록 유도하는 서사적 장치이다. 반전과 관련하여 쉽게 떠올릴 수 있는 「산골 나그네」부터 「동백꽃」, 「봄·봄」이나 「만무방」 등의 작품을 보면, 반전이 서사의 중심 구조를 형성하고 있음을 확인할 수 있다. 김유정의 전 작품을 통틀어

그러한 상호작용의 상황 속에 김유정 소설을 둘러싼 서사의 여러 주체들은 서로 간 긴밀히 결속된다. 그래서 김유정 소설에서는 거짓말이 일종의 언어적 수행성을 갖게 되는 것이다.

반전이 뚜렷하게 나타나는 경우를 살펴 특별히 주목할 만한 작품을 정리하면 다음과 같다. 「산골 나그네」, 「총각과 맹꽁이」, 「금 따는 콩밭」, 「만무방」, 「솥」, 「봄·봄」, 「동백꽃」, 「정조」, 「땡볕」 등 총 9편이다. 이 작품들은 김유정 소설의 특징으로 거론되어온 아이러니가 서사구조에 반영된 대표적인 사례들이다. 이 연구는 이 작품들을 대상으로 김유정 소설에 나타나는 반전의 특징과 함께 그에 반영된 감정 그리고 그로 인해 독자가 경험하게 되는 감정 양상을 분석해보고자 한다.

　김유정 소설을 반전이라는 분석틀로 검토한 논의는 그다지 많지 않은 상황이다. 그럼에도 몇 가지 관련되는 논의를 살펴보면, 우선 김유정 소설 중에 상대적으로 적은 관심사였던 도시 배경 소설을 대상으로 반전 형식이 낳는 미학적 효과를 도시 하층민의 생존 방법 혹은 생명력의 드러냄의 장치로 해석한 논의가 있다.[2] 이는 작중 인물의 심리를 중심으로 하여 가급적 긍정적 가치를 찾아보고자 한 연구로 보인다. 「땡볕」의 덕순이처럼 극한 상황에서도 인간적 윤리를 놓지 않으려는 처절한 몸부림 같은 것을 이 논의는 주목하고 있다. 또 김유정 소설에 나타난 열린 결말과 그 속에 담긴 아이러니를 통해 지배자의 윤리에 맞선 민중적 윤리의 독법을 제안한 논의도 주목할 만한데, 이 논의는 김유정 소설에 반영된 중층적 서사구조를 주목해야 한다는 점을 지적하고 있다.[3] 김유정 소설에 나타난 열린 결말이 고유한 소설미학인 아이러니와 연결되는 지점을 깊이 탐색한 성과이다.

　김유정 소설의 분위기는 근본적으로 어둡다. 농촌 배경 소설이든 도

2　박상준, 「반전과 통찰─김유정 도시 배경 소설의 비의」, 『현대문학의연구』 제53집, 한국문학연구학회, 2014.
3　김승종, 「김유정 소설의 "열린 결말" 연구」, 『현대문학이론연구』 제53집, 현대문학이론학회, 2013.

시 배경 소설이든, 김유정 소설의 작중 인물들은 대부분 막다른 길에 내몰려있고, 그들의 미래 역시 암울하다는 특징이 있다. 김유정 소설에서 민중적 생명력과 윤리를 찾아내는 것도 중요하지만, 동시에 그들을 둘러싼 어두운 현실이 만들어내는 심리, 또 그 현실에 맞서는 과정에서 생겨나는 심리 등을 복합적으로 이해해야 한다. 그것은 서로 무관한 심리가 아니기에, 각각을 따로 떼어내어 별도의 분석을 수행하기보다는 둘이 복합적으로 얽혀 있으면서 생성시키는 가치를 함께 고려해보는 일이 더욱 생산적인 결론을 낳을 수 있을 것이다.[4] 물론 김유정 소설에서 민중의 치열한 생명력도 긍정할 수 있다. 하지만 그것이 통념적 시각에 비추어 볼 때 도덕적 기준을 넘어서 있다는 점을 주목해야 한다. 즉 인물들의 대체적인 행위가 비정상적인 것이다. 그 비정상성은 웃음을 유발하기도 하고 걱정을 하게도 한다. 그런 점에서 앞서 언급했듯이, 김유정 소설을 가로지르는 비정상성의 한 표지로 속이기를 주목할 필요가 있는 것이다. 그것은 김유정 소설의 서사 전반을 이끌어가는 핵심 동력이다.

요컨대 인물 간에 서로 속이고 속는 행위의 얽힘이 김유정 소설에서는 주요한 재미의 원천으로 작용하고 있다. 이 연구는 그러한 서사 내적

---

4 김유정 소설의 해학성은 당대 비평가 김문집에 의해서부터 지적되어온 것이기도 한데, 매우 오랫동안 김유정 소설의 미적 특징으로 자리해왔다. 그러나 해학의 이면에 우울이나 슬픔과 같은 부정적 감정이 내재되어있음을 주목하여 그 문제를 본격적으로 탐구한 연구는 그리 많지 않은 상황이다. 다만, 1930년대 일상적 남녀관계의 불안한 유동성을 유머러스한 어조를 통해 극복하는 유머리스트로 나타난다고 주장한 오양진의 논의가 있다. 오양진, 「남녀관계의 불안―김유정의 「동백꽃」과 이상의 「날개」에 나타난 서술과 인간상」, 『상허학보』 제29집, 상허학회, 2010. 그런데 소설에서의 감정이란 서사구조나 형식 혹은 문체 등과 결부될 가능성이 매우 높고, 그러한 서사구조와 감정 양상의 상호 역학은 그 작품이 생겨난 사회사적 배경과도 깊이 결부될 수 있다. 그러한 특징은 랑시에르 식으로 말해 문학의 정치성과 관련될 여지가 높다. 그러나 김유정 소설 연구에서 그 문제를 깊이 탐색한 논의는 아직까지 학계에 제출되지 않은 상황으로 보인다.

에너지가 반전이라는 서사 장치로도 구현되었다고 보는데, 그러한 장치가 서사의 미적 역동성을 불어넣는 감정이라는 심리적 기제와 결부되어 있으리라고 추정하고 있다. 이러한 가설을 검증하는 것이 이 글에서 다룰 사항이다. 즉 이 연구는 김유정 소설에 나타난 반전을 단순한 기법의 문제로 보는 것을 넘어서 그러한 장치가 작품의 내용 요소와 긴밀히 결부되는 지점을 살피고, 또 그로 인해 생겨나는 감정 양상을 면밀히 분석해보고자 하는 것이다. 이상의 문제의식에 따라, 이 연구는 김유정 소설 속에 자주 등장하는 도박에서처럼 속이기의 이야기 요소가 서사 전체의 형식으로까지 확장된 것임을 전제로, 작품에 두루 나타나는 반전의 특성을 밝히고 그에 결부된 감정 양상을 검토하고자 한다. 나아가 당대 사회의 상황 및 김유정의 사상을 고려하여, 반전이라는 형식적 장치와 서사구조에 결속된 감정 논리가 지니는 미적 정치성도 탐구해보고자 한다.

2. 반전 – 믿음과 배반의 대칭 구조

반전反轉, peripeteia이란 극이나 서사의 흐름이 어느 순간 갑작스레 바뀌어 상황이 역전되는 경우를 이르는 용어이다. 아리스토텔레스는 『시학』에서 반전을 필연적인 혹은 개연적인 인과관계 속에서 사태가 반대 방향으로 변하는 것이라 규정했다.[5] 비극의 구성에 관한 설명 중에 나온

---

5   아리스토텔레스, 천병희 역, 『아리스토텔레스 시학』, 문예출판사, 2002, 69쪽.

개념인데, 단순한 서사구성보다는 복잡한 서사구성이다. 반전의 과정에서 독자나 관객은 새로운 사실이나 진리를 알게 되는데, 아리스토텔레스는 이러한 현상을 '발견'이라고 명명했다. 그는 〈오이디푸스왕〉에서처럼 발견이란 반전을 수반할 때 가장 훌륭하게 작용한다고도 했다. 덧붙여 그는 비극을 보는 관객은 반전에서 연민이나 공포의 감정을 느낀다는 유명한 주장을 남기기도 했다.[6] 오래전부터 이미 아리스토텔레스는 서사 전개에 나타나는 반전은 특별한 의미를 지니고 또 그것은 감정과 깊이 결부된다는 점을 주목했던 것이다. 최근 반전과 관련하여 마크 커리는 다음처럼 그 원리를 설명한다. 반전을 경험하는 독자는 놀라움과 함께 새롭게 발견한 사실이 궁극적으로는 인물의 운명fate적 상황이라는 점을 깨닫게 된다. 그리하여 그는 기대anticipation와 기억memory 사이의 이중 구조를 인식하게 된다. 기대와 회상을 통해 시간 지평을 확장하면서 서사를 재구성하게 된다는 것이다.[7] 그런 점에서 반전이란 서사의 이중성을 명시화하여 드러난 가짜 현실과 그 이면의 참된 진리와의 간극을 시간적 아이러니로 구조화하는 장치라고 볼 수 있다.

　김유정 소설에서 반전이 유독 자주 보인다는 사실도 앞서 언급한 서사구조와 감정의 관계를 주목하게 한다. 우선 여기서는 반전의 양상을 살피기로 한다. 김유정 소설에서 반전은 소설을 끝까지 읽어가도록 하는 흥미와 긴장감의 원천이다. 처녀작이라 할 수 있는 「산골 나그네」에서는 주인공인 나그네가 덕돌이와 그의 어머니에게 접근하여 양식을 구하다가 결혼까지 하게 되지만, 나중에는 그녀가 병든 남편을 데리고 유

6　위의 책, 71쪽
7　Mark Currie, *The Unexpected — narrative temporality and the philosophy of surprise*, Edinburgh : Edinburgh University Press, 2013, p.164.

랑하는 유부녀였음이 드러난다. 몰래 달아나기는 했지만 자신의 남편을 입힐 옷가지 정도만 챙겨서 달아나는데, 그 장면에서 최소한의 인간적 윤리를 잃지 않으려는 모습을 보여주기도 한다. 덕돌이 어머니가 달아난 며느리로 인해 분노하지만, "마음을 가라안처 들처보니 아니면다르랴 며누리 벼개밋해서 은비녀가 나온다"[8]라는 사실을 확인하고 의문이 생긴다. 도둑이라면 비싼 은비녀를 두고 갈 리가 없으니 말이다. 이 작품의 반전 이후 결말에서 나그네의 실체는 독자만이 알 수 있도록 묘사되어 있다. 사건의 당사자들인 덕돌이와 그의 모친은 당혹해하면서 애써 구한 며느리를 찾아나서는 것으로 서사가 끝난다. 즉 결말이 열려있는 것이다. 「만무방」, 「봄·봄」, 「동백꽃」 등의 결말을 생각해보면 쉽게 이해할 수 있는 바, 다른 작품들도 대체로 비슷한 결말 구조를 보여준다.

이처럼 김유정 소설에는 열린 결말이 많이 나온다. 즉 단편소설이지만 뒤에 생략된 서사가 풍요로운 것이 김유정 소설의 특징이다. 그런 점에서 김유정 소설에서의 반전은 서사의 이중성을 담아내는 장치라고 할 수 있다. 반전은 겉으로 드러난 이야기와 뒤에 숨겨진 이면의 이야기를 포개놓았다는 사실을 드러내는 것으로서 독자에게는 복합적 사유를 이끌어낸다. 대체로 서사의 앞부분에는 주요인물들이 믿음과 기대에 따른 행동을 보인다. 하지만 반전 이후 상황에서는 배반을 경험하면서 크게 좌절하거나 혼란을 겪는다. 「총각과 맹꽁이」에서도 장가를 들지 못한 덕만이가 나온다. 가혹한 도지를 물어가며 살아가야 하는 덕만에게는 삶의 낙樂이 없다. 남의 땅을 부쳐 콩도 키우고 조도 키워보지만 농

---

8 「산ㅅ골나그내」, 50쪽. 이 글에서는 다음을 저본으로 삼고, 인용할 경우 작품명과 쪽수만 표시하기로 한다. 김유정, 전신재 편, 『원본 김유정 전집』(개정증보판), 강, 2012. 이후 『전집』(개정증보판)으로 표기함.

사가 잘 안 된다. 사람들이 문제를 제기해도 뾰족한 별다른 방법이 덕만이에게는 없다. 그런 상황에서 어느날 마을에 들병이가 나타난다. 결혼이 쉽지 않은 농촌의 가난한 총각에게 유일한 즐거움이자 희망은 들병이이다. 그래서 그는 뭉태 등 다른 남정네들과 어울려 들병이와 놀면서 그녀와의 결혼을 꿈꾸지만, 새벽녘 화장실을 찾기 위해 밖을 나섰다가 논두렁에서 그녀가 뭉태와 육체적으로 어울리는 장면을 목격하게 된다. 배반으로 인해 실망감을 느끼는 것은 당연하다. 그러나 뭉태의 인간 됨됨이를 파악하지 못 하고 또 들병이의 본질적인 생활 논리를 알아채지 못하여 결혼이라는 헛된 희망을 가졌던 덕만이에게도 문제가 없지 않다. 「솥」에서 보듯이, 들병이와의 깊은 인연이란 결국 생의 탕진蕩盡으로 이어지기 때문이다.

「봄·봄」이나 「동백꽃」 역시 주인공은 나름의 기대를 갖고 행동을 하지만 진짜 현실에 대한 무지無知로 인해 그 현실에게서 배반을 당하는 것으로 서사가 급전환된다. 점순이는 작중 화자인 '나'의 편이 아니었던 것이다. 「봄·봄」의 마지막 부분에서 "나는 얼빠진 등신이 되고말았다. 장모님도 덤벼들어 한쪽 귀마저 뒤로 잡아채면서 또 우는 것이다."[9] 점순이가 '나'에게 관심과 애정을 보이는 것 같아도 결국 자신의 아버지 편이었던 것이다. 「동백꽃」에서도 점순이가 자신을 괴롭히는 줄 알고 '나'는 나름 잘 대응한다고 해보았는데, 알고 봤더니 '나'에 대한 이성적 호감에 따른 짓궂은 행동이었음을 알게 되는 것이다. 「동백꽃」에서 '나'에 대한 점순이의 이성적 호감이 서사 전개에 큰 위력을 발휘하게 되는 배경에는 그녀의 가족이 계급적으로 상위에 있다는 사실이 있다. 점순이

---

9 「봄·봄」, 『전집』(개정증보판), 168쪽.

는 마름의 딸이고 화자 '나'는 소작농의 자식인 것이다. 그러니 점순이는 자기 마음대로 닭싸움도 시키면서 '나'를 실컷 괴롭힐 수 있었는데, 이성적 애정 혹은 관심이라는 피상적 현실을 한 꺼풀 벗겨내면, 본질적으로 계급적 폭력의 논리에 가까운 심층적 진실이 드러난다. 그러한 계급 논리는 「봄·봄」도 마찬가지이다. 이처럼 김유정 소설에서 반전은 심층적 진실을 드러내면서 동시에 피상적 현실 인식에 대한 경종을 울리는 장치가 되고 있다. 「만무방」에서의 반전은 더욱 가치 있다.

> "이자식, 남우 벼를 훔쳐 가니⋯⋯."
> 하고 대포처럼 고함을 지르니 논둑으로 고대로 데굴데굴 굴러서 떨어진다. 얼결에 호되히 놀란 모양이엇다.
> 응칠이는 덤벼들어 우선 허리께를 나려조겻다. 어이쿠쿠, 쿠⋯, 하고 처참한 비명이다. 이소리에 귀가 뻔쩍 띄이어 그 고개를 들고 팔부터 벗겨보앗다. 그러나 너머나 어이가 업엇음인지 시선을 치켜드며 그 자리에 우두망철한다.
> 그것은 무서운 침묵이엇다. 살뚱마즌 바람만 공중에서 북새를 논다.
> 한참을 신음하다 도적은 일어나드니
> "성님까지 이러케 못살게 굴기유?"[10]

예상치 못한 진실을 마주치면서 느낀 놀라움과 함께 주인공 응칠이가 자신의 동생 응오가 자기 논의 벼를 몰래 훔치는 도둑이라는 아이러니를 발견하는 대목이다. 응칠이는 응오 논의 벼 도둑은 틀림없이 동네의 다른 인물일 것이라고 추정하고 의심했다. 그 추정과 의심은 일종의

---

10 「만무방」, 『전집』(개정증보판), 119쪽.

기대와 믿음이었던 것이다. 그러나 그 믿음은 참된 진실의 등장으로 배반을 당한다. 인용에서처럼 행위와 상황의 급격한 전환에는 놀라움에 따른 "우두망철"과 "무서운 침묵"이 필요하다. 동생을 위해 잡으려 했던 도둑이란 바로 그 논을 경작하는 동생 응오 자신이라는 사실을 발견하는 것은 김유정 소설에 나타난 반전과 아이러니 중에서도 가장 빛나는 대목이다. 이처럼 김유정 소설에서는 기대와 믿음에 따른 주요인물의 행동은 현실 논리 앞에 여지없이 배반을 당하며 상황 급변이 일어난다. 그것이 김유정 소설의 대체적인 결말이기도 하다.

믿음에 따른 행동과 현실 논리에 따른 배반의 대칭 구조는 김유정 소설에서의 반전이 갖는 주요 골격이다. 그리고 속이기라는 행위를 중심으로 볼 때, 반전 이전과 반전 이후는 심리와 상황의 아이러니를 갖고 있기도 하다. 반전 이전에는 속이기를 당하는 인물은 표층적으로 실상에 대해 무지한 상태에 있다. 반면 반전 상황에서는 속이기를 당해왔다는 사실을 발견함으로써 그 인물은 진짜 현실을 맞닥뜨리게 된다. 그 상태가 바로 반전이다. 하지만 그러한 현실에 대한 참된 깨달음 및 새로운 비전의 구축과 자기 신뢰는 작중인물들의 몫이 되는 경우가 거의 없다. 차라리 「만무방」에서처럼 소도둑을 시도하겠다는 식으로, 오히려 미래에 대한 잿빛 전망으로 확장되는 경우조차 보인다. 즉 더욱 심각한 심리적 자기기만의 상황으로 빠져드는 경우가 있을 뿐이다. 사건의 전개과정과 맥락으로 볼 때, 반전 이후 전개될 상황이 대체로 불행할 것으로 추정되는 작품들이 대부분인 것이다. 그 이후의 어두운 상황은 암시하듯 처리되고 있어, 결국 독자의 몫으로 남겨지고 있다. 그런 점에서 김유정 소설을 읽는 독자는 반전 이후 비로소 서사의 진짜 참여자가 된다. 반전이라는 지점에서 비로소 작가와 독자 간 속이기의 대칭 관계가 현

동화되는 것이다. 이처럼 김유정 소설에 나타난 반전은 거짓말을 통한 진실의 폭로라는 아이러니적 언어적 수행성을 극대화하면서 텍스트 속 인물 간의 상호관계 및 텍스트 밖 작가와 독자 간의 상호작용을 더욱 단단히 결속시켜준다.

　요컨대 반전 이전과 반전 이후의 대칭성은 김유정 소설이 균형감각의 산물이라는 사실을 입증한다. 반전 이전은 속이기를 당하거나 겪는 서사이고, 반전 이후는 그러한 속이기의 진실이 폭로되는 서사이다. 김유정 소설에서는 그러한 반전이 나타난 작품일수록 서사 전체의 안정성이 높아지는데, 여기에는 열린 결말이 주요한 역할을 하는 것으로 판단된다. 또한 반전이 나타나는 모든 작품에는 반전 이후의 서사 분량이 매우 짧은데, 그 짧은 분량의 서사가 불안한 미래를 예상하도록 설정되어있음으로써 반전 이후의 서사 분량이 독자에 의해 보충되고 확장되는 효과가 생긴다. 짧은 이야기로 큰 이야기를 만들어 셈이다. 김유정 소설은 반전이라는 장치를 통해 단편소설의 양적 제한을 넘어서 웅숭깊은 서사로 질적 확장을 꾀할 수 있게 되었다.

3. 감정 – 헛된 희망과 불안의 진실

　반전이 감정과 깊이 연관된다는 점은 앞서 아리스토텔레스의 주장을 거론하면서 확인한 바이다. 그런데 반전과 감정의 상호 관련성에 대하여 최근의 서사이론 논의는 특별히 주목하지 않는 듯하다. 주로 반전이

만들어내는 서사구조의 시간성 그리고 그에 따른 형식미학적 특질과 독서 효과에 집중해온 것으로 보인다.[11] 하지만 오래전 아리스토텔레스는 이미 반전과 감정의 상호 관련성에 주목했는데, 우선 그는 서사의 전개과정에서 반전이 발생한 경우를 두고, 크게 반전 앞의 서사와 그 뒤의 서사로 나눈다. 아리스토텔레스는 반전 이후 관객(독자)은 공포와 연민이라는 감정을 경험한다고 했다. 그런데 반전과 감정에 관한 이 주장은 일반화될 수 있을까? 김유정 소설의 경우를 보면, 공포 혹은 두려움이라는 감정은 특별하게 두드러져 나타나지 않는다. 공포恐怖, fear는 그 감정을 유발하는 구체적인 대상을 전제로 한 감정이다.[12] 그러나 김유정 소설에서는 운명적인 폭력이나 압도적으로 무서운 대상이 나타나지 않는다. 이는 열린 결말이 대부분이라는 사실과도 관련이 깊어 보인다. 반전 이후가 열린 결말이기에 공포보다는 불안不安, anxiety이라는 감정이 유발되는데, 불투명하면서도 매우 어두운 미래가 예상되는 경우에 불안이 찾아들어 마음을 지배하게 된다. 김유정 소설에서 웃음이 중요한 감정적 행위라고 평가받아온 점에 비추어보면, 이러한 현상 역시 김유정 소설의 아이러니를 만들어내는 중요한 감정 장치라는 것을 인정할 수 있을 것이다. 그렇다면 이제부터 반전과 감정의 상호 관련성을 검토해보기로 한다.

급격한 상황 변화는 놀라움과 충격을 일으킨다. 순식간에 일어나는

---

11 예컨대 앞서 거명한 다음 논저를 들 수 있다. Mark Currie, *The Unexpected – narrative temporality and the philosophy of surprise*, Edinburgh : Edinburgh University Press, 2013.

12 키에르케고어는 "불안이 두려움보다 더 불확정적이며, 더 포괄적인 성격을 지니고 있다"면서 "두려움은 어떤 특정한 것에 관계하고 있는 반면, 불안은 특정한 대상을 갖고 있지 않다"라고 규정했는 바, 이러한 규정을 통해 불안과 공포의 개념적 차이를 분명하게 구별할 수 있다. 아르네 그뢴, 하선규 역, 『불안과 함께 살아가기 – 키에르케고어의 인간학』, 도서출판b, 2016, 27~30쪽.

그러한 감정은 그 뒤에 곧바로 뒤따르는 감정에 자리를 내주게 된다. 새로운 상황과 주체의 관계에 의해 생겨난 감정은 점차 지배적인 분위기를 형성한다. 그 감정은 바로 불안이다. 반전 이전과 이후의 상황에 따라 김유정 소설을 가로지르는 극단적인 두 감정을 구분해보면, 희망과 절망으로 나눌 수 있다. 금맥을 찾기 위해 헛되기는 하지만 나름의 희망을 갖고 살아가는 「금 따는 콩밭」의 영식이와 그의 아내 등을 비롯해서, 들병이에게 미쳐 그녀를 따라가려다가 본 남편이 갑작스레 등장하여 혼비백산하다가 또 솥을 뺏기며 동네 망신을 당하는 「솥」의 주인공 근식이, 「봄·봄」의 작중 화자와 점순이, 「땡볕」의 덕순이 내외 등을 보건대 김유정 소설에서 희망과 절망은 서사를 지탱하는 두 감정이다. 중요한 것은 작중 인물과 그들의 이야기를 중개하는 화자 등 서사의 다양한 주체들이 그 두 감정의 사이에서 갈팡질팡하면서 묵묵히 살아간다는 사실이다. 그래서 새로운 감정이 여기에 추가되어야 한다. 두 감정의 사이에 위치하여 두 감정을 이어주며 서사 주체들을 짓누르는 감정이 있다. 그것은 바로 불안이다. 반전의 순간 절망은 엄습한다. 그런 후 곧장 불안이라는 감정이 그 자리를 대체하면서 지속적으로 주체를 괴롭힌다.[13] 이 불안은 김유정 소설 전반의 평형추 같은 역할을 하면서 김유정 소설의 감정적 균형을 이루어내는 역할을 한다. 희망과 불안의 두 가

---

13 이 글에서 감정의 두 양상으로 다루는 희망과 불안은 감정에 속하며, 불안 직전에 형성된다고 보는 절망 역시 감정에 속한다. 감정의 철학자 스피노자는 희망과 절망을 다음처럼 정의한다. 우선 "희망이란 우리들이 그 결과에 대하여 어느 정도 의심하는 미래 또는 과거의 사물의 관념에서 생기는 비연속적인 기쁨이다." 또 "절망이란 의심의 원인이 제거된 미래 또는 과거의 사물의 관념에서 생기는 슬픔이다."(베네딕트 데 스피노자, 강영계 역, 『에티카』(개정판), 서광사, 2007, 224~225쪽) 그러니까 희망이란 약간 의심할 만하지만 그럼에도 기쁨을 갖게 하는 미래와의 관계 속에서 생기는 감정이고, 절망이란 그 의심의 원인이 확인되었거나 없어질 경우 생기는 슬픔에 관계하는 감정이다. 불안 역시 불확실한 미래에 관련된 슬픔의 감정이다. 즉 이 감정들은 시간성이 핵심이다. 김유정 소설에서의 희망과 절망 그리고 불안 역시 서사의 전개 과정과 결부되므로, 시간성과 결부되는 감정인 것이다.

지 모순된 감정의 대칭이 서사 전개를 중층화한다.

　김유정 소설에서 이 같이 모순된 감정의 양가성을 작중 인물이 잘 느끼는 경우는 드물다. 대부분 자신의 상황을 정확하게 파악하지 못하고 있다. 하지만 「금 따는 콩밭」만은 사정이 다르다. 이 작품의 작중 주요인물인 영식이는 상황을 얼추 파악하는 것으로 보인다. 그럼에도 그 한탕을 위한 욕망을 포기하지 못 하고 금맥 찾기라는 헛된 희망에 끌려 다닌다. 그는 금광에 열광한 나머지 잘 경작하던 농토를 온통 갈아엎으면서도 금맥이 터지지 않으면 결국 땅을 부치지 못하리라는 불안에 휩싸여 있다. 그럼에도 그를 비롯한 주변인물들은 금 캐기를 포기하지 못한다. 일종의 도박인 것이다. 문제는 영식이를 비롯하여 금에 미친 여러 인물들이 갖고 있는 희망이 실상은 가짜라는 데 있다. 절망을 내재한 혹은 예비한 희망이란 점에서 감정의 아이러니가 아닐 수 없다. 그런 점에서 희망과 불안은 동전의 양면처럼 붙어 다닌다. 「금 따는 콩밭」에서 멀쩡한 농토를 파헤치는 행위를 두고 동네 노인이 영식이를 거칠게 나무란다.

　　"구루루 땅이나 파먹지 이게 무슨 지랄들이야!"
　　동리 노인은 뻔찔 찾아와서 귀거친 소리를 하곤하엿다.
　　밭에 구멍을 셋이나 뚤엇다. 그리고 대구 뚫는 길이엇다. 금인가 난장을 맞을 건가 그것 때문에 농군은 버렷다. 이제 필연코 세상이 망하려는 증조이리라. 그 소중한 밭에다 구멍을 뚤코 이지랄이니 그놈이 온전할 겐가.
　　노인은 제 울화에 지팽이를 들어 삿대질을 아니할 수 없엇다.
　　"벼락 맞으니, 벼락맞어⋯⋯."
　　"염여 말아유 누가 알래지유."
　　영식이는 그럴 적마다 데퉁스리 쏘앗다. 골김에 흙을 되는 대로 내꾼지고

는 침을 탁 뱉고 구뎅이로 들어간다. 그러나 마음 한구석에는 언제나 끈……
하였다.[14]

　동네 노인은 자본의 논리가 본격적으로 침투하기 이전의 농촌과 농민이라면, 영식이와 수재 등은 식민 자본주의에 따라 도박성 한탕주의에 빠져 타락해가는 인물을 상징한다. 그 두 가지 대척적인 세계관이 맞부딪치는 장면이 바로 위에 인용한 대목이다. 위에서는 인물의 감정에서 헛된 희망과 함께 불안이 반짝 드러난다. 그러나 불안의 감정은 이 작품 전반에 걸쳐 내내 표출되는데, 영식이는 땅을 파면서도 "농토는 모조리 떨어질것이다. 그러나 대관절 올 밭도지 베두섬반은 뭘로 해내야 좋을지. 게다 밭을 망첫으니 자칫하면 징역을 갈는지도 모른다"[15]라고 하는 등, 내내 불안해했던 것이다. 이처럼 인물이 불안을 느끼면서도 헛된 희망에 휩싸인 상태, 즉 감정의 양가성은 반전이라는 장치를 통해 그 수사학적 효과가 보다 극대화된다. 「금 따는 콩밭」은 인물의 모순된 감정이 매우 구체적이고 명확하게 재현되어있는 것으로 볼 때 독자에게는 다분히 친절한 작품인 셈인데, 그만큼 독자의 호기심과 상상력을 제한하는 한계도 지닌다.

　하지만 「금 따는 콩밭」을 제외한 나머지 「산골 나그네」, 「총각과 맹꽁이」, 「만무방」, 「솥」, 「봄·봄」, 「동백꽃」, 「정조」, 「땡볕」 등을 살펴보면, 서사의 초반부터 주요인물이 자신이 처한 상황을 정확하게 파악하지 못하는 것으로 형상화되어 있다. 그런 상태에서 희망을 가지고 행위를 하니, 급작스러운 반전을 맞이하여 매우 놀라거나 좌절할 수밖에

---

14 「금따는 콩밧」, 『전집』(개정증보판), 70쪽.
15 「금따는 콩밧」, 『전집』(개정증보판), 66~67쪽.

없다. 또 반전 상황을 경험한 이후 사태의 진실을 비교적 정확하게 파악하는 경우는, 「산골 나그네」를 제외하고 「총각과 맹꽁이」, 「만무방」, 「솥」, 「봄·봄」, 「동백꽃」, 「정조」, 「땡볕」 등에 나타난다. 인물이 자신이 처한 사태의 진실을 정확하게 파악하지만 어찌할 도리도 없는 것이 또한 두루 나타나는 공통점인데, 그의 불운과 그것을 타개할 방법이 자신의 능력을 넘어서있기 때문이다. 예컨대 경성을 배경으로 한 「땡볕」에서처럼, 현대의학을 통해 병도 낫고 돈도 벌 수 있으리라는 희망에 부풀어있던 인물이 예상 밖의 상황을 맞이하면서 절망에 빠진다. 그들은 운명적으로 가난과 불행의 굴레를 벗어날 수 없는 것이다.

그래서 김유정의 소설에서는 미래에 대한 불안이 대세를 이룬다. 설령 「만무방」의 응칠이처럼 대차고 당당한 성격의 인물이라 하더라도 그의 미래는 더욱 불안하다. 이 작품의 앞부분에서 남의 닭을 몰래 잡아먹은 적이 있는 응칠이는 작품의 맨 마지막 부분에서 소도둑을 꿈꾼다. 더 큰 도둑이 되고자 하는 것이다. 물론 농경사회에서 닭과 소는 서로 비교조차도 안 되는 가축인 바, 소도둑은 심각한 중범죄에 해당된다. 바로 아래의 대목을 읽고 독자는 응칠이의 불안한 미래를 염려하지 않을 수 없다. 응칠이의 자기기만적 태도로 인해 독자는 더욱 불안한 것이다.

"내것 내가 먹는데 누가 뭐래?" 하고 데퉁스레 내뱉고는 비틀비틀 논 저쪽으로 없어진다.

형은 너무 꿈속 같아서 멍하니 섰을 뿐이다.

그러다 얼마 지나서 한 손으로 그 봇짐을 들어본다. 가뿐하니 끽밀 가욱이나 될는지. 이까질 걸 요렇게까지 해가려는 그 심정은 실로 알 수 없다. 벼를

논에다 도로 털어버렸다. 그리고 아내의 치마이겠지, 검은 보자기를 척척 개서 들었다. 내걸 내가 먹는다…… 그야 이를 말이랴, 허나 내걸 내가 훔쳐야 할 그 운명도 얄궂거니와 형을 배반하고 이 짓을 벌인 아우도 아우이렷다. 에이 고연놈, 할 제 보를 적시는 것은 눈물이다. 그는 주먹으로 눈을 썩 부비고 머리에 번쩍 떠오르는 것이 있으니 두레두레한 황소의 눈깔. 시오 리를 남쪽 산 속으로 들어가면 어느 집 바깥뜰에 밤마다 늘 매어 있는 투실투실한 그 황소. 아무렇게 따지든 70원은 갈 데 없으리라. 그는 부리나케 아우의 뒤를 鄻았다.[16]

이처럼 김유정 소설에서는 앞으로 더욱 불행한 상황이 닥칠 것을 독자가 예상할 수밖에 없도록 열린 서사로 마무리된다. 인물과 독자와의 거리가 상대적으로 큰 「산골 나그네」의 경우는 그러한 독자의 우월적인 현실 인식의 논리가 더욱 확실하여, 오직 독자만이 사태의 진실을 정확하게 알도록 서사가 구성되어 있다. 이 작품에서 작중 주요인물인 덕만이와 그의 모친은 애써 얻은 며느리가 달아난 사태의 진상을 파악하지 못하고 혼란에 빠진다. 이 경우에서 보듯이, 김유정 소설에서는 독자의 공감적 읽기가 중요하다. 작중 인물이 불행한 미래를 정확하게 예상하는 것은 아니지만, 공감적 독자로서는 전후 맥락을 보건대 인물의 미래가 불안하게 느껴질 수밖에 없다. 그래서 김유정 소설에서의 헛된 희망과 불안의 양가적 감정은 독자의 감정이입으로 비로소 완성된다. 작품에 재현된 상황의 진실에 대해 정확하게 아는 이는 물론 작가이지만, 반전 이후 독자도 큰 인식적 개화를 겪게 되는 것이다. 김유정 소설은 대단히 독자 지향적이고 따라서 수사학적인 가치도 매우 높은 셈이다.

---

16 「만무방」, 『전집』(개정증보판), 188쪽.

요컨대 원래의 상태로 회귀하거나 제자리에서만 맴도는 서사가 아니라 미래로 향해 뻗어가되, 그 불확실하면서도 어두울 것으로 충분히 예상되는 미래에 대한 불안의 감정을 공유하도록 유도하는 것이 김유정 소설의 반전 이후의 생략된 결말이다. 이러한 현상은 역사적 진보라는 근대 이념에 대한 근원적인 불안을 작가가 가졌고 그것을 작품의 서사에 투영한 결과라 추정해볼 수 있다. 그것은 진보로 포장된 식민지적 근대화의 과정에서 겪는 심리적 곤란을 반영하는 것이며, 또 식민지 지배 질서에 대한 불편한 감정과 동요를 반전을 통해 형상화한 결과인 것이다. 그런 점에서 김유정 소설에 나타난 이러한 감정 문제를 서사 외적 상황과 조응시켜보는 작업이 필요해진다.

4. 정치 ─ 지배 체제와의 미적 불화

소설에 나타난 감정은 사회적 현상으로서, 김유정 소설에 나타난 감정 현상을 당대의 사회에 대한 문학적 대응으로 보는 시각이 필요하다. 흔히들 감정을 개인적인 심리적 반응으로 보는 경우가 많지만, 본질적으로 감정이란 사회적인 역학 현상이다.[17] 특히 사회적 소통 속에서 의미를 갖는 문화 콘텐츠인 소설에 담긴 감정은 분명 그 작품이 생산되었던 당대 사회와의 공적인 의미 연관성을 지닌다. 한 걸음 더 나아가 소설

---

17 잭 바바렛, 박형신 역, 『감정과 사회학』, 이학사, 2009, 13쪽.

이란 해당 사회에 대한 미적 반응의 성격을 가질 수밖에 없는 바, 궁극적으로 이는 소설이 미적 정치성을 지닐 수 있는 근거가 된다. 이런 점을 전제로 여기서는 김유정 소설에 나타난 반전과 그것으로 인해 발생하는 감정의 구조가 어떠한 미적 정치성을 띠는지를 논의해보고자 한다.

우선 김유정이 유년기부터 청년기까지 농촌에서 농민으로서의 생활을 깊이 경험한 작가가 아니라 도시생활인이자 당대의 지적 흐름을 꿰고 있었으며 대안적인 가치를 찾기에 몰두했던 지식인 작가라는 사실을 되새겨보아야 한다. 그의 소설에서 농촌 배경 서사와 도시 배경 서사는 양적으로 비슷한 상황이다. 1936년부터 김유정은 서울(경성)을 배경으로 한 「심청」 같은 소설을 쓰기 시작한다. 미적 형상성에서는 대체로 농촌소설이 좀 더 뛰어난 것으로 판단된다. 중요한 것은 농촌이든 도시이든 김유정에게는 문명사적 비판의 대상이었다는 점이다. 그래서 김유정의 농촌 배경 소설에는 농촌에 대한 매우 투철한 근대적 지식인의 시선이 전제되어 있다. 노름, 들병이, 과도한 도지 등은 당시 농촌의 실상이면서도 동시에 개화기 이후 식민지 조선의 농촌에 들이닥친 자본주의의 왜곡된 부산물이기도 했다.[18] 그러니까 김유정 소설에는 왜곡된 모더니티에 대한 인식을 바탕으로 당대 삶의 문제를 미흔적으로 풀어내고자 한 의식적이자 무의식적인 노력이 반영되어 있는 것이다. 또한 농촌 배경 소설이든 도시 배경 소설이든 김유정 소설에 등장하는 인물들은 빈궁의 극단적 상황으로 내몰린 경우가 대부분인데. 그러한 인물 설정의 유사성은 김유정 소설의 전반적인 의미와 가치를 사회적이

---

18 이 문제에 관한 자세한 고증은 다음 논의를 참고할 수 있다. 차희정, 「김유정 소설에 나타난 한탕주의 욕망의 실제—「소낙비」, 「금따는 콩밭」, 「만무방」을 중심으로」, 『현대소설연구』 제64호, 한국현대소설학회, 2016.

고 정치적인 심급으로까지 끌어올릴 수 있는 근거가 된다.

　김유정은 유년기부터 터득한 도시생활인의 시선으로 농촌과 도시를 번갈아보면서 소설을 썼다고 할 수 있다. 그러한 도시생활인의 시선은 김유정 소설을 지적知的으로 만들어주는 원인이 되는 듯하다. 반전 같은 서사 장치가 자주 활용되는 것도 그런 맥락에서 이해할 수 있다. 김유정 소설은 사태의 겉과 속 모두를 아는 작가와 제한된 상황 속에서 제한된 정보만 알거나 어느 정도 정보를 알아도 사태의 실상을 알아채지 못하는 어리숙한 화자나 인물이 대칭 관계를 이룬다. 그래서 김유정은 서사의 구성이라는 작가 고유의 제작 작업 못지않게 서사가 만들어지고 소통되는 맥락까지도 비판적으로 관찰하며 독자의 독서행위까지도 통어統御하려는 시도를 펼치고 있다. 그것이 반전이라는 장치로 드러난 것이다. 볼프강 이저W. Iser가 했던 말, 즉 "텍스트 구조로서 독자 역할은 오히려 수신자에게서 촉발된 행위로써 집행되는 의도를 구현한 것이"[19]며, "독자는 최종적으로 텍스트 내지는 텍스트 세계 속에 들어 있는 것이"[20]라는 주장은 이런 경우에도 참고가 된다. 김유정 소설은 반전으로 인해 지적이게 되며 서사를 둘러싼 안팎의 상황에 대한 독자의 깊은 사유와 충실한 감정이입을 불러일으킨다. 반전 이전과 달리 반전 이후 작가와 인물 그리고 독자는 대결관계를 넘어서 함께 감정을 공유하며 고뇌하는 소통의 장을 창출해낸다. 그러한 김유정 소설의 지적 특성은 당대 사회와 교섭했던 작가의 역량을 고민해보지 않을 수 없게 한다.

　그렇다면 김유정 소설은 당대 사회와 어떻게 길항하는 관계인가? 감정 정치와 그에 대한 문학적 대응이라는 측면에서 이 문제를 살펴보기

19　볼프강 이저, 이유선 역, 『독서행위』, 신원문화사, 1993, 79쪽.
20　위의 책, 79쪽.

로 한다. 이를 위해 우선, 30여 편이 넘는 김유정의 작품 대부분이 1933 년부터 1936년 정도까지 집중적으로 발표되었다는 점을 고려해야 한 다. 1930년대는 일본 총독부가 식민지 조선에 '명랑明朗'이라는 감정 정 치를 실시했는데, 불결이나 퇴폐 혹은 퇴보 등과 상반된 명랑을 통해 식 민지 경영의 효율을 꾀하고자 했다.[21] 그러한 명랑화의 기획은 1980년 대 말까지 이어졌는데, 일제강점기 식민통치의 경험이 무의식적으로 남긴 흔적으로 판단된다. '명랑운동회', '명랑만화', '명랑화운동' 등은 80 년대 초반까지도 대중들의 귀에 익숙한 용어였던 바, '명랑'이란 방송과 오락문화 행정시책에 이르기까지 사회 각층 여러 분야에서 널리 쓰이 던 용어였다. 명랑은 건전健全과 거의 같은 뜻으로까지도 쓰이면서 낡고 비루한 구태를 일소하고 밝고 건강한 감정을 기르는 사회적 기획이었 으나, 보다 본질적으로는 체제 순응적이고 모범적인 인간의 양성이라 는 감정 순화 혹은 감정 교육의 정치적 장치였던 것이다.[22] 명랑을 둘러 싼 감정 정치의 뿌리는 1930년대 초반으로까지 거슬러 올라가게 되는 것이며, 김유정 소설은 바로 그러한 감정의 사회·정치사적 배경의 한 복판에 놓여있는 것이다.

그런 점에서 김유정 소설 「심청」에 나오는 다음 대독은 주목을 요한다.

대도시를 건설한다는 명색으로 웅장한 건축이 날로 늘어가고 한편에서는 낡은 단청집은 수리좇아 허락지 않는다. 서울의 면목을 위하여 얼른 개과천 선하고 훌륭한 양옥이 되라는 말이었다. 게다 각 상점을 보라. 객들에게 미관

---

21 소래섭, 『불온한 경성은 명랑하라―식민지 조선을 파고든 근대적 감정의 탄생』, 웅진지식하 우스, 2011, 70쪽.
22 위의 책, 74쪽.

을 주기 위하야 서루 시새워 별의별 짓을 다 해가며 어떠한 노력도 물질도 아끼지 않는 모양 같다. 마는 기름때가 짜르르한 헌 누데기를 두르고 거지가 이런 상점앞에 떡 버티고서서 나리! 돈 한푼 주……, 하고 어줍대는 그 꼴이라니 눈이시도록 짜증 가관이다. (…중략…) 거지를 청결하라. 땅바닥의 쇠똥말똥만 칠 게 아니라 문화생활의 장애물인 거지를 먼저 치우라. 천당으로 보내든, 산채로 묶어 한강에 띄우든…….[23]

물질적 발전과 화려함과 함께 그 체제에 포섭되지 못하는 비루한 거지가 공존하는 도시 공간이 제시되고 있다. "거지를 치우라." 도시 미관을 위해 "땅바닥의 쇠똥말똥만 칠 게 아니라" 불결하고 불온한 거지도 도시 밖으로 내몰아야 한다는 당시 총독부의 정책이 위에 그대로 반영되어 있다. 그러한 구호는 작중 인물에게 "머리가 아프도록"[24] 잊히지 않는 골칫거리이다. 바로 위 대목은 바로 총독부에서 기획했던 도시 명랑화 사업에 대한 작가의 비판적 시각을 간접적으로 드러낸다. 도시 명랑화는 곧 '농촌 명랑화' 사업으로도 이어졌는데, 민속 오락이나 씨름 같은 운동 등을 조사하고 적극적으로 장려하는 등의 정책이 추진되었다.[25] 즉 1930년대는 식민지 조선 전반에 걸쳐 피식민지인의 명랑화를 위한 감정 정치가 진행되었던 것이다. 하지만 죽기 직전에 쓴 서간문에서 김유정은 사상사적으로 한때 유행한 '개인주의'와 함께 '니체의 초인설超人說', '마르사스의 인구론人口論' 등은 퇴색될 것이라 예상했다. 오히려 그는 당대 상황에서 가장 중요한 이상은 '사랑'이며, 그 때문에 "크로

---

23 「심청」, 『전집』(개정증보판), 181쪽.
24 위의 책, 181쪽.
25 소래섭, 앞의 책, 112~113쪽.

보토킨의 상호부조론相互扶助論이나 맑스의 자본론資本論이 훨씬 새로운 운명을" 띨 것이라 예상했다.[26] 김유정 소설 「만무방」이나 「봄·봄」 등에 등장하여 강자强者의 편을 들어 지배자의 논리를 재생산하는 '구장'과, 또 그의 입을 통해 식민지 규율통치의 수단으로 등장하는 법률法律의 의미도 사실상 김유정에게는 비판이나 불화의 대상이었다. 「땡볕」에 등장하는 반전, 즉 희망을 갖고 찾아간 대학병원에서의 절망 및 미래에의 불안 역시 같은 맥락에서 설명된다. 즉 당대 최고 수준의 현대의학 기술이 집결된 대학병원에서의 비정한 생명 관리 방식과 환자에 대한 몰감정의 태도 등은 덕순이 내외에게 큰 좌절과 불안을 안겨준다. 이 대목 역시 당시 지배 체제에 대한 김유정 소설의 미적 불화를 뒷받침하는 것이다. 요컨대 김유정 소설은 사상적으로 체제 비판적이며 미학적으로는 체제 불화적이었다. 중요한 것은 그와 관련되는 김유정 소설의 미적 특성이다. 김유정은 자신의 소설에서 독자가 그러한 비극적 진실의 심층을 확인하기까지 헛된 희망과 기대를 우선 제시한 후, 그것이 반전이라는 장치를 통해 전도되면서 절망과 함께 곧바로 불안이라는 감정이 엄습하는 방식으로 서사구조를 짜놓았다. 바로 이것이 김유정 소설에서 특기할 만한 미적 속성이다.

그렇다면 김유정 소설에 나타난 반전과 감정 양상을 당대 감정 정치의 상황과 관련지어 이렇게 해석해볼 수 있겠다. 김유정은 당대 사회 맥락을 보건대, 감정 정치에 나타난 시대적인 주류 감정 정책과 불화不和, ésentente했다. 지배자의 감정 정치에 어긋나고 불화하는 감정 구조를 형상화함으로써 몫 없는 이들의 몫이란 애당초 생각조차 하기 불가능한

---

26 「병상의 생각」, 『전집』(개정증보판), 471쪽.

상황임을 폭로하고자 한 것이다. 물론 정치경제학적 식민화가 심화되어가는 과정을 명확히 의식하고 또 그것을 실천적 저항의 가능성으로까지 사유한 것이라 규정하기는 어렵지만, 소설 쓰기에 그러한 문제의식이 반영된 것은 틀림없어 보인다. 자크 랑시에르의 주장을 빌리자면, 문학의 정치성이란 지배적 감각과는 다른 감각과 감정을 창출함으로써 지배적인 감정 질서를 교란하거나 재배치하는 방식으로 실현되는 것인데,[27] 여기에 문학의 미적 불화가 중요한 역할을 한다. 논의를 좀 더 심화하기 위해 그가 주창한 치안과 정치의 개념적 구별도 참고할 수 있다. 그에 따르면, 치안police은 행위 양식이나 언어 양식 그리고 감각적인 것의 나눔을 정의하는 신체들의 질서이다. 이 질서는 그 신체들에게 일정한 장소에서 일정한 과제를 부여받도록 만든다.[28] 반면 정치politics는 치안을 규정하는 감각적인 것의 짜임과 단절하는 것이며, "부분들과 몫들, 몫들의 부재가 정의되는 공간을 다시 짜는 일련의 행위"들을 의미한다.[29] 그러니까 정치란 치안을 근거짓는 감각적인 것의 나눔의 작위성을 드러내고, 그것을 다른 종류의 감각적인 것의 나눔으로 대체하거나 재배치하려는 문제장인 것인 것이다. 문학의 경우 이 과정에서 지배 감각 혹은 감각과의 미적 불화가 작용하게 된다.

그런 점에서 김유정 소설에서의 반전과 그에 따른 감정의 급변과 교란은 정치적 주체화의 논리에 가닿는다. "정치적 주체화의 논리는 결코 하나의 정체성에 대한 단순한 긍정이 아니"라, "치안 논리가 고착시키고 타자가 부과하는 정체성을 부인하는 것이다."[30] 그런 점에서 소설로

27 자크 랑시에르, 유재홍 역, 『문학의 정치』(제2판), 인간사랑, 2011, 11쪽.
28 자크 랑시에르, 진태원 역, 『불화─정치와 철학』, 길, 2015, 63쪽.
29 위의 책, 63쪽.
30 자크 랑시에르, 양창렬 역, 『정치적인 것의 가장자리에서』(전면개정판), 길, 2013, 121쪽.

할 수 있는 저항의 방법을 최대한 모색한 김유정은 속이기의 대칭 구조에 따른 반전 장치와 그에 따른 감정의 아이러니라는 소설미학을 통해 정치적 주체화의 길을 모색했다고 평가할 수 있다. 반전은 헛된 희망과 불안으로 가득 찬 세계의 실상을 고발하는 역할을 하기에 충분했다. 그럼으로써 김유정은 당시 일제 총독부의 감정 정치가 추구한 단순한 건전성과 체제 순응적인 감정으로의 획일화에 미학적으로 맞섰던 것이다. 김유정 소설에 나타난 반전과 감정이 정치성을 지니는 까닭을 바로 여기서 찾을 수 있다.

5. 맺음말

단편이 대부분인 김유정 소설의 미학적 특성 및 가치는 지속적으로 연구할 만한 과제이다. 미완성 작품인 『생의 반려』를 제외한 지면으로 발표된 나머지 모든 김유정 소설은 단편소설이다. 작가가 생의 특별한 지점을 뛰어난 감각적 예지로 주목하여 깊은 통찰과 번떡이는 심미적 구성력으로 써내야 하는 것이 단편소설이다. 그런데 김유정 소설의 대부분을 차지하는 단편소설이 웅숭깊은 느낌을 주는 까닭은 무엇인가? 그것은 드러난 것 이면에 숨겨진 서사의 깊이와 넓이 때문이다. 또한 서사의 안팎을 하나의 원리로 꿰고 있는 속이기라는 언어의 수행성이 그 웅숭깊은 서사에 재미를 더하고 있다. 그러한 원리를 가능하게 하는 핵심적인 서사 장치가 바로 반전이라 할 수 있다. 이런 문제의식에 따라

이 연구는 지금까지 김유정 소설에서 반전이라는 서사 장치에 주목하여 그것이 감정과 밀접한 관련을 지닌다고 판단하고, 그에 따라 김유정 소설에서의 반전과 감정의 상호 역학을 분석하였다.

믿음에 따른 행동과 현실 논리에 따른 배반의 대칭 구조는 김유정 소설에서의 반전이 갖는 주요 골격이다. 반전 이전에는 속이기를 당하는 인물은 표층적으로 실상에 대해 무지한 상태에 있다. 반면 반전 상황에서는 속이기를 당해왔다는 사실을 발견함으로써 그 인물은 진짜 현실을 맞닥뜨리게 된다. 그 상태가 바로 반전이다. 하지만 사건의 전개과정과 맥락으로 볼 때, 반전 이후 전개될 상황이 대체로 불행할 것으로 추정된다. 그 이후의 어두운 상황은 암시하듯 처리되고 있어, 결국 독자의 몫으로 남기고 있다. 반전이라는 지점에서 비로소 작가와 독자 간 속이기의 대칭 관계가 현동화되는 것이다. 반전에 의해 생겨나는 또 다른 문제는 이어서 감정인데, 김유정 소설에서의 반전은 감정을 희망과 불안으로 양분화한다. 그러나 기실 희망이란 그것이 이미 기만당할 운명에 놓여 있기에 헛된 희망이다. 반전은 그 진실을 폭로하는 장치이며, 그 때문에 자연스럽게 불안이 엄습하게 되는 것이다. 이러한 김유정 소설에서의 헛된 희망과 불안의 감정은 독자의 감정이입으로 비로소 완성된다.

궁극적으로 김유정 소설에서의 반전과 감정은 작가가 역사적 진보라는 근대 이념에 대한 근원적인 불안을 가졌고 그것을 작품의 서사에 투영했다는 점을 시사한다. 즉 이는 진보로 포장된 식민지적 근대화의 과정에서 겪는 심리적 곤란을 반영하는 것이며, 또 식민지 지배 질서에 대한 불편한 감정과 동요를 반전을 통해 형상화한 결과인 것이다. 소설로 할 수 있는 저항의 방법을 최대한 모색한 김유정은 속이기의 대칭 구조에 따른 반전 장치와 그에 따른 감정의 아이러니라는 소설미학을 통해 정치적 주체화의 길을 모색했다고 평가할 수 있다. 반전은 헛된 희망과 불안으로 가득 찬 세계의 실상을 고발하는 역할을 하기에 충분했다. 그럼으로써 김유정은 당시 일제 총독부의 감정 정치가 추구한 단순한 건전성과 체제 순응적인 감정으로의 획일화에 미적으로 맞서고 반응함으로써 문학의 정치성을 입증해보였던 것이다.

참고문헌

1. 기본자료
김유정, 전신재 편,『원본 김유정 전집』(개정증보판), 강, 2012.

2. 논문
김승종,「김유정 소설의 "열린 결말" 연구」,『현대문학이론연구』제53집, 현대문학이론학
　　　회, 2013.
박상준,「반전과 통찰―김유정 도시 배경 소설의 비의」,『현대문학의연구』제53집, 한국문
　　　학연구학회, 2014.
박숙자,「'통쾌'에서 '명랑'까지―식민지 문화와 감성의 정치학」,『한민족문화연구』30, 한
　　　민족문화학회, 2009.
방민호,「김유정, 이상, 크로포트킨」,『한국현대문학연구』제44호, 한국현대문학회, 2014.
연남경,「김유정 소설의 추리 서사적 기법 연구」,『한중인문학연구』제34호, 한중인문학회,
　　　2011.
오양진,「남녀관계의 불안―김유정의「동백꽃」과 이상의「날개」에 나타난 서술과 인간상」,
　　　『상허학보』제29집, 상허학회, 2010.
차희정,「김유정 소설에 나타난 한탕주의 욕망의 실제―「소낙비」,「금따는 콩밧」,「만무방」
　　　을 중심으로」,『현대소설연구』제64호, 한국현대소설학회, 2016.
한만수,「김유정 소설의 아이러니 분석」,『동악어문논집』제21집, 동악어문학회, 1986.

3. 단행본
소래섭,『불온한 경성은 명랑하라―식민지 조선을 파고든 근대적 감정의 탄생』, 웅진지식하
　　　우스, 2011.

아르네 그뤤, 하선규 역,『불안과 함께 살아가기―키에르케고어의 인간학』, 도서출판b,
　　　2016.
아리스토텔레스, 천병희 역,『아리스토텔레스 시학』, 문예출판사, 2002.

볼프강 이저, 이유선 역, 『독서행위』, 신원문화사, 1993.

베네딕트 데 스피노자, 강영계 역, 『에티카』(개정판), 서광사, 2007.

자크 랑시에르, 유재홍 역, 『문학의 정치』(제2판), 인간사랑, 2011.

자크 랑시에르, 양창렬 역, 『정치적인 것의 가장자리에서』(전면개정판), 길, 2013.

자크 랑시에르, 진태원 역, 『불화―정치와 철학』, 길, 2015.

잭 바바렛, 박형신 역, 『감정과 사회학』, 이학사, 2009.

주디스 버틀러, 유민석 역, 『혐오 발언―너와 나를 격분시키는 말 그리고 수형성의 정치학』,
　　　알렙, 2016.

지그문트 바우만, 정일준 역, 『쓰레기가 되는 삶들―모더니티와 그 추방자들』, 새물결,
　　　2008.

프레드릭 제임슨, 이경덕 외역, 『정치적 무의식―사회적으로 상징적인 행위로서의 서사』,
　　　민음사, 2015.

Currie, Mark, *The Unexpected ― narrative temporality and the philosophy of surprise*, Edinburgh:
　　　Edinburgh University Press, 2013.

김유정 소설의 정동 연구*

연애, 결혼 모티프를 중심으로

김윤정

1. 서론

김유정(1908~1937)은 강원도 산골 마을을 배경으로 토속적이고 향토적인 이미지를 소설화한 작가이다. 동시에 그는 식민지 조선의 현실과 모순 그리고 근대적 가치의 이면을 예리하게 포착한 작가이기도 하다. 그래서 김유정의 소설은 한편으로는 우스꽝스럽지만 다른 한편으로는 우울하다. 김유정 소설의 인물들은 하나같이 숙맥이고 비윤리적이지만 동시에 그들은 애처롭고 윤리적이다. 4년간의 짧은 문단 활동 기간과 많지 않은 작품 수[1]에도 불구하고 그의 작품에 대한 활발한 연구와 해

* 이 글은 현대문학이론연구 제71집(현대문학이론학회, 2017.12)에 수록된 글을 수정 보완한 것입니다.

석이 가능한 것은 바로 이러한 양가적 속성이 그의 문학 전반에 걸쳐 내재해 있기 때문이다. 김유정의 전통성과 토속성은 식민지 근대의 구조적 모순과 하층민의 궁핍과 연결되어 있으며, 인물들의 해학적 언어는 고통스러운 현실의 반어적 표현으로 나타난다.

김유정 소설에 관한 연구는 이러한 문학적 특성을 밝히는 데 주력해 왔다. 최근에는 김유정 소설의 현대적 의미를 조명하는 연구가 활발하게 진행되고 있으며, 이는 김유정 소설의 연구사에 대한 외연을 확장할 뿐만 아니라 작품에 대한 다양한 해석의 가능성을 확보하는 기회가 되고 있다. 특히 감정의 정치학,[2] 감정의 서사[3]로써 김유정의 서사 구조의 특이성을 작품의 정서와 연계하여 작가의 문제의식이나 서술자의 태도, 인물의 감정과 독자의 반응을 분석하는 연구들은 김유정 소설의 해석에 새로운 시각을 부여했다는 점에서 주목할 만하다.

이들 연구의 핵심은 김유정 소설의 서사 전개가 교란적 성격을 갖는다는 데 있다. 김근호는 김유정 소설을 가로지르는 비정상성의 한 표지로 속이기에 주목할 필요가 있다고 강조한다. 그것은 김유정 소설의 서사 전반을 이끌어가는 핵심 동력이 되기 때문이다. 김유정의 소설에서 거짓말이라는 언어적 수행성은 인물 간 심리 대결과 속고 속이기의 대결적 서사로 구체화된다. 나아가 작가와 독자 간의 속이기는 '반전'이라는 서사

---

1   김유정은 1933년 잡지 『제일선』에 「산ㅅ골나그내」를 발표하면서 문학 활동을 시작하였다. 이후 1935년 『조선일보』에 「소낙비」로 1등에 당선되고, 『조선중앙일보』에서 「노다지」가 가작으로 입선되어 본격적인 작가로서 등단을 완료하였다. 현재까지 밝혀진 바에 의하면 김유정 소설은 미완 장편소설 1편, 번역소설 2편, 단편소설 30편(동화 2편 포함), 수필 12편이다 (유인순, 『김유정문학 연구』, 강원대 출판부, 1988, 23쪽).
2   김근호, 「김유정 소설에서의 반전과 감정의 정치학」, 『한중인문학연구』 55권, 한중인문학회, 2017.
3   정연희, 「김유정의 자기서사에 나타나는 우울과 알레고리 연구―「두꺼비」와 「생의 반려」를 중심으로」, 『국어문학』 65, 국어문학회, 2017.7; 「김유정 소설의 멜랑콜리 미학과 총체성의 저항」, 『우리문학연구』 56, 우리문학회, 2017.10.

로서 서사의 이중성을 담아내는 장치로 작동된다. 정연희는 김유정의 소설에서 모순되고 애매모호한 상태를 갈피 잡아 설명하지 않고 도리어 대립되고 모순되는 상황을 공존하게 하는 서술이 중층적이고 복합적인 정서를 만들어낸다고 보았다.

이와 같은 김유정 소설의 서사적 교란의 성격은 표면과 이면의 정서적 격차에서 발생한다. 이른바 "슬픔과 해학이 공존하는 문학"[4]이다. 표면적으로 밝고 건강한, 원시적 생명력과 자연의 아름다움이 두드러지게 제시되는 것과 달리 작품의 이면에서는 삶의 비애와 고통의 정서가 강력한 서사적 특징을 드러내 보이고 있다. 더욱이 '처녀', '총각'들의 연애와 결혼 서사에서 나타나는 정서적 격차와 이중적 감정의 문학적 재현은 김유정의 문학만이 담지하고 있는 특이성이라고 하겠다. 처녀와 총각이라는 육체적, 정신적 건강성을 담보한 인물들과 연애와 결혼이라는 원시적 생명성과 원초적 욕망의 서사가 전면적으로 부각되는 소설에서조차 수치와 모멸이라는 감정의 역학mechanis은 강력하게 작동되고 있기 때문이다.

김유정의 소설에 대한 최초의 언급은 1935년 안함광의 글에서 발견된다. "평범한 제재를 갖고 그것을 입체적으로 살린"[5] 작가의 재능을 우수하게 평가한 것인데, 여기서 '입체적'이라는 표현이 돋보인다. 이후 백철은 김유정을 "애수를 숨겨놓은 유우머의 작가"[6]라고 하였다. 안함광의 '입체적'과 유사하게 백철의 '숨겨놓은'이라는 평가는 이후 김유정 소설의 성격을 규명하는 데에 중요한 시발점이 되었다. 김유정 소설의

---

4 김예리, 「김유정 문학의 웃음과 사랑」, 『한국예술연구』 14, 한국예술종합학교 한국예술연구소, 2016.12, 213쪽.
5 안함광, 「최근 창작평」, 『조선문단』 4-4, 조선문단사, 1935.8.
6 백철, 『조선문예사조사 현대편』, 백양당, 1949, 311쪽.

양가성을 의미하기 때문이다. 상당량의 선행연구로써 분석되었듯이, 해학적이면서도 비극적인 서사 진행과 숙맥이면서도 타산적인 인물들의 성격은 김유정 소설의 문학적 의의와 직결되어 왔다. 그런데 여기서 더 나아가 김유정 소설의 양가성은 상충되는 감정의 동시적 발생에 있음을 간과할 수 없다. '서글픈 해학', '아픈 웃음, 어두운 해학, "아픔을 삼키기 위한 강인한 웃음"[7] 등의 평가는 김유정 소설의 양가적 정서가 발생하는 지점과 원인, 과정 등을 보다 면밀하게 고찰함으로써 보완되어야 하는 것이다.

　김유정 소설에서 정서와 관련한 연구는 우울과 불안, 슬픔과 절망 등에 집중되었다. 김유정의 전기적 생애와 관련하여 우울의 정서를 밝힌 유인순[8]은 김유정의 감정적, 정신적, 육체적 결핍의 근원이 우울이라고 하였다. 정주아[9]는 작가의 우울이 소설 창작의 원동력이 되고 있는 점에 주목하고, 우울과 아이러니의 상호연관성과 저항적 국면을 고찰하였다.

　불안의 정서와 서사적 특성을 분석한 오양진[10]은, 「동백꽃」의 서술에 도입된 알레고리는 봉건적 권위에 대한 구속이 근대적 개인의 감정적 자유로 대체되면서 나타난 유동적이고 불안정한 관계의 수평성과 일치한다고 보았다. 따라서 김유정 소설의 유머러스한 어조는 감정적

7　전신재, 「김유정 소설의 판소리 수용」, 『강원문화연구』 제4집, 강원대 강원문화연구소, 1984; 한만수, 『한국서사문학의 바보인물 연구 ― 바보 민담, 판소리계 소설, 김유정 소설을 중심으로』, 동국대 박사논문, 1992; 전상국, 「김유정 소설의 언어와 문체」, 『김유정 문학의 전통성과 근대성』, 한림대아시아문학 연구소, 1994; 유인순, 「노다지의 문체 연구」, 『강원문화연구』 제7집, 강원대 강원문화연구소, 1987; 이주일, 「유정 문학의 향토성과 해학성」, 『국어국문학』 83호, 국어국문학회, 1980.
8　유인순, 「김유정의 우울증」, 『현대소설연구』 제35호, 한국현대소설학회, 2007, 135쪽.
9　정주아, 「신경증의 기록과 염인증자의 연서쓰기」, 『현대문학의 연구』 57권, 한국문학연구학회, 2015.
10　오양진, 「남녀관계의 불안 ― 김유정의 「동백꽃」과 이상의 「날개」에 나타난 서술과 인간상」, 『상허학보』 29, 상허학회, 2010.

수평화의 고통에 직면한 근대적 개인들의 당혹감에 대한 일종의 방어 기제가 되기 때문에 관계의 불안정성에서 오는 근심의 영향을 웃음으로 넘겨버리는 것이라고 설명하였다. 김근호는[11] 김유정 소설에 나타난 반전의 특징과 그에 반영된 감정, 그로 인해 독자가 경험하게 되는 감정 양상을 분석하였다. 연구자에 따르면, 김유정 소설을 가로지르는 극단적인 두 감정은 희망과 절망이며, 두 감정 사이에 위치하여 두 감정을 이어주며 서사 주체들을 짓누르는 감정이 바로 불안이라고 하였다.

이와 같이 김유정의 소설에 내재된 정서는 김유정 문학의 서사적 특질을 이루는 데 주요한 요소로 작용하고 있다. 임정연[12]이 지적한 바와 같이, 김유정 소설의 윤리성은 인물이나 이야기 같은 층위에서 발생하는 서사윤리가 아니라 이를 바라보는 작가적 태도와 정서의 차원에서 해명되어야 할 문제인 것이다. 임정연은 김유정 소설에서 서사 차원의 웃음기를 걷어내고 작가 혹은 내포작가의 시선과 태도를 해부해보면, 그 저변에 슬픔이라는 정서가 작용하고 있음을 알 수 있다고 보았다. 슬픔은 비극적인 감정을 의미한다기보다 인간의 실존에 대한 정서적 반응이다. 그러므로 김유정 소설에서 슬픔은 해학과 상호 결속되어 김유정 소설의 기저를 이루는 태도로 접근되어야 할 것이라고 강조하였다.

그러나 이와 같은, 정서에 집중된 연구는 작중 인물의 감정이 표면적으로 재현된 양상에 의존할 수밖에 없다. 감정은 단일한 것이 아니고 감정의 주인들 간에 이루어지는 교류와 변이, 작용과 반작용 등 연쇄적 반응의 일부일 뿐이다. 이를테면, 김유정의 소설의 정서를 우울이나 불안,

---

11 김근호, 앞의 글.
12 임정연, 「김유정 자기서사의 말하기 방식과 슬픔의 윤리」, 『현대소설연구』 제56호, 현대소설학회, 2014.

슬픔의 감정에 제한하게 되는 우려가 있는 것이다. 한 인물의 내면에서도 감정은 모순적이기도 하고 중층적으로 발생하기도 하는데, 기존의 연구에서는 양가적 감정의 발생 원인을 포착하기 어렵다. 따라서 김유정 소설의 정서 연구는 작중 인물의 잠재적 감정, 그리고 인물들 간의 정서적 교류, 그리고 서술자와 독자 간의 관계적 맥락을 배제한 채 규명되고 있다는 한계가 있다. 재현된 일부로서의 감정이 아닌, 감정의 지속과 이행, 잠재성과 연대성을 중심으로 김유정 문학의 서사적 미학이 재고再考되어야 하는 것이다. 그리고 이러한 감정 역학의 문학적 재현은 정동affect으로써 확인된다.

정동은 전前의식적 차원에서 발생한다. 따라서 의식화된 것과는 전체적으로 다른 "내장의visceral 힘들, 즉 정서emotion 너머에 있기를 고집하는 생명력vital forces"[13]이라고 할 수 있다. 이에 정동은 주체와 객체라는 전통적인 대립항을 통해 인간과 세계를 보는 관점에 대하여 교정을 요청하며, 주체화 과정에 참여하면서도 결코 의식적 또는 언어적 차원으로 환원되지 않은 육체와 감각의 논리에 주목해왔다. 보다 구체적인 설명에 따르면, 정동에는 세 가지 다른 측면이 있다. 첫째는 전이transitive로서의, 그리고 비인격적, 또는 "전前인격적pre-personal인 힘의 운동으로서의 정동이다." 이것은 "인간이 아닌 모든 것과 공유하는 것의 한계 표현, 즉 사물에 자신을 포함시키도록 하는 것"으로서의 정동이다. 두 번째 측면은 좀 더 인격적인, 말 그대로 더 친근한 정동이다. 이것은 감정이나 느낌, 광범위한 정동적 강도들이 신경계로 들어가서 종국에는 등록되어 인지 가능하게 되는 것, 자아와 세계가 계속해서 접혀 들어가는

---

13 그레고리 J. 시그워스·멜리사 그레그, 최성희·김지영·박혜정 역, 「미명(微明)의 목록(창안)」, 『정동이론』, 갈무리, 2015, 14~15쪽.

것, 즉 인격체의 표상으로서의 정동이다. 정동의 세 번째 측면을 스피노자가 말한 "정동을 촉발하고, 정동이 촉발될 수 있는 능력"인데, 이것으로 인해 이러한 정동의 생각들과 함께 신체가 행동하는 힘 자체가 증가하기도, 감소하기도, 도움을 받거나 방해를 받기도 한다. 정동은 다시금 끊임없는 변주 속에서 "전이"하며, 하나의 상태라기보다는 계속해서 "한 상태에서 다른 상태로 가는 과정"이다.[14]

요컨대 정동은 감정의 연쇄와 교감, 공감, 반감 등으로 드러나는 감정의 '이행'[15]으로서, 문학 작품에서의 정동 연구는 작중 인물이 외부의 환경에 대해 정서적으로 반응하게 되는 전후 맥락을 살피게 한다. 따라서 인물 간의 관계적 감성이 어떻게 나타나는가를 확인할 수 있도록 한다는 점에서 유의미한 연구 방법론이라 하겠다. 이 글은 김유정 소설의 '연애와 결혼 모티프'를 중심으로 전의식적 차원의 감정적 흐름, 변화 양상, 이행의 효과 등 정동이 발생하는 맥락을 분석하고자 한다. 이로써 표면적으로 드러나는 서사적 해학성과 달리 잠재적 차원에서 작동하는 정동은 사건에 직면한 인물의 재현불가능한 감정, 또 사건을 전달하는 서술자의 해석불가능한 감정의 흐름을 포착하게 함으로써 상충되는 정서의 동시적 흐름이라는 김유정 문학의 서사 교란적 성격을 확인할 수 있을 것이다. 이 글은 이것이 김유정 문학의 독특한 문학적 특성을 구성하고 있는 주요한 요소임을 밝히고자 한다.

이 글에서 중점적으로 분석할 작품은 「총각과 맹꽁이」(『신여성』 9월호,

---

14 론 버텔슨·앤드루 머피, 최성희·김지영·박혜정 역, 「일상의 무한성과 힘의 윤리－정동과 리토르넬로에 대한 가타리의 분석」, 위의 책, 239~240쪽.

15 정동은 전(前)의식적 차원에서 발생한다. 따라서 잠재성의 술어인 정동(affectus＝affect)은 현실성의 술어인 감정(affectio＝affection, emotion)과 구분된다. 또한 위의 표에서와 같이 affect-affection은 percept-perception과 act-action을 연결하는 존재론적 의미망 속에서 파악되어야만 한다. 조정환, 『인지자본주의』, 갈무리, 2011, 557쪽.

1933), 「산골」(『조선문단』 7월호, 1935), 「봄·봄」(『조광』 12월호, 1935), 「동백꽃」(『조광』 5월호, 1936)의 네 작품[16]으로, 이들 작품은 몇 가지 유사한 성격을 보여주는 작품들이라는 점에서 비교 분석의 대상으로 적절하다고 본다. 그 구체적인 내용은 다음과 같다.

산골	여성의 적극성	연애의 불가능	계급 갈등	기대-배반의 구조
동백꽃				패배-순응의 구조
봄·봄	남성의 무력성	결혼의 실패	경제 갈등	기대-배반의 구조
총각과 맹꽁이				패배-순응의 구조

「산골」과 「동백꽃」은 연애 감정이 주된 정서로 나타나는 작품이다. 특히 남녀 관계에 있어서 여성인물의 적극성이 인상적이며, 이러한 여성인물의 능동적 구애求愛에 대해 남성인물들은 회유하거나 무시하는 것으로 여성인물의 연애 정동에 교감하지 못한다. 이와 같은 연애 감정의 이행과 흐름을 방해하거나 차단하는 가장 큰 원인은 남녀 인물 간의 신분의 격차에 따른 계급 갈등 때문이다.

「봄·봄」과 「총각과 맹꽁이」는 결혼 욕망의 서사가 작품의 주요 내용을 이루는 공통점이 있다. 두 작품에는 결혼을 강렬하게 욕망하는 남성인물이 등장한다. 이들은 자신들의 욕망을 충족하기 위해 다양한 수단과 방법을 동원하지만, 그 과정은 모두 남성인물의 무력성만을 강조할 뿐이다. 이들 작품의 남성인물들은 결혼에 대한 애착과 실패에 대한 불안감에 정동되어 서사를 이끌어 나간다. 결과적으로 이들 남성은 결혼에 실패하게 되는데, 그 원인은 경제적 논리에 있다. 무임 노동력의

---

16 이 글에서 인용하는 원문의 출처는 『김유정 전집』 1(도서출판 가람기획, 2003)임을 밝혀둔다. 이후 쪽수만 명기함.

지속적인 착취와 선채금先綵金을 마련할 수 없는 궁핍한 생활은 남성 인물들로 하여금 경제적 열등감과 좌절감에 빠지게 한다.

　다른 한편으로「산골」과「봄·봄」,「동백꽃」과「총각과 맹꽁이」는 각각 '기대-배반의 구조'와 '패배-순응의 구조'라는 유사성이 있다.「산골」과「봄·봄」의 경우, 연애와 결혼에 있어서 상대로부터 굳건한 약속을 얻어낸 주인공은 신뢰를 기반으로 관계의 유지를 지속해 가지만, 그 약속은 도리어 인물의 생존, 일상의 유지를 위협하는 것으로 변질된다. 이러한 서사 구조의 변화는 인물의 신체가 외부 환경의 자극에 정서적으로 반응함으로써 체화되는 과정을 통해 전달된다. 마찬가지로,「동백꽃」과「총각과 맹꽁이」역시 연애와 결혼에 있어 자기 자신에 대한 수치심과 모멸감을 극복하지 못하고 기존 질서, 권력 담론에 순응하는 양상을 보여준다. 이와 같은 네 작품의 유사성과 상동성은 '연애와 결혼 모티프'를 중심으로 한 김유정 문학의 정동을 밝히는 데 있어 가장 효과적인 작품이라고 하겠다.

　김유정의 소설에서 청춘남녀들의 감정이 대립적이고 또는 모순적이라면 인물들의 관계에서 정서의 강도, 흐름의 양상, 혹은 정서 변화의 기점 등을 찾을 수 있을 것이다. 이 글은 이러한 관계적 감성의 양상을 소설의 맥락에서 찾고, 이를 통해 인물들의 정서적 교류와 교감, 정서의 변화가 나타나게 되는 원인과 이유를 분석해 보고자 한다. 본 연구는 앞서 김유정 문학의 고유한 특성으로 부각된, "슬픔과 해학이 공존하는 문학"이라는 서사적 교란의 심층을 분석하는 하나의 방법이 될 것이며 김유정 소설의 표면과 이면의 정서적 격차의 원리를 밝히는 성과로 나타날 것이다.

2. 기대와 배반의 정동과 '잔혹한 낙관주의'

「산골」은 아름다운 자연을 배경으로 청춘 남녀의 열정적 사랑을 보여준다. 열여섯 살의 '이쁜이'는 주인집 도련님과 사랑에 빠지게 되는데, 공부하러 도시로 떠나게 된 도련님의 소식이 끊기자 그가 남긴 약속들을 되새기며 기다림을 맹세하는 것이 주요 내용이다. 총 다섯 개의 소제목으로 내용을 구분하고 있는데, '산'·'마을'·'돌'·'물'·'길'로 나누어진 각각의 소제목은 모두 이 작품의 배경이 되는 공간이며, 아울러 이쁜이의 연애와 이별, 원망과 미움, 기다림과 다짐의 감정이 분출하는 공간이다. 요컨대 각 장章의 소제목은 이쁜이의 정동 공간을 드러내고 있는 것이다. 정동의 공간space of affect 혹은 정동적 공간affective space은,[17] 사건이 발생하는 공간이 담지하고 있는 분위기, 즉 정동의 이행과 효과, 변용의 양태가 나타나는 공간을 의미한다.[18] 이 작품의 제목인 '산골'과 마찬가지로 각각의 소제목은 원시적 욕망의 열정적 표현, 천진난만한 순수함, 지고지순한 사랑의 영원성 등 서정적 공간으로서의 정

---

17 영국의 지리학자 나이절 쓰리프트(Nigel Thrift)는 10여 년 전 '정동의 공간 정치를 향하여'라는 부제가 달린 글에서 "도시들은 정동(affect)의 소용돌이처럼 보인다"라고 하였다. 신현준, 「아시아 도시의 대안적 공간화 실천을 위한 서설(序說) ― 정동, 공간, 정치」, 『사이間SAI』 제21호, 국제한국문학문화학회, 2016, 299쪽.

18 플롯에 따라 살펴보자면, '산'에서는 이 작품 전체의 핵심 내용이 나타난다. 씨종의 딸인 이쁜이가 도련님의 관심을 받고 열정적인 사랑에 빠졌다가, 공부하러 떠난 도련님을 그리워하여 애태우는 내용이다. '마을'에서는 도련님과의 연애 사건이 주인집에 알려져 고초(苦楚)를 겪는 이쁜이와 이쁜이를 향한 우직한 감정을 드러내는 석숭이가 등장한다. '돌'에서는 도련님과의 연애 사건이 소문으로 퍼지지 않도록 경계하고, 또 석숭이의 관심을 차단하는 이쁜이의 마음이 드러난다. '물'에서는 도련님과의 추억이 담긴 장소에서 도련님의 언약(言約)을 되새긴다. '길'에서는 석숭이의 도움으로 도련님에게 전할 편지를 쓰고, 그것을 전달하기 위해 우체부를 기다리는 이쁜이의 애절함이 서술되어 있다.

동이 발생하는 공간임을 알 수 있다.

(가)

하늘은 맑게 개이고 이쪽저쪽으로 뭉글뭉글 피어오른 흰 꽃송이는 곱게도 움직인다. 저것도 구름인지 학들은 쌍쌍이 짝을 짓고 그새로 날아들며 끼리끼리 어르는 소리가 이 수퐁까지 멀리 흘러내린다.

갖가지 나무들은 사방에 잎이 우거졌고 땡볕에 그 잎을 펴들고 너훌너훌 바람과 아울러 산골의 향기를 자랑한다.

그 공중에는 날으는 꾀꼬리가 어여쁘고 — 노란 날개를 팔딱이고 이 가지 저 가지로 옮아 앉으며 흥에 겨운 행복을 노래 부른다. (138~139쪽)

(나)

어느덧 이쁜이는 눈시울에 구슬 방울이 맺히기 시작한다. 그리고 나물 바구니가 툭, 하고 땅에 떨어지자 두 손에 펴들은 치마폭으로 그새 얼굴을 폭 가리고는 이쁜이는 흐륵흐륵 마냥 느끼며 울고 섰다. 이제야 후회되나니 도련님 공부하러 서울로 떠나실 때 저도 간다고 왜 좀더 붙들고 늘어지지 못했던가. 생각하면 할수록 가슴만 미어질 노릇이다. (139쪽)

위의 예문은 이 작품의 도입부이다. (가)와 (나)는 전혀 다른 분위기를 드러내는데, 소설에서 도입부의 기능을 고려한다면, 이러한 이미지는 이 작품의 전체적인 분위기를 암시한다고 하겠다. 먼저 (가)의 예문에서와 같이, 작품의 배경으로서 공간의 이미지는 생동하는 젊은이들의 활력活力과 무한한 자연의 생명력, 화사한 봄날의 아름다운 경관 등에서 나타나는 사랑과 열정, 기쁨과 환희, 기대와 확신이다. 그러나 (나)

에서와 같이 실제로 이쁜이에게 영향을 주는 공간의 정동은 불안과 우울, 슬픔과 탄식, 후회와 절망 등이다. 한 공간에 서로 상반되는 정동이 이 작품의 분위기를 이끌어 가고 있는 것이다. 이러한 정동의 격차에서 이쁜이가 느끼는 감정의 비극성은 더욱 고조된다. 요컨대 이쁜이에게 (가)의 공간적 배경은 "잔혹한 낙관주의"[19]의 장소들이며 덩백하게 주체의 생장을 방해하는 관습적 욕망[20]의 정동 공간이다.

이쁜이의 비극은 도련님의 약속을 철저하게 신뢰하고 있다는 데에서 발생한다. 도련님의 무책임한 언약言約을 굳건한 사랑으로 확신한 이쁜이는 사랑의 완성과 함께 그로 인한 신분의 변화를 욕망하게 된다. 로렌 벌랜트에 따르면, 우리가 욕망의 대상에 관해 이야기 할 때 정말로 우리가 말하는 것은, 다른 사람이나 사물이 우리에게 약속하거나 우리를 위해 가능하게 해 주길 원하는 '한 다발의 약속'에 대한 것이라고 할 수 있다.[21] "……그럼 한 달 후에면 꼭 데려가마"(140쪽)라는 도련님의 언약으로 이쁜이는 사랑의 성립 가능성을 확신하게 된다. 이쁜이는 "한 달 후", "꼭", "데려가마"라는 언약에 정동되지만, 사실 도련님의 진의眞義는 "…"가 드러내는 정동에 있으며, 이쁜이가 "…"에 정동되지 못했다는 것에서 이 작품의 비극성이 암시된다.

도입부에서 "난 그럼 기다릴 테야유!"(140쪽)로 맹세하던 이쁜이는 결말부에서까지 "사나이 맘이 설사 변한다 하더라도 잣나무 밑에서 그다

---

19 '잔혹한 낙관주의'란 실현이 불가능하여 순전히 환상에 불과하거나, 혹은 너무나 가능하여 중독성이 있는 타협된 혹은 약속된(compromised) 가능성의 조건에 대한 애착 관계를 이르는 말이다. 로렌 벌랜트, 「잔혹한 낙관주의」, 『정동이론』, 갈무리, 2015, 162쪽.
20 위의 글, 199쪽.
21 이때 '약속(promise)'이라는 이 말은 어원상으로 'pro-(앞/전에)+mittere(놓다, 보내다)'의 결합으로 '미리/앞서 내놓다'라는 뜻이 있다. 이 말은 현재에 이미 미래에 대한 전망이 기입되어 있음을 뜻한다. 위의 글, 161쪽에서 재인용.

지 눈물까지 머금고 조르시던 그 도련님이 이제 와 싹도 없이 변하신다니 이야 신의 조화가 아니면 안 될 것이다"(154쪽)라고 하며, 앞서 도련님의 언약言約에 지속적으로 정동되어 있다. 도련님의 언약에 대한 강력한 애착을 보이고 있는 것이다. 애착의 내용이 무엇이든지 간에 그것의 형식이 지니는 연속성은 주체가 삶을 계속해서 살아가며 세상 속에 존재하기를 바라는 것이 의미 있다고 느끼는 어떤 연속성을 제공한다. 정동형식으로서의 낙관주의가 작동하고 있는 것이다.

본래 낙관주의는 미래에 대한 긍정적 전망으로 대상에 대한 애착과 관련된다. 그러나 모든 애착은 낙관적일 수 있지만, 모두 낙관적인 느낌을 보증하는 것은 아니다. 잔혹한 낙관주의가 작동하는 경우에는 욕망의 대상이나 장면이 지닌 생기나 활기를 불어넣는 힘potency이 오히려 처음 애착이 작동할 때 가능했으리라 여겨지는 무성한 생장력the thriving을 감소시키는 데 기여한다.[22] 불가능한 것에 대한 애착은 결국 상실로 귀결될 수밖에 없고, 중독성 있는 것에 대한 애착은 애착 대상이 주체를 망치는 경우에도 멈출 수 없다는 점에서 잔혹하기 때문이다.[23] 잔혹한 낙관주의에 정동된 이쁜이는 도련님이 부재한 현실에 대해 합리적인 전망이나 포기 가능성을 고려하지 않는다. 그렇다고 욕망충족을 위해 적극적으로 대응을 하거나 방안을 강구하지도 않는다. 따라서 작품의 배경이 되는 공간의 정동과 달리 인물의 정동이 생기나 젊음의 활력을 드러내지 못하는 이유는 인물에게 잔혹한 낙관주의 정동이 작동되고 있기 때문이라고 하겠다.

---

22 위의 글, 162~164쪽.
23 박지원·김회용, 「정동의 관점에서 본 교육의 정치적 침묵-'세월호'와 '잔혹한 낙관주의'」, 『교육의 이론과 실천』 제21권 3호, 한독교육학회, 2016, 64쪽.

「봄·봄」에서 '나'와 장인丈人의 갈등 역시 언약言約으로 인해 발생한다. '점순이'의 키가 자라면 결혼을 시켜주겠다는 약속을 굳게 신뢰하고 데릴사위로 들어와 무임 노동을 한 지 어느덧 4년째가 되었다. 마을에서 '사위 부자'로 악명이 높은 장인임에도 불구하고 4년이나 노동력 착취를 당해온 것은 장인의 언약에 대한 '나'의 기대 때문이다. 그동안 결혼에 대한 기대와 배반이 반복되어왔고, 더 이상은 장인을 신뢰할 수 없다고 판단한 '나'의 항의와 요구로 소설의 갈등은 시작된다. 그런데 사실 '나'가 요구하는 것은 노동에 대한 정당한 대가나 혹은 당장의 결혼이라기보다는 결혼 가능성에 대한 확신이다. "이태면 이태, 3년이면 3년, 기한을 딱 작정하고 일을 해야 할 것이다. 덮어놓고 딸이 자라는 대로 성례를 시켜 주마, 했으니 누가 늘 지키고 섰는 것도 아니고, 그 키가 언제 자라는지 알 수 있는가"(214쪽)라는 말처럼, '나'에게는 결혼의 불가능성에 대한 불안감이 가중되고 있기 때문이다. 이를테면, 결혼 가능성에 대한 '나'의 애착이 장인의 의중義衆을 탐색하는 과정으로 변용하면서 서사가 진행되고 있다고 하겠다. 물론 '나'의 요구와 항의가 처음인 것도 아니다. '작년 이맘때'에도 '나'는 장인의 약속 불이행에 대해 트집을 잡았었다. 그러나 곧 "예, 그만 일어나 일 좀 해라. 그래야 올 갈에 벼 잘 되면 너 장가들지 않니,"(217쪽)라는 장인의 회유에 다시 한 번 사위가 될 수 있다는 낙관적 기대를 품고 지내왔던 것이다.

개 돼지는 푹푹 크는데 왜 이리도 사람은 안 크는지, 한동안 머리가 아프도록 궁리도 해보았다. 아하, 물동이를 자꾸 이니까 뼈다귀가 움츠러드나보다, 하고 내가 넌지시 그 물을 대신 길어도 주었다. 뿐만 아니라 나무를 하러 가면 서낭당에 돌을 올려놓고 '점순이의 키 좀 크게 해줍소사. 그러면 담엔 떡

갖다놓고 고사 드립죠니까.'하고 치성도 한두 번 드린 것이 아니다. 어떻게
돼 먹은 건지 이래도 막무가내니……. (214~215쪽)

　　서낭당에 치성을 드리는 '나'의 정동은 중층적이다. 점순이와의 결혼
이 성사되기를 기원하는 기대감인 동시에 결혼이 성사되지 못한다면,
"장가를 들러갔다가 오죽 못났어야 그대로 쫓겨왔느냐고 손가락질 받
을" 것이라는 위기감이다. 점순이와의 결혼불가능성에 대한 불안감은
장인에 대한 무조건적인 '믿음'에서 '의심'으로 이행한 결과이다. 결혼
계약 조건에 대한 의심은 '나'의 내면에서 장인에 대한 불신으로 확장되
어 주체의 내면 인식이 변화하는 계기를 마련하게 된다.[24] 결혼에 대한
기대감과 결혼 실패에 대한 경계심에 정동되어 '나'의 감정은 상당히 불
완전한 확신으로 혼란스러운 상태이다. 즉 욕망의 대상을 상실하게 되
는 것을 두려워하는 마음이 '미리' 작동하여 한사코 그 대상 옆에 머물
고자 하는 것이다. 그것이 개인적으로 불행을 심화시키거나 삶에서 별
도움이 되지 않더라도 그 대상 자체가 삶을 연속시키는 조건으로 작용
하기에 포기하지 못한다는 점에서 '잔혹하다'고 할 수 있다.[25]
　　이처럼 결혼의 가능성을 두고 기대와 배반이 반복되면서, '나'에게는
결혼 가능성 자체에 대한 애착이 발생하게 되고, 이러한 애착 관계는 '나'
가 장인에 대한 불신을 억누르고 무임 노동을 하게 하는 정동 역학을 완
성하게 된다. 잔혹한 낙관주의에 기반한, '좌절감을 주는 노동과 노동으
로 인한 좌절감'[26]이 반복되고 있는 것이다. '나'의 강력한 요구와 항의로

---

24 장수경, 「정념의 관점에서 본 김유정 소설의 미학」, 『한민족문화연구』 55, 한민족문화학회,
　　2016, 242~243쪽 참조.
25 로렌 벌랜트, 앞의 글, 162쪽에서 재인용.
26 위의 글, 199쪽.

기대되었던 결혼은 결말에서 다시 배반되고 만다. 잔혹한 낙관주의는 익숙한 애착 체계를 영위하면서 이와 함께 삶을 축소하는 쪽을 선택하는 지, 달리 말해 딱히 패배라고는 할 수 없는 상호성이나 화합, 단념의 관계를 고수하기를 선택하는지 등에 대한 이유를 생각하면서부터 자라나는 개념이다. 혹은 그저 규범적 형식으로 옮겨가서 합의된 약속에 무디어지고 그 약속을 성취로 오인하게 되는 것이기도 하다. 만약 낙관주의의 대상이 정말로 상실되는 경우에 주체는 희망을 모조리 잃어버리는 지경에 이른다. 결국 습관화되거나 규범적인 삶이 재생산되는 것이다.[27]

벌랜트는 낙관주의를 우리가 교환 속에서 인정을 받을 수 있다는 생각과 관련된다고 하였다. 하지만 우리는 '무엇에 대한 인정인가?'라고 물을 수 있어야 한다.[28] 잔혹한 낙관주의는 우리가 '좋은 삶'이라고 부르는 삶 속에 거주하며 그것에 정동적 애착을 가지도록 자극한다. 하지만 많은 사람들에게 그 '좋은 삶'이란 나쁜 삶이다. 주체들을 기진맥진하게 하지만, 그럼에도 불구하고 그리고 동시에, 그들은 그 속에서 자신들의 가능성의 조건을 발견하기 때문이다.[29] 「산골」의 이쁜이에게 좋은 삶은 도련님과 결혼하여 자신이 작은 마님이 되는 것이다. 「봄·봄」의 '나'에게 좋은 삶이란 점순이와 결혼해서 아들을 낳고 살아가는 것이다. 하지만 이쁜이와 '나'가 기대하고 소망하는 좋은 삶은 실현 가능성이 없거나 확신이 없는 삶이다. 그럼에도 불구하고 이쁜이와 '나'의 현재적 삶은 오로지 '좋은 삶'을 위해 포기되고 소비된다는 점에서 '잔혹한 낙관주의'에 정동된 비참한 삶이 될 수밖에 없다고 하겠다.

---

27 위의 글, 170쪽 참조.
28 위의 글, 196쪽.
29 위의 글, 169쪽.

3. 패배와 순응의 정동과 수치심

주지하듯이, 「동백꽃」은 원시적 생명력의 공간으로서의 '산'을 배경으로 청춘 남녀의 이성적 호감의 정동을 확인할 수 있는 작품이다. 이 작품 역시 김유정 문학의 미학적 특질을 잘 보여주는 작품으로, 선행연구들은 해학성과 향토성, 토속성 등의 특성들을 해명하는 것으로 「동백꽃」의 문학적 성과를 밝히고 있다. 그런데 청춘남녀의 미묘한 신경전을 중심으로 볼 때, 소작인의 아들인 '나'와 마름의 딸인 '점순이' 간의 갈등이 비록 표면적으로는 '나'의 무지로 표현되고 있지만 보다 더 근본적인 원인으로 '나'와 '점순이' 사이의 계층적 차이와 갈등에까지 맞물려 있음에 주목[30]할 필요가 있다. 다시 말해서 '애정과 신분의 이중적 갈등'이라는 중첩적 주제는 주인공들의 순박하고 성실한 애정관을 보여주는 동시에 숨겨진 이면으로는 당대 농촌 사회의 구조적 모순인 지주의 횡포를 그려내고 있다고 하겠다.[31] 이 글에서 주목하는 바는 이러한 중첩적인 작가의식이 인물 간에 발생하는, 상충되는 정동의 이행을 통해서 서사화되고 있다는 점이다.

점순네 수탉(은 대강이가 크고 똑 오소리같이 실팍하게 생긴 놈)이 덩저리 작은 우리 수탉을 함부로 해내는 것이다. 그것도 그냥 해내는 것이 아니라 푸드덕 하고 면두를 쪼고 물러섰다가 좀 사이를 두고 또 푸드덕하고 모가지를 쪼았다. 이렇게 멋을 부려가며 여지없이 닦아놓는다. 그러면 이 못생긴 것은

---

30 전상국, 『문학의 이해와 감상—김유정』, 건국대 출판부, 1995.
31 윤채영, 『김유정 소설의 주제의식』, 숙명여대 석사논문, 1995.

쪼일 적마다 주둥이로 땅을 받으며 그 비명이 킥, 킥, 할 뿐이다. 굴론 미처 아물지도 않은 면두를 또 쪼이어 붉은 선혈은 뚝뚝 떨어진다.

　이걸 가만히 내려다보자니 내 대강이가 터져서 피가 흐르는 것같이 두 눈에서 불이 번쩍 난다. 대뜸 지게막대기를 메고 달려들어 점순네 닭을 후려칠까 하다가 생각을 고쳐먹고 헛매질로 떼어만 놓았다. 이번에도 점순이가 쌈을 붙여 놨을 것이다. 바짝 바짝 내 기를 올리느라고 그랬음에 틀림없을 것이다. 고놈의 계집애가 요새로 들어서서 왜 나를 못 먹겠다고 고렇게 아르릉거리는지 모른다. (295쪽)

「동백꽃」은 당돌하고 적극적인 소녀 '점순이'와 소작농의 아들인 동갑내기 소년 '나'의 연애를 주요 서사로 다룬다. 그런데 상대에 대한 호감을 표현하는 방식이 독특하다. 수탉들의 싸움으로 연애 서사가 시작되기 때문이다. '점순이'네 수탉과 '우리' 수탉의 싸움은 또다시 '우리' 수탉이 "붉은 선혈"이 뚝뚝 떨어진 후에야 끝이 난다. 수탉들의 싸움을 붙이는 점순이의 정동과 수탉들의 싸움에서 매번 패배감을 느끼는 '나'의 정동이 결국 서로에 대한 호감으로 이행하고 있는 것이다. 감정에는 의식되어 재현된 감정과 그렇지 않은 정동이 있는데, 들뢰즈는 정동을 '되기becoming'로 정의하였다. 위의 예문에서는 수탉에 정동되는 '나'를 볼 수 있다. '우리' 수탉의 패배를 지켜보는 '나'는 마치 자신의 신체에서 피가 흐르는 것 같은 느낌과 '두 눈에서 불이 번쩍' 나는 정서적 각성을 경험한다. 이를테면 '나'와 점순이는 수탉에 정동되고 정동하면서 미약했던 정동의 관계성을 증강增强하게 된다. 비로소 연애 감정을 갖게 되는 것이다. 이때 수탉은 '나'와 점순이의 분신分身이고, 이들의 정동은 '되기'의 수행이다.

이처럼 정동은 특정 위치나 대상에 고정되지 않는 유동적이고, 불확정적이며, 잠재적인virtual 에너지라는 점에서 존재론적이지만, 그 에너지가 구체적 맥락에서 현실화actualize 되는 것은 경험적이다. 마수미의 분류에 따르면 '감정'emotion은 사회문화적 의미질서를 통해 해석된 느낌이고, '정동'이란 이 해석이 일어나기 전 발생하는 즉각적인 신체의 느낌이며, 신체가 외부세계와 만나 촉발시키면서 촉발되는 활동이다. 신체가 외부세계와 만나 일으키는 원초적 떨림이 아직 의식이나 문화의 회로에 잡히지 않고 직접 몸으로 내려가 형성되는 순간의 느낌이 정동이다.[32]

나는 고개도 돌리려지 않고 일하던 손으로 그 감자를 도로 어깨 너머로 쑥 밀어버렸다. 그랬더니 그래도 기색이 없고, 뿐만 아니라 쌔근쌔근하고 심상치 않게 숨소리가 점점 거칠어진다. 이건 또 뭐야 싶어서 그때에야 비로소 돌아다보니 나는 참으로 놀랐다. 우리가 이 동리에 들어온 것은 근 3년째 되어오지만, 여지껏 가무잡잡한 점순이의 얼굴이 이렇게까지 홍당무처럼 새빨개진 법이 없었다. 게다 눈에 독을 올리고 한참 나를 요렇게 쏘아보더니 나중에는 눈물까지 어리는 것이 아니냐. 그리고 바구니를 집어들더니 이를 꼭 악물고는 엎어질 듯 자빠질 듯 논둑으로 힝 하게 달아나는 것이었다. (296~297쪽)

"신체는 많은 변화를 겪을 수 있지만, 그럼에도 불구하고 인상이나 흔적을 계속 간직 한다"라는 스피노자의 설명은 신체적 변화로 정동이 감지된다는 것을 의미한다.[33] 예문에서 점순이의 '쌔근쌔근'한 숨소리,

---

32 이명호, 「문화연구의 감정론적 전환을 위하여─느낌의 구조와 정동경제 검토」, 『비평과이론』 제20권 1호, 한국비평이론학회, 2015, 123~127쪽 참조.

'홍당무처럼 새빨개진' 얼굴, '눈에 독을 올리고', '눈물까지 어리는 것'은 점순이의 정동이 신체에 남긴 흔적이다. 몸은 주위의 다른 몸에 영향을 끼치고affect 또 그것에 영향을 받는be affected 일련의 상호작용으로 인해서 기쁨과 슬픔, 우울과 같은 변화를 겪는다. 중요한 점은, 이와 같이 몸에서 발생하는 무한한 변화 가운데 의식으로 재현되는 것은 소수에 지나지 않는다는 사실이다. "대다수의 운동은 의식과는 전혀 무관하고 감각과도 무관하다. 감각이나 사상은 매순간 일어나는 무수한 사건에 비하면 극히 하찮고 드문 것이다."[34] 어쨌든 이러한 신체의 흔적은 '나'에 대한 호감과 관심이 정동되지 못했을 때 점순이에게 다시 되돌아 온 정동의 흔적이기도 한데, '나'에게 향했던 점순이의 애정의 정서는 수치심이라는 감정으로 변형되어 다시 점순이에게 정동되었다는 것을 증명하는 흔적이다.

　이 작품에서 '나'를 향한 점순이의 호감이라는 메시지는 '나'에게 정동되지 못 한다. 정동은 감정이 동요動搖되는 정서적 현상이다. 즉 정동된다는 것은 교감하고 공감하는 것으로 상대의 정서를 모방하는 것이다. 이 작품에서 인물 간 정서의 이행이 원활하지 못한 것은 숙맥인 '나'의 무지에서 비롯된다고 할 수 있지만, 정동이 전前의식적인 차원에서 발생한다는 것을 고려할 때, 점순이와 '나' 사이의 정서적 단절은 점순이의 호감을 '알아채지 못한' 이성적 판단 능력 부재가 아니라, 점순이에서 '나'로 이행하는 정동의 감각적 강도intensity가 미약했기 때문이라고 하겠다. 따라서 점순이와 '나' 사이의 연애 불가능성의 근본 원인은 점

---

33 메건 왓킨스, 「인정 욕구와 정동의 축적」, 『정동이론』, 갈무리, 2015, 425~426쪽.
34 니체, 박찬국 역, 『니체전집』 16, 책세상, 2006, 879(양대종, 「정동들의 위계질서에 대한 고찰」, 『니체연구』 22, 한국니체학회, 2012, 7~40・24쪽에서 재인용).

순이와 '나'의 관계에서 정동이 원활하게 이행, 지속, 변용되고 있지 않다는 데 있다. 그렇다면 정동이 미약하게 되는 이유는 무엇인가. 바로 경제력에 기반한 계층적 차이가 정동의 이행 능력과 지속성, 변용 가능성을 차단하고 방해하고 있는 것이다.

> 나는 대뜸 달려들어서 나도 모르는 사이에 큰 수탉을 단매로 때려 엎었다. 닭은 푹 엎어진 채 다리 하나 꼼짝 못하고 그대로 죽어버렸다. 그리고 나는 멍하니 섰다가 점순이가 매섭게 눈을 흡뜨고 닥치는 바람에 뒤로 벌렁 나자빠졌다.
>
> "이놈아! 너, 왜 남의 닭을 때려 죽이니?"
>
> "그럼 어때?" 하고 일어나다가,
>
> "뭐, 이 자식아! 누 집 닭인데?" 하고 복장을 떼미는 바람에 다시 벌렁 자빠졌다. 그러고 나서 가만히 생각을 하니 분하기도 하고 무안도 스럽고, 또 한편 일을 저질렀으니 인젠 땅이 떨어지고 집도 내쫓기고 해야 될는지 모른다.
>
> 나는 비슬비슬 일어나며 소맷자락으로 눈을 가리고는 얼김에 엉 하고 울음을 놓았다. (303쪽)

위의 예문의 경우, "정동적 사실의 미래적 탄생"을 보여준다.[35] '나'는 점순이가 드러낸 잠재적 위협에 정동된다. 점순이가 '나'에게 "매섭게 눈을 흡뜨고 닥치"고 또 "복장을 떼미는" 것은 이러한 정동의 분출과 충돌이다. 여기서 잠재적 위협이 되는 것은 주인과 소작농 간의 관계 단절이다. 아직 확실한 정황으로 나타난 것은 아니지만, '나'는 그러한 단절

---

35 『정동이론』 2장(브라이언 마수미의 글)의 제목이다.

의 상황을 실재적이라고 느꼈기 때문에 실재적이게 되어 있는 것이다. 위협은 현재에 임박한 현실성을 가진다. 이러한 실제적 현실성은 정동적이다. 두려움은 어떤 위협적인 미래의 현재에 속하는 예상적 현실이다. 이것은 존재하지 않는 것에 대해 느껴진 현실이며, 그 문제의 정동 사실affective fact로서 어렴풋이 드러난다.

마수미는 만일 우리가 위협을 느낀다면, 위협이 있었다고 단언한다. 위협은 정동적으로 자기-원인이 되는데, 이 작품에서 주인과 소작농의 관계 단절에 대한 불안과 긴장은 줄곧 이어진다. 작품 초반부에서부터 '나'가 "그러면 우리는 땅도 떨어지고 집도 내쫓기고 하지 않으면 안되는 까닭이었다"(298쪽)라고 언급하면서부터 잠재적 위협은 실재하는 것으로 나타난다. 또한 위협의 정동적 현실은 전염성을 가진다. 점순이는 '나'가 가진 잠재적 위협에 대한 공포를 정확하게 인지하고 있다. '나'가 느끼는 계층적 차이에 대한 경계와 긴장의 정동은 점순이에게로 전염된다. "뭐, 이 자식아! 누 집 닭인데?"(303쪽)라는 점순이의 발언은 위협이 경보 메커니즘을 통하여 그것의 가정적 결정(주인과 소작농 관계의 단절)을 객관적 상황(수탉의 죽음) 위에다 덮어씌울 수 있다는 것을 증명한다.[36]

잠재적 위협의 현실적 정동은 '나'의 수치심을 자극하는 정동으로 변용된다. 앞서 점순이의 호의와 호감에 냉담하고 무심했던 '나'의 정서적 차원에서의 우월적 위상은 "노란 동백꽃 속으로 폭 파묻혀"버린다. 동백꽃이 전경화 됨으로써 '나'의 수치심은 서사적 차원에서 가려졌을 뿐이다. '나'의 "울음"은 수치심의 변용이다. '나'는 눈물을 전前의식적 차원인 "얼김에" 쏟아내는데, 이러한 정동은 미래적 위협 앞에 굴복할 수밖

---

36 브라이언 마수미, 「정동적 사실의 미래적 탄생」, 『정동이론』, 갈무리, 2015, 96~108쪽 참조.

에 없는 '나'의 수치심으로 의미화 할 수 있다. '나'의 눈물은 경제적 격차에서 발생하는 긴장과 비애에서 비롯되는 것이다. "욕을 이토록 먹어가면서도 대거리 한마디 못하는 걸 생각하니 돌부리에 채이어 발톱 밑이 터지는 것도 모를 만치 분하고 급기야는 두 눈에 눈물까지 불끈 내솟는다"(299쪽)에서와 같이 잠재적 위협에 정동되어 있는 '나'는 점순이의 애정에 온전히 정동될 수 없는 것이다.

「총각과 맹꽁이」는 앞서 살펴 본 「봄·봄」과 같이 결혼에 대한 강한 열망을 보여주는 작품이다. 두 작품의 남성인물들은 자신들의 목적 달성에 실패하고, 불만족스러운 현재의 상태에 순응하는 결과를 얻게 되는데, 이때 이들 인물이 패배감으로 정동되는가의 여부에 있어서는 차이가 있다. 「봄·봄」의 '나'가 삶의 배반 속에서도 '잔혹한 낙관주의'에서 벗어나지 못하고 있다면, 「총각과 맹꽁이」의 덕만은 욕망 충족의 좌절과 실패로 인하여 패배감에 정동되고 나아가 수치와 분노의 감정에 빠지게 되며 결국 불만족스러운 현실에 순응하고 단념한다.

이 작품의 주인공인 '덕만'은 어수룩하고 순박한 인물이다. '본래 밭이 아닌, 오가는 농군들의 쉼터였던 곳을 지주가 무리로 갈아 도지를 놓아먹는 땅'을 갈면서도 지주를 원망할 줄도 모른다. 그래서 친구들은 그를 '병신스럽다'고까지 한다. 이러한 덕만의 주변머리 없는 성격은 동내에 들어온 들병이를 상대로 결혼을 욕망하게 되면서 더욱 더 비웃음의 대상이 된다. 궁핍한 살림에 '닭 한 마리, 막걸리 세 병'을 들여 장가를 들려고 마음먹은 덕만은 '뭉태'에게 중개仲介를 부탁한다. 이렇게 들병이와의 결혼이라는 목적을 달성하기 위해 의외의 적극성과 대담성을 보여주던 덕만은 오히려 술자리에서는 놀음을 제대로 즐기기는커녕 들병이에게 말을 걸어보지도 못하고 전적으로 뭉태에게 의존한 채 "홀로 꿍

끙 않는” 무기력함과 소심함을 보인다.

> 약물같이 개운한 밤이다. 버들 사이로 달빛은 해맑다. 목이 터지라고 맹꽁이는 노래 부른다. 암수 놈이 의좋게 주고받는 사랑의 노래였다. 이 소리를 들으매 불현 듯 울화가 터졌다. 여지껏 누르고 눌러오던 총각은 쿠더분한 울분이 모조리 폭발하였다. 에이 하치못한(하찮은) 인생! 하고 제 몸을 책하고 난 뒤 계집의 앞으로 달려들어 무릎을 꿇었다. 두 손을 공손히 무릎 위에 얹는다. 그 행동이 너무나 쑥스럽고 남다르므로 벗들은 눈이 컸다.
>
> (…중략…)
>
> 여기저기서 키키거린다. 그런 인사는 좀 됐다 하자고 핀잔이 들어온다. 모처럼 한 인사가 실패다. 그는 그 자리에서 일어나지도 못하고 얼굴이 벌게서 고개를 숙인 채 부처가 되었다. (60~61쪽)

암수 맹꽁이가 다정하게 부르는 노랫소리를 듣고 “불현듯” 울화가 터지거나, 울분이 “모조리 폭발”하는 덕만의 신체적 변용은 “하나의 신체가 다른 신체 위에 작용하고, 후자는 전자의 흔적을 수용하는 두 신체들의 혼합”인 정동의 효과이다. 그리고 이러한 정동은 수치심이라는 감정으로 의미화 된다. 수치심은 폭력을 당하는 모든 사람들이 느끼는 공통의 감정이다. 수치심에는 죄책감, 당황, 유감, 양심의 가책, 굴욕, 후회, 치욕, 회한 등의 감정이 포함된다. 거기에 열등감(콤플렉스), 자기혐오, 분노, 억울함 등이 추가된다.[37] 덕만이 암수 맹꽁이들의 노랫소리에 정동된 것은 굴욕과 치욕, 후회 등의 감정으로 나타난 것이다. 그리고 결

---

37 김찬호, 『모멸감—굴욕과 존엄의 감정사회학』, 문학과지성사, 2014, 56쪽.

혼에 대한 기대와 확신이 울화와 울분으로 변용되는, 신체의 변이와 이행 과정에서 맹꽁이들이 중요한 매개가 되고 있다고 하겠다.

덕만이가 느끼는 수치심은 자신이 뭉태에게 농락당했다는 사실을 인정해야 하는 상황에서 극대화된다. 수치심은 자신의 본질적 배경으로 자존감을 요구한다. 예컨대, 뭉태의 처분을 기다리던 덕만이 느닷없이 들병이에게 자기소개를 하는 것은 자신이 무가치하거나 불완전하다는 것을 인정하지 않거나 감추려는 의지를 내포한다. 또한 "어머니허구 단 두 식굽니다. 하치못한 사람을 찾아주셔서 너무 고맙습니다. 저는 서릇 넷인데두 총각입니다"(61쪽)라는 설명은 오직 자신이 가치가 있거나 심지어 완벽하다고[38] 믿고 있음을 보여준다. 앞서 맹꽁이에게 정동된 덕만이의 변용, '울화와 울분'은 자신의 경제적 궁핍과 어리숙함을 감추고자 하는 안간힘으로 발전하며, 그러한 노력이 뭉태에게 농락당했다는 사실을 알게 되었을 때 덕만의 수치심은 극대화된다.

> 시위도 좀 해봤으나 최후의 계획도 틀렸다. 덕만이는 아주 낙담하고 콩밭 복판에 멍하니 서서 그들의 뒷모양만 배웅한다. 계집이 길로 나서자 눈이 빠지게 기다리던 깜둥이 총각이 또 달려든다.
>
> 이것을 보니 가슴을 더욱 쓰라렸다. 동무가 빤히 지키고 서 있는데도 끌고 들어가는 그런 행세는 또 없을 게다. 눈물은 급기야 꺼칠한 윗수염을 거쳐 발등으로 줄줄 흘렀다.
>
> (…중략…)
>
> 덕만이는 금시로 콩밭을 튀어나왔다. 잿간 옆으로 달려들며 큰 돌멩이를

---

38 마샤 누스바움, 조형준 역, 『감정의 격동』, 새물결, 2015, 360쪽.

집어들었다마는 눈을 얼마 감고 있는 동안 단념하였는지 골창으로 던져버렸다. 주먹으로 눈물을 비비고는,

"살재두 나는 인전 안 살터이유!" 하고 잿간을 향하여 소리를 질렀다.

그리고 제 집으로 설렁설렁 언덕을 내려간다.

그러나 맹꽁이는 여전히 소리를 끌어올린다. 골창에서 가장 비웃는 듯이 음충맞게 "맹!" 던지면 "꽁!"하고 간드러지게 받아넘긴다. (63쪽)

수치심은 내가 하는 짓을 누군가가 지켜보고 있다는 것을 의식하는 데서 비롯되는 감정이다. 이때 나는 타자의 시선에 의해 노출되고, 그렇게 보고 있는 시선에 의해 보여지고 있는 나를 수치스러워하는 것이다. 타자의 출현으로 인해 나는 내가 무엇을 하고 있는지에 관한 판단을 내리기 때문이다. 따라서 수치심은 타자 앞에서의 수치이다.[39] 뭉태와 들병이가 나란히 사라지는 모습을 확인하고 나서야 덕만은 자신의 패배를 다시금 확인하게 된다. 들병이와의 결혼과 아들 출산은 덕만이가 욕망한 세계였다. 수치심은 '세계가 사라진 것'에 대한 나의 책임을 심문하는 것이다.[40] "살재두 나는 인전 안 살 터이유!"라는 외침은 수치와 모멸을 감추기 위한 자기 위장의 큰소리이다. 덕만이가 분출하는 표면적 허세이며, 이면적 자괴감의 표현인 것이다.

결혼을 통해서 완전한 가족 구성을 기대했던 덕만의 패배 정동은 눈물로 체화된다. 이때 눈물은 분노와 모멸감에서 비롯된 것이다. 패배한 자신의 비참함을 혼자만의 비밀로 감출 수 없기 때문이다. 대상에 대한 욕망, 열정, 갈망이 강렬할수록 질투하는 자(나)의 고통도 증대된다.[41]

---

39 임옥희, 『젠더 감정 정치』, 여이연, 2016, 168쪽.
40 위의 책, 171쪽.

즉 "눈물은 급기야 꺼칠한 윗수염을 거쳐 발등으로 줄줄 흘렀다"와 "주먹으로 눈물을 비비고는"이라는 대목은 극복 불가능한 현실에 대한 순응의 흔적이며 패배감의 정동을 서사화 한 것이다.

4. 결론

김유정 문학의 특이성은 인물과 배경 사이의 정서적 격차와 인물의 내면에서 발생하는 이중적 감정의 문학적 재현에 있다. 표면적으로는 해학성을 강하게 드러내 보이면서도 이면에서는 삶의 비애와 고통이 짙게 깔려있는 것이다. 이러한 문학적 성격은 비단 인물이 느끼는 기쁨과 슬픔, 환희와 절망, 미움과 원망 등의 감정을 분석하는 것만으로는 작가 고유의 문학적 특이성을 도출해 낼 수 없다. 정동의 작동 방식을 이해하고 그 성격을 규명하는 연구가 필요한 것이다. 정동 연구는 감정의 '존재론적' 위상이 아닌 '수행적' 측면[42]을 밝히는 것을 목적으로 한다. 정동의 이행과 효과로서 나타나는 정서의 변용은 인물의 성격을 규정하고 작품의 분위기를 좌우한다. 이러한 관점에서 이 글은 김유정 소설에서 정동이 발생하는 맥락을 분석함으로써 작품 속 인물, 주요 갈등 양상, 배경적 공간, 주제 의식 등 서사 전반에 걸쳐 나타나는, 상충되는 정동의 효과가 서사적 교란을 자극하고 있다는 사실을 확인할 수 있었

---

41 장수경, 앞의 글, 242쪽.
42 이명호, 앞의 글, 117~118쪽 참조.

다. 김유정 작품에서 나타나는 서사적 교란의 형식은 전前의식적 차원에서 발생하는 부정적 정동이 분출하는 데에서 비롯된다는 것이다.

이 글에서 살펴본 연애와 결혼 모티프의 소설, 이를테면 「산골」, 「봄·봄」, 「동백꽃」, 「총각과 맹꽁이」는 모두 '연애'와 '결혼'의 가능성을 문제 삼는 작품이다. 이들 작품에 등장하는 중심인물들은 모두 청춘 남녀들이기에 젊은이들의 당돌함과 적극성, 활력과 생기 등의 성격을 예상할 수 있다. 그러나 실제 작품에서 인물들의 성격은 우유부단하고 소심하며 무기력하다. 특히 원시적 생명성과 서정적 원초적 욕망의 서사가 전면적으로 부각되는 소설에서조차 수치와 모멸이라는 감정의 역학이 작동하고 있다. 이들 작품은 사랑의 감정과 아름다운 자연 경관 등의 서사적 요소와 달리, 미움과 원망, 증오와 혐오, 수치심과 모멸감, 폭력성 등 부정적 정동이 강하게 드러나고 있는 것이다.

김유정의 소설에서 남녀 간의 사랑에 대한 기대는 매번 미완성이고, 왜곡되며 피해의식의 감정으로 귀결된다. 상대에 대한 신뢰와 욕망은 잔혹한 낙관주의로 유지되지만 이러한 관계는 지극히 유한하고 불완전하다. 기대는 배반으로, 약속은 위협으로 변질되는 관계망 속에서 미래지향적 가치를 추구하지 못하는 나약하고 가진 것 없는 존재들은 결국 부정적 세계, 비정非情한 세계의 질서에 순응하고 만다. 또한 현실적 상황과 경제적 지위 등에서 열등한 위치에 있는 인물들은 자신에게 주어진 연애의 메시지를 알아차리지 못하거나 결혼의 기회 자체를 박탈당하게 된다. 연애와 결혼 욕망의 좌절과 무기력한 실패는 비현실적 환상이나 기대 혹은 수치와 모멸의 감정으로 나타나며, 이는 당대 식민지 근대 사회의 청춘 남녀의 비참한 현실을 부각하는 데 기여하고 있다.

참고문헌

1. 기본자료

김유정, 『김유정 전집』 1, 도서출판 가람기획, 2003.

2. 논문

강의혁, 「〈아메리칸 사이코〉의 편집증적 리얼리즘 — 정동과 폭력의 정치학」, 『안과 밖』 제 42호, 영미문학연구회, 2017.

김미현, 「숭고의 탈경계성, — 김유정 소설의 '아내 팔기' 모티프를 중심으로」, 『한국문예비 평연구』 제38집, 한국현대문예비평학회, 2012.8.

김예리, 「김유정 문학의 웃음과 사랑」, 『한국예술연구』 14, 한국예술종합학교 한국예술연 구소, 2016.12.

김은정·장도준, 「김유정의 「동백꽃」의 갈등과 소통의 문제」, 『인문과학 연구』 제16집, 대 구가톨릭대 인문과학연구소, 2011.

김종갑, 「혐오와 여성의 살 — 정동과 감정」, 『안과 밖』 40, 영미문학연구회, 2016.

김주리, 「매저키즘의 관점에서 본 김유정 소설의 의미」, 『한국현대문학연구』 20, 한국현대 문학회, 2006.

김지영, 「오늘날의 정동 이론」, 『오늘의 문예비평』, 오늘의 문예비평, 2016.3.

박지원, 김회용, 「정동의 관점에서 본 교육의 정치적 침묵 — '세월호'와 '잔혹한 낙관주의'」, 『교육의 이론과 실천』 제21권 3호, 한독교육학회, 2016.

송기섭, 「김유정 소설과 만무방」, 『현대문학이론연구』 제33집, 현대문학이론학회, 2008.

신현준, 「아시아 도시의 대안적 공간화 실천을 위한 서설(序說) — 정동, 공간, 정치」, 『사이 間SAI』 제21호, 국제한국문학문화학회, 2016.

양대종, 「정동들의 위계질서에 대한 고찰」, 『니체연구』 22, 한국니체학회 2012.

오양진, 「남녀관계의 불안 — 김유정의 「동백꽃」과 이상의 「날개」에 나타난 서술과 인간상」, 『상허학보』 29, 상허학회, 2010.

오은엽, 「김유정 소설에 나타난 정념의 기호학적 연구 — 「금 따는 콩밭」, 「금」, 「노다지」를 중심으로」, 『한중인문학연구』 47, 한중인문학회, 2015.

이명호, 「문화연구의 감정론적 전환을 위하여 – 느낌의 구조와 정동경제 검토」, 『비평과이론』 제20권 1호, 한국비평이론학회, 2015.

이윤종, 「좀비는 정동될 수 있는가? – 「부산행」에 나타난 신자유주의 시대의 정동과 여성 생존자의 미래」, 『여성문학연구』 제39권, 한국여성문학학회, 2016.

임정연, 「김유정 자기서사의 말하기 방식과 슬픔의 윤리」, 『현대소설연구』 제56호, 현대소설학회, 2014.

장수경, 「정념의 관점에서 본 김유정 소설의 미학」, 『한민족문화연구』 55, 한민족문화학회, 2016.

홍혜원, 「폭력의 구조와 소설적 진실」, 『현대소설연구』 제47호, 한국현대스설학회, 2011.

3. 단행본

김찬호, 『모멸감 – 굴욕과 존엄의 감정사회학』, 문학과지성사, 2014.

유인순, 『김유정문학 연구』, 강원대 출판부, 1988.

윤채영, 『김유정 소설의 주제의식』, 숙명여대 석사논문, 1995.

임옥희, 『젠더 감정 정치』, 여이연, 2016.

전상국, 『문학의 이해와 감상 – 김유정』, 건국대 출판부, 1995.

조정환, 『인지자본주의』, 갈무리, 2011.

최현석, 『인간의 모든 감정』, 서해문집, 2011.

그레고리 J. 시그워스 · 멜리사 그레그, 최성희 · 김지영 · 박혜정 역, 『정동이론』, 갈무리, 2015.

마샤 누스바움, 조형준 역, 『감정의 격동』, 새물결, 2015.

브라이언 마수미, 조성훈 역, 『가상계 – 운동, 정동, 감각의 아쌍블라주』, 갈무리, 2011.

「만무방」에 나타난 '불안'과 '유랑'의 서사

장수경

1. 들어가며

김유정 소설에는 인물들의 현실적 삶의 괴로움, 절망, 두려움 등 정념적 관념과 인물의 행위인 '도망하다'라는 서술어가 자주 나타난다. 「산골나그네」에서 나그네 내외, 「가을」에서 복만이네 가족, 「만무방」[1]에서 농군이던 응칠은 해가 갈수록 늘어난 빚을 청산하지 못한 채 절망적 삶을 위태롭게 연명하다가 가족을 이끌고 야반도주를 감행한다. 이처럼 현실의 질곡을 견디지 못해 빈손으로 고향을 떠난 인물들은 일정한 공간에서 정착하지 못한 채 길 위에서 유랑하면서 살아간다는 공통점이 있다. 이때 인물들은 거주하던 공간을 도망치듯 떠난 후 이곳저곳을

---

1 김유정, 전신재 편, 『원본 김유정 전집』(개정판), 강, 2000, 95~121쪽. 이하 인용문은 쪽수만 표시함.

떠돌면서 다양한 경험을 거치는데, 유랑의 경험은 인물의 내면 의식의 변화를 드러내는 장치로 활용되기도 한다. 예컨대 소설에서 주체를 '도망간다'라는 발화체 속에 놓으면 '도망간다'는 명사와 동사의 결합은 주체가 집을 떠나서 새로운 공간으로 이주한다는 점에서 공간성의 자질과 그 의미가 결합된다. 이때 등장인물은 '도망간다'라는 행위를 통해 다른 공간적 범주인 '길'이라는 공간 위에 서 있는 존재로 변모한다. '집'과 '길'이라는 단어의 쌍은 안정과 불안정의 대립을 의미하는 자질이며, '길'와 '도망'이라는 단어의 자질이 갖는 공통된 속성은 인물이 처한 불안정의 상태를 표상한다.[2] 여기서 등장인물이 '도망간다'와 '거주한다'는 술어는 가치론적 범주에서 살펴볼 필요가 있다. 소설에서 주체의 행위는 현재의 상태에서 전혀 다른 상태로 이끌어내는 체험이며, '나'가 '무엇을 어떻게 ~하다'와 '너'가 '무엇을 어떻게 ~하다'는 서로 다른 상태의 결과를 만들어낸다는 점에서 그 의미를 변화시킬 수 있다.

따라서 「만무방」에서 주체(응칠)의 유랑은 고향에서 타향으로의 이동이라는 공간의 자질과 함께 명사와 동사의 함수에 의해 인물의 행로에 다양한 변이형을 가능케 한다. '응칠이 아내와 자식을 데리고 도망간다'라는 행위를 나타내는 서술어는 '응칠이 기존의 거주지를 떠나 도망간 후 현재 그의 상황이 어떠한가?'라는 상태에 대한 질문으로 연결될 수 있다. "삶의 상태에 관한 기분의 퇴적물"[3]이 소설에서 인물의 행로에 의미를 부여한다면, 인물의 상태는 이성, 두뇌, 지성적 인식보다는 감정, 마음 등의 정념적 인식과 상호 관련을 맺는다. 예를 들어 응칠이 시간의 축에서 공간을 이동하면서 갖게 되는 암울함, 절망, 두려움 등의 감정은 인

---

2   김성도, 『구조에서 감성으로』, 고려대 출판부, 2002, 97~127쪽 참조.
3   민병호, 『거주의 의미』, Spacetime, 2007, 70쪽.

물의 행로에 변화를 야기하고 이는 존재의 의미를 변화시키는 계기로 작
동한다. 이런 관점에서 이 글은 「만무방」의 서사행로에서 주체(응칠)가
자신의 정념을 어떻게 드러내고 주체의 존재 의미를 탐색해나가는지를
구체적으로 살펴보고자 한다. 이를 위해 이 글은 기호학적 주체를 하나
의 행위소로 보고, 이 행위소가 양태화되면서 그 의미를 형성해가는 과
정에 주목함으로써 「만무방」이 지닌 미학적 특징을 밝히고자 한다.

김유정의 소설 「만무방」은 『조선일보』(1935.7.17~30)에 총 13회 연재
되었다. 「만무방」은 2007년 개정국어교육과정에서 교과서에 수록된 이
후 사회적 배경을 중심으로 인물과 작가의 현실 대응을 이해하기 위한
작품으로 소개되면서 「봄·봄」, 「동백꽃」과 더불어 김유정을 대표하는
문학 작품으로 교과서 정전화의 목록에도 이름을 올렸다.[4] 이런 사회적
변화의 흐름과 더불어 국문학과 국어교육 분야의 많은 연구자들이 「만
무방」을 다양한 관점에서 논의하였는데, 그 중에서 '도망'이나 '유랑'과
관련하여 주목할 만한 성과는 다음과 같다.

먼저 최원식은 농군이 만무방으로 유랑하는 삶이 식민지 상황에서
진정한 농민문제의 해결책이 될 수 없다는 점에 주목한다.[5] 유인순은
응칠이 부르는 '아리랑'에 유랑농민의 고통이 배어있다는 점에 천착하
여 식민지 백성 모두의 고통과 울분을 대변하는 장치로서 삽입된 아리
랑의 특성을 면밀히 분석하였다.[6] 표정옥은 「만무방」에서의 속이기 게
임이 인간이 절박한 상황에서 벌일 수밖에 없는 삶의 한 형태로서 인물

---

4 김지혜, 「김유정문학의 교과서 정전화연구─7차 교육과정과 2007년 교육과정을 중심으로」,
   『현대문학이론연구』 제51집, 현대문학이론학회, 2012, 135~155쪽.
5 최원식, 「김유정을 다시 읽자」, 『한국근대문학을 찾아서』, 인하대 출판부, 1999, 256쪽.
6 유인순, 「김유정과 아리랑」, 『Comparative Korean Studies』 20권, 2호, 국제비교한국학회, 2012,
   205~232쪽.

들의 필연적인 삶의 과정이라고 보았다.[7] 김원희는 식민지 외상의 시공간적 의미를 파악하면서 탈식민주의적 관점에서 유랑하는 삶에 의미를 부여한다.[8]

이와 같이 기존의 논자들은 「만무방」이 인간 삶의 고통과 식민지 사회의 모순을 드러낸다는 점에서 공통된 시각을 보여준다. 이 글은 이러한 기존 논의의 성과를 계승하면서 「만무방」에서 응칠이 느끼는 괴로움, 절망, 두려움 등의 정념이 어떻게 표출되는지를 살피고자 한다. 또한 응칠의 불안이 '유랑'과 연결되면서 어떠한 행로로 의미를 구축하고 자신의 존재 의미를 찾는지를 탐색하고자 한다. 행위 기호학에서는 주체와 대상이 맺는 관계에 따라 양태성을 연쇄적으로 변화시킨다. 이때 통사 주체의 네 가지 존재방식은 '잠재화virtualisation — 현동화actua isation — 가능화potentialisation — 실현화realisation'로 구분될 수 있다. 잠재화는 기호-서사층위에서 기본 구조가 존재하는 방식이고, 현동화는 서사구조가 존재하는 방식이며, 실현화는 담화층위가 존재하는 방식이다. 가능화는 선조건층위에 속하는 긴장주체가 존재하는 방식으로 미학과 관련이 있다.[9] 본 연구에서는 「만무방」에 나타나는 유랑의 행로를 '잠재화-현동화-실현화'로 파악하는데, 해석이 필요한 경우 '가능화'를 부분적으로 활용하고자 한다. 기호학에서 하나의 행로를 구상하는 것은 의미가 응결되어가는 하나의 흐름으로 이해될 수 있는데, 「만무방」에서 응칠은 구상적 행로를 통해 자신이 유랑하게 된 원인을 탐색하게 된다. 탐색 주체는 각 단계에

---

7 표정옥, 「김유정소설에 나타난 사회적 엔트로피와 놀이성」, 『현대소설연구』 제21호, 한국현대소설학회, 2004, 97~116쪽.

8 김원희, 「김유정 단편소설의 크로노토프와 식민지 외상의 은유」, 『인문사회과학연구』 12권 2호, 부경대 인문사회과학연구소, 2011, 139~167쪽.

9 알지르다스 J. 그레마스 · 자크 퐁타뉴, 유기환 · 최용호 · 신정아 역, 『정념의 기호학』, 강, 2014, 206~216쪽.

이르는 연속적인 의미의 집적 과정들을 다층적인 시각에서 상상하면서 내면의 불안과 유랑의 문제를 심층적인 차원에서 접근하게 된다. 따라서 기호학적 방법은 응칠이 경험하는 과거와 현재의 사건을 다층적인 관점에서 바라볼 수 있게 해주고, 1930년대 유랑 농민의 문제를 통합체적으로 파악할 수 있게 해준다는 점에서 의미가 있다. 따라서 이 글은 「만무방」의 전체 서사가 주인공의 행로를 통해 어떻게 하나의 목적을 향해 나아가는지를 분석적이고 종합적으로 밝힐 수 있다는 점에서 기존의 김유정 문학의 미학을 보다 풍성하게 하는데 기여할 것으로 보인다.

2. 현실에 대한 불안과 유랑

「만무방」의 도입은 강원도 산골의 가을 풍경을 세밀하게 묘사하면서 송이 따는 이야기로 시작된다. 서사의 도입에서 주체(응칠)는 바쁜 추수철이지만 산골을 배회하듯 돌아다니면서 여유로운 시간을 보내고 있는 인물로 형상화된다는 점에서 '가을', '농촌', '수확', '바쁨' 등의 단어와는 이질적인 상태를 보여준다.

① 응칠이는 뒷짐을 딱지고 어정어정 노닌다. 유유히 다리를 옴겨노흐며 이나무 저 나무 사이로 호아든다. 코는 공중에서 버렷다 오므렷다, 연실 이러며 훅, 훅 굽웃한 한 송목밑에 이르자 그는 발을 멈춘다. 이번에는 지면에 코를 야티 갓다 대이고 한바쿠 비잉, 나물끼고 돌앗다.

아 하, 요놈이로군!

썩은 솔잎에 덥히어 흙이 봉곳이 도다올랏다.

그는 손가락을 꾸지즈며 정성스리 살살 헤처본다. 과연 구여운 송이, 망할 녀석. 조곰만 더나오지. 그걸 뚝 따들곤, 뒷짐을 지고 다시 어실렁어실렁, 가끔 선하품은 터진다. 그럴적마다 두팔을 떡 벌리곤 먼하늘을 바라보고 느러지게도 기지개를 느린다. (95~96쪽)

② 때는 한창 바쁠 추수 때이다. 농군치고 송이파적 나올 놈은 생겨나도 안엇스리라. 허나 그는 꼭 해야만 할 일이 업섯다. 십프면 하고 말면 말고 그저 그뿐. 그러함에는 먹을 것이 더럭 잇느냐면 잇기는커녕 부처먹을 농토조차 업는, 계집도 업고 집도 업고 자식 업고. 방은 잇대야남의 겻방이요 잠은 새우잠이요. 하지만 오늘 이츰만 해도 한 친구가 차자와서 벼를 털 텐데 일 좀 와 해달라는 걸 마다하엿다. 멧푼 바람에 그까진 걸 누가하느냐. 보다는 송이가 조앗다. 왜냐면 이 땅 삼천리강산에 늘려노힌 곡식이 말정 누거럼. 먼저 먹는 놈이 임자 아니냐. 먹다 걸릴만치 그토록 양식을 싸아두고 일이다 무슨 난장마즐 일이람. 걸리지 안토록 먹을 궁리나 할게지. 하기는 그도 한 세 번이나 걸려서 구메밥으로 사관을 틀엇다. 마는 결국 제 밥상 우에 올라안즌 제목도 자칫하면 먹다 걸리긴 매일반 (96쪽)

①의 내용을 표층적인 차원에서 살펴보면 주체(응칠)는 산길을 여유롭게 거니는 산책자처럼 보인다. 이 작품의 도입에서는 '어정어정 노닌다', '어실렁어실렁', '한바쿠 비잉', '먼 하늘을 바라보고', '느러지게 느린다' 등의 상태 형용사가 자주 등장한다. ①의 서술만 보면 응칠이 현실 생활과는 거리를 둔 구경꾼이거나 이상적인 농촌을 답사하러 온 도시의 여행자와 같이 오인할 수 있다. 하지만 곧바로 뒤따라 나오는 정보는

①의 서술에 대해 독자로 하여금 의문을 갖도록 한다. 왜냐하면 ②의 내용을 보면 응칠이 낭만적으로 농촌을 배회할 수 없는 인물로 서술되고 있기 때문이다. 응칠은 "부쳐먹을 농토조차 업는, 계집도 업고 집도 업고 자식 업고"에서 알 수 있듯이 인생에서 중요한 세 가지 즉, 땅, 아내, 자식이 없다는 점에서 무無소유의 존재이다. 이처럼 도입에서 등장인물에 대한 상이한 서술을 보면 ①과 ②의 내용이 서사 안에서 서로 충돌하는 것처럼 보일 수 있다. 따라서 이를 해명하기 위해서는 응칠의 현재 마음의 상태가 어떠하냐에 대해 심층적으로 살펴볼 필요가 있다.

먼저 응칠의 유랑이 만족과 불만족의 상태에서 어떤 단어와 의미소적으로 연관을 맺는지를 따져볼 필요가 있다. ①의 서술은 현실의 삶에 만족한 것처럼 보이는 주체의 행위 그 자체만 보면 주체의 만족 상태로 이해할 수 있다. 하지만 뒤따라 나오는 ②의 서술에서 '곁방', '새우잠', '없음'의 단어를 '유랑'과 의미소적으로 연결해보면 주체는 정신적으로 불만족의 상태에 놓여있다. ②에서 응칠은 '집', '고향', '가족'을 모두 상실한 채 길 위를 떠도는 불안정한 주체로 표상되고 있는 것이다. '도망', '유랑'과 '길'이라는 단어의 의미가 주체의 불만족 상태를 가정한다면, ①에서 응칠이 겉으로 유유자적한 태도를 보이더라도 주체의 '유랑'은 불안한 상태에서 표출되는 현실 회피의 행위로 해석될 수 있다. 이때 불안한 정념적 주체는 능력의 수행에 앞서 현실 회피의 모습을 보여주면서 상상계 속으로 도피하기도 한다.

스피노자는 정념을 실천적 차원에 의해 교란된 인지적 차원의 결과로 보았는데, 이때 두 개의 인지적 공간으로 표상된 영혼과 신체 사이의 이원성을 가정한다. 우리 신체의 행위력(행위-능력)과 우리 정신의 사고력(지식-능력)과 그 이형들이 정념을 야기하는데, 이때 특정 정념이 다른 정념으로 변형될 수 있다. 예컨대 '만족'은 통사적으로 '희망(기대)의 부재' 상태를 의미할 수 있고, 심지어 과거나 미래와 관련된 의심스러운 인식 상태인 '두려움'을 가정할 수 있다.[10] 따라서 도입에서 응칠의 유유자적한 태도는 표층적으로 보면 주체의 '만족'스런 상태로 볼 수도 있지만 역으로 주체가 '희망(기대)이 부재'한 상태에서 갖게 되는 불안한 상황을 상징할 수 있다. 왜냐하면 ②에서 "걸리지 안토록 먹을 궁리나 할 게지"와 "한세번이나 걸려서 구메밥으로 사관을 틀엇다"의 서술을 보면 유랑의 과정에서 도적질로 생계를 해결하다가 징역살이로 고생했던 주체(응칠)의 고통스러운 상황이 함께 제시되기 때문이다. 여기서 주체(응칠)의 유랑을 불안의 상태로 이해하기 위해서는 주체와 그를 구성하는 여러 심급들 간의 상호의존성을 서사 구조 안에서 구체적으로 더 살펴볼 필요가 있다.

　　응칠이는 그 송이를 물에 써억써억 비벼서는 떡 벌어진 대구리부터 걸쌈스레 덥석 물어떼었다. 그리고 넓죽한 입이 움질움질 씹는다. 혀가 녹을 듯이 만질만질하고 향기로운 그맛. 이렇게 훌륭한 놈을 입맛만 다시고 못 먹다니. 문득 옛 추억이 혀 끝에 뱅뱅 맴돈다. 이놈을 맛보는 것도 참 근자의 일이다. 감불생심이지 어디 냄새나 똑똑히 맡아보리. 산속으로 쏘다니다 백판 못 따기도 하려니와 더러 딴다는 놈은 행여 상할까 봐 손도 못 대게 하고 집에 내려다 모으고 모으고 하는 것이다. 그러나 요행히 한 꾸림이 차면 금시로 장에 가져다 판다. 이틀 사흘씩 공때린 거로되 잘하면 사십 전 못 받으면 이십오 전. 저녁거리를 기다리는 아내를 생각하며 좁쌀 서너 되를 손에 사 들고 어두

10　알지르다스J. 그레마스・자크 퐁타뉴, 유기환・최용호・신정아 역, 앞의 책, 156~157쪽.

운 고개치를 터덜터덜 올라오는 건 좋으나 이 신세를 뭣에 쓰나, 하고 보면 을프냥궂기가 짝이 없겠고.(97쪽)

위의 인용문에서 과거와 현재를 연결하는 매개체인 '송이버섯'은 주체가 의식적, 무의식적으로 망각해온 가족과의 이별의 상처와 좌절의 원인을 탐색하는 기제가 된다. "이 산골이 송이의 본 고향이로되 아마 일 년에 한 개조차 먹는 놈이 드물리라"의 서술은 강원도 산골 농민들, 즉 농민 집단의 경제적 어려움을 대변하는 장치이면서 응칠의 궁핍했던 과거의 고통과 동시에 닿아 있다. 과거 농사와 송이 채취로 연명해오던 주체(응칠)의 삶은 경제적 궁핍을 견디지 못해 가정 파탄의 결과를 야기했다. 따라서 '송이버섯'과 연계된 주체의 기억은 '궁핍', '빚', '도망', '굶주림', '가정파탄' 등의 부정적 단어와 연관되어 있다. 이는 현재 "유람 겸 편답"을 지속하는 행위, 즉 주체의 유랑이 선천적으로 타고난 "역마직성이냐 하면 그런 것도 아니다"라는 발화와 연결되어 외형적으로 드러난 "매팔자"인 '유랑인'의 목적이미지를 변형시킨다. 어쩌면 「만무방」에서 응칠이 지향하는 것은 유랑 그 자체를 즐기는 삶이 아니라, 내면의 불만족한 상태로 인해 한 곳에 정주하기를 거부하는 잠재적 시뮬라르크로 정립된 목적이미지라고 할 수 있다. 이 목적이미지는 주체의 향후 행동을 지배하게 될 내적인 외양이고, 주체의 상태를 특징짓는 양태화와 관련을 맺는다. 따라서 응칠은 유랑의 원인을 내면의 기질적 차원에서 찾지 않고 선조건 층위를 설정하여 외부 세계와의 연관성 속에서 상상의 시나리오를 구성하면서 다층적으로 탐색하게 된다. 이 행로는 가족과 생이별을 한 후 "한 구석에 머물러 있음은 가슴이 답답할 만치 되우 괴로"워서 라는 주체의 상태와 연결되어 내면에서 불쾌의 정념과 연관관계를 형성한다. 응칠이 과거와 현재를 떠올리며 송이버섯을 보고 "이까짓걸 못 먹어 그래 홧김에 또 한놈을 뽑아들고" 우적우적 씹어 먹는 장면은 주체를 맴도는 불쾌의 감정과 연동되어 있다. 또 응칠이 버섯을 들고 "흠, 썩어진 두상들" 하고 비웃는 장면은 주체의 주변을 에 워싼 불안의 정체가 무엇인지에 대해 근원적 사유를 하도록 한다. 이처럼 유랑하는 주체인 응칠은 괴로운 의식 상태로 비-이접(가능화된 주체)의 위치에 놓여 있다. 응칠의 '유랑'은 주체의 내면적 고통을 표출하는 방식이며 동시에 정서적으로 '괴로움', '두려움', '절망' 등의 불만족의 상태를 표상한다.

이처럼 서사의 도입에서 주체가 자신에게 부여하는 유랑인의 행로는 과거의 고통스런 기억을 안지도 버리지도 못하는 상태의 불안으로 드러난다. 주체의 불안은 상태 주체가 행동주체로 변화하기 이전의 단계로 연접방식에 따라서 다른 파급효과를 도출할 수 있다. 주체가 만일 과거의 좋은 추억만을 떠올린다면 현재의 유랑 상태를 "매팔자"로 여기면서 이별한 가족과도 "혹 연분이 닿아 다시 만날지도 모"른다는 희망을 기대할 수 있다. 하지만 주체가 과거를 소환하는 것이 '자신이 가족에게 잘못했던 일' 또는 '가족에게 무엇인가를 하지 못했던 결핍'이고 희망의 부재라면 상황은 달라진다. 따라서 이 시점에서 주체가 가치 대상(~이기를 원하기)과의 연접을 통해 어떠한 의미행로로 나아가느냐가 중요하다.

S1 응칠은 동생이 그리워 만나러 왔다가 성팔로부터 응고개 벼가 도둑 맞았다는 정보를 듣고 자신이 집을 떠나 도망하게 된 기억을 소환한다.
S2 5년 전 응칠은 열심히 농사를 지었지만 매년 빚만 쌓이는 현실을 발견한다.
S3 응칠은 가족과 삶을 지속시키기 위해 집과 고향을 등진 채 도망을 친다.

S4 온 가족이 낯선 마을을 유랑하며 밥을 빌어먹는다.

S5 추위와 굶주림을 견디지 못한 채 응칠은 가족과 이별한다.

S6 홀로 유랑자가 된 응칠은 도박, 절도, 절도, 절도 등으로 전과사범이 된다.

S2에서 S6까지의 구상적 행로는 주체가 '유랑'하게 된 사건들을 하나의 시간 축으로 보여준다. S1에서 주체(응칠)는 과거 '가족과 행복하게 살기'라는 가치 대상의 실현에 실패했지만, 자신의 행동이 왜 '유랑'으로 귀결되었는지에 대해서는 구체적으로 인식하지 못한 상태에 머물러있다. 하지만 S1에서 응고개 벼의 절도사건은 주체(응칠)로 하여금 자신이 유랑하게 된 원인에 대해 심층적으로 접근하도록 해준다. 여기서 주체는 '유랑'과 관련된 형상소를 기억으로 반복해서 소환하고 통합체적 진열을 통해 구상적 행로로 재배치해본다.

먼저 주체는 '송이'를 매개로 하여 과거 욕망했던 가치 대상(~이기를 원하기)과 연접을 시도한다. 주체는 과거의 기억 속에서 가치 대상을 상실한 시점에 발생했던 다양한 형상들을 떠올리고, 문제의 본질이 무엇인지를 파악하고자 시도한다. 이때 중요한 것은 현실화된 주체의 유랑이 가치 대상(~이기를 원하기)에 대한 포기의 결과인지 아니면 박탈의 결과인지에 따라 주체가 자신에게 부여하는 정념의 양상이 달라질 수 있다.[11] 여기서 구상적 행로는 주체로 하여금 '유랑'과 관련을 맺는 형상들을 하나의 의미의 틀 속으로 인도한다.

① 농사는 열심히 하는 것 가튼데 알고보면 남는건 겨우 남의 빗뿐. 이러다가는 결말

---

11 알지르다스 J. 그레마스, 김성도 역, 『의미에 관하여』, 인간사랑, 1997, 355~361쪽.

엔 봉변을 면치못할 것이다. (…중략…)

② 나는 오십사 원을 갚을 길이 업스매 죄진 몸이라 도망하니 그대들은 아예 싸울 게 아니겟고 서루 의론하야 어굴치안토록 분배하야 가기 바라노라 하는 의미의 성명서를 벽에 남기자 안으로 문들을 걸어닷고 울타리 밋구멍으로 세식구 빠져나왓다. (100쪽)

①에서 보면 5년 전 주체(응칠)는 성실하고 평범한 농군으로 "사랑하는 아내가 있었고 아들이 있었고 집도 있었"으며 "하루라고 집을 떨어져" 살아본 일이 없다. 하지만 구상적 행로의 기저에서 주체(응칠)는 농사를 짓고 송이를 따서 장에 내다팔아도 남의 빚만 쌓이는 절망, 즉 희망이 부재한 농군의 현실을 발견하게 된다. 현 상태를 지속하다가는 "결말엔 봉변을 면치못할" 것이라는 불안은 ②에서처럼 주체로 하여금 불가피하게 가족과 야반도주를 감행하게 하는 주요 원인으로 작동하였다. 처음에 시작한 '유랑'은 가족과 함께 행동했다는 점에서 주체가 애초에 무책임한 가장이 아니었음을 확인시켜준다. 그렇다면 지금 주체는 왜 가족조차 상실하고 홀로 유랑을 하고 있을까? 과거의 기억에 대한 구상적 행로를 살펴보면 "어느 날 밤 아내의 얼굴이 썩 슬픈 빛이었다"(92쪽)의 서술에서 알 수 있듯이 가치 대상(~이기를 원하기)에 대한 욕망이 현실적으로 실패할 수밖에 없음이 드러난다. 주체는 S3에서처럼 가족을 데리고 야반도주를 실행하고 가치 대상(~이기를 원하기)을 실현시키고자 노력하지만 결국 돈도 없고, 집도 없는 길 위에서 굶주림과 추위를 견디지 못해 실패한 것이다. 이와 같이 서사의 도입부분은 주체(응칠)가 정신적으로 불만족한 상태에서 비자발적 유랑을 불가피하게 선택했음을 조망하도록 해준다.

서사의 도입 부분을 존재의 궤적에 따라 구상적 차원에서 '불안'과 연관 지어 연결해볼 필요가 있다. 과거에서 현실로 이동하는 시간의 축 위에서 주체의 잠재화를 산출하는 이접적 변형이 일어난다. 「만무방」에서 동일한 주체(응칠)는 과거와 현재의 시간 축에서 통합체적 접합(연접과 이접)을 경험한다. 여기서 아내가 "첫 때 어린애를 잡겠수"라고 하며 "서로 갈리어 제 맘대로 빌어먹는 것이 오히려 가뜬하"다고 제안한다. 돈도 집도 없는 길 위에서 모든 희망이 박탈된 상태인 주체는 가족의 생명 유지를 위해 불가피하게 아내의 제안에 따를 수밖에 없게 된다. 하지만 응칠은 아내가 먼저 헤어지자고 제안했지만 서사 어디에서도 아내에 대한 원망이나 미움의 감정을 토로하지 않는다. 문제는 현실에서 응칠이 겉으로는 유유자적한 척 가장한 채 살고 있지만 속으로는 안타까움, 괴로움 등의 불안한 상태에 여전히 놓여있다는 데 있다. 이처럼 주체의 행로는 불만족한 상태에서 유랑을 지속한다는 점에서 불안을 표출하고 있다. 즉, 응칠은 5년 전 가치 대상(~이기를 원하기)과 이접하게 되고, 그 결과로 가치 대상의 획득에 실패한 채 불안을 내면화한 유랑자로 전락한 것이다.

이처럼 「만무방」에서 서사의 도입부분은 주체(응칠)가 5년전의 기억을 소환하면서 타동적 잠재화(가치 대상의 박탈)로 연결되고, 주체는 가족의 상실이라는 결핍, 즉 이접의 변형이 일어나는 것을 상상의 시나리오로 구성해 존재적 궤적을 되짚게 된 것이다. 이런 이접의 경험은 주체로 하여금 자신의 유랑에 대해 본질적으로 살펴보면서, 존재에 대한 탐색으로 나아가도록 추동한다. 하지만 이 도입부 서사는 여전히 주체가 '유랑'의 문제를 개인의 한계와 실패로 이해하고 있다는 점에서 인식론적 주체로 나아가지 못한 상태에 머물러 있다.

3. 농군들의 상이한 형상에 대한 관찰과 유랑

「만무방」의 전개부분은 주체로 하여금 과거와 현재의 병치된 사건 속에서 다른 농군들의 상이한 형상들을 대질하면서 '유랑'의 본질에 대해 탐색하도록 한다. 따라서 세 스토리는 주체(응칠)가 타자의 삶을 순서대로 관찰하면서 '유랑'의 문제를 바라보는 시선에 영향을 준다. 다음은 주체(응칠)가 벼를 훔친 절도범을 잡기 위해 공간을 이동하는 과정에서 접하게 되는 다양한 스토리이다.

〈표 1〉「만무방」에 삽입된 세 편의 스토리

① 성팔의 스토리	② 강도의 스토리	③ 노름판의 스토리
S1 성팔은 재작년 가을에 이 마을로 왔다. S2 대장간이 잘 되지 않는다. S3 구장네 솥 절도사건으로 한 번의 전과를 갖고 있다. S4 성팔은 여전히 가난을 해결하지 못해 홍천에 있는 형의 집으로 농사를 지으러 처자식을 데리고 또 떠나려고 한다.	S1 농군이 강도로 돌변하였다. S2 강도는 겨우 동전 네 닢에 수수 일곱 되를 얻기 위해 자신과 같은 처지의 가난한 농군을 살인한다. S3 강도는 자신의 범행이 탄로날까봐 낮으로 시신을 심하게 훼손한다.	S1 기호는 며칠 전 빚에 시달려 제 아내를 팔았다. 영동으로 가서 장사를 하겠다던 기호는 노름판에서 돈을 잃는다. S2 재성은 돈을 늘릴 생각에 벼 열 말을 팔아 노름을 하였으나 돈을 몽땅 날려 먹을 것조차 없다. S3 머슴은 일 년 동안의 품을 판 사경을 노름판에서 날린다.

위의 세 스토리는 주체(응칠)가 진범인 응오를 발견하기 전까지 '탐정소설의 미스터리 서사기법'[12]을 따르면서 서사가 전개된다. 「만무방」은 주체가 유랑하게 된 사연과 응오가 진짜 도둑으로 밝혀지는 과정 사이에 세 개의 상이한 삽화를 교차 배치해 하나의 의미 행로를 구축한다.

---

12 연남경, 「김유정소설의 추리서사적 기법 연구」, 『한중인문학연구』 34, 한중인문학회, 2011, 55~79쪽.

①의 스토리는 끊임없이 가족을 데리고 유랑하는 성팔의 이야기이다. 이 삽화에서 성팔은 '가족과 행복하게 살기'라는 가치 대상을 실현하기 위해 재작년 강원도 산골 마을로 이주해왔다. 하지만 성팔의 가치 대상(~이기를 원하기)은 새로 이주한 산골 마을에서도 실패한다는 점에서 5년 전 늘어나는 빚 때문에 야반도주한 후 가족과 생이별한 주체(응칠)의 모습과 교차된다. 성팔은 '절도범', '전과자'라는 낙인까지 찍힌 상태라는 점에서 응칠과 유사한 삶의 과정을 거치고 있다. 그럼에도 불구하고 성팔은 가치 대상(~이기를 원하기)을 포기하지 않는 인물로 형상화된다. 아직까지 성팔에게는 '홍천'이라는 공간이 희망을 실현할 수 있는 가능성의 공간으로 남아 있다. 성팔은 형이 살고 있는 홍천으로 이주해서 현재보다 나은 삶을 희망하고 있다는 점에서 가치 대상(~이기를 원하기)을 실현시키기 위해 끊임없이 연접을 시도하는 인물로 기능한다. 「만무방」에서 성팔이 계속 이주하는 스토리는 1930년대 식민지 농촌의 변화상으로 평범한 농군들의 궁핍과 유랑이 일상화되는 현상을 포착해서 보여주고, 주체(응칠)의 유랑이 개인의 무책임에서 비롯된 사건이 아니라는 것을 간접적으로 인지하도록 해준다.

②의 강도 스토리는 평범한 농군이 돈 몇 푼 때문에 잔혹한 살인범으로 돌변하게 된 비극적 사건에 대해 주체(응칠)가 2년 전의 기억을 통해 재구성하는 장면이다. 2년 전 강도는 자신의 살인이 탄로날까봐 농군의 시신을 훼손하고 버리는 살인자로 변모된다는 점에서 타락한 존재의 극단적 상태를 표상하는 인물이다.

삼십여 년 전 술을 빚어놓고 쇠를 울리고 흥에 질리어 어깨춤을 덩실거리고 이러던 가을과는 저 딴쪽이다. 가을이 오면 기쁨에 넘쳐야 될 시골이 점점 살기만 띠오옴은 웬일일꼬. 이렇게 보면 재작년 가을 어느 밤 산중에서 낫으로 사람을 찍어 죽인 강도가 문득 머리에 떠오른다. 장을 보고 오는 농군을 농군이 죽였다. 그것도 만이나 되엇으면 모르되 빼앗은 것이 한곳 동전 네 닙에 수수 일곱 되, 게다 흔적이 탈로 날가 하야 낫으로 그 얼골의 껍질을 벅기고 조깃대강이 이기듯 꼼꼼하게 남기고 조진망난이다. 흉악한 자식, 그 잘량한 돈 사 전에 나가트면 가여워 덧돈을 주고라도 왓스리라. (105쪽)

위의 구상적 행로를 보면 주체(응칠)의 의심이 두 가지로 응축된다. 첫 번째는 살인 사건이 일어난 시간이 한창 추수 때인 '가을'이라는 점이다. 농촌에서 일 년 가운데 가장 풍요로운 시간이 가을이다. 하지만 현실에서 농촌의 가을은 풍요로움과는 정반대로 "살기만 띠"는 위악한 공간으로 변화하였다. 30년 전의 가을과는 "저 딴쪽"이라는 탄식에서 알 수 있듯이 '농촌'은 "소름에 머리끝이 다 쭈볏"할 정도로 평범한 농군의 생존을 일상적으로 옥죄어온다. 강도의 스토리에서 '농촌'이라는 공간은 더 이상 평화와 풍요의 공간이 아니다. 평범하던 농군이 강도짓을 하는 '망나니'와 '흉악범'으로 표상화된다는 점에서 '가을 농촌'은 '풍요로움', '평화'와 대조적으로 '빈곤함', '살인'의 부정적 의미를 지닌 공간으로 그 이미지가 변형된다. 이는 서사의 도입에서 송이버섯을 따며 유유자적한 삶을 즐기는 것처럼 가장했던 주체(응오)의 마음 상태가 만족이 아니라 불만족의 상태에 놓여있음을 다시 한 번 확인시켜주는 장치로 기능한다. 또한 강도의 스토리는 '농촌'이라는 공간이 더 이상 '안정', '평화', '향수'를 느끼게 해주는 긍정적 공간이 아니라 '두려움', '살기', '절망'을 느끼는 부정적 공간으로 변모되어 희망이 부재한 공간임을 인식하도록 해준다.

두 번째로 강도 스토리의 구상적 행로는 '왜 평범한 농군이 흉악한 살인범이 되었는가?'에 대해 인식하도록 해준다. 여기서 강도에 대한 정보는 그가 '농군'이라는 사실 이외에 아무것도 제시되지 않는다. 강도의 인성이나 원한관계 등 사건의 인과관계에 대한 서술은 배재된 채 "그 잘량한 돈 사 전에"라는 수식어와 함께 '농군이 가난한 농군을 죽였다'는 단순한 정보만이 부각된다. '사전'이라는 돈의 교환가치는 「땡볕」에서 덕순이 주머니에 있던 잔돈 '사전'을 통해 추론해볼 수 있다. 여기서 '사전'의 가치는 1930년대 물가 기준으로 보면 사전에 한 푼을 더 보태면 담배를 살 수 있는 돈이고, 죽어가는 아내에게 덕순이 길 위에서 냉수한 사발과 왜떡 세 개를 사 줄 수 있는 교환가치 정도이다.[13] 따라서 '잘량한 돈 사전'에 끔찍한 살인이 일어났다는 사실은 농군들의 극단적 궁핍의 상황을 표출하는 장치이다. 그런데 여기서 돈 '사전'과 함께 강조되는 것은 강도 역시 '농군'이라는 사실이다. 즉, 가해자와 피해자 모두 '농군'이라는 사실은 '농군'이라는 집단적 표상이 이 스토리에서 중요한 요소임을 부각시킨다. 평범한 농군이 언제든지 살인범으로 돌변할 수 있고 피해자가 될 수 있다는 것. 이는 1930년대 식민지 농촌의 절대 궁핍의 참상을 통해 희망이 부재한 상태를 상징적으로 보여준다. 따라서 가해자요 피해자인 '농군'의 의미는 그 두 사람이 '식민지 농군'의 공통된 집단 표상임을 말해준다. 여기서 구상적 행로는 주체로 하여금 개인적 차원이 아니라 사회적 맥락에서 살인사건의 문제를 근원부터 인식하도록 해준다. 이 강도사건은 주체의 가정파탄과 유랑이 더 이상 개인의 무책임과 불성실에서 기인한 것이 아니라 절대궁핍의 상황으로 내

13　김유정, 「땡볕」, 『동백꽃』(김유정 단편선), 문학과 지성사, 2005, 346~355쪽.

몰린 1930년대 식민지 농촌의 경제적 파탄이 주요 원인이었음을 드러내기 위한 장치이다.

③에서 제시된 노름판에 대한 구상적 행로는 또 다른 방향에서 식민지 농군과 유랑의 문제를 인식하도록 해준다. 노름판 스토리는 평범하던 농군들의 좌절이 '아내팔기'와 '도박'이라는 타락의 양상을 띠고 있다는 점에서 무질서해진 농촌 사회에 대한 시선을 응축해서 보여준다. 김유정의 소설에는 궁핍을 해결하기 위해 아내의 정조를 팔거나, 들병이로 생계를 유지하려는 인물들이 자주 등장한다.[14] 이 구상적 행로는 궁핍으로 인해 해체된 가족의 경우 남편이 아내팔기를 통해 가난의 문제를 해결하고자 한다는 점에서 보편적인 윤리마저 파괴된 농촌의 일상을 포착하도록 해준다. 등장인물들은 한방에 인생을 역전시키고 싶은 욕망에 몸이 달아 "하얀 눈들이 빨개서 서로 독을 올"리며 노름에 몰두한다. 문제는 '어떤 놈이 뜯는 놈이고 어떤 놈이 뜯기는 놈인지 모른' 채 돈을 잃고 나면 그저 악에 받쳐 폭력을 휘두른다는 점에서 노름판은 무질서의 공간으로 상징화된다. 이 무질서한 공간인 노름판에서 주체가 만난 인물들은 평범한 농군들이다. 여기서 기호는 아내를 매매한 돈으로 장사를 하겠다는 소망을 버리고 노름판에 끼었고, 재성이는 돈을 늘리려고 벼를 팔아 노름을 하고, 머슴은 일 년 동안 열심히 일해 받은 새경을 담보로 노름판에 참여한다. 하지만 노름판에 모인 사람들은 모두 노름 밑천마저 몽땅 날린 채 희망이 부재한 상태에서 유랑하는 삶으로 내몰린다. 이처럼 노름판에 대한 구상적 행로는 평범한 농군들이 궁핍으로 인해 아내를 팔거나 도박으로 회피하는 모습으로 형상화되고 있

---

14 장수경, 「정념의 관점에서 본 김유정 소설의 미학」, 『한민족문화연구』 55, 한민족문화학회, 2016, 237~270쪽.

음을 공통적인 속성으로 묶어준다. 나아가 이 구상적 행로는 주체(응칠)로 하여금 가정파탄, 유랑, 매춘, 도박, 회피 등의 부정적 의미소로 통합되면서 1930년대 식민지 농촌 경제의 파탄이 평범한 농군들의 삶을 어떻게 무너뜨리는지를 기저에서부터 심층적으로 사유하도록 해준다.

이와 같이 전개 부분에서 제시된 세 스토리의 구상적 행로는 주체(응칠)가 1930년대 농촌의 궁핍과 유랑민으로 전락할 수밖에 없는 농군들의 삶의 궤적을 다층적인 시각에서 조망하도록 해준다. 주체는 각각의 상이한 농군들의 형상을 대질하면서, 각 행로에서 나타나는 공통적인 속성인 농군의 몰락 과정을 인식하게 된다. 여기서 주체는 '만약 과거에 내가~ 했더라면 현재 어떤 상태였을까?'라는 의문에서 출발해 가치 대상에 대한 접근 방식을 연속적으로 변형시키는 것이다. 「만무방」의 전개 부분은 주체(응칠)가 희망이 부재한 상태에서 떠돌이로 살아갈 수밖에 없는 유랑자로 목적이미지를 재구성하는 양태(비존재)를 보여준다. 따라서 세 스토리에서 나타난 유사 주체presque sujet는[15] 주체(응칠)로 하여금 유랑의 원인을 표층적 구조보다 심층적 구조에서 논리적으로 접근하도록 해준다. 나아가 세 편에 등장하는 유사주체의 공통된 속성은 불안한 주체의 상태와 긴밀히 연동되어 '유랑'의 본질에 대해 인식할 수 있도록 긴장의 단계로 나아가도록 해준다.

---

15 유사주체(presque sujet)는 인식론적 주체의 행로 이전의 주체를 말한다. 알지르다스 J. 그레마스 · 자크 퐁타뉴, 앞의 책, 214쪽.

4. 모순된 현실에 대한 성찰과 존재의 자각

서사의 결말부분은 응칠이 어둠속의 산길을 걸어 응고개에서 도둑을 잡기 위해 잠복하고 있는 그로테스크한 공간에 대한 묘사로 시작된다. 여기서 주체(응칠)가 "일심 정기를 다하여 나무 틈으로 뚫어보고 앉"아 망을 보는 잠복 행위는 불안하고 혼란스런 내면의 상태를 표현한다. 주체가 '도둑'의 혐의를 벗기 위해 숨어 있는 어둠속의 들판은 인식론적 주체로 나아가기 위해 설정된 긴장의 공간으로 기능한다. 작가는 긴장 감을 고조시키기 위해 '이슥한 그믐의 칠야', '공포'와 '냉기', '축축함' 등 그로테스크한 분위기를 자아내는 묘사를 통해 주체(응칠)가 자신의 존재를 탐색하는 과정이 평탄치만은 않음을 암시하고 있다. 이 어둠속 장면은 「노다지」에서 '그믐밤'이 "주체의 절망과 부정적인 사건이 일어날 것을 상징적으로 드러내"[16]기 위한 장치로 활용된 것과 유사하다. 따라서 「만무방」에서 이 장면은 "어두운 꿈속"으로 상징화되고 있다.

다음은 실천적 주체가 동생(응오)의 사건을 통해 인식론적 주체로 나아가는 행로를 보여주고 있다.

　　S1 응오는 동리에서 쳐주는 모범 청년이다.
　　S2 응오는 추수철이지만 벼를 베지 않고, 벨 생각조차 않는다.
　　S3 지주와 빚쟁이들이 찾아와 추수를 재촉하지만 응오는 아내가 아파서
　　　　추수할 틈이 없다고 핑계를 댄다.

16　장수경, 앞의 글, 249쪽.

S4 작년 수확 때 응오는 추수가 끝나고 나서 도지, 정리쌀, 색조를 제하고
　　보니 남는 건 식은땀뿐이어서 절망적이었다.

S5 올해는 작년보다 더 흉작이다.

S6 응오의 벼가 이삭만 없어졌다.

S7 응오는 자신의 논에서 벼를 훔치다가 응칠에게 발각된다.

　S1에서 S6까지의 서사에서 S_2의 행로는 벼 절도사건과 연관되어 있다.
이 삽화에서 보면 모범청년인 S_2(응오)는 올해 아내가 아프다는 핑계로
추수를 계속 지연시킨다. S4와 S6의 행로를 보면 S_2(응오)가 열심히 농사
를 지어도 빚만 남는 모순된 현실과 추수가 지연되는 사건이 긴밀히 연
결된다. S5의 내용은 '작년보다 올해는 더 흉작이다'라는 정보를 통해 S_2
(응오)의 절망스런 상황이 얼마나 심각한지를 보여주는 기능을 한다. 이
때 S_2의 벼가 이삭만 없어지는 사건이 부각된다. 「만무방」에서 아이러니
한 결말은 S_1(응칠)과 S_2(응오)가 각각의 가치 대상과 맺고 있는 관계의 상
이성으로 인해 두 행로의 차이가 발생한다. S_2(응오)는 자신이 농사 지은
벼를 훔쳐 먹지만 다른 사람에게 들키지 않아야 한다는 점에서 상태-의
지를 드러낸다. 반면 S_1(응칠)은 자신이 절도범으로 의심받는 상태에서
벗어나기 위해 진범을 잡아야 한다는 점에서 상태-능력을 발휘해야 한
다. 여기서 주체 S_1(응칠)의 행로는 〈그림 1〉과 같이 구성될 수 있다.

〈그림 1〉 「만무방」에서 주체 S_1의 행로

잠재화된 주체(비연접)	현동화된 주체(이접)	비실현된 주체(비연접)
S_1이 응고개 벼를 훔친 진범을 잡고 누명을 벗기를 원한다.	→ S_1은 범인을 탐색하면 진범을 잡을 수 있다는 믿음이 있다.	→ S_1이 진범이 절도하는 장면을 목격하지만 잡을 수 없고, 누명을 벗지 못한다.

「만무방」에서 잠재화된 주체인 S_1은 '진범을 잡고 누명에서 벗어나기를 원하다'라는 상태-의지 때문에 범인 탐색에 적극 나선다. 이때 S_1은 주변의 뜨내기 농군들을 주요 용의자 선상에 올려놓고 관찰과 감시를 수행한다. 범인을 탐문하는 과정에서 S_1(응칠)의 역량(지식과 능력)은 현동화된 주체로 누명에서 벗어날 수 있다는 희망을 갖고 양태의 전망 속에 놓인다. 이때 '범인을 잡아야 한다'는 S_1은 의지의 정념 주체인데, 이 의지는 지식-능력을 동시에 지배한다. S_1은 "이 놈이 필연코 올"것이라며 "이 짓이란 소문이 나기 전에 한번 더 와보는 것이 원칙"이고 "궂은 날씨를 기화 삼아 맘껏 하"리라는 믿음을 갖고 있다. 따라서 S_1은 도둑이 "다 훔쳐가지고 나올 때만 기다"리면서 몽둥이에 힘을 준다. 이 부분에서 S_1의 기대 욕망은 '전과자'라는 낙인으로 인해 지속적으로 주재소 순경의 감시망에 붙들린 불안한 상태에서 벗어나기 위해 하루라도 빨리 자신의 무죄를 밝히고 안정을 되찾기를 희망하는 것이다.

그러나 충격적인 결말은 이런 S_1(응칠)의 기대감을 좌절시킨다. S_1(응칠)의 눈앞에 나타난 진범은 다름 아닌 S_2(응오)이다. 진실한 능군이던 S_2(응오)가 자신이 수확할 벼를 훔쳐 먹는 아이러니한 현장을 목격하면서 S_1(응칠)의 내면에 혼란이 가중된다. S_1이 '누명에서 벗어나기'라는 가치 대상과 연접하려면 S_2(응오)를 주재소에 진범으로 신고해야 한다. 그러나 S_1(응칠)은 S_2(응오)를 주재소에 신고할 수 없다. 여기서 비이접된 주체 S_1(응칠)의 인식은 '벗어날 수 없는 가난'과 '불가피한 도망'으로 유랑자의 이미지를 재구축한다. 예컨대 주체S_1(응칠)은 모범청년인 동생(응오)이 절도 사건을 일으킨 사건과 5년 전 성실하게 살아보려 발버둥을 쳤지만 매년 불어나는 빚에 쪼들려 도망친 후 유랑하고 있는 주체의 비극을 통해 위악한 현실을 폭로한다. 여기서 주체 S_1(응칠)은 '5년 전 나는 왜 도망을 하게 되었나?', '나는 왜 유랑을 하고 있나?' 하고 자신의 정체성에 대해 비판적으로 사유하면서 인식론적 주체로 이행한다.

따라서 「만무방」의 구상적 행로는 등장인물들이 상이한 형상으로 각각의 사건에 개입하지만 각 행로에서 나타나는 공통적인 속성을 서로 연결해보면 불안한 상태의 농군(응칠)의 자화상으로 표상화될 수 있다. 「만무방」의 전개 과정과 결말에서 나타나는 주체 S_1(응칠)이 희망의 부재에서 끊임없이 벗어날 수 없는 것은 삽화 속에 등장하는 모든 인물들이 처한 비극적인 삶의 순환과 궤를 같이 한다. 즉 희망이 부재한 주체의 삶은 한 인물의 특정한 상황이라기보다는 식민지를 살아가는 가난한 농군의 공통된 상황임을 연역적으로 보여준다. 「만무방」의 각 삽화들은 긴장된 공간 속에서 분절된 연속적 단위들인 동시에 주체 S_1(응칠)의 내면으로 반복적으로 소환되면서 전체의 집합이 식민지 농군이 처한 삶의 불안과 유랑의 상관성을 논리적으로 보여준다. 가족과 행복한 삶을 희망하던 농군의 꿈이 무너진 현실의 절박한 문제란 무엇인가? 열심히 농사를 짓고 송이버섯을 채취해 모두 장에 내달 팔아도 빈손만 남는 현실. 유랑하는 농군의 궁핍은 과연 개인의 문제인가 사회구조의 문제인가?

여기서 주체 S_1(응칠)의 선택은 능동적인 동기 부여와 선택 의지에 기초하여 모든 행위가 일어날 수 있다. '식민지 농촌 경제의 파탄'이라는 외부 세계에 대한 지각은 주체 S_1(응칠)의 몸을 중개로 하여 이성과 감성의 연속성 속에서 '유랑'의 문제를 사회적 차원에서 성찰하는 계기가 된다. 주체의 유랑이 개인의 성실성에 의해서 결정되는 것이 아니라 외부 세계의 힘에 의해 강제로 발생했음은 유사주체가 등장하는 세 스토리의 정렬적 배치와 응오의 벼 절도사건의 상호작용을 통해 반성적으로 성찰된다.

일반적으로 '유랑'하는 인물은 현실의 질곡과 무게를 버티지 못한 채 자신의 거주지에서 달아나는 게으르고 나태하며 진실하지 못한 인물로 오인될 수 있다. 하지만 가을에 벼를 "캄캄하도록 털고 나서 지주에게 도지를 제하고, 정리쌀을 제하고, 색초를 제하고보니 남는 것은 등줄기를 흐르는 땀"이라는 서술에서 알 수 있듯이 '만무방'이란 개인의 성실성과는 무관하게 사회 구조적으로 평범한 농군이 만무방으로 전락할 수밖에 없는 희망이 부재한 식민지 농촌의 구조적 모순을 비판하기 위해 설정된 표상이라 할 수 있다. 이를 입증하기 위해 「만무방」은 주체 S_1(응칠)의 행로를 통해 보편적인 식민지 농군들이 몰락해가는 과정을 계열체적 차원에서 통합적으로 제시하고 있다는 점에서 김유정 문학의 미학을 보여준다.

「만무방」은 "내 걸 내가 훔쳐야 할 그 운명"과 "형을 배반"할 수밖에 없는 충격적인 상황을 결말에 배치해 복합적인 갈등이 '비자발적 유랑자'라는 하나의 목적 이미지를 향해 나아가도록 추동한다. 지금까지 주체 S_1(응칠)은 자신이 동생(응오)보다 불성실하고 책임감이 부족하여 아내와 자식을 버린 채 만무방의 삶을 살아오고 있다고 여겨왔다. 또한 S_1(응칠)은 동생(응오)을 제외하고 삽화에 등장하는 다른 인물들을 '건달', '강도', '좀도적' 등 부정적 단어로 무비판적으로 규정해왔다. 그러나 성실하고 '진실'한 농군의 상징이던 동생(응오)마저 절도죄를 저지르는 장면을 목격한 후 S_1(응칠)은 유랑의 삶을 살아갈 수밖에 없는 식민지 농군으로서 "실존적 복권"[17]을 시도한다. 즉 실천적 주체(응칠)는 충격적 결

---

17 차희정, 「김유정 소설에 나타난 한탕주의 욕망의 실제」, 김유정학회 편, 『김유정의 문학산맥』, 소명출판, 2016, 163∼194쪽.

말을 목격하면서 식민지 사회의 구조적 모순이 무엇인지를 깨닫게 된다는 점에서 인식론적 주체로 변모되는 것이다. 아무리 열심히 일을 해도 앞의 세 스토리에서 보여주듯 농군이 만무방으로 전락하거나 강도가 되어 비윤리적이고 비도덕적인 삶을 살아갈 수밖에 없다는 모순은 1930년대 식민지 농군이 처한 절망적 결말을 통해 명확하게 제시된다. 이 작품은 '응칠'이라는 하나의 인물상에 다양한 농군들의 상황을 모자이크로 배열해 놓은 것처럼 주체의 삶과 다른 농군의 삶을 교차 배치하면서 존재의 자각과 구원은 개인 한 사람의 몫이 아님을 열린 결말을 통해 암시하고 있다.

「만무방」에서 구상적 행로는 주체로 하여금 과거와 현재의 사건을 다층적인 관점에서 바라볼 수 있게 되고, 농촌의 문제를 좀 더 심층적인 관점에서 접근할 수 있도록 해준다. 주체 S_1(응칠)은 유랑하면서 상이한 농군들의 형상이 갖고 있는 속성을 통합체적으로 바라본다. 즉, 주체 S_1(응칠)은 '집'과 '고향'이라는 공간으로부터 분리되었지만 유랑의 과정에서 자신을 둘러싼 분리된 세계를 상호 연속선상에서 종합적으로 파악할 수 있게 된 것이다. 따라서 김유정은 「만무방」에서 '응칠'이라는 인물을 내세워 주체의 유랑을 "조선농민의 보편적인 운명",[18] 즉 집단의 이야기로 표상화함으로써 희망이 부재한 채 불안한 삶을 지탱하는 식민지 농군의 참상을 그려낸다. 「만무방」에서 각각의 분리된 사건들은 '식민지 사회 구조의 본질적 모순'이라는 하나의 축으로 연결되어 '유랑'이 보편화된 1930년대 농촌의 모습을 비판한다.

---

18 최성윤, 「김유정의 현실인식과 아이러니의 한 양상」, 『현대문학이론연구』 제57집, 현대문학이론학회, 2014, 310쪽.

5. 나오며

이 글은 김유정의 「만무방」을 주요 텍스트로 하여 주인공 응칠이 5년 전 가족과 헤어진 후 유랑하게 된 계기와 과거와 현재의 시간 속에서 자신의 존재의미를 탐색하는 과정을 면밀히 살펴보았다. 행위 기호학에서 주체의 존재방식은 '잠재화virtualisation — 현동화actualisation — 가능화potentialisation — 실현화realisation'의 네 단계로 나타나는데, 이 글은 주체(응칠)의 행로를 통해 희망이 부재하게 된 사건과 유랑의 의미를 통합체적 차원에서 검토하였다.

응칠은 '유랑'의 서사를 통해 길 위에서 자신의 존재에 대한 탐색을 거쳐 존재의 자각에 도달하는 인물로 형상화된다. 일반적으로 기호학에서 주체와 대상이 맺는 관계에 따라 양태성을 연쇄적으로 변화시키는데, 응칠은 '송이버섯'을 매개로 5년 전 자신이 욕망했던 가치 대상을 상상하며 연접과 이접의 경험을 반복하게 된다. 서사의 도입에서 주체는 가치 대상과 이접의 경험을 하게 되는데 마침내 '존재할 수 없다'(불가능)로 귀결된 양태성은 불안과 '유랑'의 문제를 연결시킨다. 이 불안은 서사의 전개과정에서 삽입된 세 편의 농군들의 상이한 스토리와 결합되면서 주체로 하여금 유랑의 원인과 자신의 존재방식에 대해 구체적인 행로를 통해 탐색하는 계기로 작동한다. 응칠은 평범했던 농군들의 행로를 검토하면서 자신이 '만약 ~했더라면~ 지금 어떻게 되었을까?'에 대해 질문한다. 이런 존재의 탐색 과정에서 응칠은 자신의 가치 대상과 이접된 후 유랑민이 된 것이 개인적 차원의 문제가 아니라 외부적 차원의 식민지 권력의 모순에 의해 강제로 박탈된 상태였음을 인식하는 주체로 변모된다. 이처럼 김유정은 주체(응칠)가 유랑의 길 위에서 자신의 존재를 자각하도록 하면서 만무방의 삶이 단순히 한 개인의 문제가 아니라 1930년대 식민지 조선의 농군, 즉 집단의 문제라는 인식을 비판적으로 형상화하고 있다.

이상에서 살펴본바와 같이 김유정은 「만무방」에서 주체의 불안과 유랑의 상호연관성을 통해 식민지 농촌의 모순을 비판적인 시선에서 보여주고, 열린 결말을 제시함으로써 응칠이 존재의 자각을 미학적으로 구현할 수 있도록 했다는 데 그 의미를 부여할 수 있다. 하지만 본 연구는 김유정 소설의 전체 텍스트를 살펴본 것이 아니라 불안과 '유랑'이 뚜렷이 드러난 「만무방」 한 편에 한정된 연구라는 점에서 많은 한계를 지니고 있다. 이 글에서 충분히 다루지 못한 내용은 추후 글에서 보충할 것이다.

참고문헌

1. 기본자료

김유정, 전신재 편, 『원본 김유정 전집』(개정판), 강, 2000.

2. 논문

김원희, 「김유정 단편소설의 크로노토프와 식민지 외상의 은유」, 『인문사회과학연구』 12권 2호, 부경대 인문사회과학연구소, 2011.

김지혜, 「김유정문학의 교과서 정전화연구─7차 교육과정을 중심으로」, 『현대문학이론연구』 제51집, 현대문학이론학회, 2012.

김현석, 「유랑과 저항, 그리고 해방과 공존─사이드의 지식인」, 『역사학보』 24, 역사학회, 2014.

연남경, 「김유정소설의 추리서사적 기법연구」, 『한중인문학연구』 34, 한중인문학회, 2011.

유인순, 「김유정과 아리랑」, 『Comparative Korean Studies』 제20권 2호, 국제비교한국학회, 2012.

표정옥, 「김유정 소설에 나타난 사회적 엔트로피와 놀이성」, 『현대소설연구』 제21호, 한국현대소설학회, 2004.

장수경, 「정념의 관점에서 본 김유정 소설의 미학」, 『한민족문화연구』 55, 한민족문화학회, 2016.

최성윤, 「김유정의 현실인식과 아이러니의 한 양상」, 『현대문학이론연구』 제57집, 현대문학이론학회, 2014.

3. 단행본

김성도, 『구조에서 감성으로』, 고려대 출판부, 2002.

김유정학회 편, 『김유정의 문학산맥』, 소명출판, 2016.

민병호, 『거주의 의미』, Spacetime, 2007.

최원식, 「김유정을 다시 읽자」, 『한국근대문학을 찾아서』, 인하대 출판부, 1999.

알지르다스J. 그레마스 · 자크 퐁타뉴, 유기환 · 최용호 · 신정아 역, 『정념의 기호학』, 강출판사, 2014.

알지르다스J. 그레마스, 김성도 역, 『의미에 관하여』, 인간사랑, 1997.

한국어교육에서 '해학'의 정서 표현 교육 방안

김유정의 「동백꽃」을 중심으로

조수진

1. 서론

　외국인을 위한 한국어교육은 기본적인 의사소통을 위한 언어 교육과 함께 세련된 고급의 한국어 구사를 위한 담화와 맥락 중심의 교육에 방향성을 두고 있다. 한국의 대학에 진학하는 외국인 유학생은 증가하는 추세에 있으며, 학문 목적 유학생들을 위한 문학교육에 대한 요구도 높아지고 있다. 또한 한국어를 전문적으로 공부하는 해외 한국어학과에서도 문학교육은 일정 비중을 차지하고 있다. 이처럼 한국어교육에서 외국인을 위한 문학교육의 필요성을 간과할 수 없음에도 불구하고 외국인을 위한 문학교육은 교육 작품의 선정과 학습 목표, 그리고 교육 방안에 이르기까지 많은 과제를 남기고 있다.

한국어교육에서 문학교육의 논의는 Ronald Carter와 Michael N. Long의 이론이 초기부터 수용되었다. Carter · Long은 외국어교육에서 문학 학습의 의의와 학습 모형을 문화 모형과 언어 모형, 개인 성장 모형이라는 개별 모형으로 나누어 제시하였다. 교사는 이러한 문화와 언어, 개인성장의 세 모형을 특별한 교육적 목표에 따라 선택해 가르친다. 여기서 문화 모형은 문화적 지식을 목표로 하며, 언어 모형은 창조적 언어 학습의 목표, 그리고 개인성장 모형은 문학을 통한 학습자의 내면 성장을 목표로 한다.[1]

리처즈는 언어의 기능을 지시 언어와 정서 언어로 구분한 바 있다.[2] 이에 따르면 인간의 감정과 태도를 형성하는 정서 언어는 '언어의 목적에 따른 상위 개념'이 되고, 의사소통을 위한 언어 기능인 말하기 · 쓰기 · 듣기 · 읽기는 '언어 행위에 따른 하위 개념'이 된다. 한국어교육에서 문학 작품을 교육하는 것은 의사소통이라는 언어 행위를 위한 언어 기능의 교육과 함께 인간의 감정과 태도를 형성하는 정서 언어를 교육하는 것이다. 그렇기 때문에 문학 작품을 통한 정서 언어의 교육은 '언어의 목적에 따른 상위 언어'를 교육한다는 방향성을 지닌다.

문학 작품의 언어는 인간의 감정과 태도를 형성하는 정서 언어라 할 수 있다. 이와 함께 텍스트의 맥락 속에 함의된 언어와 문화적 배경이 문학적 상황으로 표현되면서 독자들에게 문학적 공감대를 형성하게 한다. 이에 따라 외국인 학습자를 위한 문학 교육은 학습자의 언어와 문화적 배경 그리고 문학 작품의 심미적 체험과 관련된 복합적인 요인이 유기적으로 연계되어야 한다. 그렇기 때문에 한국어교육에서 문학 작품의 교

---

1 R. Carter · M. N. Long, *Teaching Literature*, New York : Longman, 1991, pp.8~10.
2 I. A. 리처즈, 이선주 역, 『문학 비평의 원리』, 동인, 2000.

육은 언어와 문화, 문학이라는 개별 학습으로서 의미를 가지기보다는 문학 본연의 통합적인 목표로 수렴되어야 할 것이다. 이러한 통합 교육의 의의는 문학의 정서 언어의 속성과 문화적 속성이 내재한 '정서'라는 틀로 고찰될 수 있고, 문학텍스트를 통해서 정서를 표현하는 교육은 한국어교육에서 문학 교육의 목표로 제시될 수 있다.[3] 그러므로 이 글은 한국어교육에서 언어와 문화적 사고의 집합물인 문학 본연의 '정서'에 주목하여 외국인을 위한 문학교육의 교육 내용과 방안을 모색하고자 한다.

김유정의 소설은 한국 고유의 정서와 언어 표현을 작품에서 빈번하게 찾아볼 수 있는 작품이다. 그렇지만 외국어로서의 한국어교육 현장에서 김유정의 소설은 많이 언급되지 않고 있다. 김유정의 소설에는 지역 방언과 속어, 은어 등과 같은 난이도 높은 표현이 많고,[4] 비전형적인 캐릭터와 사건들로 인해 접근성이 용이하지 않기 때문이다.

이러한 김유정의 작품을 외국인을 위한 문학교육의 관점으로 접근한 연구는 변신원의 논의를 들 수 있다. 변신원은 언어 교육뿐만 아니라 역사의 이해를 토대로 한 문화교육의 측면에서 외국인을 위한 문학교육에 필요한 '문화적 정서'를 강조했다. 이에 따라 김유정의 작품을 한국

---

3 조수진, 「문학적 정서 표현 교육 방안 연구 ─ 한국어 학습자를 중심으로」, 한국외대 박사논문, 2014.
4 문한별은 계량적 방법으로 김유정 소설의 어휘를 통계화한 바 있다. 이 연구는 김유정의 작품 중 「금 따는 콩밭」, 「노다지」, 「만무방」, 「봄·봄」, 「소낙비」를 대상으로 계용묵, 유진오, 이태준, 이효석, 나도향 작가의 작품과 비교했을 때, 김유정의 작품에는 '동사'의 사용량이 많으나 한정된 표현을 반복적으로 사용하고 있다는 것을 도출했다. 형용사는 다소 적게 사용하고 있지만 상당히 다양하게 형용사를 활용하고 있으며, 부사의 경우는 빈도는 높지만 다양성은 낮게 나타난다. 명사의 경우 김유정은 고유명사를 사용할 때 '인명'과 '지명'을 주로 사용하고 있으며, 다양한 종류의 어휘를 사용하고 있었다. 또한 이 연구에서는 문장길이와 관련해서는 '김유정'의 소설이 복잡한 문장 구조를 가지고 있지 않으며 다른 작가에 비해 비교적 적은 양의 정보를 담고 있으며 비교적 쉽게 문장의 의미를 파악할 수 있다는 점을 지적하고 있다. 문한별, 「계량적 방법론을 통한 김유정 소설 어휘의 통계적 연구」, 『김유정의 문학광장』, 소명출판, 2016, 191~215쪽.

의 '해학적 정서'라는 문화적 정서로 접근하여 외국인에게 가르칠 것에 주안점을 두었다.[5]

외국인을 위한 교육에서 김유정의 작품은 「봄·봄」에 국한되어 교육 방안 연구가 진행되었다.[6] 오은엽은 김유정의 「봄·봄」에 나타난 웃음 문화를 중심으로 「바보 사위담」 민담 모티프를 활용해 활동 중심의 읽기 전략의 교수·학습 방안을 제시하였다.[7] 또한 정미숙은 문학적 언어에 나타나는 정서의 교감과 어조의 변화 등의 표현 교육의 필요성을 제기하고, 「봄·봄」에 나타난 인물의 성격과 행동 묘사를 중심으로 비언어적 의사소통의 표현 교육 방안을 제시한 바 있다.[8]

이상과 같이 외국인을 위한 문학교육에서 김유정의 작품은 「봄·봄」에 국한되어 소수의 논의가 진행된 것을 알 수 있다. 김유정의 작품은 「봄·봄」을 비롯하여 「동백꽃」, 「만무방」 등이 한국의 교육과정에서 교과서에 꾸준히 수록되어 한국의 대표적인 근대소설로 정전의 위치를 차지하고 있다. 또한 작품에 표현된 토속적 구어가 주는 생동감과 슬픔을 내포한 웃음으로서의 '해학', 상황의 반전이 계속되는 '아이러니'의 문학적 특징은 우수한 한국의 작품을 더 많이 외국인에게 교수할 필요성을 제기하게 한다. 일례로 김유정 작품이 프랑스에 번역되어 호평을 받으며 대중성을 인정받은 사례와 중국에서도 김유정의 대다수 작품이 번역되어 출간된 점을 들 수 있다.[9]

---

5 변신원, 「문학 속에 드러난 민족문화의 자취와 외국인에 대한 문학 교육」, 『외국어로서의 한국어교육』 제25집 1호, 2001.
6 한국어교육 현장에서는 고려대 『재미있는 한국어 6급』 제5과 「한국의 소설」에 김유정의 「봄·봄」 작품이 수록되어 교수되고 있다.
7 오은엽, 「김유정의 봄·봄에 나타난 웃음문화와 외국인을 위한 문학 교육」, 『한국문예비평연구』 제41집, 2013. 8.
8 정미숙, 「한국어문화교육에서의 비언어적 의사소통 표현 연구」, 한국외대 석사논문, 2008.
9 김유정 작품은 프랑스에서 번역되어 초판 3,000부가 완판이 되었고, 프랑스 문단의 주목을

그럼에도 불구하고 김유정의 작품에 표현된 강원도 방언과 텍스트 뒤에 숨겨져 있는 사회적 맥락, 그리고 비전형적 인물 등의 등장 등은 김유정의 작품 교육을 어렵게 하는 요인이 된다. 외국인의 경우 한국 문학 작품을 접할 때 언어와 문화적 정서, 그리고 경험 측면에서 모두 어려움을 겪게 된다. 이러한 언어와 문화적 정서, 경험이라는 장벽 때문에 김유정의 작품은 외국인에게는 접근하기 더욱 어려운 텍스트로 인식될 수 있다.

이러한 배경에서 이 글은 외국인을 위한 문학교육에서 김유정 문학의 교육적 가치를 제고하고 이를 교수하기 위한 방안을 모색하는 것을 목적으로 한다. 이를 위해 이 글에서는 한국어교육 현장에서 「봄·봄」 한 작품에만 국한된 김유정 소설 교육 현장의 저변을 확장하여, 김유정의 작품 중에서 토속적 언어 표현과 '해학'의 정서를 표현한 대표작인 「동백꽃」을 외국인이 어떻게 접근해야 할 것인지에 대한 기초 작업을 논의할 것이다.

「동백꽃」에는 한국인에게도 생경한 방언과 속어들이 빈번하게 표현되고 있다. 이러한 높은 난이도의 어휘에도 불구하고, 이 글이 김유정의 작품 중에서 「동백꽃」에 주목한 이유는 다음과 같다. 첫째, 정전의 측면에서 「동백꽃」은 「봄·봄」과 함께 김유정의 대표작으로 꼽힌다. 「동백꽃」의 경우 교과서에 꾸준히 수록되어온 작품으로[10] 김유정 작품

받은 바 있다. 중국에서도 김유정의 대다수 작품이 번역되었으며 「동백꽃」은 「생강화(生薑花)」로 번역된 바 있다.

10 김지혜에 따르면 7차 고등국어에는 「동백꽃」 대신 「봄·봄」이 수록되었고, 처음 문학교과서가 생긴 5차 교과서(1989년)에는 18종 중 「동백꽃」이 6회, 「봄·봄」이 5회, 「만무방」이 1회 실려 있다고 한다. 김유정의 작품은 6차 고등국어와 국정교과서에 「동백꽃」이 처음 실린 이후 계속해서 교과서에 수록되어 온 것이다.
김지혜, 「김유정 문학의 교과서 정전화(正典化) 연구」, 『김유정과의 만남』, 소명출판, 2013, 319쪽.

에서 '해학'의 정서가 가장 잘 드러난 대표적인 작품이다. 둘째, 김유정의 「동백꽃」은 강원도 방원을 구어체 그대로 소설텍스트에 구현한 대표적인 작품이다. 언어적 측면에서 김유정 작품을 어렵게 만드는 요인이 되기도 하는 「동백꽃」에 나타난 토속어와 방언, 속어 등의 구어 표현은 독자들에게 강원도 농민들의 향토적 어감 표현을 풍부하게 접하게하는 경험을 제공한다. 셋째, 김유정의 「동백꽃」은 문어체 어법과 구어체 어법의 차이를 명백히 인식하게 하는 텍스트로 외국인을 위한 문학교육에서 어감 교육을 구현할 수 있게 한다. 이과 관련하여 오지혜는 '언어 감수성'을 위한 어감 교육의 필요성을 강조하고, 이를 위한 방법으로 시 텍스트의 개작에 따른 어감 차이를 화용론과 담화로 접근한 바있다.[11] 넷째, 「동백꽃」에 나타난 구어 표현의 풍부한 접촉은 언어 기능적으로 구어적 어감의 표현 능력을 향상시키는 매개 역할을 할 수 있다. 다섯째, '해학'의 문화적 정서 측면에서 살펴보면, 김유정 소설에는 강한 여성 인물과 순박한 남성 인물들이 빈번하게 등장한다. 「동백꽃」 역시 그러한 인물형이 등장하며 사건을 서술하는 순진한 화자로 인해 웃음이 유발되는 '해학'의 정서를 표현하고 있다. 이와 함께 「동백꽃」에는 김유정 작품 특유의 한국적인 해학이 드러난 문화적 정서를 곳곳에서 찾아 볼 수 있다. 이러한 요소들을 고려했을 때 김유정의 작품은 한국어 교육 현장에서 가르쳐야 할 교육적 가치를 충분히 지니고 있는 것으로 보인다.

---

11 오지혜, 「시적 텍스트 변형을 통한 한국어 어감 이해 교육 연구」, 서울대 박사논문, 2012.

2. '해학'의 정서 표현

해학諧謔, humour은 한국의 유머라고 한다. 문학비평용어사전에 따르면 중세에는 유머가 생리학 용어로서 개개인의 기질과 관계되는 혈액·점액·담즙·흑담즙 등 4종류의 체액과 관련이 있었다고 한다. 이때 혈액이 많을수록 유머가 많은 사람이 되고, 흑담즙이 많을수록 우울한 기질을 나타내게 된다. 유머는 원래 사람의 기질에 관련된 것이었지만, 18세기 이후부터 유머라는 단어는 '우습고 재미있는 것'이라는 뜻으로 쓰이게 된다.[12]

소설학 사전에서는 '해학'을 골계의 하위 범주로 정의하고 있다. 조동일은 미적 범주를 숭고, 우아, 골계, 비장으로 분류했는데, 여기서 골계는 보통 '우스꽝스러움'이라고 번역된다. 골계는 기지wit, 반어irony, 풍자satire, 해학humor을 하위 범주로 한다.[13] 여기서 골계의 하위 범주인 '기지wit'는 언어적 표현으로 웃음을 유발하게 하는 지적 능력과 관련된다. '반어irony'는 예상과 반대되는 결과에 대한 '놀라움'의 감정으로 나타나는 웃음으로 장르에 따라 희극과 비극이 되며 상황에 따라 복합적인 정서를 야기하게 된다. 또한 '풍자satire'가 조롱의 웃음으로 비판의 기능을 한다면, '해학humor'은 선의의 웃음을 유발하는 것으로 인간에 대한 동정과 이해, 긍정적 시선을 전제로 화해의 기능을 한다.

김인환은 "x가 y와 화해한다"라는 문장의 확대에 토대한 구성 유형을 해학적 구성으로 보았다. 화해의 구성에 따른 해학적 구성은 과오를 범

---

12 한국문학평론가협회, 『문학비평용어사전』, 국학자료원, 2006, 1129쪽.
13 한용환, 『소설학 사전』, 문예출판사, 1999, 45~46쪽.

하기 쉬운 인간을 따뜻하게 감싸 주면서 용서와 화해를 향해 진행한다는 것이다.[14]

이렇게 따뜻한 화해의 정서로 웃음을 유발하게 하는 '해학'의 정서는 한국의 서민적 유머로 설명될 수 있다. 한국의 구비문학과 판소리, 고전소설 등에서 '해학'은 권위나 고압적인 분위기, 세속적인 가치관들을 희극적인 상황을 유발해 부정해 보는 것으로, 억압에서 벗어나려고 하는 서민들의 욕망을 표현한다. 김종곤은 한국의 전통적인 작품으로 「구지가」, 「처용가」, 「흥부전」, 「심청전」, 「춘향전」에서 익살과 웃음이 드러난 부분을 언급하면서, 김유정의 해학은 고전문학 중에서도 현실적인 어려움을 웃음으로 늦추는 평민계급의 해학과 상통하고 있으며 특히 '눈물 속의 웃음'의 극치를 보여주고 있는 「흥부전」의 해학적 전통미와 가깝다고 하였다.[15] 흥부네 가족의 가난을 실감나게 이야기하는 판소리의 어법에서 웃음과 눈물이 함께 공존하며 느껴지는 서민의 애환이 그러한 예가 될 수 있다.

김중신은 '아이러니'가 현실에 대한 비판에 초점을 두고 있다면 김유정의 문학은 현실 고발보다는 '해학성'이라는 전통 문학의 계승과 자기 구원에 초점을 두고 있다고 논의한 바 있다. 김유정의 소설에 나타난 해학은 열등한 인물의 비일상적인 행동을 통해 독자에게 웃음을 유발한다. 그렇지만 이러한 해학적 웃음은 오히려 상대적으로 우월한 지위를 점하고 있는 인물의 부정성과 위선성을 폭로하는 계기가 된다는 것이다. 또한 김중신은 인물과 상황을 중심으로 다양한 계층의 언어 구사와

---

14 김인환, 『비평의 원리』, 나남출판, 1999, 150 · 246쪽. "모순의 구조인 파국적 구성은 자각을 바탕으로 하고, 갈등의 구조인 풍자적 구성은 비판을 바탕으로 한다."

15 김종곤, 「전통적 맥락에서 본 해학 – 김유정을 중심으로」, 『국어교육』 제42집, 1982.

인물들의 비일상적 행동의 일상화, 상식적 상황의 역전화로 김유정 작품의 해학성을 분석한 바 있다.[16]

국어교육적 관점에서 김명석은 교과서에 실린 「동백꽃」 삽화에 주목하여 이 작품이 사랑의 문제를 다루는 제재로서 교육적 의미를 가지려면 첫사랑의 순수함뿐만 아니라 사랑의 제약에 대한 사회적 맥락을 놓치지 않도록 제재와 학습활동을 적절히 연계시키고, 토속어로 어떻게 사랑을 적절히 표현했는지, 김유정의 해학이 신분적 갈등을 어떻게 화해시키는지에 주안점을 두어 교육할 것을 강조하였다.[17]

문학텍스트에 나타나는 '정서'는 문학적 언어 표현과 사회문화적 지식 체계를 맥락으로 하는 사회문화적 정서, 텍스트의 미적 정서로 표현될 수 있다. 문학 작품을 작가와 세계, 독자와 상호작용의 결과로 보면 언어적 표현은 '작가'의 영역이고, 사회문화적 맥락은 '세계'에 속하며, 텍스트의 미적 정서는 텍스트와 독자의 미적 경험이 조우하면서 형성되는 '독자'의 심미 체험에 해당한다. 기존 연구에서는 「동백꽃」의 해학을 언어의 해학성과 인물의 해학성, 상황의 해학성으로 논의한 바 있다. 이러한 '해학'의 속성을 바탕으로 이 글은 김유정의 작품에 나타난 '해학'의 정서를 언어 표현과 인물과 상황의 사회문화적 정서 표현, 웃음을 유발하는 화해의 미적 정서 표현으로 살펴볼 것이다.

따라서 다음 장에서는 「동백꽃」에 나타난 '해학'을 언어 표현과 인물과 상황의 사회문화적 정서 표현, 웃음과 화해의 미적 정서 표현으로 분석할 것이다. 이러한 분석 작업 이후 「동백꽃」에 나타난 '해학'의 정서

---

16 김중신, 「김유정 소설에 나타난 해학의 구현 양상」, 『기전어문학』 제16집, 수원대 국어국문학회, 2004, 83~112쪽.

17 김명석, 「교과서 속의 「동백꽃」」, 『김유정의 문학광장』, 2016, 316·330쪽.

표현 교육 모형에 따른 외국인을 위한 「동백꽃」의 교수·학습 방안을 제시할 것이다.

3. 「동백꽃」에 나타난 '해학'의 정서 표현

1) 토속어와 구어체의 언어 표현

김유정의 소설 「동백꽃」은 주인공 '나'와 점순이의 애정에 대한 갈등을 해학으로 표현하고 있다. 이 작품에서 해학의 언어는 토속어와 비속어로 표현되며 정서적 효과를 나타내고, 순진하고 바보 같은 인물의 설정으로 웃음을 유발하고 있다. 작품의 배경이 되는 '동백꽃'은 작품에서 핵심어가 되는데 갈등을 일으키는 인물들에게 화해의 접점을 찾는 계기로 작용하여 작품 전체를 사랑과 관용이라는 수용의 감정으로 표현하고 있다. 이렇게 「동백꽃」에 나타난 해학은 토속어와 비속어의 언어 표현과 해학적 인물의 설정, 세계인식의 측면에서 화해의 세계관으로 표현된다.

「동백꽃」의 언어 표현은 토속어 및 속어의 사용으로 웃음을 유발하는 해학적 정서 효과를 준다. 이 작품에 표현된 토속어는 '쪼키다(쪼이다)', '감자 쪼간(사건)', '쌩이질(한창 바쁠 때 쓸데없는 일로 남을 귀찮게 구는 짓)' 등 시골 마을에서 순진하게 자란 '나'의 언어로 점순이가 나를 귀찮게 하는 갈등의 상황을 진술하고 있다. 또한 비속어 및 속어는 점순이의 마음을 모르는 '나'의 경우 '망할 계집애 같으니', '고놈의 계집애가 나를 못 먹겠다고 그렇게 아르릉 거리는지', '그 눈깔이 꼭 여우 새끼 같다' 등의 속마음으로 표현된다. 점순이의 경우에는 자신의 마음을 몰라주는 '나'를 향해 "이 바보 녀석아", "얘! 너 배냇병신이지?", "얘, 너 느 아버지가 고자라지?" 등으로 비속어를 '나'에게 직접 사용하며 애정을 거부당한 보복 심리를 표현하고 있다.

「동백꽃」에서 갈등의 형성은 사건 전개과정을 살펴보면 알 수 있다. 사건의 핵심은 '감자 사건', '씨암탉 사건', '수탉 싸움 사건', '동백꽃 사건'으로 압축할 수 있다. 우선 '감자 사건'의 핵심은 점순이의 '애정' 표현이다. '감자 사건'에서 점순이는 구운 봄감자 세 개를 '나'에게 내밀었으나 "느 집엔 이거 없지?"라는 한 마디 때문에 '나'에게 거부당한다. 이후 '씨암탉 사건'에서 '나'가 소중하게 생각하는 씨암탉을 점순이가 괴롭히는 점순이의 '복수'가 전개된다. '씨암탉 사건'은 점순이가 '나'의 관심을 끌기 위한 행동들인데 '나'는 계속 눈치를 채지 못하는 부분에서 갈등이 시작된다. 그리고 이어지는 '수탉 싸움 사건'에서는 '나'의 '저항'이 나타난다. '노란 동백꽃이 소보록하니 깔린 산기슭'에서 '나'의 닭이 죽어가는 것을 지켜보며 점순이는 천연스레 버들피리를 불고 있고, 점순이의 닭을 '나'가 때려죽이면서 갈등이 정점에 이른다.

이러한 갈등을 수용과 관용이라는 세계인식으로 화해의 정서를 형성하는 매개체가 바로 '동백꽃'이다. 「동백꽃」에 표현된 '화해'의 정서는 노란 동백꽃의 알싸하고 향긋한 내음새에 푹 파묻히면서 형성되고 두 사람에게 암묵적인 비밀이 생기는 '동백꽃 사건'으로 귀결된다. 이 작품에서 화해의 정서를 형성하는 '동백꽃'을 핵심 층위로 하여 사건과 배경, 인물과 관련된 언어 표현의 의미 구조는 다음의 도표로 나타낼 수 있다.

〈표 1〉「동백꽃」의 언어 표현

			「동백꽃」 ('화해'의 핵심 의미)		
사건의 정서 관련 표현	갈등	감자 사건 (감자 쪼간)	쌩이질 / 얼리었다(서로 얽히게 되다)		
		씨암탉 사건	열벙거지(화증), 배채(화풀이), 대거리(대들다/대듦)		
		수탉 싸움 사건	면두, 호들기		
	화해	동백꽃 사건	노란 동백꽃이 소보록하니 깔리었다(시각) 한창 퍼드러진 노란 동백꽃 속으로 폭 파묻혀 버리다(촉각) 알싸한 그리고 향긋한 그 내음새(미각, 후각)		
배경적 정서 관련 표현	거리감	사회적 배경	마름 / 배재를 얻어 땅을 부치다 '나'를 침해하다 / 배채를 차리다		
인물의 정서 관련 표현	순진	나	모습	행동	심리
			열일곱	얼병이 (얼뜨기)	열벙거지(화증) 배채(화풀이) 대거리 (대들다/대듦)
	조숙	점순	모습	행동	성격
			가무잡잡한 얼굴 얼굴이 예쁘다 눈을 흡뜨다	호들기를 불고 있다	감때사납다 (억세고 사납다) 걱실걱실 (서글서글하고 활달한) 일 잘하다

이 작품에서 '동백꽃'은 두 인물의 갈등이 가장 정점에 이르다가 화해로 이르는 단계에 등장한다. 이 작품의 '동백꽃'은 일반적으로 사람들이 알고 있는 빨간 동백꽃이 아니라 '생강나무'의 강원도 방언인 개동박나무, 동박나무의 노란 꽃을 뜻한다. 그래서 작품에서는 '노란 동백꽃이 소보록하니 깔리었다'고 묘사되고 있다. 생강나무의 노란 꽃인 '동백꽃'이 작품의 전체 배경이 되면서 화해의 매개체가 되며, 노란 동백꽃의 알

싸한 향취에 푹 파묻히면서 두 사람은 화해에 이르게 된다. 시각적으로 '노란색'에 촉각적으로는 '푹 파묻힌' 그리고 미각적으로는 '알싸하면서' 후각적으로는 '향긋한 내음새'에 휩싸인 채 이뤄지는 두 인물의 대화는 모든 감각을 동원한 표현으로 결과적으로 서로에게 암묵적 비밀이 생기는 '화해'의 분위기를 극대화하고 있다. 따라서 이 작품의 '동백꽃'은 화해를 표현하는 핵심어가 되면서 작품 전체의 해학적인 정서를 표현하는 매개체가 된다.

2) 인물과 상황의 사회문화적 정서 표현

「동백꽃」은 인물의 설정에서 해학적 구조를 나타내고 있다. 이 작품의 주인공인 '나'는 숙맥이라고 할 수 있는 애정 표현에 순진한 남성 인물이다. 이에 비해 '점순이'는 상당히 조숙한 여성인물로 두 사람의 성격이 대비를 이루어 해학적인 웃음을 유발하고 있다.

또한 「동백꽃」의 인물과 관련된 사회적인 맥락을 파악해 보면 우선 점순이는 지주를 대신해서 소작인을 관리하는 마름의 딸이고, 주인공 '나'는 소작인의 아들이다. 그래서 '나'는 점순이에게 현실적인 거리감을 느낀다. '나'가 점순이에게 느끼는 현실적 거리감은 점순이의 "느 집에 이거 없지?"와 "뭐 이 자식아! 누 집 닭인데?" 하는 말에 상처받는 것이다. 점순이는 이성으로서 나에게 관심을 표현하고 있는데 '나'는 사회적인 위치에서만 점순이를 생각하고 있기 때문에 두 사람의 갈등은 증폭된다. 이렇게 남성인 '나'는 단순하고 순진한 인물인 반면 여성인 점순이는 극악스럽게 조숙한 여성 인물로 '나'가 점순이의 애정 표현을 알아

차리지 못하니까 점순이가 '나'를 괴롭히면서 '나'는 급기야 울어버리고 만다. 여기서 우는 남성 인물인 '나'와 달래는 여성 인물인 점순이의 대화는 오히려 웃음을 유발하게 한다.

"그럼, 너 이담부터 안 그럴 테냐?"　　　　　　　　　　　(점순)

"그래!"　　　　　　　　　　　　　　　　　　　　　　　(나)

"요 담부터 또 그래 봐라 내 자꾸 못살게 굴 테니?"　　　　(점순)

"그래 그래, 이젠 안 그럴 테야!"　　　　　　　　　　　　(나)

"닭 죽은 건 염려 마라, 내 안 이를 테니."[18]　　　　　　(점순)

　　또한 이 작품에 나타난 한국의 문화적 정서와 관련해서 신해홍은 문화적인 관점에서 문화 요소로 인한 해학성의 인식 차이를 알아보고자 중국인 학습자를 대상으로 소설 반응을 고찰한 바 있다. 그 결과 '나'의 닭이 점순이의 닭에게 밀리자 고추장을 먹이는 장면을 중국인 학습자들이 해학적으로 인식하지 못하는 것으로 나타났다. 한국인 독자는 '고추장을 먹으면 힘이 난다'는 한국의 문화적 정서에 쉽게 공감하며, 사람과 마찬가지로 닭에게 고추장을 먹이는 모습이 웃음을 유발하게 하지만 문화권이 다른 외국인의 경우 고추장을 먹이는 것을 닭을 괴롭히는 행동이나 옳지 않은 모습으로 인식할 수도 있다고 한다. 그렇기 때문에 '고추장을 먹으면 힘이 난다'는 한국인의 문화적 정서가 작품의 사회문화적 배경이 되며 이러한 문화적 정서가 작품의 해학에 대한 스키마 이

18　예문은 김유정, 『동백꽃』(서준섭 해설, 글누림, 2007)을 부분적으로 인용하였다. 김유정, 전신재 편, 『원본 김유정 전집』(강, 2012)도 참고하였으나 현대식 표기와 삽화가 수록된 편집본이 교육용 자료로 유용하다고 판단해서 이 글에서는 편집본을 인용하였다.

해에 도움이 되는 것으로 보았다.[19] 이렇게 한국의 문화적 정서가 나타나는 작품의 부분은 다음과 같다.

> 하루는 우리 수탉을 붙들어 가지고 넌지시 장독께로 갔다. 쌈닭에게 고추장을 먹이면 병든 황소가 살모사를 먹고 용을 쓰는 것처럼 기운이 뻗친다 한다. 장독에서 고추장 한 접시를 떠서 닭 주둥아리께로 들이밀고 먹여 보았다. 닭도 고추장에 맛을 들였는지 거스르지 않고 거진 반 접시 턱이나 곧잘 먹는다.

이 작품은 애정 표현에 미숙한 남성 인물과 조숙한 여성 인믈 간 갈등이 대비를 이루며 나타난다. 그리고 사회적으로 소작농의 아들인 '나'와 마름의 딸인 '점순이'의 신분적 격차도 두 인물의 거리감으로 작용한다. 그래서 '나'에게 호의를 거부당한 점순이의 비속어 사용과 '나'가 소중하게 여기는 닭을 괴롭히는 점순이의 복수는 아무 것도 모르는 '나'의 천진함에 대비를 이루어 웃음을 유발하고 있다. 또한 닭에게 고추장을 먹이면 힘이 난다고 믿는 문화적 정서 역시 웃음을 유발한다. 이렇게 순진한 남성 인물과 조숙한 여성 인물의 성격이 대조가 되면서 '나'가 소중히 여기는 씨암닭을 괴롭히는 여성 인물의 복수와 수탉 싸움에서 이기기 위해 자신의 닭에게 고추장을 먹이는 부분, 그리고 '나'의 눈물과 점순이의 달래는 어조는 남성과 여성에 대한 기존의 고정관념을 뒤엎는 해학적 정서라고 할 수 있다.

---

19 신해홍, 「중국인 고급 학습자를 위한 한국어 해학 소설 이해 교육 연구」, 서울대 석사논문, 2012, 53쪽.

3) 웃음과 '화해'의 미적 정서 표현

「동백꽃」은 '나'와 점순이의 인물 간 갈등을 해학적으로 표현한 작품이다. 해학은 소설 기법이 될 수 있고 세계인식도 될 수 있다. 해학은 풍자와 조롱과 달리 선의의 웃음을 유발하는 것으로 인간에 대한 동정과 이해, 긍정적 시선을 전제로 한다. 김유정 소설에서 해학은 인간적인 애정이 있고, 선량하고, 공격성을 띠지 않은 유머로 나타나며 궁극적으로 화해의 세계인식을 근간으로 한다.

「동백꽃」에서 독자들의 정서 경험은 독자들에게 웃음을 유발하는 요인과 관련이 깊다. 우선 이 작품은 상황에 무지한 '나'라는 화자의 설정으로 작품 속 인물은 모르고 있는데 독자는 알고 있는 정보들이 많다. 이러한 인물의 정서에 걸맞게 순진한 '나'가 표현하는 언어도 시골 방언의 토속적 표현이며, 점순이는 '나'에게 관심을 거부당하자 '나'를 괴롭히기 시작하면서 비속어를 심하게 사용하게 된다. 이 작품은 한국의 전통적인 해학의 판소리가 그러하듯 인물들이 사용하는 토속어와 비속어가 웃음을 유발하게 한다.

또한 김유정의 대다수 소설에서는 나약한 남성 인물과 강인한 여성 인물이 등장한다. 이러한 인물들의 특성과 함께 「동백꽃」에서는 남자가 적극적이고 여자가 소극적일 것이라는 상식을 뒤엎어 독자들에게 웃음을 유발하고 있다. 이때 '나'에게 관심을 거부당한 후 나를 괴롭히는 '점순이'라는 인물 유형에 대해 독자들은 자신의 경험과 관련하여 다양한 정서 반응을 보일 수 있다. 점순이의 태도에 공감하거나 아니면 애정을 표현하는 점순이의 방법에 공감하지 못하는 반응을 보이게 되고 어린 시절 좋아하는 이성을 괴롭힌 적이 있거나 괴롭힘을 당한 경험들을 텍스트를 읽고 떠올릴 수 있다. 「동백꽃」에서 '점순이'라는 인물 설정은 좋아하는 사람이 자신의 마음을 몰라주었을 때 자신이 행동했던 경험과 관련해 독자들에게 다양한 정서 작용을 하게 한다.

　「동백꽃」을 통한 독자들의 문학적 정서 경험은 모든 감각을 동원해 표현할 수 있는 '동백꽃'의 향취 속에서 느껴지는 남성 인물과 여성 인물의 화해의 정서에서 비롯된다. 여기서 생강나무의 노란 동백꽃의 감각을 경험하지 못한 독자라고 하더라도 생강을 접했던 경험과 노란 꽃의 색감을 상상하며 다음과 같이 동백꽃에 푹 파묻힌 남녀의 화해 장면을 떠올릴 수 있을 것이다.

> 　그리고 뭣에 떠다밀렸는지 나의 어깨를 짚은 채 그대로 퍽 쓰러진다. 그 바람에 나의 몸뚱이도 겹쳐서 쓰러지며 한창 피여 퍼드러진 노란 동백꽃 속으로 폭 파묻혀 버렸다.
>
> 　알싸한 그리고 향긋한 그 내움새에 나는 땅이 꺼지는 듯이 온 정신이 고만 아찔하였다.
>
> 　"너 말 마라?"
>
> 　"그래!"

　생강나무의 꽃인 동박꽃은 실제로는 그렇게 향기가 강한 꽃은 아니라고 한다. 그런데 위에 표현된 그대로 독자는 '땅이 꺼지는 듯이 온 정신이 아찔한 알싸한 그리고 향긋한 내움새'를 상상하게 되고, 한창 피어 퍼드러진 노란 동백꽃에 푹 파묻힌 '나'와 '점순이'를 텍스트로 경험하면서 독자는 정서적으로 노란 동백꽃의 향취를 더욱 강하게 느낄 수 있다.

　이러한 「동백꽃」의 결말은 여성 인물과 남성 인물의 갈등이 화해로 해결되면서 작품이 마무리된다. 이 작품에서 점순이가 나를 괴롭히는 사건과 점순이의 성격에 중심을 둘 경우 이 작품을 감상하는 독자들은 점순이가 '나'를 굴복시킴으로써 화해가 이루어졌다고 생각할 수 있다. 그러나 이 작품에서는 화해의 정서가 '동백꽃'의 알싸한 향취에서 비롯된 점을 문학텍스트의 정서 표현을 통해 교육할 수 있다. 이를 위해 생강나무의 노란 동백꽃의 알싸한 향취에서 화해를 이루는 두 남녀의 모습을 노란 동백꽃의 시각적 이미지와 알싸하고 향긋한 후각적 이미지 그리고 푹 파묻힐 때 느끼는 촉각적 이미지, 두 인물이 속삭이는 청각적 이미지를 독자의 상상력으로 이끌어낼 수 있다.

이상과 같이 「동백꽃」에서 독자들의 정서 경험은 독자들에게 웃음을 유발하는 요인과 관련이 깊다. 기존의 고정관념을 깨는 순진한 남성 인물과 조숙한 여성 인물의 갈등, 그리고 한국의 해학과 관련된 문화적 정서와 동백꽃의 문학적 정서 경험이 웃음으로 화해에 이르는 해학적 정서를 경험하게 한다.

4. 「동백꽃」에 나타난 '해학'의 교수·학습 방안

앞장에서 살펴본 '해학'의 언어 표현과 인물과 상황의 사회문화적 정서 표현은 한국의 언어와 사회문화적 정서에 관한 특수성에 주목한 문학이해교육에 기반을 두고 있다. 이에 비해서 웃음과 화해의 미적 정서 표현은 문학적인 보편성에 주목한 문학이해교육이라 할 수 있다.

한국인의 감성에서 해학의 정서는 한국의 언어문화의 특성을 반영하고, 세계관의 측면에서 '화해'를 기반으로 한다. 김대행은 한국 언어문화의 특성 가운데 하나를 '웃음으로 눈물닦기'로 보고 그것의 기능을 '웃음에 의한 비애의 차단'이라고 하였다. 우리 민족은 슬픔 상황을 슬프게 이야기하는 것보다는 그것을 극복하기 위해서 웃음이라는 문화 양식을 사용한다는 것이다. 이러한 '웃음으로 눈물닦기'는 생활 문화 차원에서 일상 어법, 민속 등에서 광범위하게 확인할 수 있고, 예술문화 차원에서 판소리, 판소리계 소설, 고전 시가 등에서도 폭넓게 확인할 수 있다.[20]

그렇기 때문에 한국인의 감성에서 '해학'은 전통적으로 계승된 삶을 살아가는 한 방법으로 '해학'을 반영한 언어와 문화, 문학적 정서의 중요성을 간과할 수 없다. 그렇기 때문에 해학적 언어와 사회문화적 정서가 반영된 문학 작품의 학습은 '해학'의 정서 학습의 필요성으로 귀결될 수밖에 없다. 외국인이 '해학'이 반영된 한국문학 작품을 감상할 때 장애가 되는 요인은 웃음을 유발하는 정서 코드를 읽어내느냐가 관건이 되기 때문이다. 이를 바탕으로 이 장에서는 외국인 학습자를 대상으로 김유정의 「동백꽃」에 나타난 언어와 문화적 정서, 문학적 정서 표현을 이해하고, 이렇게 수용된 '해학'의 정서를 문학적으로 표현하는 교수학습 방안을 모색할 것이다.

우선 「동백꽃」은 작품 전체에서 웃음을 유발하는 해학의 정서에 한국의 언어문화와 사회문화적 배경지식이 없는 외국인 독자가 공감하는 것이 필요하다. 「동백꽃」에 나타난 해학의 언어 표현은 애정 표현에 순진한 '나'라는 남성 인물에 비해 '점순이'라는 조숙한 여성 인물이 대비

---

20 임경순,『한국어문화교육을 위한 한국문화의 이해』, 한국외국어대 출판부, 2009, 27쪽.

를 이루면서 그들이 사용하는 토속어 및 속어가 웃음을 유발하는 해학적 정서 효과를 보인다. 이와 함께 '동백꽃'으로 집약된 감각적 이미지가 '화해'의 정서를 촉발하고 있다.

또한 이 작품에서는 사회적이고 심리적으로 거리감이 있는 인물들이 거리감을 좁혀가는 과정이 '감자 사건', '씨암탉 사건', '수탉 싸움 사건', '동백꽃 사건'으로 압축되어 전개되고 있다. 마름의 딸과 소작인의 아들이라는 신분적 차이와 함께 조숙한 여성인물과 미숙한 남성인물이라는 인물의 대비, 여성인물의 구애와 복수에 이어 남성인물의 어리숙한 저항과 굴복, 그리고 두 사람의 화해로 거리감이 좁혀지는 과정을 통해 독자들의 웃음을 유발하는 것이다.

이와 같은 교육 내용으로 「동백꽃」의 교수 방안을 마련하기 위한 학습 목표를 다음과 같이 설정할 수 있다. 첫째, 이해 교육의 측면에서 「동백꽃」에 나타난 문학적 언어 표현과 사회문화적 정서 표현, 문학적 정서 표현을 이해할 수 있다. 둘째, 표현 교육의 측면에서 '해학'과 관련된 유머를 활용하여 구어적 어감의 표현 능력을 향상시킬 수 있다.

이를 위한 학습 활동으로 김유정 작품에 나타난 난이도가 높은 방언과 토속적 표현의 어감 교육을 위한 텍스트 듣기 활동을 진행한다. 이와 함께 주인공 '나'의 토속어 사용과 '점순이'의 비속어 사용을 통해 인물의 성격을 짐작해 보게 한다. 또한 텍스트 읽기 활동을 위한 배경 지식으로 '고추장을 먹으면 힘이 난다'는 한국의 사회문화적 정서와 함께 '동백꽃'의 알싸한 향취에 대한 스키마를 형성시킨다.

텍스트 이해 교육에서 「동백꽃」의 장면을 '감자 사건', '씨암탉 사건', '수탉 싸움 사건', '동백꽃 사건'으로 나눈 후 사건의 전개에 대한 말하기 활동을 한다. 텍스트 이해 교육 이후 「동백꽃」을 장면별로 나누어 '나'와

〈표 2〉 '해학'의 정서 표현 교육을 위한 「동백꽃」의 교수-학습 방안

학습 목표	1) 「동백꽃」에 나타난 언어 표현과 사회문화적 정서 표현, 문학적 정서 표현을 이해할 수 있다. 2) '해학'과 관련된 유머를 활용하여 구어적 어감의 표현 능력을 향상할 수 있다.
학습 대상	다양한 문화권의 한국어 고급 단계의 학습자
교육 차시	4차시

정서 층위	교육 모형	교육 방법
언어적 정서	문학텍스트 언어 모형	1) 듣기 활동 : 텍스트 내용을 잘 듣고 작품에 나타난 토속어와 비속어 표현을 살펴본 후 토속어를 사용하는 '나'와 비속어를 사용하는 '점순이'의 언어와 행동으로 인물의 성격을 짐작해 본다. 2) 스토리라인 : 감자 사건－씨암탉 사건－수탉싸움 사건－동백꽃 사건 3) 두 인물간의 갈등에서 '동백꽃'이 상징하는 정서적 효과를 암시한다.
사회 문화적 정서	사회문화적 맥락을 배우기 위한 지식 모형	1) 빨간 동백꽃과 노란 동백꽃의 사진을 제시한 후 이 작품에서는 생강나무의 꽃을 의미하는 동박나무의 '동백꽃'이 배경이 되었다는 것을 설명한다. 이 작품의 배경이 되는 '동백꽃'에 대한 배경지식을 제시한다. 2) 농촌 마을에서 지주와 마름, 소작인의 관계를 생각해 본다. 그리고 마름의 딸인 '점순이'와 소작인의 아들 '나'의 사회적 상황을 설명한다. 3) 독자들이 알고 있는 연애 소설의 여성 인물과 남성 인물의 성격에 대해서 이야기한다. 기존의 연애 소설에 등장하는 여성 인물과 남성 인물의 성격이 바뀌었을 때 상황을 생각해 본다. 4) 작품에 나타난 닭에게 '고추장을 먹이면 힘이 난다'는 문화적 정서를 생각해 본다.
문학적 정서	테스트와 독자의 상호 작용 모형	1) 읽기 활동 : 감자 사건(애정의 표현)－씨암탉 사건(복수의 표현)－수탉 싸움 사건(저항의 표현)－동백꽃 사건(화해의 표현)과 같이 이 작품에서 갈등을 증폭하는 사건의 흐름을 정리하면서 나의 심정과 점순이의 심리를 파악해 본다. 인물간의 화해 : 이 작품에서 '나'와 '점순'이가 동백꽃에 푹 파묻혀 화해를 이루는 결말 부분을 제시하고 시각, 후각, 촉각, 청각 등 감각적 이미지를 활용해 두 남녀의 화해의 정서를 이해하게 한다. 2) 「동백꽃」을 읽고 작품에서 점순이가 보이는 애정 표현 태도를 이야기한다. 좋아하는 이성이 자신의 마음을 몰라준다면 자신이라면 어떻게 그 마음을 표현할 것인지 학습자의 경험과 관련해 이야기하게 한다. 3) 이 작품에서 웃음을 유발하는 것이 무엇인지를 살펴보고, 인물간의 갈등 상황이 어떻게 화해로 귀결되는지를 해학적 요소와 관련해 이야기한다. 예를 들면 적극적이고 강한 여성 인물과 소극적이고 나약한 남성 인물, 쌩이질, '나'와 점순이의 대화, 점순이의 비속어, 씨암탉 괴롭히기(점순이의 복수), 닭에게 고추장 먹이기(나의 배채), '나'의 눈물, 달래는 점순이 등이 있다. 4) 읽은 후 활동 : 「동백꽃」을 장면별로 나누어 '나'와 '점순이'의 대화를 완성하게 한다. 이때 대화는 작품에 나타난 토속어와 구어체 대화를 활용할 수 있다. 또한 작품에 나타난 비격식적 구어체를 격식체와 문어체 등으로 다양하게 활용하여 어감의 차이를 비교하는 활동으로 심화할 수 있다. 대화가 완성되면 순진한 '나'와 조숙한 '점순이'의 캐릭터를 최대한 살려서 교육 연극을 구연하게 한다.

'점순이'의 대화를 완성하게 한다. 이때 대화는 작품에 나타난 '나'와 '점순이'의 대화를 활용해 다양한 어감으로 작성할 수 있다. 이를테면 '나'와 '점순이'가 사용하는 비격식적 구어체를 인물과 상황에 따라 격식체로 바꾸거나 문어체로 바꾸어보는 활동을 할 수 있다. 대화가 완성되면 순진한 '나'와 조숙한 '점순이'의 캐릭터를 최대한 살려서 교육 연극을 구연하게 한다. 이러한 과정은 텍스트 듣기 활동 → 텍스트 읽기 전 활동 → 텍스트 읽기 활동 → 연극 대본 쓰기 → 연극 구연 말하기의 흐름으로 이해 교육에서 표현 교육을 지향하는 교육 방안을 제시할 수 있다. 「동백꽃」에 나타난 '해학'의 정서를 정서 표현 교육 모형에 따라 다양한 문화권의 외국인 학습자를 대상으로 교수·학습 방안을 구성하면 〈표 2〉와 같다.

5. 결론

외국인 학습자를 위한 문학 교육은 학습자의 언어와 문화적 배경 그리고 문학 작품의 심미적 체험과 관련된 복합적인 요인이 유기적으로 연계되어야 한다. 이에 따라 이 글은 한국어교육에서 언어와 문화적 사고의 집합물인 문학 본연의 '정서'에 주목하여 김유정의 「동백꽃」에 나타난 '해학'의 정서 표현을 교육하는 방안을 모색하였다. 김유정의 「동백꽃」은 강원도 방언을 구어 표현으로 구현한 대표적인 작품으로 한국어 학습자에게 풍부한 어감 교육을 제공할 수 있는 가치를 지닌다.

문학텍스트에 나타나는 '정서'는 문학적 언어 표현과 사회문화적 지식 체계를 맥락으로 하는 사회문화적 정서, 텍스트의 미적 정서로 표현될 수 있다. 문학 작품을 작가와 세계, 독자와 상호작용의 결과로 보면 언어적 표현은 '작가'의 영역이고, 사회문화적 맥락은 '세계'에 속하며 텍스트의 미적 정서는 텍스트와 독자의 미적 경험이 조우하면서 형성되는 '독자'의 심미 체험에 해당한다. 이를 바탕으로 이 글은 김유정의 작품에 나타난 '해학'의 정서를 언어 표현과 인물과 상황의 사회문화적 정서 표현, 웃음을 유발하는 화해의 미적 정서 표현으로 살펴보았다.

「동백꽃」에 나타난 해학의 언어 표현은 애정 표현에 순진한 '나'라는 남성 인물과 '점순이'라는 조숙한 여성 인물이 대비를 이루면서 구어체로 표현된 토속어 및 속어가 웃음을 유발하는 해학적 정서 효과를 보인다. 이와 함께 '동백꽃'으로 집약된 감각적 이미지가 '화해'의 정서를 촉발하고 있다.

또한 이 작품은 갈등과 화해의 과정이 '감자 사건', '씨암탉 사건', '수탉 싸움 사건', '동백꽃 사건'으로 압축되어 전개되고 있다. 그 과정에서 '나'가 소중히 여기는 씨암탉을 괴롭히는 여성 인물의 복수와 수탉 싸움에서 이기기 위해 자신의 닭에게 고추장을 먹이는 '나', 그리고 '나'의 눈물과 점순이의 달래는 어조는 기존의 고정관념을 뒤엎는 사회문화적 맥락으로 나타나는 해학적 정서라고 할 수 있다. 그리고 「동백꽃」을 통한 독자들의 문학적 정서 경험은 '동백꽃'의 향취 속에서 느껴지는 남성 인물과 여성 인물의 화해의 정서에서 비롯된다.

이와 같이 「동백꽃」에 나타난 '해학'의 정서 표현은 순진한 남성 인물과 조숙한 여성 인물의 갈등, 그리고 한국의 해학과 관련된 문화적 정서와 동백꽃의 문학적 정서 경험이 웃음으로 화해에 이르는 해학적 정서를 경험하게 한다.

이를 바탕으로 이 글은 「동백꽃」의 교수 방안을 마련하기 위한 학습 목표를 다음과 같이 설정하였다. 첫째, 이해 교육의 측면에서 「동백꽃」에 나타난 문학적 언어 표현과 사회문화적 정서 표현, 문학적 정서 표현을 이해할 수 있다. 둘째, 표현 교육의 측면에서 '해학'과 관련된 유머를 활용하여 구어적 어감의 표현 능력을 향상시킬 수 있다. 이에 대한 교육 방안으로 우선 김유정 작품에 나타난 난이도가 높은 방언과 토속적 표현의 어감 교육을 위한 텍스트 듣기 활동을 진행한다. 그리고 텍스트 읽기 전 활동을 위한 배경 지식으로 '고추장을 먹으면 힘이 난다'는 한국의 사회문화적 정서와 함께 '동백꽃'의 알싸한 향취에 대한 스키마를 형성시킨다.

텍스트 읽기 활동에서는 「동백꽃」의 장면을 '감자 사건', '씨암탉 사건', '수탉 싸움 사건', '동백꽃 사건'으로 나눈 후 사건의 전개에 대한 말하기 활동을 한다. 텍스트 읽기 활동 이후 「동백꽃」을 장면별로 나누어 '나'와 '점순이'의 대화를 연극 대본으로 완성한 후 교육연극을 구연한다. 이러한 과정은 텍스트 듣기 활동 → 텍스트 읽기 전 활동 → 텍스트 읽기 활동 → 연극 대본 쓰기 → 연극 구연 말하기의 흐름으로 이해 교육에서 표현 교육을 지향하는 교육 방안으로 제시하였다.

이상과 같이 김유정의 「동백꽃」에 나타난 '해학'의 정서를 중심으로 외국인에게 '해학'의 언어 표현과 사회문화적 정서 표현, 문학적 정서 표현을 교육하는 방안을 모색하였다. 문학작품을 통한 정서 표현 교육은 외국인 학습자에게 한국인의 언어와 문화적 특성을 이해하고 문학적인 표현능력을 향상시킴을 목표로 한다. 이 글은 김유정의 「동백꽃」을 중심으로 해학의 구어 어감과 강원도 방언의 효과, 해학적 인물과 상황의 설정, 세계관으로서 '화해'를 이끄는 '해학'의 정서를 외국인에게 교육하는 방안을 모색했다는 의의가 있다.

이에 따라 이 글은 언어와 문화, 경험 측면에서 한국의 문학작품에 접근하기 어려운 외국인들이 김유정의 「동백꽃」에 나타난 해학을 수용하고, 이러한 해학을 자신의 언어로 표현하는 표현능력 향상에 궁극적인 목표를 두었다. 이러한 작업은 외국인에게 한국문학을 가르치는 현장의 교사들과 외국인 학습자로 하여금 '해학'이라는 한국인의 감성에 접근하는데 도움이 될 것이다.

참고문헌

1. 기본자료

김유정, 전신재 편,『원본 김유정 전집』(개정증보판), 강, 2012.

김유정, 서준섭 해설,『동백꽃』, 글누림, 2007.

2. 논문

김종곤,「전통적 맥락에서 본 해학 – 김유정을 중심으로」,『국어교육』제42집, 한국국어교육연구회, 1982.

김중신,「김유정 소설에 나타난 해학의 구현 양상」,『기전어문학』제16집, 수원대 국어국문학회, 2004.

변신원,「문학 속에 드러난 민족문화의 자취와 외국인에 대한 문학 교육」,『외국어로서의 한국어교육』제25집 1호, 연세대 한국어학당, 2001.

신해홍,「중국인 고급 학습자를 위한 한국어 해학 소설 이해 교육 연구」, 서울대 석사논문, 2012.

오은엽,「김유정의 봄·봄에 나타난 웃음문화와 외국인을 위한 문학 교육」,『한국문예비평연구』제41집, 한국현대문예비평학회, 2013.8.

오지혜,「시적 텍스트 변형을 통한 한국어 어감 이해 교육 연구」, 서울대 박사논문, 2012.

정미숙,「한국어문화교육에서의 비언어적 의사소통 표현 연구」, 한국외대 석사논문, 2008.

조수진,「문학적 정서 표현 교육 방안 연구 – 한국어 학습자를 중심으로」, 한국외대 박사논문, 2014.

3. 단행본

김명석,「교과서 속의「동백꽃」」,『김유정의 문학광장』, 2016.

김인환,『비평의 원리』, 나남출판, 1999.

김지혜,「김유정 문학의 교과서 정전화(正典化) 연구」,『김유정과의 만남』, 소명출판, 2013.

문한별,「계량적 방법론을 통한 김유정 소설 어휘의 통계적 연구」,『김유정의 문학광장』, 소명출판, 2016.

임경순, 『한국어문화교육을 위한 한국문화의 이해』, 한국외국어대 출판부, 2009.
한국문학평론가협회, 『문학비평용어사전』, 국학자료원, 2006.
한용환, 『소설학 사전』, 문예출판사, 1999.

I. A. 리처즈, 이선주 역, 『문학 비평의 원리』, 동인, 2000.
R. Carter · M. N. Long, *Teaching Literature*, New York : Longman, 1991.

제2부 / 김유정 문학의 사랑

김유정 소설에 나타난 사랑의 의미 연구

인물 관계와 서사화 과정을 중심으로

송주현

1. 들어가며

웃음과 해학, 건강한 민중성과 향토성의 대명사처럼 불리는 김유정은 만 29년의 짧은 생을 살면서 5년이라는 짧은 문학적 생애 동안 약 30여 편의 소설을 남겼다. 그의 문학이 놓인 1930년대는 먼저 문학외적으로는 식민지 근대화라는 이름으로 일제의 무자비한 수탈이 가속화되던 시기였고, 문학 내적으로는 '모더니즘'과 '리얼리즘'의 양분된 형태의 지식인의 문학적 계보를 형성하던 시기였다. 이 시기에 짧은 생애를 살며 한국적 정서와 민중상을 보여주며 해학과 웃음의 독특한 문학세계를 구축한 김유정은 당대 문단에서 매우 독보적인 존재였던 것으로 보인다. 그의 소설은 리얼리즘과 모더니즘의 두 계보로 포괄되지 않는 지점이 있을 뿐 아니라, 짧은 기간 동안 그가 남긴 소설은 한국 소설, 더 나아가 한국인의 문학적 정체성을 가늠하게 하는 하나의 중요한 시금석이자 준거가 되기 때문이다.

그의 전기적 생애를 살펴보면 김유정의 삶은 그 자체가 하나의 드라마틱한 소설이자 극적 드라마다. 그는 유복한 집에서 나고 자랐지만 어렸을 때 어머니를 여의고, 아버지가 돌아가신 후 물려받은 재산을 탕진한 무책임하고도 방탕한 형을 두었다. 몸이 병약하고 현실적으로 무능했던 그는, 이혼 후 돌아온 누이에게 얹혀 구박데기로서의 삶을 살았다. 이러한 삶의 이력은 그의 자전적 소설(「生의 伴侶」, 「兄」[1] 등) 및 그가 남긴 수필 및 다양한 기록들에 담겨 있다. 즉 성장과정의 체험과 경험들이 하나의 흔적, 혹은 트라우마처럼 살아 그의 문학을 추동하는 하나의 계기가 되었던 것이다. 휘문고보에 다니던 그는 평생의 문우였던 안회남을 만나고 구인회 동인으로서 활동했다. 무엇보다 문우 안회남과 절친하게 지내면서 평생 잊을 수 없는 연상의 여인, 기생 박녹주에 대한 사랑을 키워가게 된다. 그러나 그의 깊은 순정에도 불구하고 그 짝사랑은 결국 실패로 끝나고 22세에 춘천 실레마을로 돌아가 야학활동과 집필활동을 했다. 그러나 얼마 후 그는 폐병을 앓다 불꽃같은 짧은 생을 마감했다.

한국문학에서 '김유정'이라는 작가, 그리고 그의 작품들의 의미는 한마디의 말로 표현하기 어려운 지점이지만 본 연구에서 주목하는 점은 1930년대 '지식인' 김유정이 생산해낸 소설들이 도리어 가장 '지식인스

---

1 이 글에서 인용되는 김유정 소설의 표기는 전신재 편, 『원본 김유정 전집』(개정판), 강, 2007을 따랐다. 이하 인용 역시 같은 책의 표기를 바탕으로 하며 쪽수 등도 이 전집을 따른다. 이하 『원본 김유정 전집』은 『전집』(개정판)으로 표기했다.

럽지 않았다'라는 것이다. 실제로 그는 당대 지식인 작가들과도 상당한 교류를 하였고 마르크스의 『자본론』, 크로보토킨의 『상호부조론』 등에 경도되어 지적체계 또한 충실히 쌓아갔다고 한다.[2] 그런데 흥미로운 것은 그의 지식인으로서의 자의식, 혹은 지적 세계에 대한 흔적은 작품 내 구현된 인물, 공간뿐 아니라 그것을 서사화 하는 서사기법과 서술방법에도 선명하게 드러나 있지 않다. 더군다나 동시대에 함께 활동했던 다른 작가들이 '지식인'으로서의 자의식을 가지고, 이를 서사화했다는 점을 생각해 본다면 그의 소설은 매우 낯설고 새로울 수밖에 없다.

본 연구는 이러한 '거리', 혹은 '괴리'의 의미가 무엇인가에 대한 문제의식으로부터 출발한다. 그 '거리'는 그의 지식인적 정체성과의 거리이기도 하거니와 당대 지식인 작가들과의 거리이기도 하다. 이에 대한 실마리로 '사랑'의 의미에 집중했다. 김유정에게 사랑은 청년시절의 짝사랑에만 국한된 것이 아니라, 그의 생과 문학을 관통하는 추동력이 되기 때문이다. 또한 이것이 김유정 소설이 구축하는 건강한 생명성과 긍정성과 어떻게 접합하며 어떠한 의미로 해석될 수 있는지 살펴보고자 하였다. 그 사랑의 의미를 추출해 내는 과정에서 작품 속 여러 인물들의 관계와 이들이 구체적으로 서사화 되는 과정과 양상을 살피고자 한 것이다. 덧붙여 김유정 소설 속에 구축된 이 사랑의 세계가 레비나스의 '무한책임'의 윤리를 환시시키고 있음에 주목했다. 대상작은 김유정 소설 전집에 실린 전작으로 한다.

---

2 이덕화, 「김유정 문학의 타자윤리학과 서사구조」, 『김유정과의 산책』, 소명출판, 2014, 268쪽. 이덕화는 이 글에서 레비나스의 윤리학을 김유정 소설을 독해의 준거로 사용하면서 서사의 구조적 측면에 집중하고 있다.

2. 타락한 세계, 추방당한 아담의 후예들

김유정의 소설은 궁극적으로 인간성에 대한 한없는 긍정과 생명에 대한 존중으로 귀결되지만, 그 귀결로 가는 도정에는 타락한 세계의 훼손당한 인간 군상들이 존재한다. 그렇게 제시된 인물들은 모두 저마다 하나씩의 결핍과 상처를 가지고 있거나 타락한 세계의 속물적 가치관을 체화하고 있다. 이들은 낙원에서 추방당한, 타락한 세계로 던져진 현실 속 인간들이다. 이들은 김유정 소설 속에서 사랑의 주체이자 대상이 되는데, 이들은 당시의 타락한 세계를 상징하는 표지다.

이에 나타나는 인물들이 노총각(「봄·봄」, 「산골 나그네」, 「총각과 맹꽁이」), 들병이(「솥」, 「아내」), 병자(「산골 나그네」, 「땡볕」), 거지, 혹은 유랑민(「심청」, 「산골 나그네」, 「솥」, 「아내」), 홀애비(「애기」), 과부(「생의 반려」, 「산골 나그네」), 가난한 소작농(「동백꽃」, 「만무방」), 금광판의 노동자(「금」, 「노다지」, 「금 따는 콩밭」) 아내 혹은 딸을 파는 사내(「소낙비」, 「따라지」, 「가을」), 무능력한 남자 혹은 가장(「따라지」, 「떡」, 「생의 반려」), 폭력 남편(「떡」, 「슬픈 이야기」), 사기 혹은 거짓, 속고 속이기의 가담자(「애기」, 「금」, 「총각과 맹꽁이」, 「봄·봄」, 「두꺼비」, 「노다지」) 등이다. 혹은, 특정한 인물 유형 속에 포획되지 않은 경우라면 타락한 세계의 속물적 가치관을 내면화하면서 그 자신의 속악함을 보여줌으로써 현실의 속악함을 방증한다.

그런데 주목해 볼 것은 이들의 결핍이나 혹은 상처들이 생래적인 것이 아니라, 그 인물들이 경험하고 살아가는 현실과 환경에 의해 만들어졌다는 점이다. 작품 속에서 우직하고도 성실한, 하지만 결혼하지 못한 노총각들은 1930년대 농촌에서 김유정이 경험하고 목격한 현실 속 농촌 청년들의 모습이다. 또한 가족이 해체되고, 생의 터전을 잃고 유리하는 당대 민중들의 삶의 재현이기도 하다.

들병이 역시 마찬가지다. 들병이에 대한 기록은 '들병이 철학哲學'이라는 부제가 붙은 그의 수필 「조선의 집시」에 상세하게 나와 있다.[3] 들병이는 과거엔 농민이었으나 현재는 유랑하며 살아가는 작부, 혹은 매춘부를 뜻하는데, 손에 술병을 들고 다닌다 하여 붙여진 이름이다. 김유정은 실제로 1930년에 연희전문학교 문과에 입학하였으나, 박녹주에 대한 짝사랑을 정리하고 춘천 실레마을로 돌아와 살았다. 그러면서 실레마을로 들어온 들병이들과의 생활을 경험하게 되는데 이를 수필로 담아낸 것이 「조선의 집시」다.

> 말하자면 그들은 地主와 빚쟁이에게 收穫物로 주고 다시 한겨울을 念慮하기 爲하야 한 해 동안 땀을 흘렸는지도 모른다. 여기에서 한번 憤發한 것이 들병이 生活이다.[4]

소설 속 들병이는 1930년대 조선의 기층 민중들이 유리할 수밖에 없었던 현실을 고스란히 드러내는 이들이며, 몸을 매개로 하나의 '노동'을 할 수밖에 없는 당대 현실의 비극을 고스란히 보여준다. 1930년대는 조선에 대한 일제의 식민지 근대화와 강제수탈이 가속화되던 시기였다. 토지조사사업으로 시작된 일제의 수탈은 1920년대 산미증식계획으로

---

3 이 수필에는 들병이들이 들병이가 된(혹은 될 수밖에 없던) 이유, 그들의 역할과 자격, 그들의 활동 및 남편 등과의 관계, 그에 대한 사람들의 인식 등이 나타나 있다. 이 수필은 김유정의 들병이 소재 소설(「총각과 맹꽁이」, 「솥」)이 쓰인 다음에 발표된 것이지만 이 작품들에 나타난 들병이의 존재와 그 의미를 이해하는 데에 중요한 준거이자 실마리가 된다. 유인순, 「들병이 문학연구」, 『김유정과의 동행』, 소명출판, 2014 참조.
4 「조선의 집시」, 『전집』(개정판), 415쪽.

이어지고, 1930년대에 이르면 많은 농민들이 소작농으로 전락하거나 땅과 삶의 터전을 잃고 유랑할 수밖에 없었다. 이러한 현실은 김유정의 소설에서 「솥」, 「아내」, 「총각과 맹꽁이」에서 구체적인 '들병이' 인물로 나타난 것이다. 같은 맥락에서 「소낙비」의 남편 춘호는 아내를 팔고, 「가을」의 남편 복만이 또한 매매계약서까지 써 가며 아내를 판다. 혹은 「산골 나그네」의 여인 역시 사기결혼을 하여 거지가 된 남편을 먹여 살린다. 이들의 거짓과 인신매매에 이르는 행동들은 마땅히 비윤리적인 것이지만, 이들의 참혹하고도 비윤리, 혹은 반윤리적이기까지 해 보이는 행동들은 자의적 선택이었다기 보다는 "구명도생苟命徒生"[5]의 현실이 내몬 극단의 현실의 결과물이라 보기에 합당하다.

　냉혹한 현실에 처절하게 매질당한 이들은 그것이 자의든 타의든 '논의 논리'에 사로잡히거나(혹은 희생당하여) 아내를 팔거나, 사기 결혼을 하거나(혹은 시키거나), 거짓말을 일삼고 속고 속이는 처지에 있다. 가령 「노다지」의 꽁보와 더펄이는 서로의 '필요'에 의해 맺어진 사이이기는 했으나 서로의 부족함을 채워줄 수 있는 사이였다. 또한 극한 상황에서 서로의 목숨을 구해준 사이였다. 그러나 생명의 은인이던 더펄이가 잠채굴에서 돌에 깔려 구원을 요청했을 때 꽁보는 이를 무시한 채 유유히 산을 내려온다.

　이렇듯 훼손되고 상실된 인간세계는 처절하고 끔찍할 수밖에 없다. 이는 「금」에서, 금을 채굴하던 광부가 우연히 발견하게 된 금을 얻고자 스스로 자신의 발을 돌로 쳐서 피를 철철 흘리며 부상자의 몸으로, 자신의 상처를 동여맨 곳에 광석을 훔쳐 나오는 장면의 그 끔찍함, 처절함과도 상통한다.

　　굵은 사내끼는 풀러제쳤다. 그리고 피에 젖은 굴복 등거리를 조심히 풀처

5　유인순, 앞의 글, 262쪽.

보니 어느 게 살인지, 어느 게 뼈인지 분간키 곤란이다. 다만 흐느적 흐느적하는 아마 돌이 나려칠제 그모에 밀리고 으츠러지기에 그렇게 되었으리라. 선지같은 고기덩이가 여기에 하나 붙고 혹은 저기에 하나 붙고. 발꼬락께는 그 형체좇아 잃었을만치 아주 무질려지고 말이 아니다. 아직도 철철 피는 흐른다. 이렇게까지는 안 되었을텐데! 그는 보기만 하여도 너무 끔찍하야 몸이 조라들 노릇이다.[6]

또한 김유정의 소설 전편全篇에서 공통적으로 추출되는 남성 실업자들은 낙원에서 추방당한 아담의 전형적인 후예다.[7] 이들은 자신의 무능력으로써 자신을 부양하는 아내, 혹은 누이들을 처절한 삶의 전장戰場으로 내몬다. 혹은 자신의 무기력함, 혹은 무능함에 대한 분노로써 아내를 구타하며 철저한 가부장으로 군림한다. 하지만 이는 역설적으로 무능한 불구의 상징물로 읽힌다.

6　「금」, 『전집』(개정판), 82쪽.
7　전신재는 김유정과 현덕의 소설을 비교·분석하면서 작품 속 무능한 아버지들은 부권 상실의 상징으로 보았다(전신재, 「부권 상실에 대응하는 두 가지 방법」, 『김유정과 동시대 문학 연구』, 소명출판, 2013, 35쪽).

3. 사랑의 세계와 무한책임의 윤리

1) 수직에서 수평으로, 관계의 전환

낙원으로부터 타락한 세계로 추방당한 이 고통과 결핍의 인물들, 혹은 인간들에게 김유정이 내놓은 문학적 해법은 무엇인가? 그것은 바로 '사랑'이다. 김유정 소설의 사랑의 미학의 출발점은 타락한 세계의 단자화된 각 개인이 그 관계를 확장해 나간다는 것이다.

이 관계의 확장은 단순히, 고립된 한 개인이 물리적(혹은 객관적·양적) 관계를 확장해 나간다는 뜻이 아니다. 도리어 이들의 객관적, 혹은 양적 관계에는 큰 변화가 없다. 그렇기에 이들은 소설 속에서 변함없이 매우 고립된 상태에 있다. 여전히 이들은 떠돌이 유랑민이거나, 어떤 관계를 형성해 나간다 하더라도 그 관계는 복잡하지 않다. 부부, 혹은 한둘로 이어진 관계만이 전부다. 설령 이들이 가족을 이룬다 한들 이 가족의 양상 또한 1인, 혹은 2인에 불과하다(「만무방」, 「산골나그네」, 「소낙비」, 「땡볕」, 「가을」, 「따라지」 등).[8]

그런데 이렇게 단자화된 한 개인들은 돌연 그 관계의 의미론적, 존재론적 변환, 혹은 전환의 계기를 마련한다. 그 매개는 바로 '사랑'이다. 이 과정에서 상하 계급으로 묶인 관계 역시 수평적 관계로 확장된다. 이 관계는 마르틴 부버가 말한 '나'와 '그것'의 대상화된 관계가 아니라, 목적

---

8 "이것은 근대의 핵가족과는 다른 것이다. 일가친척들과 함께 산 적이 있었지만, 언제부터인가 가세가 기울어 가문의 직계 가족만이 산골에 들어와 살아가게 된 사람들의 이야기라고 보아야 할 것이다."(서준섭, 「몰락농민─유랑인의 삶의 애환과 통념을 넘어선 생존전략 이야기」, 위의 책, 15쪽)

그 자체로서의 '나'와 '너'의 관계다.[9] 이는 에리히 프롬이 말한 '존재'로서의 사랑이기도 하다.[10]

「동백꽃」에서 '나'와 '점순'은 소작농과 마름의 자식이라는 수직적 관계로 규정되어 있다. 그러나 이 관계에 균열을 일으키는 것은 '나'에 대한 점순의 관심이다. 그녀에 대한 호감조차 갖지 않는 나에게 그녀가 다만 지주의 딸, 복종하지 않으면 안 되는 대상이라는 점과는 매우 대조적이다. '수직'적 관계로써 규정된 이들의 관계가 완전히 무화되는 것은 이성에 눈을 뜬 호기심 어린 두 청춘남녀의 어울림, 사랑의 관계를 통해서다.

이들의 사랑이 이성에 눈을 뜬 사춘기 소년, 소녀의 다소 가벼운 낭만적 감정들이라면, 고단한 삶에 내동댕이쳐진 이들에게 사랑은 한 사람의 존재의미를 새롭게 탄생시키는 존재론적 변화의 계기로 작동한다. 김유정 소설에서 등장하는 몸 파는 여성들, 가령 들병이, 기생, 창녀 등에 대한 남성들, 혹은 작가의 시선이 그러하다. 통상적으로 몸 파는 여성들은 한국의 유교적 문화에서 용인될 수 없는, 천한 대상의 전형이었다. 많은 소설과 문학작품 속에서 창녀들은 생존을 위해 매춘의 현장에 내몰렸지만, 그녀들은 남성들의 성적 욕망의 대상이면서도, 마치 그녀 스스로가 그 욕망의 노예로 해석되며 단죄와 처벌의 대상이 되었다. 많은 경우, 몸을 파는 여성들에 대한 이러한 이중적 시선은 작품 속에 표면적이든 이면적이든 스며있는 경우가 많다. 또한 일반 사람들에게 매음·매춘의 대상이자 주체인 창녀는 인간 '이하'로 취급되는 경우가 많다.

그러나 김유정 소설 속의 갈보, 들병이, 매춘녀, 사기녀들은 사회의

9　마르틴 부버, 김천배 역,『나와 너』, 대한기독교서회, 2000.
10　에리히 프롬, 황문수 역,『사랑의 기술』, 문예출판사, 2006; 최혁순 역,『소유냐 존재냐』, 범우사, 1999.

이러한 억압적 시선으로부터 상대적으로 자유롭다. 도리어 그녀들은 자기 삶을, 더 나아가 자신이 부양하는 힘을 잃은 남편을 위해 숭고한 자기희생을 감행하는 존재가 되는 것이다. 그녀들을 바라보는 작품 속 인물들은 그녀들을 노동하고 희생하는 한 사람이자 인격으로 대한다. 그렇기에 들병이인줄 알면서도 그녀를 연모하고(「총각과 맹꽁이」), 자신의 아내를 파는 비윤리적인 행동을 일삼으면서도 아이러니컬하게 부부의 사랑은 도리어 꿋꿋하게 지켜지는 것이다(「가을」).

이러한 '수직'으로부터의 '수평'관계로의 전환은 성경의 한 장면을 떠올리게 한다. 여기 간음을 한 여인이 있다. 그녀는 성난 군중에게 돌팔매질을 당하는 중이다. 그녀는 단죄와 처벌의 대상일 뿐이다. 그녀에게 어떤 상황이 있었고 어떤 일이 있었는지 군중에게 중요하지 않다. 그때 그 앞에 예수가 나타나 군중들에게 말한다. "죄 없는 자가 저를 치라".

김유정의 '사랑'의 의미를 해석해 나가는 데 있어 중요한 준거, 혹은 바탕이 되는 작품은 그의 자전적 소설이라 할 수 있는 「생의 반려」라 할 것이다. 이 작품에 그(작품에서는 '유명렬')가 휘문고보 시절 첫눈에 반한 박녹주(작품에서는 '나명주')에 관한 이야기가 실려 있다. 그런데 여기에서 주목해 볼 것은 그가 그녀를 사랑하게 되는 계기다.

그가 명주를 처음 본 것은 작년 가을이었다. (…중략…) 화장 안한 얼굴은 창백하게 바랬고 무슨 병이 있는지 몹시 수척한 몸이었다. 눈에는 수심이 가득히 차서, 그러나 무표정한 낯으로 먼 하늘을 바라본다. 흰 저고리에 흰 치마를 훑어 안고는 땅이라도 꺼질까봐 이렇게 찬찬히 걸어 나오려는 것이었다.

그 모양이 세상 고락에 몇벌 씻겨 나온, 따라 인제는 삶의 흥미를 잃은 사람이었다.[11]

명렬이 명주를 사랑하게 된 것은 그녀가 가진 용모의 찬란함이나 아름다움이 아니다. 그는 명주의 어떤 '결핍'을 읽는다. 그것은 허약한 자기 자신의 모습이고, 고독에 몸부림치는 자신의 모습이다. 한 순간이었지만 그녀의 모습 속에서 자신의 모습을 읽는 것이다. 그러면서도 자신이 성장과정에서 경험해보지 못한 모성에 대한 한없는 그리움을 그녀에게 투영하고자 한다.

사랑은 '마주함'이다. 상대가 어떠한 배경이나 직업을 가졌건 그것이 중요한 것이 아니라, 상대의 슬픔과 결핍을 나의 것으로 읽고 그 아픔을 또한 나의 가슴 결로 읽는 것이 사랑의 출발인 것이다. '나'와 '너'의 이 관계에서 김유정의 '사랑'은 그 존재의미를 획득해 나가는 것이다. 높고 낮음, 더함 덜함이 없는 수평적 관계 속에서 타인과의 관계는 사랑으로 의미지어진다.

김유정 소설 속에서 이러한 관계의 변화는 타인에 대한 깊은 이해와 공감으로 이어진다. 나아가 김유정이 그의 소설에서 구사한 '향토성'의 세계 또한 이러한 사랑의 한 모습이다. 또한 김유정의 문학은 학생을 가르치는 교사의 목소리로서의 문학이 아니다. 가르치기보다는 함께 하는 것, 민중의 삶에 들어가 그들의 목소리와 세계를 똑같이 내고 느끼고 즐기는 것. 그것은 '사랑'의 다른 이름이다. 김유정 문학이 감동적일 수 있는 것은 민중을 지도하고 일깨우는 계몽가의 목소리를 낸 문학이 아니기 때문이다. 그것은 민중에 대한 선각자·지도자로서의 선민적 자리를 고수하는 경계짓기 혹은 구획짓기가 아니다. 높은 자리에서 기꺼이 내려와 수평적 관계를 만들고 그들의 언어와 그들의 세계를 체화함

---

11 「生의 伴侶」, 『전집』(개정판), 252쪽.

으로써 공감하고 느끼는 것, 그것이 바로 사랑의 본질이자 속성이다. 김유정이 박녹주에 대한 짝사랑을 접으며 찾은 곳이 강원도 실레마을 이라는 점을 생각해 보면, 그에게 실레마을, 그리고 농촌의 민중들은 일 깨우고 가르쳐야 할 대상이었다기보다는 받아들여지지 못한 대상(녹주) 으로부터의 사랑을 다시 불 지피게 하는 대상이었다고 할 수 있다.

2) 타자에 대한 이해와 연민의 정서

앞 장에서 이야기한 바처럼 사랑의 출발은 서로의 관계와 눈높이를 동등하게 맞추는 것으로부터 시작한다. 이 같은 눈높이에서 비로소 타 인에 대한 깊은 이해와 연민의 감정이 생겨나게 된다. 박경리의 문학에 서도 사랑은 '연민'이라고 했으며[12] 기독교 세계에서 또한 궁휼히 여김, 연민이다.

김유정의 소설에는 '웃음'과 '해학'이 넘쳐나지만, 그 웃음과 해학(용 서)으로 가는 자리에 깊은 이해와 연민을 상징하는 '눈물'이 있다. 이에 소설 속 인물들은 수시로 '눈물'을 흘린다. 그들은 속악한 세계에 던져 져 타락할 대로 타락한 이들의 모습을 보면서 눈물을 흘린다. 단죄가 아 닌 공감의 또 다른 표현인 셈이다. 이에 「금」의 아내는 금광에서 광부로 일하던 남편이 그 금을 숨겨 나오느라 자신의 발을 돌로 내리찍어 숨겨 나온 것을 보고 눈물을 흘리는 것이다.

---

12 박경리, 『수정의 메아리』, 솔, 1994.

안해는 아무말도 대답지 않는다. 고개를 수그린 채 보기 흉악한 그발을 뚜러지게 쏘아만 볼 뿐. 그러나 감으잡잡한 야윈 얼굴에 불현 듯 맑은 눈물이 솟아나린다. 망할 것두 다많아 제발을 이래까지 하면서 돈을 버러오라진 않았건만. 대관절 인제 어떻게 할랴고 하는지![13]

이러한 눈물은 김유정에게 애증의 대상이었던 누나와 형을 형상화하는 과정에서도 나타난다. 형은 난봉꾼의 전형으로 유정에게는 폭력, 혹은 포악함이 상징이었지만 그 형을 이해하는 시도로 읽히는 「형」에서 그는 인간적 슬픔을 느끼고 눈물을 흘리는 자다. 또한 무능하며 병상에 있던 유정을 보살피는 현실적 생활인 그의 누나 역시 그에게 온갖 화풀이에 악담을 풀어놓는 신세한탄을 늘어놓는 진저리나는 여자지만(「생의 반려」) 그녀는 무능하고도 못난 나를 미워하면서도 사랑하고 있기 때문에 또한 가슴 아픈 눈물을 흘릴 수 있다.

타인에 대한 이런 이해와 연민의 감정은 애잔하고 쓸쓸하지만 아름답다. 「가을」에는 궁핍과 가난을 견디지 못해 자신의 아내를 소장수 황거풍에게 파는 남편 복만이 있다. 작품의 서술자는 복만의 친구로, 글자 깨나 아는 사람이라 이들의 매매계약서를 써주는 '나'다. 이 서술자는 돈 때문에 가장 사랑하는 아내를 파는 복만의 슬픔을 담담하면서도 애잔하게 그려낸다. 그는 아내를 파는 남편, 팔리는 아내, 게다가 거래 후 사흘 만에 도망친 이들을 보면서 이들이 지키고자 했던 인간적 선의와 신의를 목도한다. 자신들은 비록 파멸할지언정 아내를 팔아 사방에

---

13 「금」, 『전집』(개정판), 83쪽.

널린 빚들을 하나하나 다 찾아 갚으며, 계약서를 써준 나에게까지 그에 대한 수고비를 잊지 않는 것이다. 그는 이 부부의 인신매매 사기극에 가담하지만 그의 그 가담은 이 가난한 부부의 아픔과 슬픔을 모르지 않기 때문이지 그 어떤 대가를 바란 것이 아니다. 그들의 행방불명은 분명 당혹스러운 것이지만 한편으로 나는 그들의 사랑을 믿는다. 이 이해와 연민의 깊이는 작품의 마지막 장면에 대한 아름다움으로 표현된다.

> 더 말하기 싫어서 나는 코대답으로 치우고 먼 서쪽 하눌을 바라보았다. 해가 마악 떨어지니 산골은 오색 영농한 저녁노을로 덮인다. 산 봉우리는 수째 이글이글 끌는 불덩어리가 되고 노기 가득찬 위엄을 나타낸다. 그리고 낮윽이 들리느니 우리 머리 우에 낙엽소리—
> 소장사는 쭈그리고 눈을 감고 안엇는양이 내일의 계획을 세우는 모양이다. 마는 나는 아무리 생각하여도 복만이는 덕냉이 즈 큰집에 있을 것 같지 않다.[14]

이러한 슬픔의 정서는 산골 나그네의 며느리의 사기 결혼이 자신의 병든 거지남편을 돌보기 위한 것이었음이 밝혀지는 장면에서 고스란히 재현된다.

> 똥긋이 마르는 듯이 게집은 사내의 손목을 접접히 잡아끈다. 병들은 몸이라 끌리는 대로 뒤툭어리며 거지도 으슥한 산 저편으로 가치 사라진다. 수은ㅅ빗 갓혼 물방울을 품으며 물ㅅ결른 산벽에 부다뜨린다. 어데선지 지정치 못할 넉대소리는 이 산 저 산서 와글와글 굴러나린다.[15]

---

14 「가을」, 『전집』(개정판), 200쪽.
15 「산ㅅ골 나그네」, 『전집』(개정판), 28쪽.

이 슬픔의 미학은 상대의 슬픔을 '저기 멀리' 떨어져 있는 것으로서의 슬픔이 아니라, 그 슬픔은 나의 것으로 자기화한 것이다. 그렇기에 작품 속에서 희생하는 많은 아내들은 그 슬픔을 대하는 모습에서 어떤 삶의 비장함을 느끼게 해 준다. 타인의 고통이 나의 고통인 까닭이다. 「생의 반려」에서 권명주에 대한 유명렬의 사랑은 일방적이고도 무모한 것이다. 연상의 여인 기생 명주에 대한 명렬의 순정은 사랑이라기보다는 처음부터 가능성이 없는 일방향의 편집증적 집착일 수 있다. 이 작품의 가치는 명주에 대한 명렬의 사랑을 바라보는 서술자(명렬의 친구)의 시선에 있다. 명렬은 끊임없이 명주에게 무모한 편지를 보내며 그녀와 대화하기 원한다. 목적 그 자체로서의 '관계'와 '존재'로서의 사랑을 이야기 한 마르틴 부버는 대화와 만남은 인간의 삶에 있어서 가장 근원적인 모습이라 했다.[16] 그러나 이 대화는 번번이 실패한다. 이때 '나'는 명주를 대신해 거짓 답장을 쓰기 시작한다. 명렬의 그리움과 간절함을 이해하고 그의 삶의 고단함과 괴로움을 알고 있는 나이기에 할 수 있는 것이다. 이 작품에서 이를 서술하고 있는 '나'는 이들의 단절된 세계를 이어주며 그 자리를 봉합한다. 명렬이 그토록 원하던 대상인 명주와의 소통은 사실상 불가능한 것이다. 그러나 이것이 파국으로 끝나지 않음은, 이러한 그를 바라보는 '나'의 이해어린 따뜻한 시선이다. 이때, 명렬이 명주의 답장이라고 믿는 그 편지의 실제 발신자가 누군가인지는 중요하지 않다. 깊은 병마와 뼈에 사무치는 고독, 무능과 고통의 시간을 보내고 있는 명렬에게 명주에게 편지쓰기는 삶을 지탱하는 힘이다. 옆에서 이 모든 과정을 지켜보는 나는 그의 슬픔과 아픔을 진심으로 이해하며 애잔

---

16 마르틴 부버, 김천배 역, 앞의 책.

한 슬픔을 느낀다. 이 작품이 '사랑'의 서사로 읽는다 했을 때 그 의미는 1차적으로 명렬이 사랑하는 명주에 대한 끊임없는 애착과 순정의 재현이라는 점에서 생산된다. 그러나 결국 이 사랑은 좌절된다. 이때 다시 이해와 연민의 따스한 사랑의 시선이 작동한다. 오직 이 사랑만이 삶의 이유인 허약한 한 사람, 친구 명렬을 다시 살게 하는 힘을 불어넣어주는 일, 그것은 그를 안타까이 바라보는 한 친구의 사랑이기도 하다.

3) 용서와 치유, 무한책임으로서의 사랑

수평적 관계로의 존재론적인 전환, 그리고 그 자리에서 이루어지는 상대에 대한 깊은 이해와 공감, 연민의 감정은 삶의 충만한 에너지로 연결된다. 왜냐하면 상대에 대한 깊은 이해와 공감이 있는 그 자리에서 상처에 대한 치유와 타인에 대한 용서가 이루어지기 때문이다. 이러한 용서와 치유의 현장에서 화해의 '웃음'이 작동한다. 그것은 카니발적 축제의 현장이며 김유정 특유의 해학성이 드러나는 지점이기도 하다.[17]

김유정의 웃음과 해학은 사랑이 주는 이 역동성과 삶에 대한 긍정의 가치에 있다. 이에 「총각과 맹꽁이」의 덕만은 자신이 차지하기 원했던 들병이를 친구 뭉태에게 뺏겼지만 그 배신감을 콩밭 옆의 돌멩이를 집어 들어 골창으로 던져버리는 정도로 복수의 욕망을 해소한다. 또한 땅을 준다는 말에, 누구의 씨가 들었는지도 모르는 못생긴 아내를 들여와 도리어 온갖 고생을 다 하면서도 「애기」의 김필수 역시 그녀를 자신의

---

17 김미현, 「김유정 소설의 카니발적 구조 연구」, 이화여대 석사논문, 1990; 유인순, 「생명의 길, 문학의 길―김유정의 생애와 문학」, 『김유정과의 동행』, 소명출판, 2014.

진짜 아내로 받아들이며 자신을 속인 것에 대한 원한이나 감정을 자연스레 소거한 채다.

사랑하는 두 사람은 주어진 세계의 윤리를 위반한다. 가령 그들은 아내를 팔고 팔리지만 부부로서의 신의와 사랑은 지킨다(「가을」, 「솥」). 돈으로 맺어진 사기결혼에, 아버지가 누구인지 모를 아이를 버리기로 했다가 결국은 그 아이가 너무 안쓰럽고 안타까워 자기도 모르게 자신의 품으로 안고 돌아온다(「애기」). 그런데 이 세계의 윤리가 위반된 자리에 새로운 주체가 탄생하며 그들은 새로운 윤리를 구축한다. 사랑하는 주체들의 타자에 대한 '무한책임'의 윤리다.

레비나스의 철학에 있어서 타자를 향한 욕망은 이미 내가 볼모로 사로잡힌 ― 즉 타자가 나를 완전히 지배하는 ― 계에서 타자의 윤리 요청에 응답하는, 책임을 지는 완전한 희생의 속죄 행위, 즉 구속의 차원인 것이다. 그게 볼 때, 정의는 공정함의 문제라기보다는 쉽게 말해서 사랑의 문제이다. 타자와 분리된 주체를 해체시킴으로써 타자를 향한 '나' 자신의 변화를 끊임없이 요구하는 것, 바로 그것을 레비나스는 과학인 사고를 통한 논증의 방식이 아니라 끊임없는 윤리인 요청과 호소를 하고 있는 것으로 느껴질 정도다. 이것은 타자가 나보다 강해서가 아니다. 타자의 엄청난 물리적 힘 앞에서 인질이 되는 것이 아니다. 타자는 언제나 헐벗고 굶주리고 고통당하는 자의 도습이다. 타자는 나의 무력 앞에 오히려 노출되어 나의 이기심을 고발하는 자다. 그는 항하지도 못한다. 그러나 완전히 무저항적인 타자는 감히 나의 주인이 된다. 나는 내 앞에서 타자에게 나의 모든 것을 맡기며, 거기서 나의 진정한 주체가 발견되어진다. 그것이 레비나스의 책임의 윤리이다.[18]

레비나스에게 근원적 자유의 긍정은 나의 행복 뿐만 아니라 '책임'의 과제를 수반한다.[19] 레비나스는 "벌거벗음 속에서 나타나는 타인의 얼굴"을 통해 자기자신을 확인한다고 이야기한다. 이 낯선 이를 통해 이기적인 나는 타인에 대한 책임, 타인을 위해 살아갈 수 있는 윤리적 가능성을 찾아낸다.[20]

김유정 소설에서 무한책임의 윤리를 감당하는 사랑의 주체는 주로 여성인물들이다. 그의 소설에서 순종하는 아내들과 여성들이 가부장적 이데올로기의 억압적 표지로 읽히지 않는 것은 이들이 스스로 승인한 사랑의 맹목성에 있다. 이들은 타인의 규정, 혹은 억압적 상황에서 무능하고 무력한 남성들을 책임지는 것이 아니라, 내 앞에 굶주려 헐벗은 타자로서의 남성을 스스로 감싸 안으며 부양하는 것이다. 이 '책임'은 강요하지 않은, 자발적 승인에 의한 것이다. 김유정 소설에서 이것은 주로 '부양에 대한 책임으로 나타나게 되는데, 이들이 가족에 대한 책임을 위해 자신의 존재를 기꺼이 맡기는 모습은 숭고하기까지 하다.

새롭게 탄생한 이 사랑의 주체의 모습은 어떠한가?

> 순사는 아끼꼬를 데리고 느른한 거름으로 골목을 꿉는다. 쪽다리를 거느니 화창한 사직원 마당, 봄이라고 땅의 잔디는 파릇파릇 돋았다. 저 우에선 투덕어리는 빨래소리. 한 옆에서는 풋뿔을 차느라고 날뛰고 떠들고 법석이다.[21]

---

18 박중섭, 「레비나스와 민중신학의 대화가능성 모색－타자를 책임지는 윤리를 중심으로」, 감리교신학교, 석사논문, 2007, 18쪽.
19 강영안, 「책임으로서의 윤리－레비나스의 윤리적 주체 개념」, 『철학』 81, 한국철학회, 2004, 57쪽.
20 위의 글, 65~66쪽.
21 「따라지」, 『전집』(개정판), 322쪽.

서울 사직골 꼭대기의 초가집에 세 들어 사는 아끼꼬, 그녀는 카페 여급으로 옆방 '톨스토이'를 사랑한다. 누이에게 얹혀사는 톨스토이는 병약함과 무능함의 상징 그 자체지만 그녀는 아무 이유 없이 그에 대한 사랑과 순정을 가지고 있다. 그녀가 그를 사랑한다고 해도 현실적인 여건이나 상황은 바뀌지 않는다. 카페여급으로 웃음과 술을 팔며 사는 그녀는 방세를 내지 않으려는 세입자로서 방세를 받아내려는 노인영감 구렁이와 여전히 갈등하고 있다. 위에 인용된 바와 같이 변함없는 그녀는 누구보다 활기차고 생명에 찬 모습을 보인다. 가난한 여성 노동자인 그녀가 식민지적 지배계급의 상징인 순사 앞에서도 이렇듯 당당할 수 있는 것은 자기 삶과 타인을 사랑하는 자의 당당함이 만들어낸 결과다. 또한 그녀는 자신이 사랑하는 톨스토이에게 그만은 자신을 '아끼꼬'가 아닌 조선의 이름으로 불러주기를 바란다. 사랑하는 자 앞에 진정한 자기를 노출하고 확인하고 확인받고 싶은 것이다.

이러한 무한책임의 윤리와 사랑의 세계는 속악한 세계의 인물들이 세계관적 전환과 행동의 전환을 가져오게 만든다. 좋아하는 옆집 소녀에게 준 토끼를 '잡아먹어 버린' 배신감 앞에서 나는 도리어 그것이 미안함의 계기가 되어 나와 그를 이어줄까 하는 생각에 도리어 그 토끼에 대해 고맙게 생각한다(「옥토끼」). 또한 「애기」를 보자. 땅 오십 석에 눈이 멀어 남의 아이를 밴 여자와 결혼을 하는 필수와 그의 가족은 이 난데없는 사기결혼 중에도 그들이 얻게 될 금전적 이득에 눈이 멀어 있다. 하지만 투닥거리며 살아가던 중 필수는 은연 중 아내를 자신의 진짜 아내로 받아들인다.

아들은 차차 안해가 귀여워집니다. 따는 얼굴이 되우 못두생기고 그놈의 땅 오십석은 침만 발르다가 이내 삼키지도 못하고 알았습니다. 마는 그런 게 아닙니다. 나히 이미 사십 고비를 바라보고 더구나 홀애비의 몸일진대 안해라는 이름만 드러도 괜찮습니다. 게다 밉던곱던 한 두어달동안 가치 지내보니 웬녀석의 정이 그리 부푸렀는지 떼칠랴야 떼칠 수도 없는 형편입니다.[22]

사기로 시작한 결혼이지만 그는 함께 시간을 겪고 세월을 겪은 그녀를 자신의 진짜 반려로 받아들이는 것이다. 그런데 이러한 그가 아내와의 합의 하에 아이를 유기遺棄하려 한다. 아기는 자신의 아이가 아니기도 하거니와, 아내 역시 자식에 대한 모정이 그리 깊지 못하니 좀 사는 집에서라도 잘 먹고 잘 살게 하자는 것이다. 그러나 그는 결국 다시 아이를 데리고 돌아온다.

그는 뒤도 돌아보지 않고 힁하게 골목을 나왔습니다. 그러나 팔짱을 끼고 덜덜 떨며 얼마쯤 오다보니 다리가 차차 무거워집니다. 저게 울었으면 다행이지만 울기전 얼어죽으면 어떡합니까. 팔짜를 고쳐준다고 멀쩡한 딸만 하나 얼려죽이는 셈이지요. 그는 불현 듯 조를 부비며 그곳으로 다시 돌쳤습니다.
악아는 맥모르고 그대로 잠잠합니다. 다른이가 볼까바 가랑이가 컹겨서 얼른 집어들고 얼른 나왔습니다. 바루 내년 봄에나 하면 했지 이거 않되겠습니다. 그리고보니 왜 집에서 나왔든지 저로도 영문을 모를 만치 떠름합니다.[23]

시작은 비록 사기였고, 그 아이 또한 그의 자식이 바 거짓결혼의 상징이며, 필수에게는 모욕감과 분노의 대상이 될 수도 있었다. 그러나 그

---

22 「애기」, 『전집』(개정판), 401쪽.
23 위의 글, 407쪽.

는 이 헐벗은 작은 아이를 보며 연민과 안타까움, 책임을 통감하고 그것을 자신의 것으로서 자발적으로 승인하는 것이다.

4. 나오며

김유정은 그의 자전적 기록에서 '염인증厭人症'을 앓았다고 했다. 유년시절의 물질적 풍요 외에 성장과정의 많은 결핍과 말더듬이로서의 트라우마를 가진 그에게 '사람'은 두려움의 대상이었다. 그러한 그가 박녹주라는 연상의 한 여인을 사랑하고, 그 사랑의 좌절을 다시 다른 사랑으로 대체한다. 그것은 문학에 대한 사랑이요 같은 세상을 살아가는 사람들, 민중들에 대한 사랑이다.

본 연구는 소설보다 더 소설같은 김유정의 전기적 생애를 살피며 죽는 날까지 사랑의 온기와 불꽃을 간직한 그의 문학적 정체성을 '사랑'이라는 키워드로 독해하고자 하였다. 이러한 문제의식의 출발점에는 그의 문학이 갖는 독보성, 혹은 동시대 여타 작가들과의 차이점을 찾아보고자 하는 의도 또한 있었다. 이에 김유정 소설의 인물의 관계와 그것이 의미화 · 서사화 되는 과정에 집중해 보았다.

김유정 소설은 사랑의 서사다. 그의 소설 속에는 1930년대 일제 식민지 현실에서 신음하는 우리 민중들의 삶이 고스란히 반영되어 있다. 그들은 마치 낙원의 세계로부터 추방당한 자의 모습으로 고통과 속악한 현실에 내던져져 있다. 그러나 이들의 현실이 처참하면 처참할수록 이 고통을 이겨낼 새로운 힘을 요청하게 된다. 그것이 바로 '사랑'이다. '죄가 깊은 곳에 사랑이 깊다'라는 성경의 구절처럼, 타락한 세계에서 몰락하는 이들의 모습이 선명해질 때 김유정 소설에 구현된 '사랑'은 더욱 빛을 발한다. 그 사랑은 구체적으로 먼저, 수직적 관계를 수평적 관계로 전화轉化시킨다. 이 수평적 관계에서 인물들은 타인을 이해하고 공감하며 그들을 따스한 연민의 시선으로 바라보게 된다. 더 나아가 이 시선은 서로의 상처를 치유하고 아픔을 주었던 대상을 용서하는 적극적이고 긍정적인 힘의 원동력이 된다. 여기에서 '사랑'의 새로운 주체가 탄생하게 되는데 이는 다름 아닌 서로에 대한 자발적 '무한책임'을 수행하는 주체다.

김유정 소설은 일견 우스꽝스럽고 재미있지만 그 안에는 깊은 슬픔과 처연한 아픔이 녹아있다. 이는 고통스러운 인간의 삶을 이해와 공감, 연민의 시선으로 바라볼 때 느낄 수 있는 작가의 타인에 대한 깊은 사랑의 소산이다. 궁극적으로는 인간의 삶을 다시 감싸 안는 따뜻한 위로를 던지는 김유정의 문학이 영원한 현재의 문학으로 읽히는 이유가 바로 여기에 있다.

참고문헌

1. 기본자료

김유정, 전신재 편,『원본 김유정 전집』(개정판), 강, 2007.

2. 논문

강영안, 「책임으로서의 윤리 ─ 레비나스의 윤리적 주체 개념」,『철학』81, 한국철학회, 2004.

김미현, 「김유정 소설의 카니발적 구조 연구」, 이화여대 석사논문, 1990.

박중섭, 「레비나스와 민중신학의 대화가능성 모색 ─ 타자를 책임지는 윤리를 중심으로」, 감리교신학대학교, 석사논문, 2007.

서준섭, 「몰락농민 ─ 유랑인의 삶의 애환과 통념을 넘어선 생존전략 이야기」,『김유정과 동시대 문학연구』, 소명출판, 2013.

유인순, 「들병이 문학연구」,『김유정과의 동행』, 소명출판, 2014.

_____, 「생명의 길, 문학의 길 ─ 김유정의 생애와 문학」,『김유정과의 동행』, 소명출판, 2014.

윤대선, 「레비나스 얼굴개념과 타자철학」,『철학과 현실』61, 철학문화연구소, 2004.

이덕화, 「김유정 문학의 타자윤리학과 서사구조」,『김유정과의 산책』, 소명출판, 2014.

전신재, 「부권 상실에 대응하는 두 가지 방법」,『김유정과 동시대 문학연구』, 소명출판, 2013.

3. 단행본

박경리,『수정의 메아리』, 솔, 1994.

마르틴 부버, 김천배 역,『나와 너』, 대한기독교서회, 2000.

에리히 프롬, 황문수 역,『사랑의 기술』, 문예출판사, 2006.

_____, 최혁순 역,『소유나 존재냐』, 범우사, 1999.

외로운 청년의 '생의 반려' 찾기

김유정 문학(관)에 대한 새로운 모색

신정숙

1. 김유정 문학 다시읽기

　김유정 문학의 근본적인 창작 동인은 무엇일까? 그는 다른 작가와는 달리 29세에 요절했고, 이로 인해 작품 활동을 한 것은 단지 4년밖에 되지 않는다. 그럼에도 그 기간 동안 무려 단편소설 30여 편과 수필 등을 창작하는 열정을 보여주었다. 그의 소설들은 보통 크게 세 개의 계열로 분류되는데, 이는 농촌소설(「산골ㅅ나그내」(1933.3), 「안해」(1935.12), 「가을」(1936.1), 「동백꽃」(1936.5) 등의 11편), 도시배경소설(「봄밤」(1936.4), 「정조」(1936.10), 「슬픈이야기」(1936.12), 「따라지」(1937.2) 등), 사후 발표소설(「정분」(1937.5), 「애기」(1939.12), 「兄」(1939.11) 등. 이후 제목은 현대어로 표기함)이다. 이러한 분류는 소설의 공간적 배경과 작가의 사망 시기를 기준으로 한 것이다.[1]

이러한 문학적 경향에 대한 분류와는 별개로 그의 문학은 하나의 주된 경향을 보여주는데, 이는 연애 / 사랑 / 결혼(생활) / 가족의 문제에 그 초점이 맞춰져 있다는 것이다. 그의 소설 속에서 젊은 남녀 간의 연애 / 사랑, 부부의 결혼(생활), 가족 간의 화목 등의 문제와 관련하여 가장 큰 장애물로 등장하는 것은 바로 '돈'이다.[2] 이 '돈'의 문제가 연애 / 결혼(생활)의 주체인 남녀나 부부 간의 극단적 갈등과 대립을 가져 오거나, 혹은 가족을 해체시키는 근본적인 요인으로 작용하게 된다. 그럼에도 불구하고, 그의 소설은 연인, 아내와 남편, 그리고 가족 간에 소외/단절을 극복하고자 하는 열망이 동시에 나타난다.

이와 같은 그의 문학적 경향은 그의 불행했던 삶과 밀접한 연관성을 갖고 있다. 그의 짧은 삶은 하나의 외로운 '떠돌이'로 비유될 수 있을 것이다. 그는 춘천에서 천석을 웃도는 지주의 8남매 중 막내아들로 태어났다. 이로 보면 그는 모든 사람들이 부러워할만한 전형적인 '금수저'로 볼 수 있다. 그러나 그는 7살 때 어머니를 잃은 후 재력가 집안에서 흔히 벌어질 수 있는 '돈' 문제로 인해서 병든 아버지와 큰 형 간의 전쟁과도 같은 불화/폭력을 경험하게 되었으며, 끝내 10살이 되기 전에 아버지를 잃고 고아가 된 인물이다. 이후 여러 형제가 있었음에도 불구하고, 어느 누구도 진정한 의미에서 그의 의지처가 되지 못한 채 형제, 또는 친척집을 전전하다 비참하게 생을 마감하게 된다. 그에게 가족이란 '저주' 그 자체였던 것이다.[3] 또한 그에게 있어서 친구나 연모하는 여인 역시

---

1   조남현, 「김유정 소설과 동시대소설」, 『김유정의 귀환』, 소명출판, 2012, 15~16쪽.
2   황태묵은 김유정 소설을 이해하기 위한 가장 핵심적인 키워드는 돈이며, 그의 자전소설, 농촌소설, 도시소설에 형상화된 갈등의 매개체가 돈이라는 사실을 고찰하였다. 황태묵, 「김유정 소설에 나타난 '돈'」, 『우리문학연구』 38, 우리문학회, 2013.2.
3   김유정은 자전적 소설 「형」에서 가족 간의 불화/폭력을 적나라하게 묘사한 후 자신에게 있어서 가족은 곧 "저주"였다고 밝히고 있다. 김유정, 「형」, 전신재 편, 『원본 김유정 전집』(개

단절된 대상이었다. 그는 학창 시절 친구들로부터 '말더듬이'라고 놀림을 받았으며, 이로 인해 친구들과의 교유관계를 포기하고 스스로 고립된 생활을 선택하게 된다. 그리고 그가 사랑했던 여인과 '말'이 아닌 '글'을 통해 소통하고자 끊임없이 편지를 썼지만 그녀와 서로를 이해할 수 있는 관계로 나아가지 못한 채 절망하게 된다.

이처럼 그는 가족, 친구, 사랑했던 여인들과 단절된 삶을 살았던 인물이다. 이렇게 그가 외부세계와 단절한 채 자신만의 세계에 머물 수밖에 없었던 것은 그의 불행한 가족사로 인해 생기게 된 염인증에서 비롯되었다고 볼 수 있다. 그러나 그는 자신만의 방식으로 외부세계와 소통하고자 노력하게 되는데, 이것이 바로 문학창작이다. 외로운 그에게 있어서 문학은 외부세계와 소통할 수 있는 유일한 통로였으며, 이를 통해서 자신의 간절한 열망, 즉 타자와의 소통에 대한 열망을 충족시킬 수 있었다고 볼 수 있다. 이는 1936년도에 그가 연모했던 한 여인에게 보낸 편지에서 구체적으로 확인할 수 있다. 그는 이 편지에서 "자신의 머리에는 천품으로 뿌리 깊은 고질痼疾'이 백여 있는데, 이는 사람을 피할려는 염인증厭人症이며, 이를 손수 고쳐 보고저 판을 걸고 나선 것이 곧 현재의 나의 생활이요, 또는 허황된 금점에서 문학으로 길을 바꾼 것도 그 이유"[4]라고 고백한다. 이는 그가 문학을 하게 된 근본적인 동기·동인이 염인증의 극복에 있다는 것을 의미한다. 즉 염인증을 극복하고자 하는 열망이 그의 전체 문학을 관통하는 핵심적인 키워드로 볼 수 있다.

이러한 점이 이 글에서 주목하는 지점이다. 지금까지 김유정의 문학

정증보판), 강, 2007. 이하 『전집』(개정판)으로 표기함. 원작은 『광업조선』(1939.11, 64~72쪽)에 수록.

4 「병상의 생각」, 『전집』(개정판). 원작은 『사행공론』(1936.1)에 수록.

창작의 동인에 대한 연구는 비교적 많은 성과가 축적된 상황이다. 연구자들은 작가 자신의 염인증의 치유, 친구 안회남의 권유, 음성언어 결핍 충족을 위한 대체 수단, 성장과정에서 형성된 여성에 대한 이중적 의식의 반영, 고향 사람들에 대한 애정, 동시대 현실에 대한 재현 의지, 인간성의 본질과 인간관계에 대한 탐구, 우울증 등을 그의 문학 창작의 주요 동인이라는 사실을 고찰했다. 특히 이 중에서 염인증은 김유정의 전기적 사실을 고찰한 연구에서 매번 등장하는 주요한 키워드다. 그러나 염인증이 그의 전체적인 문학 경향과는 어떠한 연관성을 갖고 있는가에 대한 연구로까지 나아가지 못한 상황이다.[5] 단순히 염인증이 그의 일부 작품에 반영되어 있다는 사실만 조명되었을 뿐이다.

그러므로 이 글에서는 김유정의 근본적인 문학 창작의 동인이 고질적인 염인증과 이를 극복하고자 하는 열망, 이 두 가지의 모순된 감정에서 비롯된 것이며, 이는 그의 전체 문학을 관통하는 핵심적인 특성이라는

---

5 김유정의 문학 창작의 동인 및 문학사상을 고찰한 대표적인 연구자는 다음과 같다.
먼저 조동길은 김유정이 문학을 창작하게 된 동기에 대해 가장 깊게 천착한 연구자 중의 한 명이다. 그는 김유정의 문학 창작의 동인이 ① 작가 자신의 염인증의 치유 ② 친구 안회남의 권유, 음성언어 결핍 충족을 위한 대체 수단, 성장과정에서 형성된 여성에 대한 이중적 의식의 반영 ③ 고향 사람들에 대한 애정, 동시대 현실에 대한 재현 의지, 인간성의 본질과 인간관계에 대한 탐구 등의 세 가지로 구분될 수 있다고 주장했다. 조동길, 「김유정의 창작 동력에 관한 연구」, 『한국문학이론과 비평』 18-4, 한국문학이론과 비평학회, 2014. 12.
전신재는 '위대한 사랑'이 김유정의 문학사상을 해명할 수 있는 핵심적인 용어라는 사실을 지적하고, '위대한 사랑'이 ① 공동체에 대한 사랑 ② 원초적인 사랑 ③ 궁박(窮迫)한 민초(民草)들에 대한 사랑 ④ 감정이입(感情移入) 수준의 사랑 등의 성격을 지니고 있다는 사실을 고찰했다. 그리고 이를 통해서 김유정이 주장하는 '위대한 사랑'은 결국 정을 확장한 개념이라고 주장했다.
그리고 이덕화는 김유정의 '위대한 사랑'이 당시 민중으로 대변되는 타자를 향한 사랑으로 규정하고, 그의 문학작품은 타자윤리학의 메커니즘이 드러나는 서사구조를 보여준다고 주장했다.(이덕화, 「김유정의 '위대한 사랑'과 글쓰기를 통한 삶의 향유」, 『한국문예비평연구』 43, 한국현대문예비평학회, 2014) 이 외에도 최원식은 김유정의 '위대한 사랑'이 크로포드킨과 마르크스 사상이 상호 결합되어 있을 가능성을 지적했다. 최원식, 「이야기꾼 이후의 이야기꾼」, 김유정기념사업회 편, 『한국의 이야기판 문화』, 소명출판, 2012.

사실을 규명할 것이다. 이를 위해 김유정의 편지, 수필, 그리고 주요 단편소설 「生의 伴侶」(1936.7~9), 「형」, 「슬픈 이야기」, 「夜櫻」(1936.7) 등을 분석함으로써 그의 문학이 불행한 가족사에서 기인된 염인증을 극복하고자 하는 열망에서 추동된 것이며, 이러한 열망이 구체적인 문학 작품 속에서 다양한 양상으로 변주되어 형상화된다는 사실을 고찰할 것이다. 이는 김유정의 문학 창작 과정이란 현실 속에서는 누구 하나 의지할 곳 없었던 한 외로운 청년이 진정한 '생의 반려'를 찾아가는 지난한 여정이었다는 사실을 고찰하는 것이기도 하다.

2. 소외의 극복과 문학의 창조

김유정이 1936년 흠모했었던 한 여성에게 보낸 편지에서 확인할 수 있듯이, 그는 '고질적인 염인증'으로 고통 받았던 인물이다. 그가 오랜 동안에 걸친 가족 간의 '살육전'과 같은 폭력으로 인해서 가족을 저주했었다는 사실을 고려해 볼 때, 그의 염인증의 근원은 가족이었다고 볼 수 있다. 그리고 그가 학창시절 말을 더듬었다는 것[6]과 전문기관에서 말더듬이 교정을 받은 이후에도 평소 말이 별로 없는 청년이었다는 것도 역시 근본적으로 '염인증'의 한 양태, 즉 외부세계와의 소통에 대한 공포,

---

6 김화경은 "내면화된 말더듬이"였던 김유정에게 있어서 문학은 "세상을 향한 하나의 소통 통로"였으며, 그의 유치함에 대한 꿈 때문에 오히려 그의 소설이 '말놀이', '웃음', '유머'와 같은 특징을 갖게 되었다고 주장한다. 김화경, 「말더듬이 김유정의 문학과 상상력」, 『현대소설연구』 제32호, 한국현대소설학회, 2006.12.

혹은 소통을 거부하려는 심리의 한 양태로 볼 수 있다. 이는 그가 자신에게 상처/고통을 줄 수 있는 폭력적인 외부세계와 스스로 단절함으로써 자신만의 세계에서 보호받고자 했던 것이다. 그럼에도 불구하고 그의 내면에는 차갑게 단절된 외부세계와 소통하고자 하는 열망이 동시에 내재하고 있었다. 왜냐하면 하나의 인간으로서 존재의 의미란 엄밀한 의미에서 그 존재 자체에서 발생한다기보다는 타자와의 관계에서 발생하는 것이기 때문이다.[7]

김유정이 스스로 염인증을 극복하기 위해 선택한 방법은 바로 문학을 하는 것이다.

다시 말하면 나는 여자에게 염서(艶書)아닌 엽서를 쓸수가 있고, 당신은 응당 그 편지를 받을 권리조차 있는것입니다. 나의 머리에는 천품으로 뿌리깊은 고질(痼疾)이 백여 있읍니다. 그것은 사람을 대할 적마다 우울하야지는 그래 사람을 피할려는 염인증(厭人症)입니다. 그 고질을 손수 고처보고저 판을

---

[7] 김유정은 수필 「어떤 부인을 맞이할까」(1936)에서 "나는 숙명적으로 사람을 싫어합니다. 다시 말하면 사람을 두려워한다는 것이 더 적절할는지 모릅니다. 늘 주위의 인물을 경계하는 버릇이 있습니다. 그 버릇이 결국에는 말없는 우울을 낳습니다"라고 주장한다. 이는 사람을 싫어하는 염인증이 우울증의 원인이 되었다는 것을 의미한다.
그렇다면 그의 염인증과 우울증은 어떠한 연관성을 갖고 있을까?
아브라함 · 프로이트 · 멜라니 클라인 등의 전통적인 정신분석 이론에 의하면, 우울증(depression)은 타자에 대한 공격성을 숨기고 있고, 이로 인해 의기소침해진 자의 양면 감정을 드러낸다고 한다. 즉 "나는 그를 사랑하고, 그보다 더 그를 증오한다. 내가 그를 사랑하기 때문에 그를 상실하지 않으려면 나는 그를 내 안에 깊이 간직해야 하는데, 내가 그를 증오하기 때문에 내 안에 든 이 타자는 나쁜 나이고, 그러므로 나는 나쁜 인간이자 쓸모없는 인간이고, 나는 나를 죽인다는 것이다." 이는 타자에 대한 불만과 증오가 자기 자신에게 향하게 되었다는 것을 의미한다. 즉 사랑하고 증오하는 타자와 자신을 동일시함으로써 자기 자신을 정신적으로 공격하고, 죽이게 된다는 것이다. 그러므로 자기 자신을 정신적으로 죽이는 것, 즉 우울증은 결국 사랑하고, 증오하는 타자에 대한 불만의 위장이라고 볼 수 있다. 줄리아 크리스테바, 김인환 역, 『검은 태양』, 동문선, 2004, 23쪽.
이러한 측면에서 김유정의 우울증은 사랑하는 가족에 대한 증오(염인증)의 결과였다고 볼 수 있다.

걷고 나슨 것이 곧 현재의 나의 생활이요, 또는 허황된 금점에서 문학으로 길을 바꾼것도 그 이유가 여기에 있을것입니다. 내가 문학을 함은 내가 밥을 먹고, 산뽀를 하고, 하는 그 일용생활과 같은 동기요, 같은 행동입니다. 말을 바꾸어보면 나에게 있어 문학이란 나의 생활의 한 과정입니다.

그러면 내가 만일에 당신에게 편지를 안 썼더라면 그 시간에 몇 편의 작품이 생겼으리라든 그 말이 뭣인가도 충분히 아실 줄로 생각합니다.[8]

위의 인용문을 통해서 알 수 있듯이, 그에게 있어서 문학은 일상적인 소통을 목적으로 하는 편지와 동일한 의미를 지니고 있었다. 문학은 단절된 타자와의 상호 이해, 소통을 목적으로 하는 것이었고, 그러한 의미에서 문학을 한다는 것은 하나의 존재로서 생의 의미를 찾는 과정이자, 삶 그 자체였던 것이다. 그러므로 그는 문학하는 것을 밥을 먹고, 산보를 하는 등의 일상생활과도 같은 동기이자, 행동이며, 그의 생활의 과정이라고 말했던 것이다.

그렇다면 그는 왜 직접적인 소통방식이 아닌 '글(편지/문학)'을 통한 간접적인 소통방식을 선택하게 되었을까? 그는 염인증으로 인해 타자와의 소통에 대한 공포와, 그럼에도 불구하고 극심한 소외와 단절을 극복하고자 하는 열망을 동시에 지닌 인물이었다. 이러한 소통에 대한 공포와 열망이 동시에 존재하는 모순적인 상황 속에서 그는 새로운 대안을 찾을 수밖에 없었고, 이것이 바로 '글쓰기'였다고 볼 수 있다. 즉 사람과 사람을 직접 대면하는 '공포스러운' 소통방식이 아니라, 글(편지/문학)을 통한 간접적이고, '안전한' 소통방식을 선택하게 되었던 것이다. 그러나

---

8 「병상의 생각」, 『전집』(개정판), 471~472쪽. 원작은 『사해공론』(1936.1, 464~472쪽)에 수록.

글(편지/문학)은 기본적으로 효과적인 소통의 방식으로 볼 수 있지만, 동시에 인간 간의 직접적인 소통을 차단하는 특성을 갖고 있다. 그러므로 그는 문학창작을 통해서 염인증을 극복하고자 했지만, 문학창작을 통한 소통방식이 타자와의 직접적인 소통을 차단하는 측면을 지니고 있다는 점에서, 그의 짧은 삶은 딜레마의 연속이었다고 볼 수 있다. 그러나 어쨌든 그에게 있어서 문학창작이 유일한 소통의 통로였다는 사실만은 분명하다.

그러므로 그는 "우울할 때, 고적할 때, 혹은 슬플 때, 가끔 친한 동무에게, 나를 이해하야 줄 수 있는 동무에게 편지를 쓰"듯이, 소통을 위한 문학을 창작했던 것이다.[9] 이러한 측면에서 김유정은 당시 유행하고 있었던 "예술을 위한 예술", 즉 "신심리주의문학新心理主義文學"을 강력하게 비판한다.

> 예술, 하여도 내가 종사하야 있는 그 일부분, 문학에 관하야 보는 것이 편할 듯 싶습니다. 우선 꽤많이 물의(物議)되어 있는 신심리주의문학(新心理主義文學)부터 캐여 보기로 하겠습니다.
>
> 예술의 생명을 잃은 그들에게 가장 중요한 간판(看板)으로 되어 있는것이 그 형식(型式), 즉 기교(技巧)입니다. 마는 오늘 그들의 기교란 어느 정도까지 모든 가능(可能)을 보이고 있읍니다. 여기에서 그들이 더 나갈 길은 당연히 괴벽하야진 그 취미(趣味)와 병행해야 예전보다도 조금 더 악화(惡曲)된 지엽적 탈선(脫線)입니다. 그들은 치밀(緻密)한 묘사법(描寫法)으로 인간심리(人間心理)를 내공(內攻)하야, 이내 산사람으로 하여금 유령(幽靈)을 만들어

---

9   위의 글, 465쪽.

놓는 걸로 그들의 자랑을 삼습니다. 이 유파의 태두(泰斗)로 지칭되어 있는 쩨임스쪼이스의 「율리시즈」를 한번 읽어보면 넉넉히 알 수 있을 겝니다. 우리가 그에게 새롭다는 존호(尊號)를 붙이어 대우는 하였으나, 다시 뜯어보면 그는 고작 졸라의 부속품(附屬品)에 더 지나지 않음을 알것입니다. 졸라의 걸작(傑作)인 「나나」는 우리를 재웠고, 그리고 쪼이스의 대표작(代表作), 「율리시스」는 우리로 하여금 하품을 연발(連發)시키고 있는 것입니다. 말하자면 그는 졸라와 같은 흉기(凶器)로 한 과오(過誤)를 양면(兩面)에서 범(犯)하고 있는것입니다.[10]

그가 신심리주의 문학을 비판하는 가장 중요한 근거는 "그 형식型式, 즉 기교奇巧"에 지나치게 편중되어 있다는 것이다. 신심리주의 문학이 인간의 심리를 문학적 "탈선脫線"이라고 말할 수 있을 정도로 치밀하게 묘사하고 있지만, 이는 '살아 있는' 인간에 대한 현실적인 묘사가 아닐 뿐만 아니라 오히려 "산사람으로 하여금 유령幽靈을 만들어 놓는 것"이라고 주장한다. 이는 인간의 심리(의식/내면)의 묘사에만 치중한 나머지 현실적인 인간의 삶을 그리지 못했다는 사실을 비판한 것으로 볼 수 있다. 그리고 당시 세계문학의 흐름을 주도했던 대문호 에밀 졸라Emile Zola(1940~1902)와 제임스 조이스James Joyce(1882~1941)의 대표작 『나나』(1880)와 『율리시스』(1922)를 각각 "우리를 재웠고", "우리로 하여금 하품을 연발連發 시키는" 작품이라고 강력하게 비판한다. 이는 에밀 졸라와 제임스 조이스의 심리주의 소설이 근본적으로 현실적 삶의 내용의 '전달'보다는 심리 '묘사'에 치중함으로써 우리 삶에 "적극적인 역할役割"[11]을 수행할

---

10 위의 글, 468쪽.
11 김유정은 문학의 목적이 궁극적으로 "우리 인류사회에 적극적(積極的)으로 역할(役割)을 가

수 없다는 점에서 비롯된 것이다.

그러므로 김유정은 예술의 가치는 "그 전달 정도와 범위", 즉 '전달력과 범위(내용)'에 의해서 평가되어야 한다고 주장한다. 그는 "예술가에게는 예술가다운 감흥이 있고, 그 감흥은 표현을 목적하고 설레는 열정이 많"게 되며, "이 열정의 도度가 강하면 강할수록 그 비례로 전달이 완숙完熟하야 가는 것"이라고 주장한다.¹² 이는 문학에서 있어서 '표현'보다는 '전달', 그리고 전달하고자 하는 '내용'이 중요하다는 사실을 강조한 것이다. 이는 그가 문학을 하게 된 궁극적인 동기가 자신의 생각/인식(내용)을 타자(외부세계)에게 전달(소통)하는 것이었다는 사실과 밀접한 연관성을 갖고 있다.

여기서 그가 전달하고자 했던 문학의 내용은 '사랑'이다. 그는 오늘날의 인간의 삶은 "순전히 어지러운 난장판"이며, 이러한 불행을 극복하기 위해서는 삶에 대한 "새로운 모색"이 필요하다고 역설한다. 그리고 그 새로운 모색이 바로 '사랑'이라고 주장한다.

> 그러나 그 새로운 방법이란 무엇인지 나역 분명히 모릅니다. 다만 사랑에서 출발한 그 무엇이라는 막연한 개념이 있을 뿐입니다. 사랑, 하면 우리는 부질없이 예수를 연상하고, 또는 석가여래(釋迦如來)를 곳잘 들추어냅니다. 허나 그것은 사랑의 일부발현(一部發現)은 될지언정 사랑 거기에 대한 설명은 되지 못할겝니다. (…중략…)
> 그리고 다만 한가지 믿어지는 것은 사랑이란 어느 시대, 어느 사회에있어,

져오는 데 그 의미를 두어야 할 것"라고 말한다. 그리고 이러한 관점에서 '제임스 조이스의 『율리시스』보다 봉건시대의 소산이었던 『홍길동전』이 훨씬 더 예술적 가치를 지닌 작품'이라고 주장한다. 위의 글, 470쪽.

12 위의 글, 470쪽.

좀 더 많은 대중(大衆)을 우의적으로 한 끈에 꿸 수 있으면 있을스록 거기에 좀 더 위대한 생명을 갖게되는 것입니다.

오늘 우리의 최고이상(最高理想)은 그 위대한 사랑에 있는 것을 압니다. (…중략…)

나는 다만 그 위대한 사랑이 내포(內包)되지 못하는 한, 오늘의 예술이 바루 길을 들수 없고, 당신이 그걸 모르는 한, 당신은 그 완전한 사랑을 이내 모르고 말리라는 그것에 지나지 않을겝니다.[13]

김유정은 자신 역시 사랑이 무엇인지 분명하게 알 수는 없다고 말한다. 그러나 사람들이 사랑하면 연상하게 되는 "예수", "석가여래釋迦如來"는 '사랑의 일부 발현發現은 될 수 있을지언정 거기에 대한 근본적인 설명은 되지 못한다'고 주장한다. 그리고 사랑이란 "어느 시대, 어느 사회에 있어, 좀더 많은 대중大衆을 우의적으로 한 끈에 꿸 수 있으면 있을스록 거기에 좀 더 위대한 생명을 갖게 되는 것"이라고 강조한다. 여기서 "좀 더 많은 대중을 우의적으로 한 끈에 꿸 수 있"다는 것은 기본적으로 개인 간의 관계성의 회복을 의미한다. 이러한 측면에서 그에게 사랑이란 궁극적으로 상호 간의 "소외와 단절의 극복(이해/소통)"을 통한 관계성의 회복으로 볼 수 있다.

그는 오늘날의 바람직한 문학이란 바로 그 "위대한 사랑을 내포內包"하고 있어야 한다고 주장한다. 여기서 위대한 사랑이란 '소외와 단절의 극복'을 의미한다는 점에서, 그가 추구하는 이상적인 문학은 인간 간의 '소외와 단절의 극복'을 지향하는 문학이라고 볼 수 있다. 이러한 측면

---

13 위의 글, 471~472쪽.

에서 그에게 문학창작이란 뇌리 속에 뿌리 깊게 자리 잡고 있는 '염인증' 을 치료하는 행위로 볼 수 있다.[14]

3. 염인증과 소통에 대한 열망 '사이'
– 김유정의 가족에 대한 이중적 인식

　김유정 문학의 창작 동인은 염인증을 극복하고자 하는 열망이다. 그 가 염인증이라는 고질병을 갖게 된 것은 '돈'에 의해서 야기된 불행한 가 족사에서 비롯된 것이다. 이로 인해 그의 문학 작품들은 돈에 대한 욕망 때문에 일어나는 가족 간의 뿌리 깊은 불신과 증오, 단절/소외의식 등이 나타나기도 하고, 그럼에도 불구하고 가족 간의 소통과 가족을 재건하 고자 하는 열망이 나타나기도 한다. 즉 그의 문학작품들은 뿌리 깊은 염 인증과 소통에 대한 열망 사이에서 끊임없이 진동하는 모습을 보여준다.

　김유정 문학작품 중에서 대표적인 자전적 소설 「생의 반려」, 「형」은 그가 염인증을 앓게 된 근본적 원인이 가족이라는 사실이 구체적으로 나타난다는 점에서 주목해야 할 작품이다. 「슬픈 이야기」는 가족 중에 서도 부부 간의 극복할 수 없는 분리/단절의 양상을 형상화한 소설이 다. 이 작품은 부부 간의 분리/단절에 대한 김유정의 비판적 인식이 보

14　유인순은 김유정이 우울증을 치료하기 위해 문학을 창작했다고 주장했다(유인순, 「김유정 과 우울증」, 『김유정과의 동행』, 소명출판, 2014, 114~115쪽). 그러나 필자는 김유정의 우울 증이 다양한 원인을 갖고 있지만, 근본적으로 염인증에서 기인된 것으로 간주한다.

다 직접적으로 드러나 있다. 그리고 「야앵」은 분리/소외된 가족 간의 관계를 회복하고자 하는 열망, 혹은 가능성이 나타난 작품이다.

1) 염인증의 시작과 끝, 가족

김유정은 부유한 천석꾼의 막내아들로 태어났지만, 어린 나이에 부모를 모두 잃고, 고아가 되었을 뿐만 아니라 '돈' 때문에 벌어진 부자간의 불화/폭력, 그리고 가세가 기울어진 이후 빈곤으로 인한 누이와의 정신적 단절/분리의 경험은 가족이 곧 "저주"라는 극복할 수 없는 트라우마를 남겼던 것이다. 그리고 이 트라우마[15]는 그에게 인간 자체에 대한 회의/거부감/공포감, 즉 염인증이 자리 잡도록 만들었다고 볼 수 있다.

이러한 그의 정신적 트라우마는 그의 자전적 소설 「생의 반려」, 「형」, 「따라지」, 「연기」(1937.3) 등에 그대로 반영되어 있다. 「생의 반려」, 「형」은 남부러울 것 없었던 천석군의 가정이 '돈' 때문에 가족 간의 극렬한 대립/단절을 넘어서 완전히 해체되어 가는 과정이, 「따라지」는 '돈' 때문에 발생하게 되는 남매 간의 단절/분리의 양상이, 그리고 「연기」는 '돈' 때문에 벌어지게 되는 남매 간의 단절과 해프닝이 형상화되어 있다. 이 중에서도 「생의 반려」와 「형」은 김유정이 왜 가족을 저주하게 되었으며, 왜 염인증이 자리 잡게 되었는지가 가장 구체적으로 드러나 있

---

15 트라우마는 한 인간이 감당할 수 없는 강한 자극이나 충격에 의해 입게 되는 정신적 상처로 볼 수 있다. 이러한 트라우마는 강박 상태로부터 벗어나지 못할 경우 노이로제가 되며, 노이로제로 발전한 트라우마는 일상생활에서 불안, 초조, 긴장 상태 등의 이상행동으로 나타난다. 이로 인해 원만한 인간 관계가 불가능해진다. 권성훈, 「트라우마 극복으로서의 치유적 글쓰기 연구—유영철과 이승하의 편지 모음집 비교 고찰」, 『비평문학』 42, 한국비평문학회, 2011.12, 86쪽; 지그문드 프로이트, 박찬부 역, 『쾌락원칙을 넘어서』, 열린책들, 1997, 16쪽.

다는 점에서 보다 세밀하게 분석해 볼 필요가 있다.

「생의 반려」와 「형」은 자전적 소설이다. 이 작품들은 그의 가족구성원들, 즉 '무뚝뚝한 수전노' 아버지, 폭력적이고 이기적인 형과 무력한 누이들, 그리고 막내아들 김유정 자신의 모습과 김유정이 사랑했던 기생 박녹주와의 관계, 그리고 가족 간의 극렬한 갈등 원인 및 이후 삶의 양상 등 그의 불행한 개인사가 그대로 반영되어 있다.

먼저 「형」은 주로 아버지와 형의 인간적 면모 및 그들 간의 갈등 원인과 폭력적 양상이 가장 구체적으로 나타난 소설이다. 가족 간의 갈등의 근본적 원인은 '돈'이다. 집안의 큰 형은 부잣집 아들답게 난봉이 났고, 아버지는 아들의 난봉에 따르는 비용을 부담할 수 있는 능력이 있음에도 불구하고, 그에게 한 푼의 돈도 주지 않았다는 데서 부자간의 '살육전'과도 같은 갈등과 폭력이 발생하게 된다.

> 아버지가 형님에게 칼을 던진 것이 정통을 때렸으면 그 자리에 엎뎌질 것을 요행 뜻밖에 몸을 비켜서 땅에 떨어질제 나는 다르르 떨었다. 이것이 십오성상을 지난 묵은 기억이다. 마는 그 인상은 언제나 나의가슴에 새로웠다. 내가 슬플 때, 고적할 때, 눈물이 흐를 때, 혹은 내가 자라난 그 가정을 저주할 때, 제일 처음 나의 몸을 쏘아드는 화살이 이것이다. 이제로는 과거의 일이나 열 살이 채 못된 어린몸으로 목도하였을제 나는 그 얼마나 간담을 조렸든가[16]

아버지와 형의 갈등은 가족 간의 일반적인 갈등이 아닌 '칼'이 날아다니는 수준이었고, 이러한 공포스러운 기억은 가족에 대한 극복할 수 없

---

16 「형」, 『전집』(개정판), 376쪽. 원작은『광업조선』(1939.11, 64~72쪽)에 수록.

는 트라우마로 자리 잡게 되었던 것이다. 흥미로운 점은 아버지와 형의 관계가 지닌 이중성이다. 그들은 '돈' 때문에 서로 피를 볼 정도의 극단적 갈등을 겪었지만, 가족 구성원 중 그 누구보다 서로 깊은 애정을 지니고 있었다. 애초 형은 아버지를 극진히 모셨으며, 이후 '돈'으로 인해 아버지와 갈등을 빚었지만, 아버지가 임종하시려 하자 자신의 손가락을 깨물어 피를 먹일 정도로 "남 많으지 못할만치 지극히 효성스러웠"던 면모를 지닌 인물이었다. 즉 그의 형은 '효자이자, 불효자'였던 것이다. 아버지 역시 '뚝뚝한 수전노'이자, 자애로운 아버지의 모습을 동시에 지니고 있었다. 이러한 가족들의 이중적인 면모로 인해서, 김유정은 가족에 대한 양가적 감정(사랑과 증오)을 갖게 되었던 것이다.[17]

반면 「생의 반려」는 아버지 사후 남겨진 가족들, 즉 형과 누이, 그리고 자신의 분리/단절의 과정, 그리고 염인증의 발병원인과 염인증을 극복하기 위한 열망이 드러난 작품이다. 이 소설의 주인공 명렬군은 김유정의 전기적 사실과 일치되는 인물이라는 점에서 그의 분신으로 볼 수 있다.

그는 어려서 양친을 다 여이었다. 그리고 제 풀로 돌아다니며 눈칫밥에 자라난 소년이었다. 그러면 그의 염인증도 여기에 뿌리를 박았을지도 모른다.

그에게는 형님이 한분 있었다. 주색에 잠기어 밤낮을 모르고 남봉군이었다. 그리고 자기 일신을 위하얀 열사람의 가족이 희생을 하라는 무지한 폭군이었다. 그는 아무 교양도 없었고 지식도 없었다. 다만 그의 앞에는 수십만의 철량이 있어 그 폭행을 조장할 뿐이었다.[18]

---

17 김유정의 가족(아버지, 형, 누나 등)에 대한 양가적 감정은 앞서 언급했듯이 김유정이 우울증을 앓게 된 근본적인 원인으로 볼 수 있다.
18 「생의 반려」, 『전집』(개정판), 258쪽. 원작은 『중앙』(조선중앙일보사, 1936.7~9)에 수록.

명렬군은 돈 문제로 형과 극렬한 갈등을 빚었던 아버지마저 돌아가시게 되자, 아무런 교양과 지식 없이 난봉과 폭력만을 일삼는 큰형으로 인해서 불행한 어린 시절을 보냈을 뿐만 아니라, 큰 형에게 모든 재산을 빼앗긴 채 시집에서 쫓겨난 누이와 독립하여 함께 살게 된다. 처음에는 누이와 독립한다는 사실이 드디어 살 길을 찾은 듯이 기뻤지만, 그는 경제적 무능력으로 인해 누이와의 생활 역시 근본적인 의미에서 공포스럽기는 마찬가지였다. 그들은 누이가 경무과분실 양복부 직공으로 일한 월급으로 먹고 살 수 있었다. 그런데 그녀는 자신이 '돈'을 번다는 이유로 공장에서 여성이기 때문에, 또는 노동자이기 때문에 받게 되는 굴욕감, 그리고 고된 노동으로 인해 쌓이게 된 히스테리를 모두 명렬군에게 풀었다. 말하자면 그는 누이의 "밥을 얻어먹고 그녀의 분풀이로 사용되는 한 노동자"[19]에 지나지 않았던 것이다.

> 그는 동생을 결코 완력으로 들볶지 않았다. 그것보다는 은근히 빗대놓고 비양거리어 불안스럽게 구는 것이 동생을 괴롭히기에 좀더 효과적인 까닭이었다.
> 완력을 쓰면 동생의 표정은 씸씸하였다. 그러나 이렇게 밸을 긁어놓으면 그는 얼골이 해쓱해지며 금세 대들 듯이 두 주먹을 부루루 떨었다. 그러면서도 누님에게 감히 덤비지는 못하고 마는것이다."
> 이 묘한 표정을 누님은 흡족히 향낙하였다. (…중략…)
> 명렬군은 여기에서 누님을 몹시 증오하였다. 누님이 그의 앞으로 그릇을 팽개치고 대들어, 옷가슴을 잡아뜯을 때에는 그 병으로 돌리고 그대로 용서

---

19 위의 글, 262쪽.

하였다. 그리고 묵묵히 대문밖으로 나가버리고 마는 것이다. 마는 이렇게 간 죽어리고 앉어서 차근차근 비위를 긁는 데는, 그는 그 속에서 간악한 그리고 추악한, 한 개의 악마를 보는 것이다.[20]

그렇다면 그의 누이가 이렇게 폭력적으로 변하게 된 요인은 무엇일까? 이는 그녀 역시 가정 내 폭력의 피해자였다는 사실과 밀접한 연관성을 갖고 있었다. 그녀는 시집에서 쫓겨나와 친정집으로 돌아왔지만, 출가외인이 친정의 밥을 먹는다는 이유로 큰오빠에게 무자비한 폭력을 당한 끝에 거리로 쫓겨난 인물이다. 시댁에서도, 친정에서도 그녀는 '돈'이 없었기 때문에 모든 불합리한 폭력을 감내해야만 했던 것이다. 그랬던 자신이 동생보다 경제적 우위에 있게 되자, 무능력한 동생에게 정신적 폭력을 행사하게 된다. 즉 그녀는 가족 간의 폭력을 대물림하고 있었던 것이다. 이로 인해 명렬군은 누이를 '간악하고, 추악한 한 개의 악마'로 여기게 된다. 이처럼 그가 성장한 가정은 가족 간의 따뜻한 배려나 애정이 넘치는 공간이 아니라 상대방에 대한 불합리한 폭력과 증오가 난무하는 공간이었고, 가족 간의 관계는 완전히 단절되어 있었다.

이러한 불행한 가정사는 그의 염인증의 근본적인 원인이었을 뿐만 아니라, 염인증을 극복하고자 하는 절박한 동기를 제공해 주게 된다. 그는 가족 간의 단절/분리로 인해서 끔찍한 고통과 우울의 정점에 서 있을 때, 명주라는 그다지 아름답지도, 젊지도 않은 기생에게 완전히 마음을 빼앗기게 된다.

---

20 위의 글, 275~276쪽.

그가 명주를 처음 본 것은 작년 가을이었다. 수은동 근처에서 오후 한시 경이라고 시간까지 외고 있는 것이다.

그가 집의 일로하야 봉익동엘 다녀 나올 때 조고만 손대여를 들고 목욕탕에서 나오는 한 여인이 있었다. 화장 안한 얼골은 창백하게 바랬고 무슨 병이 있는지 몹시 수척한 몸이었다. 눈에는 수심이 가득히 차서, 그러나 무표정한 낯으로 먼 하눌을 바라본다. 흰 저고리에 흰 치마를 훑어안고는 땅이라도 꺼질가봐 이렇게 찬찬히 걸어 나려오는것이었다.

그 모양이 세상고락에 몇벌 씻겨나온, 따라 인제는 삶의 흥미를 잃은 사람이었다.

명렬군은 저도 모르고 물론 딿아갔다. 그 집에까지 와서 안으로 놓쳐버리고는 그는 제넋을 잃은 듯이 한참 멍하고 서있었다.[21]

그는 우연히 길거리에서 "조고만 손대여를 들고, 목욕탕에서 나오는 한 여인"을 보게 되는데, 그녀의 '화장하지 않은 창백한 얼굴과 무슨 병이 있을 것 같은 몹시 수척한 몸', 그리고 그 모양새가 '세상 고락에 몇 벌 씻겨 나온, 인제는 삶의 흥미를 잃은' 듯한 모습을 보고, 저도 모르게 그녀를 따라가게 된다. 그리고 그녀의 외모와는 상관없이 명주를 '연모하기 시작'한다. 이처럼 그가 명주라는 기생에게 온전히 마음을 빼앗기게 된 것은 삶에 '지친' 듯한, '흥미'를 잃은 듯한 그녀의 모습에서 자신의 모습을 발견했기 때문이다. 자신과 그녀가 동일하게 고통스러운 삶을 살고 있다는 인식, 즉 그녀와의 소통/공감의 가능성이 그로 하여금 그녀를 무작정 사랑하도록 만들었던 것이다. 이는 그녀와의 소통/공감을 통해서

---

21 위의 글, 252쪽.

가족 간의 단절/분리에 의한 고통을 극복하고자 했던 것으로 볼 수 있다.

이처럼 주인공 명렬군의 염인증은 가족 내의 단절/분리에서 시작되었지만, 가족 내의 단절/분리에서 발생하는 극심한 고통과 절망은 염인증을 극복하고 타자와의 소통/공감의 단계로 진입하고자 하는 열망을 작동시키는 근본적인 동인으로 작용하게 된다.

2) 도달할 수 없는 가족 간의 거리

김유정 문학에서 가족 간의 단절/분리의 문제는 보통 부부관계에 초점이 맞춰져 있다. 이는 가족이란 기본적으로 부부로 구성된다는 인식이 반영된 것으로 볼 수 있다.

그는 수필 「어떤 부인을 마지할까」(1936.5), 그리고 단편소설 「봄・봄」(1935.12), 「옥토끼」(1936.7) 등을 통해서 아내(가족)를 얻고자 하는 열망을 꾸준히 드러낸 바 있다. 그럼에도 불구하고, 그는 과거 경험했었던 가족에 대한 트라우마로 인해서 생의 반려가 되는 행복한 부부의 모습보다는 단절/분리로 고통받는 부부의 모습을 소설로 형상화된다. 이러한 경향을 보여주는 대표적인 작품이 「소낙비」(1935.1), 「솟」(1935.9), 「슬픈 이야기」(1936.12)이다(이후 제목은 현대어로 표기함). 「소낙비」, 「솟」은 '돈' 때문에 겪게 되는 부부의 단절/분리의 문제를 형상화한 소설이다. 반면 「슬픈 이야기」는 아내(가족)를 얻고자 하는 열망과 현실 속에서 돈에 의해서 발생하게 되는 부부 간의 단절/분리의 모습이 동시에 나타나는 소설이다. 이 작품은 다른 작품과는 달리 부부 간의 단절/분리의 비극성과 불합리성에 대한 작가의 비판적 시각이 직접적으로 제시된다는 점에서 주목할 필요가 있다.

「슬픈 이야기」의 주인공 '나'는 늦은 나이에도 불구하고 아직 장가도 가지 못한 채 사글셋방을 전전하는 인물이다.

> 그것두 일테면 내가 안해를 가졌다 하고 그리고 나도 저와같이 안해와 툭 축어릴 수 있다면 혹 모르겟다, 장가를 들었어도 얼마든지 좋을 수 있을만치 나이가 그토록 지났는대도 어쩌는 수 없이 사글셋방에서 이렇게 홀로 둥글 둥글 지내는 놈을 옆방에다 두고 즈이끼리만 내외가 투닥닥 투닥닥, 하고 또 끼익, 끼익, 하고 이러는 것은 썩 잘못된 생각이다. 요즘 같은 쓸쓸한 가을철 에는 웬 셈인지 자꾸만 슬퍼지고, 외로워지고, 이래서 밤잠이 제대로 와주지 않는 것이 결코 나의 죄는 아니다.[22]

그는 가난할 뿐만 아니라 "요즘 같은 쓸쓸한 가을철에는 웬 셈인지 자꾸만 슬퍼지고, 외로워지고, 밤잠이 제대로 와주지 않는", 즉 외로움 에 지친 인물이다. 이러한 가난과 외로움 이외에도 그에게 하나의 큰 고 통이 있었는데, 그것은 옆방의 부부가 밤이면 밤마다 싸움을 하기 때문 에 밤에 도저히 잠을 이룰 수가 없다는 것이다. 이들의 부부싸움은 서로 다투는 것이 아니라 남편이 아내에게 일방적으로 폭력을 행사하고, 아 내는 미련하게도 그 폭력을 자신의 주어진 운명인 양 감내하는 방식으 로 반복된다. 이렇게 남편이 이유 없이 무던한 아내에게 폭력을 쓰는 이 유는 '돈'에 의해서 자각하게 된 '새로운 욕망' 때문이다.

---

22 「슬픈 이야기」, 『전집』(개정판), 293쪽. 원작은 『여성』(1936. 12)에 수록.

이 노파의 말을 들어보면 저놈이 십삼 년 동안이나 전차운전수로 있다가 올에서야 겨우 감독이 된 것이라는데 그까짓 걸 바아루 무슨 정승판서나 한것같이 곤내질을 하며 동리로 돌아치는 건 글런대로 봐준다 하드라도 갑작스리 무슨 지랄병이 났는지 여학생 장가 좀 들겠다고 안해보고 너 같은 시골띠기허구 살면 내 낯이 깍인다, 하여 어여 친정으로 가라고 줄청같이 들볶는 모양이니 이건 짜정 괘씸하다. 제가 시골서 처음 올라와서 전차운전수가 되어가지고, 지금 사람이 온체 착실해서 돈도 무던히 모았다고 요 통안서 소문이 자자하게 난 그 저금 팔백원이라나 얼마라나를 모으기 시작할 때 어떻게 생각하면 밤일에서 늦게돌아오다가 속이 후출하야 다른 동무들은 냉면을 먹고, 설렁탕을 먹고, 하는 것을 놈은 홀로 집으로 돌아와 이불속에서 언제나 잊지않고 똑 대추 두 개로만 요기를 하고는 그대로 자고자고 한 그덕도 있거니와 엄동에 목도리 장갑, 하나없이 그리고 겹저고리로 떨면서 아츰 저녁 격금내기로 변또를 부치러 다니든 그 안해의 피땀이 안들고야 그 칠팔백 원 돈이 어디서 떨어지는가.[23]

옆방 남편은 전차운전수가 되어 부인과 시골에서 상경한 후, "십삼 년 동안이나 전차운전수로 있다가 올에서야 겨우 감독이 된" 인물이다. 그는 자신의 승진을 과거 정승판서가 된 것처럼 의기양양했는데, 그 이후 "여학생 장가"를 들겠다며 원래의 조강지처를 내쫓기 위해 밤마다 패기 시작했던 것이다. 그가 십년 이상을 동거동락하고, 아들까지 낳아 준 조강지처를 버리고, 신여성을 얻고자 욕심을 부리게 된 이유는 역시 '돈'에 있었다. 그는 밤 근무를 끝내고 돌아오는 길에도 다른 동료들이 냉면이나 설렁탕을 사먹을 때, 그냥 집으로 돌아와 이불 속에서 단 대추

---

23 위의 글, 296~297쪽.

두 개로 허기를 달래고 잠에 들었으며, 아내 역시 엄동에 목도리, 장갑 하나 없이 겹저고리로 떨면서도 아침, 저녁으로 남편에게 "변또"를 전해 주었다. 이러한 부부의 노력으로, 그는 "칠팔백원의 돈"을 모았던 것이다. 그리고 이 "칠팔백원의 돈"이 남편으로 하여금 과거 가난한 시절에는 상상할 수도 없었던 "여학생과의 신가정"을 꿈꾸게 만들었던 것이다. 이처럼 그의 아내에 대한 일방적인 폭력의 배후에는 '돈'에 의해서 만들어진 새로운 욕망이 자리 잡고 있었다.

이러한 불합리하고, 비극적인 상황을 목도하게 된 주인공 '나'는 자신이 이대로 그의 아내가 맞는 것을 두고 보는 것은 "인륜에 벗어나는 일이라 생각하고", 그 남편을 만나 잘못을 꾸짖고자 한다. '나'란 인물이 옆집 부부를 수동적으로 그냥 지켜만 보는 데서, 그들의 문제를 해결하고자 적극적으로 행동하기 시작한 것이다. 그러나 주인공의 이러한 노력은 오히려 상황을 악화시켰을 뿐만 아니라, 그가 전차감독관의 아내에게 다른 맘을 갖고 있는 것으로 오해를 받게 만든다. 이후 그는 옆집 부부(가족)의 문제를 해결해 주고자 하는 자신의 노력이 완전히 수포로 돌아갔으며, 그의 노력에 의해서 전혀 개선될 수 없다는 사실을 깨닫게 되자 자신의 사글셋방을 스스로 떠나게 된다.

내가 아내를 갖든지 그렇잖으면 이놈의 신당리를 떠나든지, 이러는 수밖에 별도리 없으리라고 마음을 먹고는 내방으로 부루루 들어와 이부자리며 옷가지를 거듬거듬 뭉치고 있는 것을 한옆에서 수상히 보고 서 있든 주인 노파가 눈을 찌긋이 그 왜 짐을 묶소, 하고 묻는것까지도 내 맘을 저 대로 몰라주는듯하야 오즉 야속한 생각만이 들 뿐이므로 난 오늘 떠납니다, 하고 투박한 한마디로 끊어버렸다.[24]

이처럼 주인공이 자신이 살던 사글셋방을 떠난다는 설정은 자신의 노력으로 옆집 부부의 돈에 의한 단절/분리와 이로 인한 고통/불행이 전혀 개선될 수 없다는 사실에서 비롯된 것이다. 그럼에도 불구하고 '나'란 인물의 적극적 행동이 중요한 의미를 갖는 것은 그가 작가 김유정의 분신이라는 사실에 있다. 김유정은 과거 가족 간의 문제가 발생했을 때 그 문제를 적극적으로 해결하기보다는 그 상황에 수동적으로 순응했었던 무력한 인물이었다. 8남매 중의 막내로 태어났다는 사실은 그가 가족 간의 문제에 적극적으로 대처할 수 없었던 이유이기도 했다. 그러나 보다 근본적인 이유는 그가 가족 간의 문제에 봉착했을 때 그 문제를 해결하기 위해서 특정한 대상과 적극적으로 소통하고자 노력하기에는 그의 내면 깊숙이 '염인증'이 뿌리 깊게 자리잡고 있었던 것이다. 즉 그의 염인증은 소통을 통해 가족 간의 문제를 해결하고자 하는 노력을 차단시키고, 그를 더욱더 소극적이고, 방관자적인 인물로 만들었던 것이다.

그러므로 그가 비록 서툴지만 다른 가족의 문제를 적극적으로 해결하고자 행동하는 인물을 소설에 등장시켰다는 것은 스스로 염인증을 극복하고, 외부세계와 소통하고자 하는 열망을 보여준다는 측면에서 큰 의미를 지니고 있다고 볼 수 있다.

---

24 위의 글, 301쪽.

3) 소통에 대한 열망과 가족으로의 회귀

김유정이 가족 간의 단절/분리로 인해 생긴 '염인증'을 극복하는 방식은 가족의 재건이다. 그가 실제 삶에서 특정 여성에게 집착에 가까울 정도로 몰두하고, 그의 문학 역시 남녀 간의 연애/사랑 또는 부부(생활)라는 주제에 초점을 두었던 것은 이와 같은 맥락에서 이해할 수 있을 것이다. 이러한 그의 연애/사랑/결혼에 대한 열망은 수필 「어떤 부인을 마지할까」(1936.5)에서 보다 명확하고, 구체적으로 나타난다.

나는 숙명적으로 사람을 싫어합니다. 다시 말하면 사람을 두려워한다는 것이 좀 더 적절할는지 모릅니다. 늘 주위의 인물을 경계하는 버릇이 있읍니다. 그 버릇이 결국에는 말없는 우울을 낳습니다.

그리고 상당한 폐결핵입니다. 최근에는 매일같이 피를 토합니다.

나와 똑같이 우울한 그리고 나와 똑같이 피를 토하는 그런 여성이 있다면 한번 만나고 싶습니다. 나는 그를 한없이 존경하겠읍니다. 왜냐하면 나는 내 자신이 무언가를 그 여성에게 배울 수 있으리라고 기대하기 때문입니다.

이렇게 되면 이건 연애가 아닐지도 모릅니다. 단순히 서로 이해할 수 있는 한 동무라 하겠읍니다. 마는 다시 생각컨대 이성의 애정이란 여기에서 비로소 출발하는 것이 아닐가 합니다.

그리고 나에게 그런 특권이 있다면 나는 그를 사랑하겠읍니다. 결혼까지 이르게 된다면 더욱 감축할 일입니다.[25]

---

25 「어떤 부인을 마지할까」, 『전집』(개정판), 428쪽. 원작은 『여성』(조선일보사, 1936.5)에 수록.

    김유정은 자신이 "숙명적으로 사람을 싫어"하고, "늘 주위의 인간을 경계하는 버릇이 있"으며, "그 버릇이 결국에는 말 없는 우울을 낳"는다고 말한다. 그리고 자신이 폐결핵을 앓고 있으며, "최근에는 매일 같이 피를 토"하고 있지만, 만약 자신과 "똑 같이 우울한 그리고 똑 같이 피를 토하는 그런 여성이 있다면 한번 만나고 싶"고, 자신에게 "그런 특권이 있다면, 그를 사랑하고, 결혼"하고 싶다고 토로한다. 이러한 그의 진술한 말을 통해서, 그의 염인증으로 인한 고통과 불행은 타자와의 소통을 통해서만이 치유될 수 있으며, 연애/사랑/결혼은 그에게 있어서 소통에 이르기 위한, 혹은 소통의 과정이라는 사실을 알 수 있다.

    그러한 의미에서 그에게 '연애/사랑/결혼'에 의한 '가족'의 형성은 무엇보다 중요한 의미를 지닐 수밖에 없다. 그러나 그의 문학 작품은 (그의 실제 삶과 같이) 가족이 대체로 '돈'으로 인해 해체되는 양상을 보여주는데, 이러한 경향과는 달리 해체되었던 가족이 재건될 수 있는 가능성을 보여주는 유일한 작품이 「야앵」이다. 이 작품은 김유정이 지향하는 가족/가정에 대한 바람직한 상이 제시되어 있다는 점에서 큰 의미를 지니고 있다고 볼 수 있다.[26]

    이 소설은 까페 여급으로 근무하는 정숙, 경자, 영애 등의 세 명의 여성이 등장하는데, 이중 주인공은 정숙이다. 정숙은 경자, 영애와는 달리 원래 결혼해서 딸까지 두었던 인물이다. 그러나 어느 날 '순사'였던 남편이 실직하게 된 후 그녀의 가정은 급속도로 붕괴된다.

---

26 홍순애는 김유정 소설에 나타난 '家' 형성과 존속의 향상을 고찰하고, 식민지 자본구조와 사법제도 안에서의 김유정식 半가족주의를 고찰하였다. 그는 김유정 소설에서 나타나는 가족주의는 "전통적인 가족주의에 함몰되지 않는 가족, 가장권과 부권 대신 단위가족 형태의 부권에 의한 '家'를 형성하는 半가족주의"라고 주장한다. 홍순애, 「김유정 소설의 半가족주의와 '家' 형성 · 존속의 이데올로기」, 『서강인문논총』 제43집, 서강대 인문과학연구소, 2015.8.

(…중략…) 난 직접 보질못해 모르지만 정숙이언니 이야기를 들어보면 고생두 요만조만이 안했나보드나, 집에서 안해는 먹을 것이 없어서 굶고앉았는데 이건 젊은 놈이 밤낮 술이래, 저두 가난하니까 어디 술 먹을 돈이 있겠니, 아마 친구들집을 찾아가서 이러저래 얻어먹구는 밤중이 돼서야 비틀거리고 들어오나보드라, 그런데 집에 들어와서는 안해가 뭐래두 이렇다 대답 한마디 없고 벙어리처럼 그냥 쓰러저 잠만자, 그뿐이냐 집에 붙어있기가 왜 그렇게 싫은지 아츰 훤해서 나가면 밤중에나 들어오고 또 담날도 훤해 나가고헌대, 그러니까 안해는 그걸 붙들고 앉아서 조용히 말한마디 해볼 겨를이 없지, 살림두 그러지, 안팍이 손이 맞어야 되지 혼자 애쓴다구 되니?[27]

그녀의 남편은 본래 똑똑한 인물로서 가정에서도 자상한 인물이었지만, 실직 후 완전히 폐인으로 전락하게 된다. 그는 아내가 집에서 어린 딸과 굶고 있는데도, 친구들과 어울리며 술을 얻어먹고, 밤중에서야 집에 들어오는 무력한 생활을 반복하게 된다. 그는 갑작스러운 실업으로 인해 맞닥뜨리게 된 가난을 극복하기 위해 적극적으로 노력하기보다는 가족을 도외시한 채 스스로 타락한 생활을 하고 있었던 것이다. 이러한 생활이 지속되자 정숙은 더 이상 견디지 못하고 남편과의 이혼을 선언하게 되고, 남편을 떠나 딸과의 새로운 삶을 모색하게 된다. 여기서 중요한 점은 이들의 가정이 붕괴된 근본적인 원인이 '돈'보다는 부부 간의 '단절/분리'에 기인되었다는 점이다. 물론 남편의 실직으로 인해 가정의 경제가 어려워졌지만, 아내로 하여금 이혼을 결심하게 만든 것은 '벙어리'처럼 아내와의 소통을 차단했던 남편의 태도에 있었던 것이다.

---

27 「야앵(夜櫻)」, 『전집』(개정판), 231쪽. 원작은 『조광』(1936.7)에 수록.

이혼 이후 정숙은 여러 일을 전전하면서 어렵게 어린 딸을 키우게 되지만, 먹고 살기 위해 정신없이 극장 광고지를 돌리는 와중에 그 딸마저도 잃어버리게 된다. 그녀는 자신의 삶의 유일한 희망이었던 딸을 잃게 되자, 삶의 의미를 잃어버린 채 눈물로 세월을 보내게 된다. 그러던 어느 날 같은 까페여급인 경자, 영애와 우연히 꽃구경을 갔다가 "병객인 듯 싶은, 힌 두루마기에 중절모를 눌러쓴 사나이"와 "조선옷에 단발한 게집애"를 만나게 되는데, 이들이 이혼한 전 남편과 잃어버린 딸이었다. 이 우연한 만남을 통해서 그녀의 남편이 어린 딸을 자신 몰래 데려다 키웠다는 사실을 알게 된다.

(자식이 그렇게 구엽다면 그걸 낳아놓은 안해두 좀 구여울텐데?) 하고 지내온 일의 갈피를 찾아보다가 그래도 비록 말은 없었다 하드라도 안해도 속으로는 사랑하리라고 굳이 이렇게 믿어보고 싶었다. 어쩌다 그렇게 되었는지 병까지 든걸 보면 그동안 고생은 무던히 한 듯 싶고 그렇다면 전일에 밤늦게 들어와 쓰러진 사람을 멱살잽이를 하야 일으켜서는 들볶든 그것도 잘못하였고 술 먹었으니 아츰은 고만두라고 하며 마악 먹으르드는 콩나물을 땅으로 내던진 그것도 잘못하였고, 일일이 후회가 날뿐이었다. 즈 아버지를 그토록 푸대접을 하였으니 게집애만 하드라도 에미를 탐탁히 여겨주지 않는 것이 당연하지 않을까. 생각하니 더욱 큰 서름이 북받처오른다. 그러나 내일 아츰에는 일즉 찾아가서 전사일을 모조리 잘못하였다고 정성껏 사과하고, 그리고 앞으로는 암만 굶드라도 끽소리 안하리라고 다짐까지 둔다면 혹시 사람의 일이니 다시 같이 살아줄는지 모르리라고[28]

---

28 위의 글, 239~240쪽.

정숙은 남편이 어려운 형편 속에서도 자신 몰래 어린 딸을 데려다 키웠다는 사실을 통해서, 그가 가족에 대해 완전히 무심했던 것이 아니라 사실은 표현하지 못했을지라도 남다른 애정을 갖고 있었다는 사실을 깨닫게 된다. 이를 계기로 그녀는 새로운 결심을 하게 된다. 그것은 바로 남편에게 찾아가 과거 자신이 무능력한 남편에게 했었던 모든 부끄러운 행동들에 대해 사과한 후, 그가 자신과 다시 살아준다면 "앞으로는 암만 굶드라도 끽소리 안하리라"는 것이다. 즉 그녀는 해체된 가정을 다시 재건하고자 한다.

여기서 주목할 점은 주인공 정숙이 더 이상 '돈'에 연연하지 않는 인물로 변했다는 사실이다. 남편의 실직으로 인한 '돈의 문제'는 부부가 단절/분리를 겪게 된 근본적인 원인이었으며, 그들의 가족을 해체시킨 핵심적인 원인이었다. 그럼에도 불구하고 그녀가 돈의 문제와는 상관없이 이전의 가족/가정으로 돌아가고자 결심한 것은 자신이 행복해질 수 있는 길이 결국 '돈'이 아닌 가족 간의 '소통'에 바탕을 둔 이해와 사랑에 있다는 것을 깨달았기 때문이다.

이처럼 이 소설은 가족 내의 단절/분리의 가장 근본적인 원인이 돈이지만, 그럼에도 불구하고 돈과 상관없이 소통을 통해 가족 간의 분리/단절을 극복하고 가족을 재건할 수 있는 가능성을 보여주고 있다.

4. 소외와 단절 없는 세상을 위하여

이 글에서는 김유정의 대표적인 자전 소설 「생의 반려」, 「형」과 「슬픈 이야기」, 「야앵」 등을 분석함으로써 그가 문학을 창작하게 된 근본적인 동인이 염인증을 극복하고자 하는 열망이며, 이로 인해 그의 문학은 인간에 대한 회의, 극복할 수 없는 인간 간의 소외/단절, 그리고 타자와의 소외/단절을 극복하고자 하는 열망이 혼종되어 나타난다는 사실을 고찰하였다.

김유정의 고질적인 염인증의 근원은 바로 가족이다. 누구보다 그에게 정신적 안식처가 되어 주어야만 하는 가족은 오히려 그의 정신적 우울과 불행의 근본적인 원인으로 자리 잡고 있었던 것이다. 그가 이러한 염인증을 극복하고, 단절된 외부세계와 소통하기 위한 수단으로 선택하게 된 것이 문학창작이다. 문학 창작은 그가 세상과 간접적으로 소통할 수 있는 가장 안전하면서도, 효과적인 매개체였던 것이다. 이로 인해 그는 문학의 '표현'보다는 '전달력'과 문학이 전달하는 내용(범위)을 중요시하게 된다. 그리고 그는 문학의 이상적 내용이 '사랑'이라고 주장한다. 여기서 '사랑'은 종교적인 의미의 사랑이나 남녀 간의 사랑이라기보다는 개인 간의 소외/단절의 극복을 통한 관계성의 회복이라고 볼 수 있다.

그의 문학은 이러한 소통에 대한 열망에 의해서 탄생된 것으로 볼 수 있다. 그의 대표적인 자전소설 「생의 반려」, 「형」은 그의 염인증의 시작과 끝이 바로 가족이라는 사실이 가장 구체적으로 나타난 작품이다. 이 소설들은 세상 아무 것도 부러울 것 없는 천석꾼 집안의 가족들이 '돈'에 대한 집착과 탐욕으로 인해 서로 간의 끔찍한 소외와 단절을 겪는 내용을 그린 작품이다. 즉 이 작품들은 김유정의 염인증의 근원이 불행한 가족사에서 비롯된 것이라는 사실이 구체적으로 나타나 있다. 「슬픈 이야기」는 작가 자신의 분신으로 볼 수 있는 '나'란 인물의 시선으로 '돈'에 의해서 이웃의 부부(가족)가 완전히 분리/단절되어 가는 양상을 그린 소설이다. 흥미로운 점은 이 소설의 주인공 '나'란 인물이 이 부부의 문제를 해결해 주기 위해서 적극적으로 개입하는 양상을 보여준다는 것이다. 물론 이 개입이 실패로 끝나기는 하지만, 나란 인물이 자신과 전혀 상관없는 인물들에게 관심을 갖고, 그들의 문제를 해결해 주기 위해 개입한다는 설정은 작가가 염인증을 극복하고 외부세계와 적극적으로 소통하고자 하는 의지의 표현이라는 측면에서 큰 의미를 지니고 있다. 그리고 「야앵」은 염인증을 극복하는 궁극적인 방식이 해체된 가족의 재건이라는 사실이 나타난 작품이다. 이 소설의 여주인공은 가난으로 인해서 부부 간의 갈등과 대립을 겪다가 이혼하게 되었지만, 우연한 기회에 헤어졌던 남편과 딸을 만나는 과정에서 가족 간의 '사랑'을 깨닫게 되고, 다시 이전의 가정을 회복하겠다는 의지를 보여준다. 여기서 가족의 재건은 해체된 가정의 회복이라는 의미뿐만 아니라 개인 간의 분리/단절의 극복과 관계성의 회복을 의미한다고 볼 수 있다.

위와 같이 김유정의 삶의 지향성과 문학적 지향성은 외부세계와의 소통과 관계성의 회복을 추구한다는 측면에서 공통점을 갖고 있다. 어린 시절 불행한 가족사에서 비롯된 '관계'에 대한 트라우마는 김유정으로 하여금 외부세계와 단절하도록 만들었고, 이러한 소외/단절의 고통을 극복하기 위해 문학 창작에 열중하게 되었던 것이다. 이러한 측면에서 그가 문학을 창작하는 과정은 타자와의 소통의 과정이자, 삶의 과정이며, 궁극적으로 소외와 단절 없는 세상을 꿈꾸는 과정이었다고 볼 수 있다.

참고문헌

1. 기본자료

김유정, 전신재 편, 『원본 김유정 전집』(개정판), 강, 2007.

박녹주, 「녹주, 나 너를 사랑한다」, 『문학사상』, 1973. 4.

2. 논문

김화경, 「말더듬이 김유정의 문학과 상상력」, 『현대소설연구』제32호, 한국현대소설학회, 2006. 12, 75 ~ 95쪽.

권성훈, 「트라우마 극복으로서의 치유적 글쓰기 연구 – 유영철과 이승하의 편지 모음전 비교 고찰」, 『비평문학』42, 한국비평문학회, 2011. 12, 81 ~ 115쪽.

송후림 · 박원명, 「기원과 개념의 변천」, 『우울증』, 시그마프레스, 2012.

유인순, 「김유정과 우울」, 『김유정과의 동행』, 소명출판, 2014.

＿＿＿＿, 「김유정의 우울증」, 『현대소설연구』제35호, 한국현대소설학회, 2007. 9.

이덕화, 「김유정 문학의 타자 윤리학과 서사구조」, 김유정학회 편, 『김유정과의 산책』, 소명출판, 2014.

＿＿＿＿, 「김유정의 '위대한 사랑'과 글쓰기를 통한 삶의 향유」, 『한국문예비평연구』43, 한국현대문예비평학회, 2014.

임정연, 「김유정 자기서사의 말하기 방식과 슬픔의 윤리」, 『현대소설연구』제56호, 한국현대소설학회, 2014. 8.

전신재, 「김유정의 '위대한 사랑'」, 『국어국문학』168호, 국어국문학회, 2014. 9.

조경덕, 「김유정 소설 쓰기와 자기 인식 – 「슬픈 이야기」, 「따라지」 분석」, 『한국문학이론과 비평』55, 한국문학이론과 비평학회, 2012. 6.

조남현, 「김유정 소설과 동시대 소설」, 『김유정의 귀환』, 소명출판, 2012.

조동길, 「김유정 창작 동력에 관한 연구」, 『한국문학이론과 비평』18-4, 한국문학이론과 비평학회, 2014. 12.

황태묵, 「김유정 소설에 나타난 '돈'」, 『우리문학연구』38, 우리문학회, 2013. 2.

홍순애, 「김유정 소설의 半가족주의와 '家' 형성 · 존속의 이데올로기」, 『서강인문논총』제

43집, 서강대 인문과학연구소, 2015.8.

홍혜원, 「폭력의 구조와 소설적 진실 — 김유정 소설을 중심으로」, 『현대소설연구』 제47호, 한국현대소설학회, 2011.8.

최원식, 「이야기꾼 이후의 이야기꾼」, 김유정기념사업회 편, 『한국의 이야기판 문화』, 소명출판, 2012.

2. 단행본

김유정학회 편, 『김유정과의 만남』, 소명출판, 2013.

박세현, 『김유정의 소설세계』, 국학자료원, 1998.

유인순 외, 『김유정과 동시대 문학 연구』, 소명출판, 2013.

줄리아 크리스테바, 김인환 역, 『검은 태양』, 동문선, 2004.

지그문트 프로이트, 박찬부 역, 『쾌락원칙을 넘어서』, 열린책들, 1997.

제3부 /

김유정 문학의 성과 속

김유정, 돈을 위해

1. 서론

사망하기 열하루 전 김유정은 안회남에게 보낸 편지에서 "돈이 시급히 필요하다"[1]라고 토로한다. 그는 돈 백 원이 생기면 닭 삼십 마리를 고아먹은 후 살모사와 구렁이 십여 마리를 땅꾼에게 조달하여 먹어 보겠다고 한다. "그래야 내가 살아날 것"[2]이라고 장담한다. 지병인 폐결핵이 악화되어 죽음이 임박한 시점에서 그는 돈만 있으면 살 수 있다고 믿는다. 돈의 위력에 대한 그의 신뢰는 가히 절대적이다. 그러나 그의 수중에는 돈이

---

* 이 글은 『비평문학』 64, 2017.6에 게재되었던 논문을 재수록한 것이다.
1 김유정, 전신재 편, 『원본 김유정전집』, 한림대 출판부, 1987, 451쪽. 이하 『전집』으로 표기한다.
2 『전집』, 452쪽.

김유정, 돈을 위해 | 강헌국 **195**

없다. "돈, 돈"을 외는 그의 음성에서 돈에 대한 간절한 염원이 드러난다.

돈의 유무에 생사의 문제를 직결시키는 사고방식에서는 그 어떤 가치도 돈보다 우선하지 못한다. 상기한 편지에서 김유정은 돈을 벌기 위해 탐정소설을 번역하겠다고 한다. 그런 그에게 순문학을 저버리고 대중문학을 선택했다고 비난한다면 배부른 소리가 된다. 안회남이 우정을 증명하는 최선의 방법은 김유정이 돈을 벌도록 돕는 것이다. 그 관계에서는 문학도 우정도 돈보다 우선할 수 없고 돈이 있어야 비로소 그 가치가 존중된다. 어디 문학과 우정뿐이겠는가. 가족도 거기서 예외일 수 없다. 자전적 작품 격인 「형」에서 김유정은 돈 때문에 극한의 대립 상태로 치닫는 부자 관계를 보여준다. 작중에서 '살육전'으로 일컬어질 만큼 돈을 두고 벌어지는 부자간의 갈등은 심각하다. 금전적 수익에 반한다면 아버지의 자애도 아들의 효성도 발현되지 않는다. 심지어 아버지가 아들에게 식칼을 던지는 일이 벌어지기도 한다. 아버지가 죽은 후 아들은 유산을 독차지하기 위해 동생들에게 잔혹한 폭행을 일삼는다. 돈 앞에서는 형제간의 우애도 무력하다.

안회남에게 쓴 편지에서 김유정이 표명한 금전관을, 죽음을 앞둔 이의 절박한 심정에 한정시켜 유보적으로 판단하는 것은 타당하지 않다. 「형」은 김유정이 돈의 가공할 위력을 일찍부터 체험하고 있었다는 사실을 입증한다. 그 체험이 그의 소설 도처에서 드러나는 금전적 관심과 무관하지 않다. 작품마다 정도의 차이는 있지만 그의 거의 모든 소설이 돈과 관련을 맺는다. 물론 돈에 대한 관심은 당대 소설의 보편적 현상이라서 비단 김유정의 경우에 국한되지 않는다. 일제의 수탈로 사회에 빈궁이 만연해 있었고 작가들은 대체로 가난했다. 금전적 보상이 약속되지 않은 창작 활동을 하면서 가난에 시달리는 작가들에게 자본주의가 불러

온 황금만능의 세태는 개인적으로나 사회적으로 모순된 상황 인식을 갖게 하였고 자연스럽게 돈과 관련한 문제에 관심을 기울이게 했다. 이광수와 염상섭, 현진건, 채만식, 박태원 등의 소설들에서 돈을 둘러싼 사건의 사례는 매우 흔하다. 그 소설들에서 돈은 본질적 가치들과 비교되어 부정적으로 파악된다. 인간성, 민족, 사랑, 예술 등은 돈으로 값을 매길 수 없어서 돈보다 소중하다는 주장이 개진된다. 가령 이광수는 「재생」을 비롯한 일련의 작품들에서 황금만능의 세태에 대해 정신적 사랑의 고결함을 옹호하고, 염상섭은 「사랑과 죄」나 「삼대」를 통해 돈이 민족보다 우선할 수 없다는 입장을 견지한다. 현진건의 「빈처」에서는 가난한 소설가의 창작활동에 내포된 의미가 친지의 물질적 풍요에 대조되어 주목된다. 채만식의 「탁류」와 「태평천하」는 사적 이익을 추구하다 파멸하는 인물들을 통해 돈으로 재어질 수 없는 인간적 가치들을 주장한다. 박태원은 「소설가 구보씨의 일일」에서 미인을 데리고 여행을 가는 구보의 동창을 등장시켜 황금광 시대의 풍속을 비판하고, 이상은 「날개」에서 은화가 가득 든 벙어리저금통을 변소에 버리는 주인공의 행동을 통해 부부간의 사랑이 돈으로 대체될 수 없다는 생각을 분명히 한다.

　본질적 가치에 대비시켜 돈의 부정적 속성을 비판하는 당대 소설의 일반적 경향에서 김유정의 소설은 예외적이다. 안회남에게 보낸 그의 편지에서처럼 그의 소설에서도 돈은 절대적 지배질서로 기능한다. 그는 본질적 가치와 돈을 비교하지 않으며 본질적 가치는 돈으로 재어질 수 없어서 돈보다 우월하다는 주장도 펼치지 않는다. 돈을 추구하는 인물을 파멸시킴으로써 도덕적으로 단죄하는 식의 전개도 그의 소설과 거리가 멀다. 돈과 겨루어 우위를 점할 수 있는 가치는 그의 소설에서 찾기 어렵다. 돈을 부정할 수 없는 삶의 조건으로 수락한 상태에서 인물들 간의 관계가 설정되고 서사가 진행된다. 그의 소설이 펼쳐 보이는 세계는 한 마디로 돈에 의해 좌우된다. 물론 그러한 돈의 위력이 '식민지 수탈구조의 형상화'[3]라는 해석을 가능케 하여 주제의 차원에서 그의 소설을 당대 소설의 보편적 인식에 포섭되도록 한다. 돈을 절대적 지배질서로 전제하는 입장에서 김유정은 예외적이지만 식민지 자본주의의 현실에 대한 부정적 인식을 공유한다는 면에서 그는 염상섭과 채만식을 비롯한 당대의 주요 작가들과 차별화되지 않는다. 따라서 그의 소설이 지닌 특징이 변별되려면 인식의 차원보다 인식을 형상화 하는 방법의 차원에서 돈의 작품 내적 기능과 효과가 고찰되어야 한다. 이 글은 그러한 고찰을 수행하기 위해 작성된다.

김유정에 관한 선행 연구는 식민지 시대의 어느 주요 작가 못지않게 누적되었다.[4] 원본 전집의 간행과 전기적 사실의 재구 같은 실증적 작업에서 언어 미학적 특징들에 대한 미시 분석에 이르기까지 다양한 방면과 차원에서 연구가 이루어졌다. 김유정의 소설에 나타난 빈궁에 관한 논의는 그간 누적된 선행 연구 중에서 큰 비중을 차지한다.[5] 농촌과 도시 하층민들의 궁핍한 삶을 통해 식민지의 현실이 생생하게 재현된다는 점에 특별한 의의가 부여되었다. 빈궁은 금전적 결핍과 직결되는 문제이므로 그러한 논의는 돈과 관련된다. 김유정의 소설에서 자본주

3 김준현, 「김유정 단편의 반(半) 소유 모티브와 1930년대 식민 수탈 구조의 형상화」, 『현대소설연구』 제28호, 한국현대소설학회, 2005, 154~160쪽.

4 1990년대 중반에 이루어진 유인순의 「김유정문학 연구사」에 따르면 그때까지 누적된 김유정에 관한 논의는 총 364편에 이른다. 김유정에 관한 연구는 이후로도 매년 증가세를 보여 2014년에 간행된 유인순의 『김유정과의 동행』에는 500편이 넘는 참고문헌 목록이 수록되어 있다. 유인순, 「김유정문학 연구사」, 전신재 편, 『김유정문학의 전통성과 근대성』, 한림대 아시아문화연구소, 1997, 26쪽; 유인순, 『김유정과의 동행』, 소명출판, 2014, 352~384쪽.

5 김유정 소설에 나타난 빈궁의 양상에 주목한 연구로는 서종택, 「김유정 소설의 현실인식」, 전신재 편, 『김유정문학의 전통성과 근대성』, 한림대 아시아문화연구소, 1997; 이선영, 「민중문학과 자기 인식」, 위의 책 등이 있다.

의에 대한 비판을 읽어낸 경우도 돈을 거론한 셈이다.[6] 그 두 경우에서 돈은 간접적이거나 단편적인 수준에서 언급되는 데 그친다. 그 밖에 돈의 문제를 본격적으로 논의한 사례는 드물다.[7] 이 글은 돈의 문제에 초점을 맞춤으로써 선행 연구의 연장선상에 자리하고자 한다.

2. 돈, 현실의 지배적 척도로서

김유정의 소설에서 돈과 관련하여 우선 주목되는 바는 정확한 금액 표기이다. 금액이 많거나 적다는 식으로 막연히 언급되는 경우가 없으며 '쌀 한 말 값'이나 '장정 하루치 품삯'처럼 실제의 물건이나 노동력으로 대체되는 경우도 없다. 금액은 최소 단위까지 정확하게 본문에 표기된다. 「산골 나그네」에서 나그네가 결혼 선물로 받은 은비녀와 은가락지는 2원이고 「소낙비」에서 춘호가 원하는 돈도 2원이다.[8] 「솥」에서

---

6 자본주의와 관련한 연구로는 김준현, 앞의 글; 김화경, 「김유정 문학의 근대 자본주의 경험과 재현 양상」, 김유정학회 편, 『김유정의 귀환』, 소명출판, 2012; 이경, 「자본주의보다 먼저 온 실패의 예후와 대안적 윤리」, 김유정학회 편, 『김유정과의 만남』, 소명출판, 2013 등이 있다.

7 김유정의 소설에 나타난 돈을 본격적으로 논의한 사례로 김철과 황태묵의 논의가 있다. 김철은, 김유정의 소설에서 돈이 인물들 간의 관계를 맺고 푸는 기본 동력이라고 이해하였으며 그러한 이해를 전제로 그의 소설에 나타난 물신지배의 현실과 인간의 욕망들을 고찰하였다. 그런데 이 글이 김유정의 소설에서 주목한 면모나 특징들은 김철의 논의에 나오지 않는다. 황태묵의 연구는 전기적 사실에 입각한 논의를 하고 있어서 시각과 전개의 면에서 이 글과 다르다. 김철, 「꿈・황금・현실」, 『문학과 비평』 4호, 1987 겨울, 256~264쪽; 황태묵, 「김유정 소설에 나타난 '돈'」, 김유정학회 편, 『김유정과의 만남』, 소명출판, 2013, 224~256쪽.

8 전신재가 편한 『원본 김유정전집』과 유인순이 편한 선집 『동백꽃』에는 금액이 한글로 표기되어 있다. 인용문을 제외한 서술 부분에서 이 글은 금액을 숫자로 바꿔 표기함으로써 금액의 계량적 가치를 강조하기로 한다.

근식은 1원 40전짜리 솥을 깎아서 1원 30전에 산다. 「만무방」의 응칠이 야반도주를 하면서 방의 벽에 붙여 놓은 종이에는 가산의 물목과 함께 그가 진 빚의 총액 54원이 적혀 있다. 「금 따는 콩밭」에서 영식이 모낼 때 진 빚이 7원이고 양근댁 남편이 금광석 조각을 수집하여 올리는 하루 평균 수입은 70~80전이다. 그 작품의 결말에서 수재는 콩밭 구덩이에서 파낸 황토가 한 포대에 50원씩이라면서 영식 내외를 속인다. 「아내」에서 '나'가 나무 두 지게를 읍에 내다 팔아 올리는 하루 수입은 최대 80전에서 최하 60~65전이다. 「따라지」에서 사글세 방 세 개의 월세는 각각 70전과 80전과 1원이고 「슬픈 이야기」의 전차 운전수가 저금한 총액은 800원이다. 「가을」의 복만은 50원을 받고 소장수 거풍에게 아내를 팔고 「두꺼비」에서 '나'가 옥화에게 보낸 순금 반지는 42원짜리이다. 「정조」에서 주인집 서방은 행랑어멈의 정조를 해친 대가로 10원을 제시하지만 행랑 부부가 주인집 서방에게 받아낸 돈은 200원이다. 「땡볕」에서 덕순이 담배를 사려고 아껴둔 쌈짓돈은 4전이고 병원에 아내를 맡기고 받을 거라고 기대한 돈은 매달 15원이다.

　김유정의 소설에서 돈은 정확한 금액 표기뿐 아니라 계산과 거래의 모습을 통해 나타나기도 한다. 「산골 나그네」에서는 덕돌이 어머니가 돈 계산을 하는 모습이 상세하게 재현된다.

　① 참새들이 소란히 지저귄다. 지직 바닥이 부스럼 자국보다 질배없다. 술짠지쪽 가래침 담뱃재 ― 뭣해 너저분하다. 우선 한 길치에 자리를 잡고 계배를 대보았다. 마수걸이가 팔십오 전 외상이 이 원 각수다. 현금 팔십오 전 두 손에 들고 앉아 세고 또 세어보고…[9]

② 그런데 없는 살림에 빚을 내어가며 혼수를 다 꿰매놓은 뒤였다. 혼인날을 불과 이틀 격해놓고 일이 고만 빗나갔다. 처음에야 그런 말이 없더니 난데없는 선채금 삼십 원을 가져오란다. 남의 돈 삼 원과 집의 돈 오 원으로 거추꾼에게 품삯 노비 주고 혼수 하고 단지 이 원 — 잔치에 쓸 것밖에 안 남고 보니 삼십 원이란 입내도 못 낼 소리다. 그 밤 그는 이리 뒤척 저리 쥐척 넋 잃은 팔을 던져 가며 통밤을 새웠던 것이다.[10]

덕돌이 어머니가 하는 술집에 어느 가을 날 밤 남루한 차림의 여자 나그네가 찾아와 잠자리를 청한다. 추수가 끝났음에도 찾는 발길이 없던 그 술집이 이튿날 손님들로 와자해진다. 동네의 젊은 사내들이 나그네를 새로 온 접대부로 오해하고 몰려든 것이다. ①은 술자리가 파한 뒤 덕돌이 어머니가 그날 올린 수입을 결산하는 장면이다. 정확한 액수로 표기된 수입의 내역은 앞서 살핀 김유정 소설의 특징을 재확인한다. 반복적인 돈 세기는 정확한 계산을 위한 행위일 뿐 아니라 더 많은 금전적 수입을 향한 간절한 염원의 표현이기도 하다. ②에서 덕돌이 어머니가 아들의 혼사를 치르기 위해 마련한 돈은 8원이다. 그녀는 8원을 가지고 중매에서 잔치에 이르기까지 용처별로 빈틈없이 빠듯한 예산을 짜지만 그 예산을 초과하는 사태가 벌어진다. 신부 측에서 30원을 요구한다. 예산에 없던 30원이 덕돌이 어머니로 하여금 잠을 못 이루도록 하지만 밤새워 고민한들 없는 돈이 생기지는 않는다.

---

9 김유정, 유인순 편, 『동백꽃』, 문학과지성사, 2005, 18~19쪽. 이하 이 책은 『선집』, 쪽수만
   기재한다. 이 글에서 작품 인용은 이 『선집』에서 한다. 이 『선집』은 현대의 표기법을 따르
   면서도 원문의 본뜻에 충실하다. 『선집』에 수록되지 않은 작품을 인용할 경우 전신재 편
   『전집』을 사용하기로 한다.
10 『선집』, 20쪽.

주요 작중인물이 돈 계산을 하는 장면은 「금 따는 콩밭」과 「생의 반려」와 「아내」에서도 보인다. 「금 따는 콩밭」에서 수재는 콩밭에서 금맥을 잡을 경우 예상되는 수입을 영식에게 계산해 보인다. 수재의 말에 따르면 산 너머 광산이 금을 채굴하여 올리는 하루치 수입을 돈으로 환산하면 7,000원인데 그 광산의 금맥이 영식이 소작을 부치는 콩밭까지 이어진다는 것이다. 수재는 "둘이서 파면 불과 열흘 안에 줄을 잡을 게고 적어도 하루 서 돈씩은 따리라. 우선 삼십 원만 해두 얼마냐. 소를 산대 두 반 필이 아니냐고"[11] 영식을 꾄다. 예상 수입을 그럴싸한 계산으로 제시함으로써 수재는 영식의 마음을 사로잡으려 한다. 「생의 반려」에서는 '나'의 누님이 "한 십구 원밖에 안 되는 그 월급에서 오 원, 십 원, 이렇게 떼어 빚을 놓는"[12]다. 그녀의 계산대로라면 나중에 목돈을 쥘 것 같지만 현실은 만만치 않다. 「아내」의 결말에서 '나'는 아내를 들병이로 만들 계획을 접는 대신 아내에게서 아들을 많아 부자가 될 기대에 부푼다. 그 엉뚱한 기대가 계산의 형식으로 표현된다.

뭐 많이도 말고 굴때 같은 아들로만 한 열다섯이면 족하지. 가만있자. 한 놈이 일 년에 벼 열 섬씩만 번다면 열다섯 섬이니까 일백오십 섬. 한 섬에 더도 말고 십 원 한 장씩만 받는다면 죄다 일청오백 원이지. 일천오백 원. 사실 일천오백 원이면 어이구 이건 참 너무 많구나. 그런 줄 몰랐더니 이년이 뱃속에 일천오백 원을 지니고 있으니까 아무렇게 따져도 나보담 낫지 않은가.[13]

---

11 『선집』, 151쪽.
12 『전집』, 252쪽.
13 『선집』, 229쪽.

「노다지」, 「금」, 「만무방」, 「가을」, 「봄·봄」, 「정조」에서는 돈이 매개된 작중인물들 간의 거래가 포착된다. 「노다지」에서 꽁보와 더펄이는 의형제를 맺을 만큼 절친한 동업자이지만 금덩어리가 발견되자 둘 사이의 묵계는 여지없이 깨어진다. 꽁보는 더펄이의 생명을 구하는 대신 금덩어리를 들고 도망친다. 「금」에서는 덕순과 그의 동무는 금덩어리를 광산에서 밀반출하기 위해 일을 꾸민다. 그 일이 성공할 경우 덕순과 동무는 금 판매로 예상되는 수입 1,000원을 2대1의 비율로 나누기로 사전에 약속한다. 덕순이 돌로 자신의 발을 깨고 동무는 몸에 금덩어리를 숨긴 덕순을 엎고 광산 밖으로 나온다. 부상자를 옮긴다는 핑계를 감독을 속이고 덕순을 무사히 집으로 옮긴 동무는 금덩어리를 팔러 가면서 덕순과의 거래를 후회한다. 금덩어리는 동무 자신이 발견했는데 돌로 자기 발을 칠 용기를 낸 사람은 덕순이었다. "발견은 제가 하였건만 덕순이에게 둘을 주고 원주인이 하나만 먹다니. 그때는 왜 그런 용기가 안 났던가"[14]라고 자탄하는 동무의 모습은 그들의 거래가 온전히 유지되지 않을 것 같은 여운을 남긴다. 「만무방」에서는 산신을 부리는 능력이 있다고 자처하는 도인이 응오 처의 병을 고치겠다고 한다. 도인은 응오에게 치성 드리는 비용으로 15원을 제시한다. 그러나 응오에게 그만한 돈이 없어서 그 거래는 성사되지 않는다. 「봄·봄」에서는 '나'와 장인 사이에 거래가 이루어진다. 장인은 점순이가 자라면 혼인시켜준다는 조건으로 '나'를 데릴사위로 들여 일꾼으로 부린다. '나'는 그 약속을 믿고 새경도 받지 않고 일을 한다. 장인과 '나'는 돈과 노동력을 매개로 거래를 한 것이다. 「정조」에서는 주인집과 행랑 사이에 거래가 진행된

---

14 『선집』, 144쪽.

다. 주인집 서방은 취중에 행랑어멈의 유혹에 이끌려 그녀와 동침한다. 그 일이 있은 후 주인집과 행랑 사이의 관계가 역전된다. 행랑어멈은 주인집 서방에게 당한 일에 대한 대가를 요구하며 집안일을 손에서 아예 놓아버리고, 주인집은 고자세로 돌변한 행랑에 대해 전전긍긍할 뿐이다. 주인집은 행랑에 10원을 제시하면서 이사를 권하지만 그 제안은 받아들여지지 않는다. 행랑은 그 스무 배에 이르는 200원을 받아 챙기고 이사한다. 「가을」에서는 복만이 거풍에게 아내를 팔기 위해 매매 계약서를 작성하는 과정이 소상하게 제시된다. 매매계약서가 본문에 전재되기까지 한다.

정확한 금액 표기와 돈 계산과 거래는 기본적인 경제활동에 해당된다. 근대에 발흥한 장르로서 소설이 지닌 특징을 고찰한 이언 와트는 초창기 소설에 나타난 경제적 동기에 주목한다. 그에 따르면 "디포우의 주인공들은 모두 돈을 좇으며, 작가(디포우-인용자)는 독특하게도 돈을 '세상의 보편적 명명자'라 일컫는다."[15] 그가 디포우의 소설에서 주목한 경제 활동은 부기와 계약이다. 부기는 체계적으로 돈을 추구하는 방식이며 계약은 근대의 서구 문명 전체를 성립시키는 바탕이다. 그 대표적인 사례가 로빈슨 크루소가 보여주는 부기와 계약에 대한 존경이다.

그러나 경제적 동기를 우선시하는 것이나 부기나 계약법에 대해 타고난 존경심을 보이는 것만이 로빈슨 크루소가 경제적 개인주의의 발생과 연관된 과정을 상징하는 유일한 물증은 결코 아니다. 경제적 동기의 본질은 다른 양식의 사상, 감정, 행동에 대한 평가절하를 논리적으로 수반한다. 전통적인 집단

---

15 이언 와트, 강유나 · 고경하 역, 『소설의 발생』, 강, 2009, 93쪽.

관계의 다양한 형식들, 즉 가족이나 장인조합, 마을, 국민성에 대한 의식 같은 것은 모두 약해지며, 또한 영적 구원에서 여가 즐기기에 이르기까지 개인의 비경제적인 성취와 여흥에 대한 경쟁관계의 주장들 또한 그 빛을 잃는다.[16]

김유정의 소설에서 산견되는 정확한 금액 표기와 돈 계산과 거래는 이언 와트가 디포우의 소설에서 주목한 부기와 계약에 포괄되는 양상들이다. 그런데 인용문에 언급된 '전통적인 집단관계의 다양한 형식들'과 '개인의 비경제적인 성취와 여흥에 대한 경쟁관계의 주장들'이 김유정의 소설에서는 평가절하 되는 정도를 넘어 철저하게 붕괴된다. 그의 소설이 그리는 현실에서 그러한 '형식들'과 '주장들'은 근본적으로 재규정되고 재구성된다. 인간의 삶에서 그 무엇도 돈보다 우월할 수 없게 되며 돈이 사고를 형성하고 행동을 지배하는 사태가 벌어진다. 만능의 위력을 내장하게 된 돈은 재화와 용역뿐 아니라 생명이나 행복, 사랑도 계량하여 교환 가능한 대상으로 바꾸어 놓는다. 돈을 위해서라면 인신매매와 매춘도 벌어진다. 「가을」에서 거풍은 50원에 아내를 팔고 「소낙비」에서 춘호는 2원을 얻고자 아내의 매춘 방관한다. 「두꺼비」에서 '나'는 42원짜리 반지로 사랑을 표현한다. 김유정의 소설에서 정신적 가치들은 돈의 대안이 되기보다 돈의 지배에 종속된다.

---

16 위의 책, 95쪽.

3. 돈을 획득하기 위하여

김유정의 소설에서 돈에 대한 관심은 정확한 금액 표기와 돈 계산과 거래를 작중에 노출하는 데 그치지 않는다. 그의 소설에서 돈은 서사의 진행과 주제의 형상화에 기여한다는 점에서 현실의 계량적 척도 이상의 기능을 한다. 돈의 결핍이 동기가 되어 서사가 개시되고 돈의 획득을 위한 과정으로 서사가 진행된다. '결핍－결핍의 인지－탐색'으로 진행된다는 점에서 김유정의 소설은 전래의 서사적 관습에 가 닿는다.[17]

「소낙비」는 춘호가 그의 아내에게 2원을 구해오라고 닦달하는 사건으로 시작된다. 그는 노름에서 한 몫을 잡아 가난을 면해 볼 계획인데 노름판에 낄 밑천이 없어서 화가 난 것이다. 춘호 처는 춘호에게 쫓겨나다시피 집 밖으로 나온다. 춘호 처에게 2원을 마련해야 할 임무가 주어졌고 그녀는 그 임무의 수행에 나선 것이다. 주인공이 임무를 수령하고 탐색의 장소로 보내지는 것은 민담의 기본적인 순서이다.[18] 춘호 처가 탐색을 통해 획득해야 할 목적물은 돈인데 동네에서 돈을 소유한 사람은 이주사이다. 춘호 처가 이주사에게 접근하려면 쇠돌 엄마를 통해야 한다. 쇠돌 엄마는 이주사의 첩 노릇을 하면서 옷과 쌀을 받아 여유로운 생

---

17 블라디미르 프롭은 러시아의 민담을 31개의 기능으로 정리한 바 있다. 그 31개의 기능 중 첫 시퀀스는 부재나 결핍의 과정으로 진행된다. 그리고 이후의 기능들은 결핍을 해소하기 위한 탐색의 과정과 그 결과들로 이루어진다. V. Propp, Laurence Scott trans., *Morphology of the Folktale*, U of Texas P, 1968, pp.25~65.

18 이러한 진행은 블라디미르 프롭이 정리한 31개의 기능에서 "8a. 가족의 일원이 무언가 결핍되었거나 무언가를 갖기 원한다(lack. a)", "9. 결핍의 내용이 알려진다(mediation, the connective incident. B)", "11. 주인공이 집을 떠난다(departure. ↑)", "15. 주인공이 탐색의 대상이 있는 곳에 보내진다(spatial transference between two kingdoms, guidance. G)"에 각각 해당된다. *Ibid*, pp.35~36・39・50.

활을 한다. 블라디미르 프롭의 용어를 빌면 돈을 소유한 이주사는 악한에, 쇠돌 엄마는 조력자에 각각 해당한다.[19] 쇠돌 엄마는 춘호 처를 도울 의도가 전혀 없지만 춘호 처와 이주사가 그녀의 집에서 만나게 된다는 점에서 서사의 진행상 조력자 역을 맡은 셈이다. 춘호 처는 이 주사의 성욕 해소의 대상이 됨으로써 2원을 획득하게 된다. 민담에서는 주인공과 악한이 대결하고 주인공이 승리를 거두는 것으로 진행되지만 「소낙비」는 전혀 다른 양상으로 전개된다. 「소낙비」에서는 대결 대신 성이 주인공의 목적을 달성을 위한 수단으로 기능한다. 춘호의 처는 이주사라는 악한에게 승리하는 대신 치욕을 감내함으로써 목적을 달성한다. 이주사가 춘호 처에게 2원을 주기로 약속한 것이다. 그리고 2원은 춘호 처에게 그녀가 겪은 치욕을 잊도록 하기에 충분한 성공으로 다가온다.

> 그는 몸을 솟치며 생긋하였다. 그런 모욕과 수치는 난생 처음 당하는 봉변으로 지랄 중에도 몹쓸 지랄이었으나 성공은 성공이었다. 복을 받으려면 반드시 공생이 따르는 법이니 이까짓 거야 골백번 당한대도 남편에게 매나 안 맞고 의좋게 살 수만 있다면 그는 사양치 않을 것이다. 이주사를 하늘같이 은인같이 여겼다.[20]

춘호 처는 이주사의 2원 약속을 가지고 귀가한다. 민담의 주인공처럼 그녀는 주어진 임무를 완수하고 귀환한 셈이다. 「소낙비」는 전래의 서사적 관습을 대체로 온전히 수행한 사례에 해당한다. 김유정의 다른

---

19 블라디미르 프롭은 러시아 민담에 등장하는 인물들의 기능적 역할들을 '주인공', '악한', '증여자', '조력자', '공주와 왕', '파견자', '가짜 주인공'으로 귀납하였다. *Ibid*, pp. 79~83.
20 『선집』, 52쪽.

작품들에서는 그러한 관습이 「소낙비」만큼 선명하게 드러나지 않는다. 그러나 돈의 결핍이 발단이 되고 돈의 획득하기 위한 탐색과 시도가 모종의 갈등과 대결로 이어지는 방식으로 서사가 짜인다는 점에서는 그 작품들도 기본적으로는 「소낙비」와 유사한 양상을 보인다. 「따라지」의 주인 여자에게 돈의 결핍은 세입자들의 미납된 월세이다. 그 월세를 받기 위한 시도와 그로 인한 주인 여자와 세입자들 사이의 갈등과 대결이 「따라지」의 본줄기를 이루는 서사이다. 그 주위로 세 개의 셋방에서 생활하는 인물들의 여러 사정들이 삽화로 배치된다. 그 삽화들에서도 돈은 주된 서사적 동력으로 작용한다. 「노다지」에서 꽁보와 더펄이는 금의 탐색자들이다. 금은 곧바로 현금화될 수 있는 광물이므로 그들은 돈의 탐색자이기도 하며 돈의 결핍 상태는 그들을 탐색에 나서게 하는 조건이다. 그들은 우연히 들른 마을의 주막에서 '금이 푹푹 쏟아지는' 금광이 화약 사용 허가를 받기 위해 잠시 휴광 중이라는 정보를 입수한다. 「노다지」의 서사는 그들이 깊은 밤에 몰래 벌이는 채굴 과정으로 이루어진다. 「금」의 서사는 덕순과 그의 동무가 1,000원 가치의 금덩어리를 금광 바깥으로 밀반출하는 과정으로 진행된다. 바꿔 말하면 돈의 획득 과정이 서사를 이룬다. 「금 따는 콩밭」에서 영식은 돈을 획득하려는 목적에서 수재를 꾀고 수재와 영식은 돈을 탐색하기 위해 콩밭을 파헤친다. 「땡볕」에서 덕순은 매달 15원을 받을 기대를 품고 아내를 지게에 지고 병원으로 간다. 환자를 병원에 연구용으로 맡기면 돈을 받을 수 있다는 불확실한 정보가 덕순으로 하여금 아픈 아내를 지고 한낮의 햇볕이 쏟아지는 거리를 걷도록 한 것이다. 그러나 병원에서 덕순은 돈을 받기는커녕 아내가 당장 수술을 받아야 한다는 진단을 듣는다. 아내가 수술을 받게 할 만한 돈이 없어서 그는 발길을 돌린다. 그러한 서사

의 과정이 돈의 탐색과 탐색의 실패로 정리된다. 「총각과 맹꽁이」,
「솥」, 「만무방」, 「정조」, 「형」처럼 돈의 탐색 과정이 선명하게 보이지
않는 소설에서도 돈은 작중인물들 간의 관계와 사건의 전개에서 중요
한 기능을 한다.

막스 베버는 돈에 관한 벤저민 프랭클린의 설교를 인용한 후 "화폐취
득은 ― 그것이 합법적 방법으로 얻어진 것인 한―근대적 경제 질서 안
에서 직업상의 유능함의 표현이며 이 유능함은 쉽게 알 수 있듯이 프랭
클린 도덕의 실질적인 알파이자 오메가이다"[21]라고 한다. 돈을 버는 행
위에 도덕적 정당성을 부여한 프랭클린의 생각은 근대 이전의 사회에
서는 인정될 수 없었다. 현세에서 부를 축적하는 행위를 죄악으로 간주
하는 복음서의 가르침은 중세 서구 사회의 보편적 윤리였다. 돈을 삶의
목적 자체로 여기거나 이윤을 추구하는 행위는 근대 이전의 서구에서
천하고 상스럽게 여겨져 배척되었다. "오늘날에도 이러한 생각은 특징
적인 근대적 자본주의 경제와 거의 관련을 갖지 않거나 그 경제에 거의
적응하지 못하는 사회집단에 의해 대체로 배척당하고 있다."[22] 식민지
시대의 소설가들이 보편적으로 드러내는 돈에 대한 부정적인 태도도
자본주의 경제에 적응하지 못하는 데서 빚어진 집단적 반응이다. 소설
쓰기는 돈벌이가 되지 않을 뿐 아니라 오히려 가난을 자초하는 행위였
다. 그러한 시대에 소설가들이 돈으로 계량되기 어려운 가치들을 대안
으로 내세워 돈을 비판한데 반해 김유정은 그 가치들이 돈의 위력에 의
해 무참히 와해된 사태를 소설에서 다룬다. 식민지의 현실에서 김유정
이 파악한 돈의 위력은 그처럼 막강했기에 그는 돈을 획득하기 위한 행

---

21 막스 베버, 박성수 역, 『프로테스탄티즘의 윤리와 자본주의 정신』, 문예출판사, 1988, 39쪽.
22 위의 책, 41쪽.

위들을 적극적으로 서사화한 것이다.

　돈의 결핍에서 돈의 탐색으로 향하는 서사의 과정에서 김유정의 소설이 택하는 방법은 세 가지로, 매춘과 도박과 금광이 그것들이다. 매춘은 그의 소설 전반에 걸쳐 두루 나타나는데 그 당사자들은 대부분 유부녀이다. 「소낙비」와 「솥」처럼 남편이 아내의 매춘을 방관하거나 용인하는 경우가 있는가 하면 「아내」에서는 남편이 아내를 매춘부로 만들려는 적극적인 시도가 이루어지기도 한다. 그의 소설에서 유부녀의 매춘이 부를 축적하기 위한 사업의 성격을 띠는 경우는 없다. 그 매춘은 호구를 위한 생계형에 속한다. 「정조」의 경우를 제외한다면 매춘을 하는 유부녀들의 삶이 개선될 기미는 전혀 보이지 않는다. 그녀들은 살기 위해 들병이로 전전한다. 유부녀의 매춘이 생계형이라면 남성인물들이 보여주는 도박과 금광에 대한 집착은 한탕주의에서 비롯한다. 그 한탕주의는 대개의 경우 바람직한 결과를 얻지 못한다. 「소낙비」의 춘호는 아내를 통해 노름 밑천 2원을 조달할 수 있게 되자 "이 이 원이 조화만 잘한다면 금시발복이 못 된다고 누가 단언할 수 있으랴!"[23]면서 기대에 부풀지만 그 기대가 실현된다는 보장은 없다. 오히려 「만무방」의 기호처럼 빈털터리로 노름판을 떠나기 십상이다. 기호는 아내를 팔아서 생긴 돈으로 노름판에 끼어들었다. 그에 비해 응칠처럼 노련한 꾼에게 노름은 잠시의 여흥에 불과하다. 응칠은 노름에서 한 몫 잡아 부자가 될 생각은 아예 하지 않는다. 금맥을 발견하여 인생역전을 이루려는 남성인물들의 시도는 노름의 연장선상에서 파악된다. 노름판에서 빈손으로 일어나듯 그들은 「금 따는 콩밭」에서처럼 헛수고를 하거나 「노다지」와

---

23 『선집』, 53쪽.

「금」에서처럼 비싼 대가를 치르고 금을 손에 넣는다. 꽁보가 더펄이를 죽도록 방치하고 획득한 금이나 덕순이 자해를 하고서 금광에서 훔쳐 나온 금이 그들에게 밝은 미래를 약속할 것처럼 보이지 않는다.

김유정의 소설에서 돈을 획득하기 위한 탐색의 방법은 결코 정상적이지 못하다. 매춘은 비참하고 도박과 금광은 무모하거나 허황되다. 막스 베버는 단순한 금전욕만으로는 근대 자본주의의 정신을 대표할 수 없다고 한다. "무분별하고 아무런 규범과도 내면적인 관련을 갖지 않는 영리활동은 그것이 실제로 가능한 경우에는 역사의 모든 시대에 존재했었다"[24]라는 것이다. 그는 근대 자본주의의 정신을 성립시킨 것으로 합리주의를 꼽는다. "자본주의 정신의 발달은 합리주의의 전체적 발전의 부분 현상으로 간단히 이해될 수 있고 또 궁극적인 삶의 문제에 대한 합리주의적 원리의 입장에서 도출되어야 하는 듯이 보인다"[25]라는 것이 그의 견해이다. 매춘과 도박은 합리주의의 현상이 아닐뿐더러 합리주의의 원리에서 도출되지도 않는다. 금맥을 찾아 떠도는 행위는 위험한 투기일 뿐이어서 합리성을 지니기 어렵다.

정확한 금액 표기와 돈 계산과 거래는 김유정의 소설이 구현하는 근대 자본주의의 면모들이다. 그러나 그의 소설에서 작중 인물이 돈을 탐색하는 과정은 전혀 합리적이지 못하여 근대 자본주의의 정신과 거리를 둔다. 근대 자본주의와 관련하여 그의 소설이 드러내는 이중적 태도는 당대 현실에 비추어 설명되어야 한다. 식민화와 더불어 진행된 자본주의화로 돈을 현실의 객관적 척도로 여기는 가치관이 조선 사회에 만연한다. 그러나 합리적인 방식으로 이윤을 추구하고 부를 축적하는 것

---

24 위의 책, 42쪽.
25 위의 책, 57쪽.

이 식민지인들에게 사실상 불가능했다. 정상적으로 돈 벌 기회가 희박하거나 차단된 상황에서 다른 대안이 모색되지 않을 수 없다. 그 경우 대안의 불합리성도 용인되는 상황논리가 성립될 수 있다. 그 상황논리가 식민지 시대에 성행한 매춘과 도박과 금광 탐사를 이성과 윤리의 입장에서 단순히 비난하는 것을 주저하게 만든다. 일제의 수탈로 식민지인의 삶은 전반적으로 피폐해졌다. 소작농은 불어나는 빚을 감당 못해 유민으로 전락했고 도시의 거리에는 걸인들이 발에 채일 정도였다. 현재는 고통스럽고 미래는 막막하여 여성들은 호구를 위해 매춘에 나섰고 남성들은 일확천금의 꿈을 좇아 도박판이나 금광을 전전했다. 근대 자본주의와 관련한 김유정의 이중적 태도는 그러한 현실의 인식에서 비롯한다. 그는 돈을 서사화함으로써 식민지 근대 자본주의의 왜곡된 실상을 재현한 것이다.

4. 돈, 인간의 얼굴을 한

　김유정은 돈의 현실적 위력에 대한 인정을 전제로 소설 쓰기를 전개한다. 그의 소설에서 돈은 가치 위계 상 최고의 자리를 부여 받고 인물들은 인력에 끌리듯 돈을 향해 움직인다. 돈의 결핍이 발단이 되어 진행되는 서사에서 돈의 획득은 인물들이 추구하는 궁극적인 목적으로 설정된다. 그렇다고 김유정을 돈의 신봉자로 여기는 것은 적절치 않다. 그는 돈이 지배하는 현실을 부인할 수 없었을 뿐이지 그러한 현실을 긍정한 것은 아니다. 돈의 탐색 과정을 매춘과 도박과 금광으로 형상화한 데서 드러나는 바와 같이 그도 당대의 어느 작가 못지않게 식민지의 현실에 대해 부정적이었다. 그러나 그는 그 부정적 인식을 당대의 다른 작가들처럼 돈에 맞선 대안적 가치를 통해 구현하지 않았다. 그는 식민지의 현실을 버텨낼 수 있는 가능성을 돈의 바깥이 아닌 돈 자체에서 모색하였다.

「소낙비」나 「아내」를 비롯한 여러 작품들에서 남성 주인공들은 돈이 생기면 가난을 면하고 안락한 생활을 하게 될 거라고 상상한다. 그들이 상상하는 안락한 생활은 아내를 주모나 접대부로 내세워 술장사를 하는 것이다. 결국 돈의 획득을 목적으로 진행하는 서사의 끝은 새로운 사업으로 수익을 추구하는 것이다. 그런 식의 수익 추구는 자본 축적의 무한궤도를 달리게 된다. 그 궤도에서 돈은 그 자체가 영구히 추구해야 할 목적이 되고 안락한 생활도 그와 더불어 계속 연기된다. 쉼 없이 일에 몰두하는 근대의 수전노형 기업가들이 그 궤도의 대표적 존재들이다. 그들은 사적인 행복보다 불어나는 자본에서 삶의 보람과 희열을 느낀다. 돈이 서사가 지향하는 목적으로 설정된 김유정의 소설도 자본 축적의 무한궤도에서 파악된다. 그러나 그 궤도를 벗어나는 돈이 포착되어 주목을 요한다. 돈에 인간의 온기가 배어든다.

「산골 나그네」에서 덕돌이와 혼인한 나그네는 선물로 받은 은비녀를 남겨둔 채 사라진다. 1원 가량의 그 은비녀에 나그네의 마음이 들어있다.[26] 「따라지」에서 방을 함께 쓰는 영애와 아키코는 둘 중 하나가

---

26 1원은 추정가이다. 덕돌이 어머니는 은비녀와 은가락지를 2원에 구입한다. 그래서 은비녀 값은 1원정도로 추정된다. "돈 이 원은 은비녀 은가락지 사다가 각별히 색시에게 내리고…" 『선집』, 23쪽.

손님을 받게 되면 다른 하나가 방을 쓰는 쪽으로부터 50전을 받고 나가 자기로 한다. 아키코에게 손님이 많아서 영애가 방을 비우는 경우가 혼하다. 어느 날 아키코는 방을 양보하는 영애에게 80전을 건넨다. 아키코는 웃돈 30전에 자신의 미안한 마음을 실은 것이다. 「산골 나그네」에서 1원 상당의 은비녀가 아니고는 나그네의 마음이 표현될 길이 없다. 「따라지」에서 아키코의 진심도 50전에 얹은 30전에서 표현된다. 아키코와 영애 사이에서 50전과 30전은 계량적 수치로 비교되지 않는다. 나그네의 은비녀나 아키코의 30전과 유사한 의미를 지닌 돈이 「땡볕」에도 나온다.

> 아내는 더위에 속이 탔음인지 행길 건너 그늘에서 팔고 있는 얼음 냉수를 손으로 가리킨다. 남편이 한 푼 더 보태어 담배를 사려던 그 돈으로 얼음 냉수를 한 그릇 사다가 입에 먹여까지 주니 아내도 황송하여 한숨을 들이킨다. 한 그릇 다 먹고 나서 하나 더 사다주랴 물었을 때 이번에는 왜떡이 먹구 싶다 하였다. 덕순이는 이것이 마지막이라는 생각으로 나머지 돈으로 왜떡 세 개를 사다주고는 그래도 눈물도 씻을 줄 모르고 그걸 오직오직 깨물고 있는 아내를 이윽히 바라보고 있었다.[27]

「땡볕」에서 15원을 월급으로 받을 거라는 기대가 사라지는 대신 수술비 부담이 다가오자 덕순은 아내를 지게에 지고 도망치듯 병원을 나선다. 병원 밖에서 그는 쌈지에 든 4전을 털어 아내에게 얼음냉수와 왜떡을 사준다. 그는 그 4전에 1전을 보태 담배를 살 작정이었다. 병원으

---

27 『선집』, 354~355쪽.

로 향하는 내내 그는 아내를 무거운 짐처럼 여겼다. 땡볕이 쏟아지는 한 낮의 거리를 아내를 지게에 지고 땀을 뻘뻘 흘리며 걷는 일이 그에게 고통스러웠다. 입에서 "빌어먹을 거! 왜 이리 무거!"[28]라는 불평이 나오려는 것을 그는 꿀꺽 삼켰고 당장이라도 짐을 내려놓고 싶었다. 단지 15원을 향한 기대가 그를 걷게 하였다. 그러나 아내가 수술을 받지 않으면 죽는다는 진단을 듣자 그는 아내를 지고 걸었던 길이 수치스럽고 담배 값으로 수중에 아껴둔 4전이 어리석게 여겨졌을 것이다. 아내를 위해 그가 당장 할 수 있는 일이라곤 그 4전을 쓰는 것뿐이다. 그 4전은 더 이상 담배 값이 아니다. 그 4전은 병원에서 받을 거라고 기대한 15원과 같은 척도로 비교될 수도 없다. 그 4전에는 덕순으로 하여금 눈물을 흘리도록 하는 그의 마음이 배어 있다. 아내에 대한 미안함과 안쓰러움을 그는 수중의 돈을 다 털어서 표현하려 한 것이다. 비록 그 4전의 교환가치는 15원에 비하여 턱없이 보잘것없지만 거기에 실린 마음은 15원을 무색하게 만든다. 김유정이 식민지 근대 자본주의의 왜곡된 실상을 비판적으로 재현하면서도 끝내 돈을 부정하지 않은 것은 돈에 인간의 온기가 배어들 수 있다고 믿었기 때문이다. 어쩌면 그는 돈에서 인간의 얼굴을 보고 싶었는지 모른다. 그러한 그의 희구가 「땡볕」에서 15원과 4전의 차이로 표현된다.

---

28 『선집』, 347쪽.

5. 결론

　김유정은 돈을 부정할 수 없는 삶의 조건으로 수락한 상태에서 소설 쓰기를 전개한다. 따라서 그의 소설 도처에서 돈에 대한 관심이 나타난다. 이 글은 그러한 특징에 착안하여 그의 소설에서 돈이 표현되는 방식을 검토한 후 돈의 서사 내적 기능과 효과에 대한 논의를 전개하였다. 그의 소설에서 돈은 정확한 금액 표기와 돈 계산과 거래로 구현된다. 그러한 돈의 면모들에는 돈이 현실의 지배적 가치로 군림한 근대 자본주의의 현실이 전제된다. 돈은 서사의 형성에도 적극적으로 포섭된다. 인물들 간의 관계는 돈을 중심으로 설정되며 돈의 결핍에서 돈의 획득을 위한 탐색으로 서사가 진행된다. 매춘과 도박과 금광은 돈의 탐색 과정에서 선택되는 방법이다. 그 방법들은 전혀 합리적이지 못하여 근대 자본주의의 정신에 어긋난다. 따라서 근대 자본주의에 대한 김유정의 태도는 이중적이라고 할 수 있다. 그는 한편에서는 돈과 관련한 현상들을 통해 근대 자본주의 면모를 정확하게 재현하지만 다른 한편에서는 불합리한 돈의 탐색 방법을 서사의 과정으로 채용함으로써 근대 자본주의 정신에서 벗어난다. 그의 그러한 이중적 태도는 합리적 방식으로 이윤을 추구하고 부를 축적하는 것이 불가능한 식민지 근대 자본주의의 현실에 대한 인식에서 비롯한다. 그런데 그에게 돈은 현실적 결핍을 분명하게 파악하게 하는 계기이면서 희망의 계기이기도 하다. 돈이 부정할 수 없는 삶의 조건으로 수락된 상태에서 모색해 볼 수 있는 길은 인간에게 이로운 돈의 사용이다. 그러한 희망을 끝까지 포기할 수 없었기에 그는 돈에서 인간적 온기를 발견하려고 한 것이다.

이 글이 전개한 이상의 논의는 김유정에 대한 기존의 평가를 재고하게 한다. 그의 역사의식과 현실인식에 대한 회의적인 견해가 선행연구를 통해 지속적으로 제기되었다. 토속성에 대한 추구가 역사의식의 결여로 나타난다고 비판되었는가 하면,[29] 농촌 현실의 해학적 재현이 식민지 현실의 구조적 모순이라는 차원에서 이루어지지 않아서 한계를 지닌다는 지적도 있었다.[30] 김유정의 소설에 등장하는 인물들이 초역사적 공간에 존재한다는 주장이 있었으며[31] 구인회의 문학적 수준이라는 맥락에서 그의 소설이 모더니즘으로 규정되기도 하였다.[32] 그러나 이 글의 맥락에서는 김유정이 "프로문학과는 다른 방식으로 계급문제를 다루고 있는 것이지 계급문제에 대한 관심이 부족했던 것은 결코 아니"[33]라고 하면서 그의 문학적 상상력이 사회주의와 내밀하게 관련된다고 한 논의가 더 설득력을 지닌다고 판단된다. 그는 돈에 초점을 맞춰 식민지 근대 자본주의의 왜곡된 현실을 비판한 것이다.

---

29 김우종, 『한국현대소설사』, 선명문화사, 1974, 266쪽.
30 이선영, 앞의 글, 89~90쪽.
31 김철, 앞의 글, 263쪽.
32 김윤식, 「들병이 사상과 알몸의 시학」, 전신재 편, 『김유정문학의 전통성과 근대성』, 한림대 아시아문화연구소, 1997, 284쪽.
33 하정일, 「지역·내부 디아스포라·사회주의적 상상력」, 『민족문학사연구』 47호, 민족문학사학회·민족문학사연구소, 2011, 94~95쪽.

참고문헌

1. 기본자료

김유정, 전신재 편, 『원본 김유정전집』, 한림대 출판부, 1987.
_____, 유인순 편, 『동백꽃』, 문학과지성사, 2005.

2. 논문

김윤식, 「들병이 사상과 알몸의 시학」, 전신재 편, 『김유정문학의 전통성과 근대성』, 한림대 아시아문화연구소, 1997.

김준현, 「김유정 단편의 반(半) 소유 모티브와 1930년대 식민 수탈 구조의 형상화」, 『현대소설연구』 제28호, 한국현대소설학회, 2005.

김철, 「꿈·황금·현실」, 『문학과 비평』 4호, 1987 겨울.

김화경, 「김유정 문학의 근대 자본주의 경험과 재현 양상」, 김유정학회 편, 『김유정의 귀환』, 소명출판, 2012.

서종택, 「김유정 소설의 현실인식」, 전신재 편, 『김유정문학의 전통성과 근대성』, 한림대 아시아문화연구소, 1997.

유인순, 「김유정문학 연구사」, 전신재 편, 『김유정문학의 전통성과 근대성』, 한림대 아시아문화연구소, 1997.

이경, 「자본주의보다 먼저 온 실패의 예후와 대안적 윤리」, 김유정학회 편, 『김유정과의 만남』, 소명출판, 2013.

이선영, 「민중문학과 자기 인식」, 전신재 편, 『김유정문학의 전통성과 근대성』, 한림대 아시아문화연구소, 1997.

하정일, 「지역·내부 디아스포라·사회주의적 상상력」, 『민족문학사연구』 47호, 민족문학사학회·민족문학사연구소, 2011.

황태묵, 「김유정 소설에 나타난 '돈'」, 김유정학회 편, 『김유정과의 만남』, 소명출판, 2013.

3. 단행본

김우종, 『한국현대소설사』, 선명문화사, 1974.

유인순, 『김유정과의 동행』, 소명출판, 2014.

막스 베버, 박성수 역, 『프로테스탄티즘의 윤리와 자본주의 정신』, 문예출판사, 1988.
이언 와트, 강유나 · 고경하 역, 『소설의 발생』, 강, 2009.
Propp, V., *Morphology of the Folktale*, Laurence Scott trans., U of Texas P, 1968.

김유정·이효석 소설의 음식과 성 비교 고찰

이미림

1. 머리말

강원문학은 지정학적 위치로 인해 중앙문단에서 소외되거나 폄하되어 변두리(변방) 혹은 가장자리 문학으로 인식되고 있다. 그럼에도 불구하고 봉평 출신의 이효석과 춘천의 김유정은 1930년대 문학사에서 매우 주요한 작가로 자리매김하고 있다. 이 글은 강원 영서지역 출신인 김유정과 이효석의 음식과 성에 대한 태도를 비교함으로써 이들의 문학세계를 재인식하고자 한다. 두 작가는 명문대 출신의 지식인으로 조실부모, 구인회 가입, 여행 및 방랑생활, 고향배경작품을 대표작으로 활동하였다. 6살 때 모친, 8살 때 부친을 잃은 김유정은 남매들의 이상증세와 질병, 실연, 가난에 시달리며 불우하게 짧은 생을 마감했고, 이효석도 5살 때 모친 사망, 계모와의 불화, 이로 인한 부친 및 고향과 거리감을 갖게 되어 일생을 여행하며 유토피아를 지향하였다.

　음식과 성은 인간의 기본적인 욕구로 사회적·문화적·생물학적으로 밀접히 연결되며, 일상생활이나 문학작품에서 성적 행위는 흔히 먹는 행위로 은유되어 왔다. 음식과 섹스는 비슷한 본능적 욕구이고 구강만족과 성적만족 사이에는 관련[1]이 있다. 식욕과 성욕을 어떤 관점으로 바라보는가는 문학적 특징과 주제의식을 이해하는 관건이 될 수 있다. 이 글은 두 강원작가의 소설을 분석하는데 있어 도스토옙스키와 톨스토이 문학의 음식과 성을 비교한 로널드 르블랑의 문학연구를 차용하고자 한다. 두 러시아 작가의 문학적 특징을 그는 육식성과 관능성으로 파악한다. 도스토옙스키의 캐릭터는 '탐하려고 하고', 톨스토이의 캐릭터는 '느끼고자' 한다는 것이다. 도스토옙스키의 경우 먹는 행위와 성행위는 폭력, 침략, 지배의 행위로서 가진 자가 못 가진 자를, 강자가 약자를, 오만한 자가 온순한 자를 먹어 치우려는 것으로 성교라는 신체적 행동은 에로틱한 체험보다는 폭력행위로 간주하며 합의된 성행위나 상호간 성행위보다는 강간 즉 성폭력으로 이해[2]한다. 이해 반해 톨스토이의 인물들은 '먹어 치우기'보다는 '맛을 보는' 경향으로 권력(힘)보다는 쾌락, 육식성과 식인풍습cannibalism보다는 쾌락주의와 향락주의에 가깝기에 그저 감각적 즐거움[3] 때문에 음식을 즐긴다는 것이다. 두 작가의 음식과 성에 대한 태도를 김유정과 이효석 문학에 대입할 수 있다. 김유정 소설에는 계급과 권력에 의해 먹느냐 먹히느냐, 지배하느냐 지배당하느냐로 현실인식이 투영된다. 따라서 탐욕스럽고 약탈적인 남성인물의

1　캐롤 M. 코니한, 김정희 역, 『음식과 몸의 인류학』, 갈무리, 2005, 125쪽.
2　로널드 르블랑, 조주관 역, 『음식과 성－도스토옙스키와 톨스토이』, 그린비, 2015, 19쪽.
3　위의 책, 19쪽.

음식과 여성에 대한 태도는 도스토옙스키적이라고 할 수 있다. 그러나 심미주의자이자 댄디인 이효석의 문학에선 성에 대해 실험하고 탐색하고 탐닉하고자 하는 인간본성에 주목하며, 음식이 에로틱한 성적 코드로 은유된다는 점에서 톨스토이적이다. 김유정의 염인증적 관점은 인간을 '육괴肉塊, 고깃덩어리'로 인식하지만, 이효석의 인간환멸적 시각은 '쭉정이'로 표상되고 있다. 본 연구는 김유정 문학을 도스토옙스키 문학과, 이효석 문학을 톨스토이 문학의 특징과 같다기보다는 음식과 성에 대한 측면에서 유사하다는 점에 착안한다. 1930년대 강원 영서 출신의 대표적인 두 작가의 음식과 성을 비교하여 그 문학적 특징과 차이를 찾아보고자 함이 이 글의 목적이다.

2. 김유정 소설의 육식성과 '샤리바리'적 응징

김유정 소설의 음식과 성에 대한 태도는 계급과 성별, 지위, 자본에 따라 철저하게 위계적이다. 취향과 취미, 기호 및 분위기와 상관없이 김유정 소설에서 먹는 행위나 음식은 굶주림과 배고픔을 충족시키기 위한 생리적 욕구 차원에서 그려진다. 먹는 행위는 성행위에도 반영되어 여성은 음식처럼 섭혀지고 물리도록 시달리며 주물러진다. 아내는 자신의 의지와 상관없이 남편의 조장과 묵인하에 성을 착취당하고 애욕의 대상이 되며, 한곳에 정착하지 못하고 떠도는 들병이는 함부로 다뤄지고 성적으로 대상화된다. 절대적으로 빈곤하고 피폐한 1930년대 강원지역의 농촌현실이 여성의 열악하고 고단한 위치를 통해 적나라하게 드러난다.

「총각과 맹꽁이」(『신여성』, 1933.9)의 마을에 들병이의 출현으로 덕만 어미는 노총각 아들의 결혼을 기대한다. 순진하고 내성적인 덕만은 술값을 지불하는 대가로 건달 뭉태에게 들병이를 소개받고자 하지만 속게 되고 이용당한다. 마을 총각들에게 공유되는 들병이는 나이찬 총각들에게 옮겨 다니며 신체를 훼손한다. 이들에게 배고픔과 성적 욕구는 감성과 연민이 배제된 채 동물적이고 폭력적인 본능에 의해 충족되어야 하는 행위일 뿐이다.

> "제미부틀, 배고파 일 못 하겟네 ―"
> "하기 죽겟는걸, 허리가 착 까부러지는구나 ―"[4]

김유정 소설엔 입쌀, 보리, 콩, 호포(「총각과 맹꽁이」), 감자, 도라지, 더덕(「소낙비」), 콩(「금 따는 콩밭」), 머루, 다래, 칡, 송이, 닭, 밥, 막걸리(「만무방」), 좁쌀, 짠지, 동치미, 고추장, 삶은 밤, 술국, 닭, 술, 국수, 쌀, 조(「산골 나그네」) 등 식품과 주식 위주로 식생활이 전개되며 미학적이고 서정적인 이미지로 나타나지 않는다. 음식의 기본재료인 오곡(기장, 조, 보리, 콩, 쌀)이 주로 등장하는바 '문학 속의 음식이란 현실의 반영이면서도 일종의 허구적이고 미학적 담론'[5]을 동반할 때 김유정 소설의 음식은 전자에 치중되어 있다. 굶주림을 해결하기 위해 허겁지겁 먹는 태도는 여성을 대할 때도 폭력적이고 허기지게 묘사된다.

---

4 김유정, 「총각과 맹꽁이」, 전신재 편, 『원본 김유정전집』(개정증보판), 강, 2012, 30쪽. 이하 『전집』으로 표기한다.
5 서인석, 「한국 고전산문 속의 음식표상과 그 생활사적 의미」, 『돈암어문학』 제28권, 돈암어문학회, 2015, 75쪽.

"말가코 살집 조트라. 나려 씹어두 비린내두 업슬걸 — 제일 그 볼기짝 두두룩한 것이……."

들병이를 혼자 꺼안고 물리도록 시달린다. 두터운 입살을 이그리며, "요것아, 소리 좀 해라, 아리랑 아리랑." 고갯짓으로 계집의 응등이를 두드린다. 좁은 봉당이 꽉찼다. 상하나 흐미한 등잔을 복판에 두고 취한 얼골이 청성궂게 죄여안젓다. 다가치 눈들은 게집에서 떠나지 않는다. 공석에서 벼루기는 들끌르며 등어리 정강이를 대구뜻어간다. 그러나 긁는 것은 사내의 체통이 아니다. 꾹 참고 제 차지로 게집 오기만 눈이 빨개 손꼽는다.

"돌려라 돌려, 혼자만 주무르는 게야?"

뭉태는 게집의 어깨를 잔득 웅켜잡고 부라질을 한다.[6]

감성, 친밀함, 낭만적 사랑이 배제된 채 육체적 본능만 충족시키는 대상인 여성은 술값과 밥값의 대가로 신체를 제공한다. 돈과 성이 교환되며 몸으로 생계를 유지하는 들병이와 가부장적인 남성과의 관계는 위계적이고 강압적이며 일방적이다. 실지로 들병이와 떠돌이 생활을 했던 작가는 억압되고 몸을 훼손하며 폭행당하는 여성타자를 재현함으로써 일제강점기 현실을 비판한다. 음식이 곧 여성으로 비유되는 여성의 영역이며, 매식과 매춘은 유사한 의미계열체에 속하기에[7] 음식을 공유한 남성들은 공모하여 여성을 공유한다. 음식이 권력과 금욕의 코드, 관계와 서열의 기호, 소통과 교류, 배려와 풍요의 의미 등을 내포할 때 김유정 소설의 음식은 권력과 서열 속에서 작동되고 있다. 서른넷에도 장가를 가지 못한 덕만은 들병이를 아내로 들여 돈을 벌 계획을 세우지

---

6 위의 글, 31 · 34 · 35쪽.
7 이경, 「근대소설과 음식의 기호학」, 『현상과 인식』 제28권, 한국인문사회과학회, 2004, 148쪽.

만 암수놈이 의좋게 주고받으며 사랑의 노래를 부르는 맹꽁이만도 못한 신세가 되고 만다. 정보가 부족하고 무지하여 돈을 날리게 된 어리석고 모자란 덕만은 맹꽁이에게조차 비웃음을 당한다.

「소낙비」(『조선일보』, 1935.1.29~2.4)의 서두는 고요한 마을에 금세라도 무슨 일이 벌어질 것 같은 복선을 깔고 있다.

> 음산한 검은 구름이 하눌에 뭉게뭉게 모여드는 것이 금시라도 비 한 줄기 할 듯 하면서도 여전히 짓구즌 햇발은 겹겹 산속에 뭇친 외진 마을을 통재로 자실 듯이 달구고 잇엇다. 잇다금 생각나는 듯 살매들린 바람은 논밧간의 나무들을 뒤흔들며 미쳐 날뛰엇다.
>
> 뙤박그로 농군들을 멀리 품아시로 내보낸 안말의 공기는 쓸쓸하엿다. 다만 맷맷한 미루나무숩에서 거츠러가는 농촌을 울프는 듯 매미의 애꿋는 노래……
>
> 매 — 음! 매 — 음!
>
> 춘호는 자기 집 — 올봄에 오원을 주고 사서 들은 묵삭은 오막살이집 — 방문턱에 걸터안저서 바른 주먹으로 턱을 고이고는 봉당에서 저녁으로 때일 감자를 썻고잇는 아내를 묵묵히 노려보고 잇엇다. 그는 사날 밤이나 눈을 안 붓치고 성화를 하는 바람에 농사에 고리삭은 그의 얼골은 더욱 해쑥하엿다.[8]

비오기 직전 매미소리가 의미하는 장면묘사에서 춘호처에게 다가올 불길한 사건이 암시되고 있다. 아내는 남편에게 폭행을 당하며 고통스러운 결혼생활을 영위하지만 그 삶을 유지하고자 무던 애쓴다. 몸을 상하더라도 가정을 해체하지 않으려는 순종적인 아내는 연한 허리를 모

---

8   김유정, 「소낙비」, 『전집』(개정증보판), 38~39쪽.

질게 후리고 호통을 치며 이 원을 마련해 오라는 남편의 무지한 매를 감당한다. 어린 아내는 이 주사에게 몸을 허한 후 얼굴도 모양내고 옷치장도 하고 밥 걱정도 하지 않는 팔자가 되었다고 자랑하는 쇠돌엄마의 처지를 오히려 부러워 한다. 돈과 밥으로 마을 여자들의 성을 탐하는 오십 전후의 이 주사는 여성을 무자비하고 잔인하게 다루고 모멸감을 주며 전유한다. 돈과 음식에는 계급적 · 성적 · 서열적 질서하에 피식되는 여성과 포식자로서의 남성이 위치 지어진다.

> 자기 따는 꿈박기란 듯 눈을 두리번두리번하드니 옷 위로 볼가진 춘호처의 젓가슴, 아랫배, 넓적다리, 발등까지 슬적 음충히 홀터보고는 건아한 낯으로 빙그레한다.
> 그는 눈이 뒤집히어 입에 물었던 장죽을 쑥 뽑아 방 안으로 치트리고는 게집의 허리를 뒤로 다짜고짜 끌어안아서 봉당 위로 끌어올렷다.
> "너 참, 아이 낫다 죽엇다 드구나?"
> "애, 이 살의 때꼽 좀 봐라. 그래 물이 흔한데 이것 좀 못 씻는단 말이냐?"[9]

남의 아내를 강간하고도 죄의식을 갖지 않는 이 주사와의 성행위를 계집은 모욕과 수치로 난생 처음 당하는 봉변이자 지랄 중에도 몹쓸 지랄이라고 여긴다. 남편에게 폭행당하고 다른 남자에게 겁탈당한 아내는 이 주사의 노골적인 시선 속에 보여지는 몸이 된다. 그녀의 신체는 남성 주체에 의해 탐닉되고 매매되는 성으로 환원된다. 취약한 타자를 희롱하고 조롱하는 포식자의 집요함과 공격적 기질을 지닌 이 주사는

---

9 위의 책, 44 · 46쪽.

쇠돌엄마와 춘호처 등 동네아낙네의 몸과 성을 남편들과 공유하는 비정상적·비도덕적 일상이 지속되는 것이다. 몸을 허하고 가축 혹은 생계수단으로 인식되며 가난과 매질과 간통이 수반된 결혼생활을 지키려는 아내들의 정착하지 못하고 떠도는 삶에서 비정상적이고 반윤리적이며 방랑하는 식민지 현실이 재현된다.

쇠돌아버지와 춘호의 묵인과 방조 하에 이루어지는 매춘과 간통은 1930년대 강원지역의 생활이 얼마나 열악하고 힘든지를 대변한다. "시골 아낙네로는 용모가 매우 반반하고 호리호리한 몸매, 외입깨나 하염직한 얼굴"을 한 춘호처와 같이 자신의 몸과 외모를 자원 삼을 수밖에 없는 여성들은 생존 도구가 되고 있다. 고향 인제가 고향인 춘호는 흉작으로 빚쟁이의 위협과 악다구니에 시달려 알몸으로 야반도주하여 안말 산골에 왔으나 농토도 제공받지 못하고 품도 못 파는 지경 속에 "쌀쌀한 불안과 굶주림"이 계속된다. 노름밑천 이 원을 구해 돈을 딴 후 서울로 이주하려는 남편 때문에 열아홉의 어린 아내는 오십 전후의 양반인 이 주사에게 몸을 바친다.

「총각과 맹꽁이」, 「소낙비」의 들병이와 춘호처는 남성들에게 공유되고 이양되며, 허여된다. 성적 착취와 육체적 폭력의 대상인 그녀들은 힘과 권력의 소유자인 이 주사와 육식성의 공격적인 마을남자들에게 착취되는 것이다. 주림, 공격성, 탐욕, 폭력성을 바탕으로 하는 먹는 행위와 깨무는 행위는 성적 행위와 연결됨으로써 여성들은 난폭하게 다뤄지고 괴롭혀진다. 「소낙비」에서는 농군들에게 주어지지 않는 농토와 반복되는 빚과 표랑이 점철되는 일상과 희망 없는 미래로 도박과 매춘에 빠지는 강원도민의 처절하고 비참한 삶이 그려진다. 가정을 지키기 위해 다른 남자에게 몸을 바치는 아이러니와 해학적 양상은 극한의 생계를 위한 최악의 상황을 반증한다.

「만무방」(『조선일보』, 1935.7.17~30)의 응칠은 가족을 해체하고 떠도는 신세이다. 식민지 현실과 자본주의 근대에 적응하지 못한 시골사람은 가정을 유지하지 못하거나 아내나 딸이 매음 · 매매되는 비정상적이고 반윤리적인 처지에 놓인다. 착실한 농부로 살아가는 동생 응오와 달리 응칠은 농토, 계집, 자식, 집도 없고 양식 쌓아둘 일이 없어 산을 다니며 머루, 다래, 칡, 이름 모를 잡초 속에 송이를 채취하지만 장에 팔기 위해 정작 자신은 먹지 못하고 소외된다.

> ……생각해 보니 어제ㅅ저녁부터 여짓것 창주가 골립든 것이다. 불현듯 송이 꾸럼미에서 그중 크고 먹음직한 놈을 하나 뽑아 들엇다. 응칠이는 그 송이를 물에 써억써억 부벼서는 떡 버러진 대구리부터 걸삼스리 덥석 물어 떼엇다. 그리고 넓죽한 입이 움질움질 씹는다. 혀가 녹을 듯이 만질만질하고 향기로운 그 맛. 이럿케 훌륭한 놈을 입맛만 다시고 못 먹다니. (…중략…) 이까진 걸 못 먹어 그래 홧김에 또 한 놈을 뽑아 들고 이번엔 물에 흙도 씻을 새 업시 그대로 텁석거린다. 그러나 다른 놈들도 별 수 업스렷다. 이 산골이 송이의 번고향이로되 아마 일년에 한 개조차 먹는 놈이 드르리라.[10]

송이 두 개를 먹은 응칠은 떡, 국수, 말고기, 개고기, 돼지고기, 소고기 등 든든한 것을 먹고 싶어하다가 닭을 잡아먹고 막걸리까지 욕망한다. 그에게는 미래나 계획이 없으며 본능적으로 기본 욕구를 충족하며 하루를 살아낼 뿐이다.

---

10 「만무방」, 『전집』(개정증보판), 87쪽.

그는 으식한 숩속으로 찻아들엇다. 닭의 껍질을 홀랑 까고서 두 다리를 들고 찌즈니 배창이 업꾸리로 꾀진다. 그놈을 긁어 뽑아서 껍질과 한데 뭉치어 흙에 뭇어 버린다.

고기가 생기고 보니 연하야 나느니 막걸리 생각. 이걸 부글부글 끌여 놋고 한 사발 떡 켯으면 똑 조을텐데 제—기. 응칠이의 고기는 어듸 떨어졋는지 술집까지 못 가는 고기엇다. 아무려나 고기 먹구 술 먹구 거꾸룬 못 먹느냐. 그는 닭의 가슴패기를 입에 뒤려내고 쭉 찢어가며 먹기 시작한다. 쫄깃쫄깃한 놈이 제법 맛이 들었다. 가슴을 먹고 넓적다리, 볼기짝을 먹고 거반 반쯤을 다 해내고 나니 어쩐지 맛이 좀 적엇다.[11]

산과 들과 해변을 다니며, 남의 방앗간이나 헛간, 강가, 시새장, 괴때기 위에서 자면서 강원도 어수룩한 산골로 유람 겸 편답하는 응칠은 실상은 주재소로부터 감시받는 신세이며, 병든 아내를 둔 동생 응오도 자신의 벼를 도둑질하는 최악의 상황에 내몰려있다. 이들에게는 심미적이고 낭만적인 삶을 기대할 수 없는 생존과 생계유지라는 궁핍과 빈곤만이 놓여 있다.

「산골 나그네」(『제일선』, 1933.3)의 어느 산골에 유입된 아낙네를 떠꺼머리 총각과 그의 어미는 며느리를 삼고자 한다. 그녀는 손님들에게 성을 착취당하고 밥값, 술값의 대가로 제공된다.

술이 온몸을 돌고나서야 되ㅅ술이 잔푸리가 된다. 한잔에 오전 그저 마시긴 아깝다. 얼간한 상투백이가 게집의 손목을 탁잡아 아프로 끌어댕기며 "권

11 위의 글, 98쪽.

주가 좀 해 이건 뀌어온 버리 ㅅ자룬가." "권주가? 뭐야유?" "권주가? 아 갈보가 권주가도 모르나 으하하하." 하고는 무안에 취하야 폭 숙인 게집 뺨에다 꺼칠꺼칠한 턱을 문질러 본다. 소리를 암만 시켜도 아래ㅅ입살을 개물고는 고개만 기울릴 뿐. 소리는 못하나 보다. 그러나 노래 못하는 끗도 조타. 게집은 령나리는 대로 이 무릅 저 무릅으로 옮아안즈며 턱미테다 술ㅅ잔을 바처올린다. 술들이 담뿍 취하얏다. 두 사람은 고라저서 코를 곤다. 게집이 칼라머리 무릅 우에 안저 담배를 피여올릴 때 코웃음을 흥 치드니 그 무지스러운 손이 게집의 아래ㅅ배가죽을 사양업시 웅켜잡앗다. 별안간 "아야" 하고 퍼들짱하드니 게집의 몸뚱아리가 공중으로도 뛰여오르다 떨어진다. "이 자식아 너만 돈내고 먹엇니?"[12]

국수, 닭, 술 등의 식사를 마친 손님들은 나그네를 희롱하고 접촉하며 쾌락을 얻고자 한다. 외지에서 이 마을로 들어와 객주집에 기거하면서 고객에게 공유되는 나그네는 아들에게도 "합의한 거나 틀림없는" 짐작으로 겁탈당한 후 며느리가 되지만 그녀는 최소한의 물건을 훔친 후 병든 남편과 마을을 떠난다. 유부녀임에도 불구하고 여러 남자에게 공유되는 여성의 비참한 삶이야말로 시대상황을 잘 보여준다. 남성들의 성욕구는 여성 희생자들의 의지를 포악하게 소유하고 지배하며 통제하고, 궁극적으로는 여성들을 게걸스럽게 먹어버리도록 충동질하는 극도로 이기적인 욕망[13]으로 나타나며 이들에게 죄의식이나 윤리의식은 보이지 않는다. 김유정은 자전적 소설 「생의 반려」에서 인간을 "먹지 못하는 주체 궂은 고깃덩어리"라거나 수필 「병상의 생각」에서 "근대식으로 제작되어진 한 덩어리의 예술품", "화장과 의장 혹은 장신구를 벗겨

---

12 「산골 나그네」, 『전집』(개정증보판), 20~21쪽.
13 로널드 르블랑, 조주관 역, 앞의 책, 110쪽.

내고 보면 거기에 남는 것은 벌건, 다만 벌건, 그렇고도 먹지 못하는 한 육괴肉塊"라고 서술하고 있어 인간과 고기를 동일시하고 있다. 여자는 동물고기meat와 마찬가지로 자연에 속하고 따라서 남자(=인간)의 지배와 통제의 대상[14]으로 묘사되며, 돈과 성과 음식에 대한 환상적이고 에로틱하며 미식의 측면은 배제되고 있다.

김유정 소설의 주도모티프인 매춘, 인신매매, 도박, 도둑질, 금광, 이향(이주), 폭행 사태는 식민지, 가부장제, 근대 자본주의가 결합된 192, 30년대 한국적 상황이 얼마나 극단적이고 비정상적이며 비도덕적인지를 말해준다. 미래가 없는 이들에겐 한탕주의, 찰라적 쾌락 추구, 무책임하고 비윤리적인 약탈 행위만이 자행될 뿐이다. 「총각과 맹꽁이」의 '덕만'과 「산골 나그네」의 '덕돌'로 불리어지는 노총각은 시대와 사회의 가장 열악한 타자의 모습으로 성석제, 이기호 소설에 등장하는 나약하고 무력한 소시민 계보로 이어진다. 무지하고 순진하며 재빠르게 적응하지 못하는 이들은 자본과 권력, 역사의 흐름 속에서 고통당하고 학대받고 폭력과 억압 속에 놓인 소시민이자 하층민들이다. 해학과 '웃픈' 상황으로 분위기를 이끄는 김유정 문학은 권력을 갖지 못한 타자를 유머러스하게 그림으로써 희석되기보다는 비참한 시대상이 강렬하게 부각되고 있다.

또한 인간의 삶과 본성을 지탱하는 음식과 성을 작가는 육식적이고 폭력적이며 공격적인 태도로 묘사한다. 음식을 먹어치우고자 하는 탐욕이 남녀간의 관계 속에서도 드러나는데, 다른 사람을 부정하고 파괴하고자 하는 욕구인 탐욕적 공격성을 지닌 남성들의 약탈성, 탐욕성, 육

---

14 김광억, 「음식의 생산과 문화의 소비」, 『한국문화인류학』 제26권, 한국문화인류학회, 1994, 12쪽.

식성에 이르는 권력의지[15]로 인해 여성은 사물화되고 성적으로 대상화되며 수치와 모멸감을 느낀다. 가부장적인 남성은 여성을 선물처럼 양도하거나 공유하며 성적으로 학대하고 재물축적에 이용한다. 「소낙비」의 이 주사는 마을여자들을 전유하고 떠꺼머리총각인 덕돌과 덕만들도 들병이와의 결혼을 통해 생계수단으로 이용하고자 하며, 마을남자들도 그녀들을 성희롱하고 신체적으로 접촉하고자 하는 욕구를 발산한다.

결혼으로 증여되고 전쟁에서 전리품이 되고 호의 표시로 교환되고 공물로 보내지고 거래되고 사고 팔리는 여성에 대한 인식은 '원시'사회에 국한된 것이 결코 아니며 더 '문명화'된 사회들에서 오히려 더 공공연하게 횡행되고 상품화[16]된다. 근대, 식민지, 가부장제가 결합된 1920, 1930년대 한국사회에서 경제적·사회적·문화적으로 열등한 여성은 자의식을 배척당한 채 하나의 성으로 취급된다. 들병이, 매춘부, 카페 여급, 술집작부뿐만 아니라 아내의 위치에 있는 여성들조차도 성 상품으로 사육되고 길들여진다. 이는 여성 교환의 시작이 사회의 기원을 형성했다는 레비 스트로스의 말처럼 이 시대야말로 원시적이고 반문명화된 사회였던 것이다.

성 상품으로 사육되지만 정작 성행위가 어떤 의미인지 그것이 얼마나 중요한지에 대해서는 완전히 무지[17]한 여성들은 가정을 유지하기 위해 남편의 무리한 요구를 받아들이며 자신의 몸을 훼손한다. 사회적·경제적 열등함으로 매춘이 자행되는 오랜 역사 속에서 남성들은 찰나적 쾌락과 향락을 목적으로 여성을 함부로 대한다. 김유정 소설 속 여성

---

15 로널드 르블랑, 조주관 역, 앞의 책, 18쪽.
16 게일 루빈, 신혜수 외역, 『일탈』, 현실문화, 2015, 112쪽.
17 위의 책, 178쪽.

들은 육체로 환원되고 동의가 있건 없건 타인의 성적 서비스를 위한 도구가 됨[18]으로서 폭력이 자행된다. 여성이 결혼제도 안팎에서 자신을 한 남자에게 파느냐 여러 남자에게 파느냐는 단지 정도의 차이일 뿐이라고 말한 골드먼의 주장조차 유지되지 못했던 사회가 일제강점기였다. 술값으로 곡물이나 식기, 침구, 의복류-생활상 필유품을 받는 들병이 부부와 동행하는 남성도 있는데, "누가 本男便인지 分間하기 어렵고 자칫하면 終末에 主客이 顚倒되는 相外의 事變"[19]생기게 되는 일처다부적인 상황이 전개될 만큼 윤리, 도덕, 금기체계가 무너진 원시사회였다. 근대문명사회의 최소한의 규칙도 지킬 수 없는 시대적 질곡을 작가는 음식과 성에 대한 폭력적·공격적·탐욕적·동물적 관점으로 그린다.

일제강점기 시대의 이행기를 재현함에 있어 김유정 소설은 시끄럽고 전복적인 카니발적 축제 분위기로 설정한다는 점에서 샤리바리적[20]이다. 하나의 집단적 행동으로 그 행위의 폭력성과 외설성 때문에 야만적이고 범죄적으로 비치는[21] 샤리바리는 성 규범 일탈자를 처벌함으로써 결혼과 가정생활, 성적 방종을 정상화시키고, 일부일처제와 남성적 가치관을 강화하고, 궁극적으로 사회적 일치와 공동체의 연대를 유지해왔다. 들병이의 출현으로 동네가 시끌하고 북적거리며, 남의 아내와의 관계에서도 뻔뻔하고 당연시하는 태도에서 모든 질서와 위계가 뒤집어지는 카니발적 식인풍습적 상황이 일상화되고 있다. 인간에 내재된 동물성, 성적 본능을 표현하는 샤리바리[22]를 통해 전복되고 뒤집어지고

---

18 캐슬린 배리, 정금나 외역, 『섹슈얼리티의 매춘화』, 삼인, 2002, 43쪽.
19 「조선의 집시」, 『전집』(개정증보판), 421쪽.
20 샤리바리(charivari)란 비정상적인 결혼을 한 부부나 성 규범을 일탈한 사람들 즉 재혼이나 불임, 간통 등을 행한 사람들을 대상으로 물리적 언어적 폭력을 행사하는 유럽의 오래된 민속 관행을 말한다. 윤선자, 『샤리바리』, 열린책들, 2014, 13쪽.
21 위의 책, 17쪽.

비이성적인 일제강점기 강원지역의 비참하고 극빈한 타자의 삶을 작가는 역설적으로 드러낸다. 시끌벅적한 소동으로 그려지는 산골 풍경은 어리석고 황당하며 하고자 하는 일을 성취하지 못하는 인물들의 일상이 재현됨으로써 더욱 비참하고 한계상황에 처한 가부장적 식민지 근대를 표상한다. 괴물과 야수가 된 남성인물에게 성적 결합이란 육욕에 대한 상호 충족이라기보다는 여성 피해자에 대한 남성의 정복과 성폭력을 의미[23]하였다.

3. 이효석 소설의 관능성과 유토피아 지향

문학의 진폭이 큰 이효석 문학은 다양한 실험정신을 바탕으로 한 문학세계와 에로티시즘, 서구취향, 심미주의, 마르크시즘의 사상적 성향을 보인다. 서구소설 속의 장미꽃만 꽃이라는 병적 미의식이라는 평가[24]를 받을 정도로 그의 서구에 대한 경도와 탐닉은 생활 속의 미의식으로도 나타난다. 댄디 및 모던 보이이자 심미주의자인 이효석은 차점 '동'의 커피를 마시기 위해 십리길을 마다하지 않고 다녔으며,[25] 커피, 버터, 빵과 같은 서구적 식생활을 향유했다. "낙엽 연기에서 진한 코오

22 위의 책, 87쪽.
23 로널드 르블랑, 조주관 역, 앞의 책, 103쪽.
24 김윤식, 「병적 미의식의 양상―이효석의 경우」, 『한국근대문학사상비판』, 일지사, 1978, 118쪽.
25 이효석, 「고요한 '동'의 밤」(조광, 1936. 12), 『이효석전집』 7, 창미사, 1983, 113쪽.

피의 향기와 잘 익은 깨금의 맛, 시절의 진미"[26]를 느끼는 작가에게 커피, 우유, 버터향과 빵냄새는 육식의 대상이나 음식이라기보다는 서구적 세련됨과 감각을 향유하는 기호이자 코드로 작동된다. 문학적 미의식의 탐닉은 생활양식에서도 그대로 드러난 이효석의 삶이 작품 속에 투영됨으로써 김유정의 음식과 성의 태도와 차이를 보인다.

심미주의적 관점으로 세계를 본 이효석 소설에 빈번하게 출현하는 음식은 산들과 자연에 널려있는 과실들 — 능금(「오리온과 능금」), 석류(「석류」), 산딸기, 개살구(「개살구」), 메밀(「모밀꽃 필 무렵」), 멜른, 참외(「북국점경」) 등이다. 그러나 이런 소재는 식량과 음식의 기능으로 작동하기보다는 미적 향유와 오감을 자극하는 성적 상상력의 메타포로 활용된다. 건강한 생명력에 기반한 생태적 태도는 여인과 자연과 '내'가 초록 물감에 물들어 하나가 되거나(「들」), 한 포기의 나무가 된 몸(「산」)으로 표상된다. 김유정 소설 속의 자연이 산나물 채취를 위한 식량보급 차원이고 가축은 먹는 대상이지만 이효석에게 자연과 과실은 관상적·성적 차원으로 이해되며 개나 돼지의 교미 장면은 성적 기호로 표상된다. 김유정에게 음식은 생리적·기능적으로 접근되지만 이효석은 심미적·사회문화적으로 접근한다.

「들」(『신동아』, 1936.3)의 나는 퇴학당하고 산들로 내려와 자연과 만끽하며 문수와 천렵을 다니고 파혼당한 옥분이와 관계를 맺으며 들사람처럼 자연과 합일된다. 나에게 과수원 철망 너머의 딸기는 식욕을 자극하는 동시에 금기의 위반을 욕망하는 성적 대상이다.

과수원 철망 너머로 엿보이는 철 늦은 딸기 — 잎새 사이로 불긋불긋 동아

---

26 이효석, 「낙엽기」, 『이효석전집』 2, 창미사, 1983, 100쪽.

난 송이 굵은 양딸기 — 지날 때마다 건강한 식욕을 참을 수 없다. 더구나 달빛에 젖은 딸기의 양자란 마치 크림을 껴얹은 것과도 같아서 한층 부드럽게 빛난다. 탐나는 열매에 눈독을 보내며 철망을 넘기에 나는 반드시 가책과 반성으로 모질게 마음을 매질하지는 않았으며 그럴 필요도 없었다. 그것이 누구의 과수원이든 간에 철망을 넘는 것은 차라리 들사람의 일종의 성격이 아닐까. 들사람은 또한 한편 그것을 용납하고 묵인하는 아량도 가지고 있는 것이다. 나는 몇해 동안에 완전히 이 야취의 성격을 얻어 버린 것 같다. (…중략…) 전날의 기묘한 만남이 확실히 두 사람의 마음을 방긋이 열어놓은 것 같다. "딸기 따줄까?" "무서워!" 그의 떨리는 목소리가 왜 그리도 나의 마음을 끌었는지 모른다. 나는 떨리는 그의 팔을 붙들고 풀밭을 지나 버드나무 숲속으로 들어갔다. 그의 입술은 딸기보다도 더 붉다. 확실히 그는 딸기 이상의 유혹이었다.[27]

가세가 빈한해져 득추와 파혼하게 된 옥분과의 교섭이 "달빛과 딸기에 꼬임을 받아 응낙"된 것이라고 여기는 내게 딸기를 따는 행위는 여성과의 성교로 이어진다. 작가에게 산들의 과실은 향기와 색깔, 충만함 등 감각적이고 성적 충동을 추동하는 사랑의 촉매제이다. 김유정 소설의 음식과 성이 원시적이고 폭력적이며 일방적인 데 비해 이효석의 경우 남녀가 서로 호응하고 화합하는 과정 속에 이루어진다. 김유정의 음식과 성이 생물학적 본능과 관련된 욕구need에 기초한다면, 이효석의 경우는 '타자에게 대응하여 상호작용을 추구하는 말로 표현된 요구 demand에 기초'[28]하고 있다. 식욕과 성욕 등의 육체적 욕망이 권력의 패러다임에 따라 작동하고 폭력적 공격성으로 나타나는 도스토옙스키의

---

27 이효석, 「들」, 위의 책, 16쪽.
28 김주언, 「한국음식소설의 맥락과 가능성」, 『우리어문연구』 제52집, 우리어문학회, 2015, 49쪽.

경우가 김유정 소설이라면, 이효석에서의 섭생과 성교는 관능적 쾌락을 충족시키는 인간의 활동[29]으로 그린 톨스토이의 경우에 해당된다. 이 소설에서도 일제의 억압으로 남성들은 감옥에 가거나 퇴학처분을 받고, 여성들은 결혼이 성사되지 못할 정도로 빈궁하며 남성들에게 공유되는 식민지 현실을 우회적으로 드러낸다. 김유정은 현실의 고통과 폭력을 전면에 드러내지만, 이효석의 경우 현실문제보다는 근대적 미의식에 기반한 아름다움과 서정성에 치중한다.

이효석 소설에서는 굶주림과 허기짐, 배고픔에 대한 고통이나 욕구 충족은 나타나지 않으며 과일과 동물의 교미를 통해 성적 욕망을 환기시킨다. 「북국점경」, 「오리온과 능금」, 「산」, 「분녀」에서의 능금은 성적 이미지와 동일시되어 심미적인 분위기를 형성하는 데 기여한다. 「북국점경」(『삼천리』, 1932.3)의 '林檎' 편은 "능금나무 동산, 아름다운 옛동산, 지금에는 찾을 수 없는 그 동산"으로 시작된다. 유토피아이자 에덴동산의 배경인 향기로운 능금꽃은 남쪽의 레몬향에 비견되는 마을사람들의 꿈이자 아담과 이브의 낙원이다. 그러나 꽃피고 열매 맺는 향기로운 능금밭이 까뭉개지고 그 위에 정거장이 들어서게 되어 꽃향기 대신 뻥끼 냄새가 집어 삼키는 문명과 근대가 침투된다. 능금송이, 능금꽃을 비추던 햇빛과 달빛이 이젠 철로, 공장, 회관을 비추는 디스토피아로 변하면서 철로는 만주 속을 실어오고, 처녀는 청루로, 청년은 감옥으로 실어 나른다. 자연과 환경이 파괴된 조선은 식민지, 문명, 근대의 변화로 낙원을 상실한다. 이 소설의 '모던거얼 멜론' 편에서도 노란 참외와 북국의 멜론, 여름의 향기로 이미지화하면 회령, 여름, 참외, 미인을 동일시한다.

---

29 로널드 르블랑, 조주관 역, 앞의 책, 187쪽.

참외, 능금, 산딸기, 개살구 등은 여성, 자연, 낙원을 상징하는 것으로 문명, 실낙원과 반대되는 성적 코드이자 기호이다. 신선하고 향기 나며 터질 것 같은 과실에 대한 묘사와 베어먹고 싶은 욕망은 성적 욕망과 다르지 않다. 농익은 과일의 향기와 풍만하고 요염한 여성신체의 체취는 에로틱한 효능을 지닌 감각적 기제이다. 「오리온과 林檎」(『삼천리』, 1932.3)의 혁명가 동지인 나오미와 나는 능금을 통해 아담과 이브를 소환한다.

> "능금이 먹고 싶어요!" "능금이?" 그로서는 의외의 제의인 까닭에 나는 반문하면서 그를 바라보았다. "신선한 능금 한 입 베어 먹었으면!" 나오미는 마치 내 자신이 한 개의 능금인 것같이 과일점의 능금 대신에 나를 똑바로 쳐다보며 바싹 나에게로 붙었다. 나는 은전 몇 닢을 던져주고 받은 능금 봉지를 나오미에게 쥐어주었다. 걸으면서 나오미는 밝은 거리를 꺼리는 법없이 새빨간 능금을 껍질째 버적버적 먹었다. "대담하군요." (…중략…) "능금 좋아하세요?" "싫어하는 사람이 어디 있겠소?" "모두 아담의 아들이요, 이브의 딸이니까요 ― 자 그럼 한 개 잡수세요."**30**

프롤레타리아 전사에서 '원피스를 떨쳐입은 모던 이브'로 변신한 나오미가 내게 전하는 능금은 아담을 유혹하는 이브의 사과이다. 혁명과 사상에 지친 젊은이들의 관심이 성적 욕망으로 변화되는 가운데 능금[林檎]은 성적 모티프로 작동된다. '능금의 철학'을 주창하는 나오미의 노골적 고백은 능동적이고 주체적인 여성 이미지를 내포한다. 능금 소

---

30 이효석, 「오리온과 능금」, 『이효석전집』 1, 창미사, 1983, 259~260쪽.

재는 이효석의 여러 작품 속에 투영되어 색정적 욕망과 미식적 욕망의 양면적 의미를 담는다. 능금을 깨물고 느끼는 행위는 에로틱한 정사장면을 연상케 하며, 코론타이와 로오사를 토론하는 두 마르크스 전사를 이데올로기에서 섹슈얼리티에 대한 관심과 열정으로 이끈다.

이러한 능금의 역할은 「돈」(『조선문학』3, 1933.10)에서도 나타난다. 능금나무 가지가 간들거리는 종묘장 씨돈[種豚]의 성교장면으로 시작되는 「돈」의 식이는 "능금꽃 같은 두 볼을 잘강잘강 씹어먹고 싶던 분이"에 대한 흥분과 솟아오르는 심화를 억제하지 못한다. 잠자코 섰는 까칠한 암돼지와 분이의 자태가 서로 얽힌 장면을 떠올리지만 돼지가 치이면서 식이는 소망을 이루지 못한다. 능금과 돼지와 분이가 동일시되는 것이다. 여러 소설에 등장하는 능금은 '손에 사과를 들고 매혹적으로 서있는 벌거벗은 이브를 묘사한 그림 속에서 미식적인 개념과 성적인 개념을 결합'[31]시킨다. 「들」에서의 "능금나무의 자주빛과 그림자의 옥색빛밖에는 없어 단순하기 옷벗은 여인의 나체와 같은 것이 — 봄은 옷 입고 치장한 여인"처럼 능금은 음식이기보다는 에로티시즘의 우의적 표현이다.

「수탉」(『삼천리』, 1933.11)의 무기정학을 처분받은 을손은 자신의 초라한 처지가 못난 수탉과 같다. 과수원 사과를 훔쳐먹은 후 처벌받은 을손에겐 언약한 복녀가 있지만 무능한 사내가 된 자신이 수탉처럼 여겨진다. 학교에 가고 싶지만 갈 수 없어 답답한 그는 금기와 위반의 대상인 능금을 먹고 담배를 피우며 학교가 싫어지기까지 한다. 이는 위반의 시학을 통해 감춰졌던 생명력의 재확인과 함께 억압하고 군림하는 제도에 대한 비판의 감각까지 습득[32]하게 됨으로써 청년의 자의식과 성

---

31 로널드 르블랑, 조주관 역, 앞의 책, 74~75쪽.
32 서세림, 「이상, 이효석 문학의 자연과 성」, 『한어문교육』제29권, 한국언어문학교육학회,

의식의 변화를 가져온다. 을손은 찌그러진 눈과 피가 물들은 털을 한 채 싸우고 돌아온 닭에게 물건을 던지게 되고 가엾은 비명을 듣자 오장이 뒤흔들린다. 가여움과 분노가 이는 닭에 대한 양가감정은 자신의 모습이다.

> 능금을 따고 낙원을 쫓기운 것은 전설이나 능금을 따다 학원을 쫓기운 것은 현실이다. 농장의 능금은 금단의 과실이었다. 을손들은 그 율칙을 어긴 것이다. 동무들의 꾐에 빠졌다느니보다도 을손 자신 능금의 유혹에 빠졌던 것이다. 능금은 사치한 욕망이 아니다. 필요한 식욕이었다. 당번은 다섯 명이었다. 누에를 다 올린 후이라 별로 할 일 없이 한가하였던 것이 일을 저지른 시초일는지 모른다. 잡담으로 자정이 되기를 기다렸다가 일제히 방을 나가 어둠 속에 몸을 감추고 과수원의 철망을 넘었다. [33]

「산」(『삼천리』, 1936.1)의 중실은 김영감의 첩을 범했다는 오해 때문에 품삯도 못받고 머슴살이에서 쫓겨나 산속으로 숨어든 깊은 산중에서 "과실같이 싱싱한 기운과 향기, 나무 향기, 흙냄새, 하늘 향기, 마을에서는 찾아볼 수 없는 향기"를 맡으며 동질감을 느낀다. 끄스러진 노루를 외로운 짐승이라 여기고 가여워 하는 중실은 산이 답하고 나뭇가지가 고갯짓을 하는 자연 속에서 "한 포기의 나무가 된 몸"으로 자연과 합일된다. 이효석은 자연을 '인간에 의해 지배되거나 훼손당하는 대상이 아닌 인간을 감싸안은 모성적 존재로, 그리고 인간 상호간의 지배와 단절에서 파급된 삶의 모순성을 조화롭게 회복시켜나가는 에코토피아의 공

2013, 352쪽.

33 이효석, 「수탉」, 『한어문교육』 제29권, 한국언어문학교육학회, 2013, 338쪽.

간'[34]으로 인식하고 있다.

이효석에게 과실의 탐스러움과 동물들의 교미와 여성과의 교섭은 건강한 생명의 동력으로 자연스러운 유토피아적 삶을 의미하며 '상처를 치유받을 수 있는 공간을 산과 들이라는 자연에서 발견했던 것이며, 그 자연이 가져다 준 충만한 성적 이미지를 통하여 건강한 생명의 동력과 신비성을 찾고자 한 것'[35]이다. 음식을 조리하고 불에 가하여 요리하기보다는 자연 그대로의 날것인 과일의 설정은 '불을 덜 가한 것일수록 자연에 가깝고 원초적이면 순수한 것'[36]으로 인식되기 때문이다. 「산」, 「수탉」, 「들」의 청년들은 퇴학, 무기정학, 억울한 오해 때문에 산들로 스며들었고, 여성들도 가난 때문에 파혼을 당하거나 여러 남성들에게 공유된다. 교육, 연애, 결혼이 순조롭지 못한 식민지 현실이 드러나고 있기에 단지 자연에의 귀의나 합일만으로 해석될 수 없는 이효석문학의 현실비판이 내재되어 있다. 또한 이 소설들은 통과의례적 요소를 지니는데, 청년들은 금기와 위반으로서 철조망을 넘거나 사과(임금, 능금)의 유혹에 직면하면서 성을 깨닫는다. 여성을 의식하며 자신의 무능력에 자괴감을 갖고 미천한 동물에 자신을 투사하며 성과 사랑에 대한 호기심과 욕망을 지닌다는 점에서 성장소설적 요소를 담고 있다. 그러나 김유정 소설의 총각들은 심적 갈등이나 윤리의식 없이 성적 욕구를 채우는 나이 많고 포식적인 불한당 같은 노총각으로 설정된데 비해 이효석 소설의 경우 성적 호기심과 충동으로 인한 죄의식과 혼란스러운 심리의식이 드러나며, 미성숙하고 소심하며 사랑이 좌절되는 소년들이

---

34 위의 글, 99쪽.
35 차봉준, 「소설의 심미성과 생태학적 상상력」, 한국문예연구소, 『가산 이효석의 삶과 문학세계』, 학고방, 2008, 96쪽.
36 김광억, 앞의 글, 13쪽.

등장한다.

「개살구」(『조광』, 1937.10)의 과실도 성적 은유에 동원된다. 근대적 전환기에 나무를 팔아 축재에 성공한 김형태는 첩을 들여 살구나무집에 살게 한다.

> …동네에서 제일 먼저 꽃 피는 것도 그 살구나무여서 한참 제철이면 찬란한 꽃송이와 향기 속에 온통 집안은 묻혀 무르녹는 꿈을 싸주는 듯도 하지만 잎이 피고 열매가 맺기 시작하면 집은 더한층 그 속에 묻혀버려서 밖에서는 도저히 집안을 엿볼 수 없는 형세가 되었다. (…중략…) 모든 것이 나무 속에 감추어져서 하늘의 별조차도 나무 아래 지붕은 고사하고 나무를 뚫고 사정을 엿볼 수는 없었다. 푸른 열매가 익어갈 때 참살구가 아닌 그 개살구의 양은 보기만 하여도 어금니에 군물이 돌았다. 집안의 살림살이도 별수없이 어금니에 군물도는 그 개살구의 맛일는지도 모르나, 그러나 그 살구를 훔치려 사람들은 집 뒤를 기웃거리기 일 쑤였다.[37]

부의 축적과 근대적 향유로 인해 신분상승을 한 김형태는 오백리 길의 꽃같은 서울 색시를 첩으로 맞이했으나 그녀는 아들과 불륜을 저지른다. 소설 서두의 살구나무집 장면묘사에서 '군물이 도는', '살구를 훔치려는' 표현은 여성을 훔쳐 먹겠다는 환상과 동일시된다. 소설 의 배경을 형성하는 살구나무집의 흐드러진 개살구는 군침과 유혹을 갖게 하는바 원숙하게 발육된 서울집의 육체를 연상케 한다. 점순이조차 '고운 몸뚱어리를 그대로 덥석 안아보고 싶은 충동'을 느끼게 하거나 '귀여운

---

37 이효석, 「개살구」, 『이효석전집』, 창미사, 1983, 139~140쪽.

감동을 자아낼' 만큼 과실과 여성은 동일시된다. 과일을 따먹거나 동물의 교미를 지켜본 후 성행위를 연상하거나 자행하는 이효석 소설에서 먹는 행위 역시 성 행위를 위한 과정이라는 점에서 김유정 소설과 같으나 스타일에서는 차이를 보인다. 또한 「들」의 옥분과 「오리온과 능금」의 나오미와 같이 그녀들은 욕정의 대상이지만 자발적이고 적극적이라는 점에서 김유정 소설의 여성들과 다르다. 이효석에게 성은 자연에 펼쳐져 있는 양딸기, 개살구, 능금과 같은 탐스러운 열매로서 향기와 체취가 나며 자연과 하나가 되는 건강하고 반문명적이며 본능적인 성이다. 그러나 작가의 시선이 양성평등한지에 대해서는 논의가 필요하다. 근대를 지배하는 감각을 바탕으로 하는 시각 하에 여성신체는 전시되고 인용[38]되기 때문이다. 이효석 소설은 과실과 동물과 꽃, 나무와 같은 식물 그리고 인간과의 거리를 두지 않았으며, 이는 본능적인 성욕에 대한 태도에 대해서도 마찬가지이다. 성의식과 미의식을 추구했던 이효석은 '외부물질이 신체의 경계면을 지나 몸속으로 합체되는 먹는 행위와 성교는 생명과 성장에 절대적이며 비슷한 본능'[39]이라는 측면을 작품 속에 적절하게 수용하고 있다.

---

38 레이초우, 정재서 역, 『원시적 열정』, 이산, 2004, 31쪽.
39 캐롤 M 코니한, 앞의 책, 10쪽.

4. 맺음말

본 연구는 강원 영서 출신의 김유정과 이효석 문학에 나타난 음식과 성을 비교해 보았다. 현실비판적이고 현장성이 강한 김유정의 음식과 성에 대한 태도는 육식성으로 도스토옙스키적이라고 할 수 있고, 심미주의 특성을 지닌 이효석의 경우 관능성으로 톨스토이적이라고 볼 수 있다.

김유정 소설의 먹는 행위는 성행위에도 적용되어 여성들은 음식처럼 씹혀지고 주물러지며 남성들에게 제공되고 공유된다. 들병이는 물론 남편이 있는 아내들조차도 여러 남자에게 허여되는 당대 현실은 식민지, 자본주의, 가부장제가 결합된 원시사회임을 반증하며 이는 피폐하고 고통스러운 여성의 위치에서 드러난다. 과실 열매가 먹거리로 주로 등장하는 이효석과 달리 김유정은 입쌀, 보리, 콩, 호포 같은 오곡이나 산들에서도 머루, 다래, 칡, 송이와 같은 식량의 대체물이 등장하며, 음식은 철저하게 배고픔과 허기를 달래는 1차원적인 기능적 목적으로 활용된다. 무지하고 순종적인 여성들은 성적으로 대상화되고 타자화되어 생계수단, 재물의 축적 수단으로 이용되고 가축이나 물건 취급을 받는다. 떠꺼머리 노총각들은 가정을 이루기 어렵고 결혼생활에서도 이 주사 같은 최상위 포식자에게 아내들은 제물로 바쳐진다. 이렇게 비윤리적이고 비정상적인 삶을 작가는 카니발적이고 샤리바리적으로 그림으로써 역설적으로 성 규범이 외설스럽고 이탈되었음을 반증하고 이를 응징하고자 한다.

이에 반해 이효석 소설의 음식과 성에 대한 묘사는 관능적이고 감각적이며 에로틱하다. 이효석에게 음식이나 먹는 행위는 음식 본연의 기

능이기보다는 성적 상상력을 위한 성과 사랑의 촉매제로 작용한다. 유
토피아를 지향했던 작가는 산들과 자연에 널려있는 과실들을 오감으로
느낀다. 능금, 석류, 산딸기, 개살구, 멜론, 참외 등을 훔쳐 먹고 따먹는
장면은 여성의 옷을 벗기거나 유혹하는 이미지로 묘사된다. 특히 사과,
능금, 임금은 에덴동산 내지 유토피아의 아담과 이브 모티프로 알레고
리화되어 성적 유혹과 일탈로서의 의미를 띤다. 금기와 위반의 경계에
서 성적 유혹과 충동을 실험하는 이효석 소설에서 과실은 먹는 대상이
기보다는 성적 욕망을 추동하며 건강한 생명력을 확인하기에 성장소설
적 특징을 지닌다. 김유정 소설에서는 권력과 돈, 계급에 의해 동물적·

	김유정 소설	이효석 소설
음식	입쌀, 보리, 콩, 호포, 감자, 도라지, 더덕, 콩, 머루, 다래, 칡, 송이, 닭, 밥, 막걸리, 좁쌀, 짠지, 동치미, 밤, 술, 국, 국수, 쌀, 조등	능금, 석류, 산딸기, 개살구, 메밀, 멜론, 참외, 커피, 버터, 빵 등
음식의 의미	식량 및 양식 허기, 굶주림, 배고픔의 욕망의 대상 주식의 의미 생리적·기능적 접근	향기와 체취로서의 분위기 미적·시각적·촉각적 향유의 대상 에로틱한 성적 코드 심미적·사회문화적 접근
성적 태도	강압적·일방적·폭력적 강간 성향(약탈, 호색) 권력, 계급, 돈에 의한 성폭력 1차원적인 동물적 본능	상호적 합의된 성 화간 성향(색욕, 음란) 에로틱한 체험 감각적 즐거움 쾌락과 향유
작가의 시선	음식, 여성, 동물에 대해 잔인하고 냉정하며 폭력적임 고깃덩어리, 육괴(肉塊)로 보는 염인적 태도	동식물, 여성에 대해 가엾고 측은하며 초라한 심리 공유, 감정이입, 동일시 쭉정이로 보는 인간혐오적 태도
어조와 기법	현실비판적·해학적·풍자적 '웃픈' 어조	심미주의적·낭만적·사실주의적 성장소설적·통과의례적
현실인식	'탐하려고 함' 육식성 도스토옙스키적 폭력, 침략, 지배의 행위 욕망 중시 원초적·비문화적·반근대적 카니발적·샤리바리적 응징	'느끼려고 함' 관능성 톨스토이적 리비도적 쾌락, 즐거움, 희열의 행위 죄의식 장식적·문화적·근대적 유토피아 지향

폭력적·일방적으로 진행되는 남녀관계와 달리 동등하고 강압적이지 않은 관계 속에서 이루어진다. 여성의 성욕이나 의지를 실험적으로 관찰하고 묘사하는 이효석에게 감각과 취향과 체취는 주요하다.

김유정에게 음식과 가축은 배고픔과 허기짐을 충족하는 욕망의 대상으로 리얼하게 그려지지만 이효석에겐 자연합일이나 감성과 감각이 투영된 아름다움과 연민의 대상이 된다. 여성들이 여러 남성들에게 공유된다는 점은 두 작가에게서 공통적으로 나타남으로써 규칙을 위반하는 이 사회야말로 원시사회임을 증명한다. 그러나 김유정에겐 현실비판적인 입장에서 재현되기에 음식과 성은 1차원적이고 기능적으로 나타나며, 심미적이고 낭만적인 관점을 지닌 이효석에겐 사회문화적으로 그려진다. 강원 영서 지역 출신으로 1930년대에 작품활동을 했던 두 작가의 음식과 성에 대한 상반된 태도를 통해 이효석, 김유정 작품의 차이와 의미를 재인식할 수 있다.

참고문헌

1. 기본자료

이효석,『이효석전집』1~8, 창미사, 1983.
전신재 편,『원본 김유정 전집』(개정증보판), 강, 2012.

2. 논문

김광억,「음식의 생산과 문화의 소비」,『한국문화인류학』제26권, 한국문화인류학회, 1994.
김주언,「한국 음식소설의 맥락과 가능성」,『우리어문연구』제52집, 우리어문학회, 2015.
김주리,「김유정 소설에 나타난 파괴적 신체 고찰」,『한국문예비평』제21권, 한국현대문예
　　　비평학회, 2006.
김혜영,「김유정 소설에 나타난 욕망의 의미」,『현대소설연구』제17호, 한국현대소설학회,
　　　2002.
서인석,「한국 고전산문 속의 음식 표상과 그 생활사적 의미」,『돈암어문학』제28권, 돈암어
　　　문학회, 2015.
유인순,「김유정 문학의 부싯깃」,『강원문화연구』제22집, 강원대 강원문화연구소, 2003.
이경,「근대소설과 음식의 기호학」,『현상과 인식』제28권, 한국인문사회과학회, 2004.
이미림,「이효석의 영서 삼부작 연구」,『한중인문학연구』제47집, 한중인문학회, 2015.6.
이미림,「이효석 문학의 유토피아 지향과 낭만적 요소」,『한국문예비평연구』제50집, 한국
　　　현대문예비평학회, 2016.6.
정혜영,「한국 음식문화의 의미와 표상」,『아시아리뷰』제5권, 서울대 아시아연구소, 2015.
차희정,「김유정 소설에 나타난 한탕주의 욕망의 실제」,『현대소설연구』제64호, 한국현대
　　　소설학회, 2016.

3. 단행본

권정호,『이효석 문학 연구』, 월인, 2003.
이상옥,『이효석의 삶과 문학』, 집문당, 2004.
이익성,『이효석의 서정미학』, CBNU, 2011.

김유정학회 편,『김유정과의 만남』, 소명출판, 2013.

김유정학회 편,『김유정과의 산책』, 소명출판, 2014.

김유정학회 편,『김유정의 귀환』, 소명출판, 2012.

김정자 외,『한국현대문학의 성과 매춘연구』, 태학사, 1996.

문학과 사상연구회,『이효석 문학의 재인식』, 소명출판, 2012.

상허문학회,『이태준 문학연구』, 깊은샘, 1993.

유인순,『김유정과의 동행』, 소명출판, 2014.

유인순 외,『김유정과 동시대 문학 연구』, 소명출판, 2013.

윤선자,『샤리바리』, 열린책들, 2014.

한국문예연구소,『가산 이효석의 삶과 문학세계』, 학고방, 2008.

게일 루빈, 신혜수 외역,『일탈』, 현실문화, 2015.

레이 초우, 정재서 역,『원시적 열정』, 이산, 2004.

로널드 르블랑, 조주관 역,『음식과 성 — 도스토옙스키와 톨스토이』, 그린비, 2015.

캐슬린 배리, 정금나 외역,『섹슈얼리티의 매춘화』, 삼인, 2002.

김유정 소설의 근대성과 여성의 신체

이태숙

1. 서론

우리 근대문학사는 '이식문학의 역사이다'라고 임화가 주장하였을 때, 근대성은 서구적 근대의 모방으로서 정립된 일본 근대를 이식하는 식민지의 문학이 우리 문학이라는 기본 전제가 제시된 경우이다. 근대 문학사에 관한 논쟁은 근대문학의 식민성을 어떻게 규정할 것인가의 길고 지난한 과정이다. 60~70년대의 역사학계와 국문학계의 근대 기점론은 이러한 근대문학의 식민성을 극복하기 위한 노력이었다고 보아야 한다. 이 시대에 뿌리를 둔 내재적 발전론과 식민지 근대화론은 사학계와 문학계뿐만 아니라 경제학, 철학 등으로 외연을 확장해 가면서 다양한 논점들을 통해 진화해 왔다. 내재적 발전론이 풀어야 할 과제가 조선후기 근대성의 질적, 수량적 한계를 극복하는 것이라면, 식민지 근대화론은 근대적 주체의 성립과 수량적 근대화를 연계시켜야 하는 문제점을 안고 있다. 이러한 논의의 연장선상에서 최근 동아시아의 경제적 발전에 주목하여 그 원인을 유교에서 찾는 일련의 서구적 관점과 결합한 논의가 유교적 근대성론이다. 유교적 근대성론[1]은 기존의 내재적 발전론과 식민지 근대화론을 넘어서는 새로운 문제의식을 요구하고 있지만, 다른 측면에서 보자면 기존의 근대성론과 방법론적으로는 차이를 보이지 않는, 다른 지점에서의 문제제기에 수렴할 뿐이라고 평가할 수 있다. 기존의 근대성론과 탈근대성론을 넘어서는 새로운 근대성 주장의 이면에는 근대성론 자체가 내재한 국민국가라는 전제의 해체를 중심에 두는 논의도 있다.[2] 이러한 논의는 근대성 자체가 근대국가의 성립을 전제한다는 점에서 탈근대성론이 궁극적으로 접근해야 하는 지향성을 보여주지만, 역설적으로 동일성을 바탕으로 한 근대성론과 역시 방법론적으로 차이를 보이지 않는다는 점을 고려해야 한다. 이러한 동일성으로서의 근대성 이론은 다시 한 번 차이를 강조하는 탈근대성론의 도전에 직면하게 되는데, 양자는 구별되는 것이라기보다는 당대의 현실을 얼마나 구체적으로 설명할 수 있는가가 타당성을 확보하는 근거가 되어야 한다. 근대성 담론이 역사, 정치, 경제와 같은 거시적 담론의 형태를 취하고 있다면 탈근대성 담론은 신체, 규율과 같은 미시적 관점의 형태를 취하고 있는 점도 양자가 같이 논의되어야 하는 이유이다. 탈근대성 담론으로 우리 문학을 분석 할 때 서양 시각에 우리 문학을 꿰맞추는 오류를 염려하는 일부의 시선은[3] 방법적용의 적절성 여부에서

---

1 황정아, 「한국의 근대성 연구와 '근대주의'」, 『사회와철학』 31, 사회와철학연구회, 2016.4.
   황정아는 유럽중심주의 근대성 논의를 넘어설 수 있는 근대성 확산의 방법으로 유교적 근대성론에 주목해야 한다는 최근 철학계와 사학계의 근대성 담론에 주목한다.
2 조정환, 「한국문학의 근대성과 탈근대성」, 『상허학보』 19, 상허학회, 2007.2.

찾아야 할 것이지 방법론 자체에 대한 거부로 연결되어서는 안된다.

김유정 문학의 근대성은 당대 구인회와의 관련성이라든지, 모더니즘의 미적 근대성의 측면에서 다양하게 논의되어 왔다. 이러한 기존의 논의는 모더니즘을 하나의 사조로 보거나 혹은 근대성의 질적 규정성을 통해 고찰하고자 하는 관점에 입각하고 있다. 근대성을 합리성으로서의 동일성으로 규정하는 것이 근대성이라면 이들 사이의 차이를 통해 규명하고자 하는 것이 탈근대성론이다. 양자는 구별되지만 내적 연관성을 가지고 있는 관점이다. 따라서 김유정 문학의 근대성을 그의 문학 전체를 설명할 수 있는 하나의 일관된 이론으로 규명하기 위해서는 동일성의 근대성 담론과 차이의 탈근대성 담론이 모두 필요하다. 화폐경제의 도입과 확산으로 근대화가 진행되었던 당대의 사회경제적 측면과 그러한 사회를 바탕으로 한 정치성으로서의 규율권력이 신체를 중심으로 어떻게 작동하고 있었는가를 규명하는 탈근대화 담론을 바탕으로 한 분석이 김유정 문학의 근대성을 설명할 수 있는 가장 유효한 방법이다. 산업화와 도시화를 중심으로 논의되던 구인회와 30년대 모더니즘 문학에서 이질성으로서의 김유정의 근대성은 바로 탈근대화 담론을 바탕으로 한 새로운 근대성에 대한 시각이 발현되는 지점이다. 김유정의 문학에서 '들병이'는 당대 다른 문학작품과 차별화되는 독특한 유형으로 제시된다. 당대 현실의 가장 극적인 요소이면서 동시에 근대화가 진

---

3 이도흠, 「근대성 논의에서 패러다임과 방법론의 혁신 문제」, 『국어국문학』 153호, 국어국문학회, 2009. 12, 254쪽.
   이도흠은 내재적 발전론자와 식민지 근대화론자의 주장 가운데서 조선후기의 실증적 분석의 유효성을 꼼꼼히 검증하는 과정을 문학 내에서 찾음으로써 내재적 발전론의 가능성을 보여주고 있다. 그런 측면에서 서양적 근대의 한계를 넘어설 수 있는 방법론적 대안을 제시하고 있다고 볼 수 있다. 이도흠의 이러한 우려는 실증적 관점이 배제된 채 방법론적 적용이 무리하게 가해질 때의 문제점을 지적했다는 점에서는 타당하지만 실증이 확증되어야만 이론의 적용이 가능하다고 전제한다는 점에서 해석의 다양성을 배제하는 것일 수도 있다.

행되어 가던 일제강점기 농촌사회의 절박한 상황을 문학적으로 형상화하는 유효한 유형이다. 그동안 '들병이'는 이러한 특징으로 인해서 김유정 문학에서 가장 주목받아 온 인물유형이었다. 그럼에도 불구하고 '들병이'가 가지는 사회경제학적 특징을 근대문학으로서의 근대성과 연관하여 분석하는 논의는 아직은 시도된 바가 없다는 점에서 이러한 연구가 필요하다.[4] 이를 위해서는 화폐경제하에서 유랑농민의 아내로서의 '들병이'의 교환가치가 어떤 방식으로 형성되었는가에 대한 분석과 이러한 유랑농민의 아내의 근대적 성격이 문학적으로 의미를 가지기 위해서는 자본주의하 유랑농민의 아내의 신체가 권력주체의 형성과 함께 어떻게 정치적으로 관리되어 왔는가에 대한 생명정치적 차원에서의 논의도 요구된다. 그것은 농민의 아내의 신체가 규정되는 방식에 대한 논의를 통하여 근대적 신체, 규율권력으로서의 신체가 어떤 방식으로 규정되고 있었는지를 알 수 있기 때문이다. 근대성과 탈근대성으로 구별되어왔던 근대성 담론이 김유정의 여성인물형의 형성에 대한 사회경제학적 분석과 신체담론으로 연결되는 과정을 통하여 한국 근대문학의 모더니티와 김유정 문학의 특성이 밝혀질 수 있도록 하는 것이 이러한 분석의 목표가 된다.

---

4 근대성에서 여성주체가 차지하는 의미에 관해서는 여성주체가 근대성의 타자로 규정되었다는 점에서 이중적 타자라는 논점이 제기된다. 들병이의 유사주체를 신체담론을 중심으로 논의하고자하는 방법론적 접근은 이러한 일련의 흐름과 연관하여 근대성을 질적 규정성에 대하여 고찰하고자 하는 입장을 취하고 있다.
이태숙, 「근대성과 여성주체」, 『한국문학이론과 비평』 제21집, 한국문학이론과비평학회, 2003, 184~185쪽.

2. '들병이'의 교환가치와 신성한 생존

김유정 소설의 근대성은 근대주체의 성립을 통해서 살펴볼 수 있다. 서구 근대사회에서 노동자의 탄생은 근대적 주체의 성립과 관련되어 있다. 자본주의 이전의 공동체적 사회에서는 생산과 소비가 분화되지 않고 융합되어 있었다. 그러나 노동의 분업에 따른 생산과 소비의 시공간적 분리와 화폐경제의 발달로 인한 농촌과 도시간의 분화가 생겨난다. 장원 경제와 신흥 부르주아 상인 자본의 대결구도 속에서 농촌의 도시화는 급격하게 진행되었고 이 과정에서 생산수단을 전혀 소유하지 못한 자유로운 임금노동자가 출현한다.[5] 서구적 근대를 동일성의 관점에서 받아들였을 때 일제강점기하의 농민들은 자신들의 생활의 터전을 박탈당하고 떠돌아야 했다는 점에서 서구 근대의 농민이나 임금노동자와 유사하다. 그들과의 차이는 그들을 받아들였던 도시가 당시 조선에는 존재하지 않았다는 점이다. 김유정 소설의 주인공인 유랑농민은 전근대적 공동체 사회가 붕괴하면서 삶의 터전을 잃게 된 사람들이다. 토지를 기반으로 한 전근대적 공동체 사회의 붕괴는 일제에 의한 강압적 합병의 결과이기도 하였지만 조선후기부터 시작되었던 자본주의화의 진행과정의 하나로 보는 것이 타당한 분석일 것이다. 여기에 더해진 일제의 수탈로 당시 노동인구의 대부분을 차지하던 농민들이 자신들의 삶의 터전에서 쫓겨나 유랑을 하게 된 상황을 유랑농민들이 반영하고 있는 것이라 할 수 있다. 당시 일제는 1910년대의 토지조사사업을 통해 지주적

---

5 김영희, 「푸코의 후기 '권력'에 관한 연구」, 『문화와융합』 37-2, 한국문화융합학회, 2015.12, 383쪽.

토지소유권을 확립하고 조선농촌의 생산, 유통 주체를 지주 중심으로 꾸려 자국 발전에 필요한 미곡 생산과 이출에 드라이브를 건다. 이를 위해 조선총독부는 1920~1934년간 산미증식계획을 실시한다.[6] 특히 영세한 토지를 소유 내지 경작하는 자소작 하층, 소작농들은 1910년대부터 의식주 중심의 최소한의 생활상태를 통해 간신히 농가경제를 유지하거나 적자상태를 면하지 못하였다. 이러한 양상은 1920년대 들어서도 전혀 호전되지 못하였고, 오히려 불안정한 소작권 하에서 지주들이 상품성 있는 미곡 생산을 위한 농업개량을 추진하며 소작료율의 상승 등 이들의 농가경제를 위협하는 요인이 더욱 증가하고 있었다. 이러한 양상은 결국 1920년대 말 세계대공황을 맞이하며 농촌사회가 몰락하면서 식민지배체제를 위협하는 상황으로 전개되었다. 1920년대 산미증식계획을 거치며 농가경제는 자본주의적 화폐경제의 영향이 커졌고 이로 인해 1920년대까지는 농가경제에서 현물 자급자족적 부분이 차지하는 비중이 컸다. 대지주들은 소작료로 수취한 미곡을 판매하여 현금수입을 많이 확보할 수 있었지만, 다른 계층들은 농작물은 미곡을 제외하면 대부분 자급용으로 사용했다. 산미증식계획 실시는 미곡상품화를 조장하고 농업경영에 있어서도 밭작물 보다 미곡단작형으로 유도해 나갔다. 특히 지주들은 소작지의 경우 논은 물론이고 밭에 대한 소작료도 벼로 받았는데, 농지개량과 수리시설 확보로 논 면적을 늘려가고 이를 통해 미곡 생산량과 판매량을 증가시켰던 것이다. 이러한 산미증식계획의 실행으로 개별농가들은 산업정책적으로 화폐경제구조로 들어가게 되고, 농민들은 자급자족적 조방경영에서 집약적 상품적 경영에 이르게

---

6   이송순, 「1920~30년대 전반기 식민지 조선의 농가경제분석」, 『사학연구』 제119호, 2015.9, 286쪽.

되었다. 이제 우량품종을 증산케 하려면 금비도 농구도 구매하지 않을 수 없었고, 종자 또한 마찬가지였다.[7] 1930년대 농촌의 이러한 상황은 그대로 사회경제적으로 큰 비중을 차지하던 농민과 농촌경제의 몰락을 주제화 한 일련의 농촌소설들에서 사회구조적 문제로 제시된다.

따라서 1930년대의 농촌계몽운동과 이를 바탕으로 한 일련의 농촌소설들에 나타나는 당시 농민들이 처했던 상황은 단순히 열악한 식민지하 경제체제에서 극악한 상황에 처한 하위주체의 문제가 문학의 주된 주제로 등장하게 되는 것 이상의 의미를 지니게 된다. 그것은 거대한 화폐경제의 구조가 농촌사회로 일제의 농촌정책을 따라 확장되는 과정이었고, 그것이 당시 우리 농촌이 직면해야 했던 근대적 질곡의 상황이었다. 김유정의 농촌과 농민을 배경으로 한 일련의 소설들은 당시 조선이 처한 배금주의와 물질만능주의가 전근대적 조선사회를 어떻게 강타하고 있었던가를 하위주체를 중심으로 드러내고 있었다. 「솥」의 근식이는 들병이에게 갖다주기 위해 마누라의 속곳과 밥솥까지 훔쳐낸다. 들병이의 현실과 화대를 설명하면서 김유정이 돈이 아닌 갖가지 물건이 등장해야 했던 당대 상황을 절절히 묘사한 것에는 바로 이러한 시대적 배경이 자리하고 있었던 것이었다. 농가경제의 파탄이 식민지배 자체를 위협하는 요인이 될 수 있었기에 총독부는 농촌진흥운동이라는 사회정책을 채택하고 선별적 농가경제 안정화를 추진했지만 결국은 농민층의 몰락과 조선 내부의 계급 불평등을 심화시키는 결과를 초래하고 만다.[8] 애국운동가들을 중심으로 번져가던 농촌계몽운동이 직면해야 했던 상황은 바로 이러한 식민지배하 한국사회의 급격한 변동이었던 것이다.

---

7 위의 글, 310~313쪽.
8 위의 글, 323쪽.

이러한 상황에서 자본주의에 의해 교환가치를 가지게 된 것이 농부의 신체가 아니라 그의 아내의 신체가 되게 된 것이 아이러니의 시작이 된다. 농토를 떠나 도시로 향한 농부들이 임금노동자가 되면서 그들의 육체가 권력 대상으로서 근대적 신체가 되었던 것이 서구적 근대의 상황이었다면 일제 강점기하 유랑농민들은 그들의 신체가 교환가치의 대상이 될 수 있는 경제적 여건이 아직 조성되지 않았었다는 점이 문제가 된다. 이러한 상황에서 유랑농민 대신 그들의 아내가 자신들의 신체를 교환가치의 대상으로 삼는 상황이 전개되는 것이다. 아내를 성매매에 내놓아야 하는 유랑농민들에 대해 김유정은 「朝鮮의 집시―들쨍이 哲學」에서 "몰자각적 복종"을 필요로 하는 "노동"이라고 주장한다.

> 밥! 밥! 이러케 부르짖고 보면 대쯤 神聖치 못한 餓鬼를 聯想케 된다. 밥을 먹는다는 것이 따는 그리 神聖치는 못한가부다. 마치 이 社會에서 求命圖生하는 糊口가 그리 神聖치 못한 것과 가치 ― 거기에는 沒自覺的 服從이 必要하다. 破廉恥的 虛勢가 必要하다. 그리고 賣春婦의 愛嬌 阿諂도 必要할는지 모른다. 그러치 안코야 어디 제가 敢히 社會的 地位를 壟斷하고 生活해 나갈 道理가 잇겟는가 ―
>
> 그러나 이것은 그런 모든 假面 虛飾을 벗어난 覺醒的 行動이다. 안해를 내놋코 그리고 먹는 것이다. 愛嬌를 판다는것도 近者에 이르러서는 完全히 勞動化하엿다. 勞動하야 生活하는 여기에는 아무도 異議가 없을 것이다.
>
> 이것이 卽 들쨍이다.[9]

---

9 김유정, 전신재 편, 『원본 김유정전집』(개정판), 강, 2007, 414~415쪽. 이후 페이지수를 명기하거나 『전집』(개정판)으로 표기함.

서구의 집시는 유럽인과는 민족적 기원을 달리하는 집단이다. 그 지역의 토착민들과 어울려 살 수 없는 집시의 특성은 단순한 유랑민을 넘어서는 문화와 민속을 달리하는 집단으로 나타난다. 근대화의 과정에서 생존의 근거로서의 토지를 잃고 유랑하는 유랑농민들은 생존형태에서 집시와 비슷하다. 여성들이 성적 착취의 대상이 된다는 점에서도 그러하다. 집시와 유랑농민의 차이는 민족이나 문화의 유사성이 집시에게는 없고 유랑농민에게는 있다는 점이다.[10] 이 인용문에서는 생존 자체가 신성하지 못한 현실에서 먹기 위해 신체를 거래의 대상으로 내놓아야 하는 들병이와 그 남편의 삶이 자신의 노동을 통하여 생존을 영위해야 했던 근대 노동자의 사물화 과정과 연계되어 제시되고 있다. 따라서 김유정에 의해 들병이의 애교는 '허식이 아닌 각성적 행동'이며 '생존을 위한 노동'으로 파악되고 있다.

　농민의 아내의 성매매가 근대성을 가지는가를 논의하기 위해서는 그들의 생활 형태인 들병이가 가지는 근대성을 설명해야 한다. 즉 전근대사회의 성매매와 들병이가 가지는 차별성이 근대성을 통하여 드러나야 하는 것이다. 들병이가 언제부터 존재했는가에 대해서는 상세히 알려진 바가 없다. 단지 기생이나 사당패와 같은 특별한 계급의 성매매가 공적으로 조선시대에 존재하고 있었고, 그 외에 이른바 색주가가 있었는데 색주가의 포주는 왈패로 포도청 포교들의 끄나풀로 요즘의 범죄와 연루된 매춘과 비슷한 양상으로 유지되었던 것으로 알려져 있다.[11]

10　역사상 매춘여성의 초기 기록으로 등장하는 양수척(楊水尺)이 정착하지 못하는 이민족이었다는 점에서 서구 집시의 생존상황과 매우 유사하다는 점을 참조할 수 있겠다.

11　강명관은 이들 왈패가 가벼운 범죄자의 딸이나 누이들을 위협하여 데려오기도 하고, 시골의 어수룩한 여자들을 유인하여 잡가를 가르쳐서 賣笑를 시켜 영업을 하였고, 포교들에게 상납을 하였다고 밝히고 있다.
　　강명관, 『조선풍속사』 3, 푸른역사, 2010, 116쪽.

신분계급으로 존재했던 성매매 여성이나 범죄와 연루되어 존재했던 색주가가 있었다면, 이들과 달리 들병이는 사람이 많이 모이는 곳에서 술을 팔던 이들을 말한다. 이들이 어떤 신분이었는지는 알려져 있지 않지만 「변강쇠가」의 주인공 옹녀가 들병장수를 하였다는 이야기나, 유숙劉淑(1827~1873)의 「大快圖」에 남자 들병장수가 등장하는 것을 보면 19세기에 여자뿐만 아니라 남자 들병장수가 있었음을 알 수 있다.[12] 하지만 들병장수가 있었다고 하더라도 단순히 술을 파는 것과 성매매를 겸한 것의 여부는 확인할 수 없고 더군다나 김유정 소설의 들병이처럼 농민의 아내가 성매매를 목적으로 술을 파는 경우의 예는 이후에 확인된 바가 없다. 따라서 '들병이'라는 용어의 등장은 술을 파는 행태와 관련하여 붙여진 명칭이라는 점을 확인할 수 있지만 김유정 소설의 들병이와의 유사성은 확인되지 않는다. 따라서 김유정 소설의 들병이와 같은 형태는 농촌의 몰락과 화폐경제의 확산과 정착이라는 일제강점기하의 여러 가지 경제상황과의 관련에서 논의해야 한다.

1930년대 농민의 아내로서 성매매를 통한 교환가치의 대상이 되었던 이러한 들병이에 대한 김유정의 관심은 일련의 소설들로 나타난다. 이들을 주인공으로 한 그의 소설들에서 들병이들은 중요한 근대적 주체로 작동한다. 들병이의 근대적 성격은 바로 그의 신체가 교환가치의 대상이 되었다는 점에 있다. 들병이와 성매수자의 관계에 대해 김유정은 "쎄난봉"이라고 묘사한다.

---

12 위의 책, 117쪽. 이를 참조하면 들병장수는 술을 파는 형태에 관련된 명칭이며 매매춘과 관련된 명칭은 아님을 알 수 있다. 반면 들병이는 매매춘의 함의를 내포하고 있는 것으로 볼 수 있다.

들쌩이가 들면 그날밤부터 洞里의 靑年들은 쎄난봉이난다. 그럿타고 無謀히 散財를 한다든가 脫線은 아니한다. 아모쪼록 廉價로 享樂하도록 講究하는 것이 그들의 버릇이다. 여섯이고 몇치고 作黨하고 出斂을 모여 술을 먹는다. 한사람이 五十錢式을 낸다면 都合三圓 ― 그 三圓을 가지고 제各其 三圓어치 權勢를 標榜하며 거기에 附隨되는 艶態를 要求한다. 萬若 들쌩이가 이價値를 無視한다든가, 惑은 公平치못한 愛慾濫費가 잇다든가, 하는 쌔에는 담박 紛亂이 일어난다. 다가치 돈은 냇는데 엇재서 나만 쎼놋느냐, 하고 是非條로 덤비면 큰 頭痛거릴 쑨만 아니라 돈 못받고 싸귀만 털리는 逢變도 없지 않타. 하니까 들쌩이는 이 여섯 친구를 同時에 撫摩하며 三圓어치 待接을 無事公正히 하는 것이 한 秘訣일지도 모른다.

이러케 決算하면 내긴 五十錢을 냇스되 그 效用價値는 無慮 十八圓에 達하는 심이엇다. 이런 조흔 機會를 바라고 농군들은 들쌩이의 尋訪을 적이 苦待하는 것이다.[13]

일반적인 남녀의 애정관계와 들병이의 성매수가 차이를 가지는 점은 일대일 관계인 남녀의 애정관계와는 달리 들병이의 서비스가 다수를 동시에 대상으로 한다는 점이다. 돈을 오십 전씩 모아서 여섯 사람이 삼 원을 만들면 그 서비스는 일인당 오십 전짜리 서비스여야 하지만 남성 성매수자들은 그것이 삼 원짜리 서비스이기를 바란다. 들병이는 삼 원짜리 서비스를 공평하게 여섯 사람에게 그의 입장에서는 18원짜리 서비스로 제공해야 한다는 점에 이 서비스의 성격이 존재한다. 어쩌면 숫자놀음을 통해 재미를 불러오려는 단순한 말장난에 불과할 수 있으나

---

13 「조선의 집시」, 『전집』(개정판), 418쪽.

화폐경제와 서비스의 교환에 관한 흥미로운 전제가 상정되어 있다는 점에서 여타 사물의 매매와는 다른 들병이의 서비스의 교환가치의 성격을 드러내는 대목이 아닐 수 없다. 일반 재화의 경우 자유시장 경제에서는 상품가가 정해져 있고 시장의 변동성에 따라 구매자에 따라 약간의 가감이 가능한 정도라면 들병이의 서비스는 판매자와 구매자의 셈법이 확연히 다르다는 점이 흥미로운 점이다. 성매수자와 판매자의 계산방식이 전혀 다르게 구성된다는 점이 화폐경제에서의 가격결정이 재화의 성격에 따라 다르게 적용되고 있는 상황을 보여주는 사례가 아닐 수 없다. 화폐경제가 농촌사회에 정착하는 과정에서 서비스의 가격이 어떻게 결정되는지를 구매자와 판매자가 다르게 셈하고 있다는 점에서 들병이의 서비스 가치가 어떤 방식으로 정착하고 있었는지를 보여주는 부분이라고 해석할 수 있다.

여기에는 단순히 들병이의 신체가 자본의 논리에 의해 매매되는 신체가 되었다는 의미 이상이 있다. 매춘은 근대 이전에도 존재했었고 매춘을 대가로 화대를 받는 거래 또한 그러하다. 하지만 남편인 농민의 노동이 생존의 수단이 되지 못할 때 그의 아내의 성매매가 노동자의 노동을 대신하는 수단으로 당대에 파악되고 있다는 점에 들병이의 성매매가 이전의 성매매와 구별되는 지점이 존재한다. 따라서 노동자의 신체는 화폐경제의 거래에서 노동의 수단이지만 들병이의 신체는 단순한 수단을 넘어서는 권력관계의 암투가 일어나는 지점이기도 하다. 여기에 들병이의 특수성이 있다. 단순 임노동자가 그의 노동을 대가로 보수를 얻는다면 들병이의 경우 그의 신체를 중심으로 권력관계가 형성된다는 점에서도 전근대사회와 근대사회의 교차가 형성된다고 할 수 있다. 들병이는 남편이 있는 유부녀이다. 그녀의 남편은 농민이었지만 자신의 노동의 현장이었던 농토로부터 분리되어 유랑하는 존재이다. 그가 유랑민이거나 농민으로서의 생존권이 박탈되었을 때 아내는 자신의 신체를 시장의 거래대상으로 내놓음으로서 그의 신체는 이를 중심으로 한 권력의 변동이 일어나는 전쟁의 상황이 된다. 들병이의 육체의 소유자는 남편이기도 하고 성매수자이기도 하고 들병이 자신이기도 하다. 신체에 대한 권력관계가 들병이의 신체를 중심으로 작동한다는 점에서 이 지점에서 푸코의 신체권력의 개념이 필요하다. 푸코의 권력 개념은 권력이 특정한 주체에게 선점되어 있는 것이 아니라고 한다는 점에서 이전의 권력개념과 차별화 된다. 푸코의 권력은 망 속에서 작동하는데 이 망 속에서는 권력의 주체인 개인들이 끊임없이 순환한다. 즉 권력의 대상이면서 동시에 주체이기도 한 것이 푸코의 권력개념이다. 푸코의 관점에서 들병이의 육체는 근대의 규율권력이 작동하는 망이다. 푸코의 규율권력은 영토 안에 있는 수많은 사람의 배치를 문제 삼고 개인의 신체에 가해지는 권력의 작동 양상을 문제 삼는다. 이때 어떠한 배치가 이루어지는가에 따라 들병이의 신체에 가해지는 권력의 주체는 달라진다. 근대적 주체가 교환가치를 통하여 '신성한 생존'의 영역을 벗어나게 되는 양상은 이렇게 들병이의 신체를 중심으로 형성되는 권력의 망을 통해서 드러난다.

　근대적 개인은 새로운 권력이 생성되는 미시물리학을 의미한다, 곧 신체에 대한 정치적, 세부적 투자 양식이 구성해낸 일련의 효과를 지칭하는 이름이 바로 근대적 개인이다. 근대적 개인이란 정상화된 개인 individual normalisé, 곧 순종화된 개인을 의미한다. 근대적 개인은 신체와 영혼의 통제, 품행과 성격의 통제를 통해 끊임없이 감시받고 감시하며 처벌되고 처벌한다.[14] 전근대적 사회에서 규정되었던 농민의 아내에 대한 신체적 규율이 변화하는 과정으로서의 근대화가 일어나던 곳이 바로 유랑농민의 아내로서의 들병이의 신체였고, 그것은 근대적 개인이 형성되는 방식을 드러내고 있다. 푸코의 규율권력이 학교, 병원, 군대와 같은 근대적 기관들을 통해 형성되고 있었다면, 들병이의 경우 그것은 근대적 기관대신 근대적 매춘의 정치화 과정을 통해 형성되고 있었다. 하지만 카페의 여급이나 기생과 같은 매춘의 일반적인 형태와 들병이의 차이는 그것이 예외적 상황에서 발생한다는 점이다. 여기에서 들병이의 신체는 생명권력과 연결된다. 김유정 소설에서 신체의 권력은 폭력과 연관되어서 설명해야 하는데, 그것이 근대적 신체와 생명정치가 연관되는 상황을 보여준다는 점에서 유랑농민의 아내로서의 들병이는 근대적 생명정치의 중심에 놓이게 된다. 이를 위해서는 신체에 가해지는 폭력의 의미에 대한 규명이 필요하다. 푸코의 근대적 신체가 농민의 아내의 신체를 통하여 신체적 규율의 변화의 과정을 통하여 진행되었다면, 그 신체는 폭력과 연계됨으로써 근대적 생명정치의 문제로 전환된다.

3. 신체에 대한 권력과 폭력으로서의 생명정치

김유정 소설의 폭력에 대해서는 많은 연구들을 통하여 분석이 시도되었다. 섹슈얼리티의 관점에서 매저키즘으로 분석하는 연구도 있었

---

14 푸코, 오생근 역, 『감시와 처벌』, 나남출판, 2003, 219~222쪽.

고,[15] 소설내적 구조에서 드러나는 모방욕망과 작가 김유정의 개인사를 연관시켜 욕망과 내적구조의 측면에서 분석하는 연구들도 있었다.[16] 이러한 일련의 연구들은 작가와 작품의 관련양상에서 폭력을 고찰하거나 작품 내적 구조를 통해 폭력을 고찰한다는 점에서 성과는 있었지만, 문학사적으로 이 시기 비슷한 유형의 작품들과 비교할 때 상대적으로 넘쳐나는 폭력성의 원인을 시대적 연관성과의 관련 하에서 규명하기보다는 문학내적 차원이나 작가 개인의 차원에서의 폭력성의 분석에 그쳤다는 점에서 한계를 가진다. 그러한 점에서 김유정 문학의 폭력은 그러한 폭력이 빚어지는 당대의 망탈리테의 차원에서 분석해야 할 필요가 있다. 그것은 위로는 근대이전으로 수렴하는 계보학적 접근까지 포함해야함을 의미한다.

아내의 신체에 대한 권리와 폭력의 근대적 성격을 규정하기 위해서는 먼저 전근대사회, 즉 봉건제하의 유교사회에서 아내의 신체에 대한 권력관계를 확인해 보아야 할 것이다. 유교를 근간으로 했던 조선시대에 아내구타가 규범으로 허용되었는가 아닌가 하는 것은 역사학계에서도 논쟁적인 주제이다. 향약 등에 부부가 서로 때리고 욕하고 싸움하면 중벌에 처한다는 규례가 포함되어 있다는 사실 등을 근거로 남편의 일방적인 구타가 규범이나 법으로 허용되어 있었던 것은 아니라는 주장도 있다. 하지만 일반적으로는 아내구타는 유교적 도덕규범 하에서 남편의 권한으로서 허용되고 있었다고 보는 것이 통설이다. 『내훈』「부

---

15 김주리, 「김유정 소설에 나타난 파괴적 신체 고찰」, 『한국문예비평연구』 21, 한국현대문예비평학회, 2006. 김주리는 김유정 소설의 폭력성이 매저키즘적 성향으로 나타나는 것이라 보았다.
16 홍혜원, 「폭력의 구조와 소설적 진실」, 『현대소설연구』 제47호, 현대소설학회, 2011.08. 홍혜원은 김유정 소설의 폭력성이 작가의 개인사적 상황의 폭력성의 반영이라고 보았다.

부」장에 "남편을 업신여기는 마음을 절제하지 않으면 꾸짖음이 뒤따를 것이요, 분노가 그치지 않으면 매질이 뒤따를 것이다"는 것과 "(남편이) 혹시 때리고 꾸짖더라도 당연한 일이거니 하고 생각할 것이지……"라는 표현에서 그 근거를 찾을 수 있다. 이렇게 아내와 며느리에 대한 구타는 가부장적 통제의 수단으로서 남편과 시부모에게 관대하게 허용되어 있었다.[17] 부부관계가 철저하게 종속적인 관계로 설정되어 있던 것이 전근대적 상황이었고, 그것은 경제적 예속관계를 넘어서는 심리적 굴종과 신체적 소유의 단계로까지 설정되어 있었다고 볼 수 있다. 근대화가 진행되는 과정이기는 하였지만, 당대의 하위계층, 특히 도시와 농촌에서 더욱이나 궁핍한 농촌의 하위주체인 농민과 그의 아내에게는 그러한 전근대적 규정성이 여전히 더욱 강력하게 작동하고 있었다. 가정경제의 책임을 진 가장으로서의 의무는 사라졌지만 아내의 신체에 대한 권력의 주체로서의 남편의 권리는 여전히 작동하고 있었던 것이 당시의 상황이었다.

김유정의 소설에 등장하는 부부관계에서 남편의 폭력이 일상화된 일련의 상황들은 기존 연구에서는 당시 하위주체들의 삶의 열악함을 보여주기 위한 상황의 제시라고 분석되어 왔다. 특히 농민이나 안잠자기 등 사회적으로 하층계급에 위치한 그들의 신분상의 문제나 경제적 여건 때문에 소설 내에서 맥락도 없이 등장하는 잔인한 폭력들이 그들이 처한 상황의 비극성을 드러내는 장치로 해석되어 왔다. 하지만 중세와의 관련 하에서 30년대를 분석해본다면 하위계층이 아니더라도 아내에 대한 폭력은 마치 아동에 대한 체벌처럼 일종의 권리처럼 해석되어 왔

---

17   소현숙,「식민지시기 근대적 이혼제도와 여성의 대응」, 한양대 박사논문, 2013, 279~280쪽.

던 것이 당대의 현실이 아니었는지 확인해 볼 필요가 있다. 그렇다면 그러한 폭력의 이유와 효과도 다시 분석되어야 한다. 이를 바탕으로 가정 내 폭력이 일부에만 제한적이었다고 해석하기보다는, 오히려 다분히 가정 내 폭력이 일상화 되었던 당대 현실을 충실하게 반영하고 있는 것이 김유정의 문학의 특성이 아닌가 확인해 보아야 한다. 즉 현실 그 자체가 폭력이 일상화되어 있는 것이 당대 삶의 진실일 수 있다. 따라서 이를 두고 개인적 차원에서의 섹슈얼리티로 분석하여 매저키즘의 증상으로 해석하는 연구는 작가와 관련지어 작품내적 특성을 규명하는 분석의 유효성에도 불구하고 당대적 윤리와 시대적 상황을 고려하지 않았다는 한계가 있다. 아내나 성적 대상으로서의 들병이와 같은 여성들에 대한 폭력은 분노를 내재한 것이 아니라 일상적 상황에서도 수시로 나타나기 때문이다. 그것이 김유정 소설의 폭력이 개인적 섹슈얼리티의 문제를 넘어서는 그들의 신체가 처한 사회적 상황의 경계성 때문인 것으로 설명되어야 하는 이유이다.

조선시대 형률의 기준이 되었던 『대명률』에 나타난 부처 간 살상행위에 관한 처벌 법규를 보면 유교적인 가부장제의 구현에 따른 남녀 관계의 규정에 따라, 남편에 의한 처의 통제를 옹호하고 부처 간의 위계질서를 남편 중심으로 강화하는 방향으로 법률이 설정되었음을 알 수 있다. 즉 처의 남편에 대한 폭력 행사는 그 행위 자체만으로도 죄가 성립되며 加刑의 대상이 되었지만, 남편이 처에게 폭력을 행사하는 행위는 감형의 대상이었다.[18] 그렇다면 이들 여성, 아내가 자신의 신체를 사유화하는 남성, 남편의 폭력에 순응하는 것은 어떤 이유에서일까? 그들은

---

18 위의 글, 281~283쪽.

폭력에 시달리면서도 자신의 신체를 사물화 하여 얻은 돈을 가지고 다시 폭력남편에게 돌아가고 있다. 그것은 그들이 돈을 가지고 있음에도 불구하고 그러한 폭력으로부터 벗어날 수 없기 때문이었다. 왜냐하면 그들이 남편이라는 소유자의 권력으로부터 벗어날 때 그 결과 모든 사람, 즉 자기의 이웃과 영원한 전쟁 상태에 처하기 때문이다. 그러한 전쟁상태에 있는 것에 비하면 남편의 폭력이 훨씬 낫기 때문이다. 만인의 만인에 대한 투쟁의 정글이 된 시대에서 들판에 던져진 유랑농민의 아내는 무기력한 남편을 홉스의 리바이어던으로 받아들이는 형국이다. 주권을 양도받은 권리를 소유한 국가를 리바이어던이라고 한다면 유랑농민의 아내는 주권의 포기를 통해 남편에게 신체의 소유권을 줌으로써 지배를 정당화하고 있는 상황이라고 보아야 한다.[19]

「소낙비」(『조선일보』, 1935.1.29~2.4)에서 춘호의 처는 무능력한 남편이 돈을 해오라는 닦달에 시달리다가 동네 부자 리 주사에게 겁간을 당한다. 그 사건은 예상할 수 있는 것이기도 하고 아니기도 한 묘한 상황이다. 리 주사와 불륜관계에 있는 쇠돌 어멈에게 돈을 빌리러 간다는 형식을 취하고 있지만 쇠돌 어멈이 없는 것을 알면서도 춘호의 처가 자신을 평소에도 노리고 있던 리 주사가 혼자 있는 집에 굳이 들어가는 것이나, 그날이 소나기가 쏟아지는 날인 것도 그러한 비정상적이고 예외적인 상황을 자연스럽게 만들어주는 장치로 작동한다.

그러나 의외로 아니 천행으로 오늘일은 성공이었다. 그는 몸을 소치며 쌩긋하였다. 그런 모욕과 수치는 난생 처음 당하는 봉변으로 지랄 중에도 몹쓸 지랄

---

19 국민국가에서의 주권의 양도에 대해서는 토마스 홉스, 진석용 역, 『리바이어던』, 나남출판, 2008, 240~241쪽.

이엇으나 성공은 성공이엇다. 복을 받을려면 반듯이 고생이 따르는 법이니 이 까짓거야 골백 번 당한대도 남편에게 매나 안 맛고 의조케 살수만 잇다면 그는 사양치 안흘 것이다. (…중략…) 다만 애키는 것은 자기의 행실이 만약 남편에게 발각되는 나절에는 대매에 마저 죽을 것이다. 그는 일변 기뻐하며 일변 애를 태우며 자기집을 향하야 세차게 쏘다지는 비쏙을 가븐가븐 나려달렷다.[20]

아내에 대한 남편의 폭력의 원인은 불륜이 아니라 빈곤이다. 가정경제를 책임질 당사자로서 남편은 무능한 자신을 대신하여 아내의 불륜을 권장하고 있다. 아내는 불륜 사실이 발각되면 '매를 마즐 것이라' 염려하지만 사실 남편은 돈 이 원에 아내의 정조를 팔기 위해 '실패없도록 안해를 모양내어 보내'고 있는 것이다. 겁간을 당한 일이 '천행으로 성공'이라는 인식은 윤리적 차원의 정조의 상실이 삶을 가능하게 하는 수단이 되는 것에 대한 합리화이다. 몸을 팔아 남편의 매를 벗어날 수 있다면 다행이라 생각하는 부부관계는 아내의 신체에 대한 소유자가 남편임을 절절히 드러내고 있다. 하지만 다른 측면에서 본다면 아내는 자신의 신체를 이용하여 남편의 소유에 대한 권력관계를 벗어나는 것도 가능하다. '겁간'이면서 아니기도 한 상황, '기쁘기도 아니기'도 한' 상황, 이러한 아이러니한 상황이 당대 농민의 아내가 처한 경계적 상황을 적절하게 설명하는 방법이다. 김유정의 다른 소설들의 부부관계가 이 작품에 설정된 부부관계의 범위를 벗어나지 않는 것은 그것이 당대의 가장 극렬한 한계상황을 집약적으로 드러내는 경우이기 때문이다.

김유정의 소설에 등장하는 성매매 여성들은 농민의 아내이기도 하고

---

20 「소낙비」, 『전집』(개정판), 46～47쪽.

들병이, 혹은 카페의 여급이나 기생이기도 하다. 「따라지」의 아끼꼬와 같은 카페의 여급이나 「생의 반려」의 기생 나명주는 자본주의 제도하의 성매매 여성이지만 들병이나 몸을 파는 하층계급의 여성과는 다르다. 여급 아끼꼬나 기생 나명주의 성매매는 돈을 벌기 위하여 거래의 대상으로 자발적으로 제공되었고, 그 수익도 자신의 것이란 점에서 들병이와 차별성을 가진다. 자신의 신체의 권력이 어떻게 형성되는지가 농민의 아내인 들병이와 이들이 차별화되는 지점인 것이다. 들병이에 대한 기존의 해석은 '피폐된 농촌 사회와 그러한 사회에서 생존의 수단을 상실한 절박한 처지의 유랑농민들이 취할 수 있는 마지막 생존의 수단'이라는 평가가 지배적이었다. 그러나 이러한 해석에서 결여되어 있는 것은 성매매 여성으로서 들병이의 주체성이다. 이러한 해석에서 유랑농민의 아내로서의 들병이의 시각은 배제되어 있다. 따라서 들병이의 입장에서 신체와 권력의 문제를 다시 들여다보아야 한다. 푸코에 의하면 17~18세기에는 유한한 존재로서 인간의 노동을 최대로 끌어올리는 방법을 규율에서 찾았다고 한다. 육체를 유용하고 동시에 순응적으로 단련시켜서 효과적이고 경제적인 통제를 가능하게 하고자 했던 것이다. 하지만 18세기 중반에 들어서면 생명은 그 자체가 관리의 대상이 된다. 즉 권력은 증식, 출생률과 사망률, 건강수준, 수명을 통계 내고 직접적으로 인구에 개입하여 조절하고자하는 것이다. 이렇게 정치에 포섭된 생명은 18세기까지는 군주에게 맡겨져 있었지만 이후로는 생명관리 권력에게 맡겨진다.[21] 성매매는 근대나 전근대나 그 관리의 방식에 차이가 있을 뿐이지 정치적 관점에서 관리되는 대상이었다는 점에서는

---

21 강선형, 「푸코의 생명관리정치와 아감벤의 생명정치」, 『철학논총』 78, 새한철학회, 2014.10, 134쪽.

차이가 없다. 하지만 들병이의 경우는 전근대사회에서 근대사회로의 이행기에 생겨난 새로운 성매매의 방식이었다는 점에서 일반적인 성매매와 차이를 가지며, 농민의 아내가 '들병이'화 되는 양상은 경계적 상황에서 발생했다는 점에서 생명정치의 대상이 된다.

이러한 푸코의 생명관리 권력을 발전시킨 것이 아감벤이며, 아감벤의 목적 없는 사유, 즉 목적으로부터 독립한 순수한 잠재성은 푸코의 새로운 사유를 위한 주체에 조응한다. 푸코가 『주체의 해석학』에서 말하는 '자기 배려'와 자기 자신을 돌본다는 것은 타자의 대상이 되기를 거부하고 오직 자기 자신의 대상인 자기를 위해 존재해야한다는 것을 의미한다. 그러나 이는 더 이상 주체 내에서 진실을 발견하는 문제가 아니다. "정반대로 주체가 모르고 있었고 또 주체 내에 거주하지도 않던 진실로 주체를 무장시키는 것이 관건이다."[22] 즉 푸코가 말하는 유사주체는 권력의 대상이 되는 것에 저항할 뿐만 아니라, 합리적 주체를 위한 사유의 대상이 되는 것에도 저항하는 주체이다. 근대적인 주체는 자기를 인식하기 위한 주체일 뿐만 아니라, 그러한 주체가 주체 내에서 발견할 수 없었던 진실을 통해 자기 자신을 스스로 만들어내는 주체인 것이다.[23] 카페의 여급이나 기생의 유사-주체가 자기 자신에게 상대적으로 있었다면 들병이의 유사-주체는 더욱 유동적이라는 점에서 비교의 대상이 될 수 있다. 들병이의 성매매는 자신을 위한 것이 아니라 무기력한 남편과 가정을 지키기 위한 수단이었다는 점에서 이들의 유사-주체와 차이를 가진다. 푸코의 유사-주체와 아감벤의 비오스가 구별되는 지점이 바로 이곳이다.

---

22 미셸 푸코, 심세광 역, 『주체의 해석학』, 동문선, 2007, 528쪽.
23 강선형, 앞의 글, 145쪽.

아감벤은 『호모 사케르』에서 조에zoē와 비오스bios를 구분한다. 고대 그리스에서 조에는 모든 살아있는 존재들(동물, 인간, 신)에 공통된 것, 즉 살아 있다고 하는 단순한 사실을 표현하는 반면, 비오스는 이러저러한 개체나 집단에 특유한 삶의 형태나 방식을 뜻한다. 조에의 영역은 오이코스 즉 가정이었으며, 그것은 예외로서만 폴리스의 가장자리에 머물 수 있었다.[24] 하지만 예외가 규칙이 되어버린 상황이 되면 조에와 비오스는 더 이상 구분되지 않고, 벌거벗은 삶의 공간이 정치공간과 일치하게 된다. 남편이 경제적 활동을 하고 아내가 가정관리를 책임지는 전통적 가정이 더 이상 유효하지 않을 때, 즉 유랑농민의 경우처럼 소작지를 박탈당하고 아내의 신체를 사물화 하는 가정의 경우 삶의 공간은 조에에서 비오스로 정치화된다. 그러한 정치적 삶은 그의 문학 전체를 관통하는 삶의 유형이며 들병이는 그러한 삶을 전형화 하는 인물유형이다.

「산ㅅ골나그내」(『제일선』, 개벽사, 1933.3. 이후 제목은 현대어로 표기)는 김유정의 첫 번째 소설이다. 첫 발표작품인 「심청」을 습작이라 평가한다면 「산골 나그네」는 완성된 형태를 보인 작품이라 할 수 있다. 이 작품에는 짧지만 이후 그의 작품세계를 관통하는 사고의 체계가 유랑농민의 아내를 통해 제시되어 있다는 점에서 주목할 필요가 있다. 이 작품에 대한 기존의 평가는 '뿌리 뽑힌 인간들의 빈궁한 생활상, 무기력한 남성과 생활력이 강한 여성, 매춘' 등으로 제시되어 왔지만 사실 이 작품은 이후 작품들에서 인물유형이 분화되기 이전의 원형적 형태[25]를 보여준

---

24 양창렬, 「생명권력인가 생명정치적 주권권력인가」, 『문학과사회』 19-3, 문학과지성사, 2006.3, 239쪽.
25 하위주체로서의 유랑농민의 아내가 처한 다양한 현실적 형태들, 들병이를 비롯하여 안잠자기나 명명하기 어려운 다양한 매춘의 형태가 이후의 작품들에서 분화되어 등장하는데 「산골나그네」는 그 원형에 해당하는 인물유형을 보여준다.

다는 점에서 분석이 필요한 작품이다. 산골의 조그만 술집은 가을이지만 술꾼들이 몰려오지 않는다. 하지만 우연히 찾아온 나그내(아낙네)는 유부녀임에도 불구하고 그 덕분에 동네 술꾼들을 불러 모은다.

> "아즈머니 젊은 갈보 사왓다지유? 좀 보여주게유."
>
> 영문모를 소문도 다 도는고!
>
> "갈보라니 웬 갈보?" 하고 어리생 생하다 생각을 하니 턱업는 소리는 아니다. 눈치잇게 벅으로 나려가서 보강지 아페 웅크리고 안젓는 나그내의 머리를 은근히 슬어안엇다. 자 저패들이 새댁을 갈보로 횡보고 차저온맥시다. 물론 새댁편으론 망측스러운 일이겠지만 달포나 손님의 그림자가 드물든 우리집으로 보면 재수의 빗발이다. 술국을 잠는다고 어듸가 떨어지는 게 아니요 욕이 아니니 나를 보아 오날만 술 좀 파라주기 바란다 ─ 이런 으미를 곰상굿게 간곡히 말하엿다. 나그내의 낫은 별 반변함이 업다. 늘한양으로 예사로이 승낙하엿다.[26]

이 상황에서 농민의 아내(새댁)와 매춘여성(갈보)은 구분되지 않는다.[27] 성을 판다는 전제가 없음에도 불구하고 나그네를 갈보라 부르는 것은 남편 없이 떠도는 여성을 바라보는 사회적 시선을 증명하는 것이다. 그것은 동네 술꾼들에게도 그렇지만 술집주인인 덕돌어멈에게도 마찬가지이다. 나그네도 술 팔라는 덕돌 어멈의 권유를 사양치 않고 술꾼들과 나그네의 수작도 매춘여성과 다르지 않다. 그런 나그네를 덮쳐 아내를 삼

---

26 「산ㅅ골나그내」, 『전집』(개정판), 20~21쪽.

27 갈보는 蝎(냄새나는 벌레)에 甫라는 의존명사를 부친 것으로 이능화는 갈보의 종류에 기녀(妓女), 은근자(殷勤子), 탑앙모리(搭仰謀利), 화랑유녀(花娘遊女), 여사당패(女社堂牌), 색주가(色酒家)가 갈보에 해당한다고 보았다. 따라서 갈보는 성매매 여성을 이르는 통칭으로 볼 수 있다. 이능화, 이재곤 역, 『조선해어화사』(동문선문예신서 29), 동문선, 1992, 442쪽.

고자하는 덕돌이에게도 그것은 마찬가지이다. 돈 삼십 원이 없어서 혼인이 파기된 스물아홉 노총각 덕돌이에게 우연히 굴러들어온 열아홉 나그네는 아내감으로 손색이 없는 것이다. 누구에게도 속하지 않지만 누구나 소유할 수 있는 존재, 그것이 30년대 농민의 아내의 비오스적 위상이다. 그리고 그러한 배제의 기준은 바로 그녀의 신체, 교환가치로서 의미를 가진 신체가 된다.

일종의 술집이자 여관을 겸한 것으로 보이는 이러한 업종에서 성매매가 이루어지고 있었던 상황은 당대 주점의 형태와 관련하여 살펴볼 수 있다. 술을 파는 주점을 "주막"이라는 명사와 관련시켜 고찰할 때, 18세기 화폐경제의 확산과 함께 장시場市가 열리는 시점에 주목하여 그 대로변에 형성된 주막거리를 주막의 등장으로 보는 견해도 있다.[28] 근대적 형태의 주막에 대해서는 도회지의 주막은 음식점 전문이지만, 시골에서는 여관을 겸하기도 하였고, 간혹 갈보를 두거나 주부 스스로 손님을 접대하기도 하는 등, 매춘의 성격이 있었다고 보는 주장도 있다. 주막의 밥값은 지역에 따라 다르지만, 가장 싼 것은 3~4전부터, 가장 비싼 것은 20전 범위 안이었다는 기록으로 볼 때[29] 「조선의 집시」에서 화대가 매우 현실적으로 제시되었음을 알 수 있다. 당시에 이 작품에 등장하는 것과 같은 주점의 형태와 비슷한 것으로 '내외주점', '색주가' 등이 있었던 것

---

28 주영하, 「'주막'의 근대적 지속과 분화」, 『실천민속학연구』 11, 실천민속학회, 2008. 2, 12~13쪽. 주영하는 김홍도의 〈행려풍속도병〉(1778)에 근거하여 이 시기 주막이 확산되었을 것이라 추정하고 있다. 김홍도의 이 그림의 화제(畵題)는 '반촌점(飯村店)이다. 즉 음식을 파는 형태로서 장시와 함께 등장한 것이 주막이라 보는 것이다.
29 1909년 12월 당시 조선통감부 경시로 재직하던 일본인 경찰 이마무라 도모에(今村鞆, 1870~1943)의 기록을 근거로 하여 주영하는 당시 주점으로서의 주막이 가지는 특징을 밝히고 있다. 주영하는 기억에 의존하는 글보다 외부인의 입장에서 고찰한 글이 의미를 가지는 이유는 그것이 오히려 객관적일 가능성이 크기 때문이라고 보았다. 이마무라는 당시 조선에 거주하던 일본인들에게 조선사정을 밝히기 위해 이글을 쓴 것으로 되어 있다. 위의 글, 7~8쪽.

으로 알려져 있다. 내외주점이 양인의 아내가 술을 파는 곳이었다면 색주가는 기생을 고용하여 술과 매음을 하던 곳으로 구별할 수 있다.[30] 색주가는 술과 함께 기생이 등장한다는 점에서 주막과 차별화되는 업종이다. 색주가가 근대적 형태의 주막임에는 이견이 없지만 그 시기에 관해서는 조선 후기로 볼 것인가 훨씬 이후로 볼 것인가에 대한 이견이 존재한다.[31] 이를 바탕으로 추정한다면 주점을 떠돌며 성을 파는 형식의 농민의 아내나 이동하며 성性을 파는 들병이들은 모두 화폐경제의 확산과 맥을 같이 한다는 점에서 근대적 형태의 성매매의 특징을 보여주는 존재들이라 할 수 있을 것이다. 따라서 「산골 나그네」의 성매매의 형태는 이러한 이행기적 특징을 전형적으로 드러내고 있다.

아감벤에게는 조에와 비오스 자체의 내용이 문제가 아니라 그것의 형식이 문제가 된다. 특히 그는 안/밖, 포함적 배제,˙예외라는 위상학을 중요시한다. 삶으로부터 분리된 삶의 형태들은 마치 하나의 '순수 형태'[32]로서 모두에게 동일하게 적용된다.[33] 자신의 신체를 교환가치의 대상으로 삼아 사물화 하는 농민의 아내나 안잠자기, 들병이들이 가지는 근대성의 의미는 그것이 차지하고 있는 위상, 즉 포함적 배제로서의 위상에 있다. 농민의 아내이지만 그의 권력으로부터 벗어나 사물화 됨으로써 하나의 '순수 형태'로 삶을 영위하게 되는 들병이는 그의 위상이

---

30 위의 글, 16~20쪽.
31 주영하는 색주가를 주점이 분화한 근대적 형태로 보았지만 이능화는 색주가가 화폐경제가 통용된 이후에 생겼을 것이라고 본다는 점에서 주영하와 다른 관점을 가지고 있다. 이능화는 선조때 윤국형의 글을 인용하여 중국을 본떠 주점이 생겼으나 정착하지 못하였음을 밝히고, 효종 이후 화폐가 통용되고 나서야 색주가가 생겼을 것으로 추정하였다. 이능화, 이재곤 역, 『조선해어화사』, 동문선, 1992, 451쪽.
32 벤야민의 "순수 형태"가 기원으로서의 의미를 가지는 것이라면 아감벤의 "벌거벗은 생명"은 예외상태라는 상황이 중요하다는 점에서 구별된다.
33 양창렬, 앞의 글, 243쪽.

가지는 의미 때문에 근대성이 발현하고 확장되는 존재가 된다. '벌거벗은 생명'이 '내부를 지탱하는 외부'라는 역설적인 존재라는 아감벤의 역설을 받아들인다면 들병이의 비참한 상황은 당대 현실을 드러내는 가장 유용한 기제이고, 따라서 들병이의 신체를 통하여 근대적 권력-주체의 역전이 일어나는 상황을 우리는 지켜볼 수 있다.

4. 결론

　김유정의 문학사적 위상은 구인회와 관련하여 모더니즘 작가로 규정되어 왔다. 그의 도시소설뿐만 아니라 농촌을 배경으로 한 일련의 소설들도 그러한 평가에서 예외는 아니었다. 김유정 문학의 근대성을 논하는 것은 한 작가를 넘어서는 근대문학의 규정성과 관련되어야 할 것이다. 그러한 점에서 일제의 식민지화 이후 시행된 일련의 사회경제 정책들과의 연관성에서 다수를 차지한 계층이던 농민들의 삶의 변화의 과정을 주목해야 한다. 김유정의 일련의 농촌을 배경으로 한 소설들은 바로 이러한 측면에서 30년대 문학의 근대성이 어떤 방식으로 형성되고 있었던가를 보여주는 예가 된다. 문학의 근대성을 사회경제적 토대와 관련시켜 분석하는 과정은 흔히 수량적 관점에서의 산업화와 연계되어 논의되어 왔다. 하지만 식민지배하의 왜곡된 경제적 상황은 빈곤과 양극화의 가속이라는 비정상적 상황으로 전개될 수밖에 없었고 그런 관점에서 식민지근대화론은 한계를 보일 수밖에 없었다. 신체의 권력을 중심으로 전개되는 푸코의 유사주체론은 이러한 상황에서 근대적 개인이 어떤 방식으로 형성되는가를 규명하고 있다는 점에서 주목을 요한다. 몰락한 농민의 아내로서 성매매에 내몰리는 들병이는 전근대적 매춘의 연장선상에 놓이면서 화폐경제하에서 사물화 하는 즈체의 모습을 보여준다는 점에서 근대적이다. 카페의 여급이나 기생과는 달리 들병이의 성매매는 경계적 상황에서 이루어진다는 점에서 포함적 배제라는 아감벤의 생명정치의 예가 된다. 정조와 불륜이라는 ㅇ 중적 상황, 누구의 소유도 아니면서 모두의 소유가 되는 경계적 상황은 농민의 아내의 신체를 중심으로 근대적 신체가 만들어지는, 그리고 생명권력과 정치가 마주서는 상황을 보여주고 있다. 따라서 농민의 아내를 중심으로 하는 김유정의 일련의 농촌소설들은 하위주체가 마주서야 했던 절박한 상황을 보여주는 것에 그치지 않고, 전근대사회에서 근대사회로 이행하는 과정에서 신체가 사물화 되고, 교환가치의 대상이 되며, 신체를 중심으로 권력이 생성되고 대립하는 양상을 드러내는 소설인 것이다. 그것은 근대성을 차이를 통해 드러내는 방법으로서의 탈근대성이며 동시에 근대적 신체가 형성되는 과정을 보여주고 있는 것이다.

문학작품의 사회경제적 배경으로서의 일제강점기는 또한 한국근대사의 근대 형성이라는 논점과 연계되어 있다. 한국사의 근대성 논쟁은 근대의 질적 규정성의 문제와 함께 문학의 근대성을 논의하는 새로운 논점을 제기하고 있다. 김유정 문학의 근대적 신체의 문제는 문학작품의 주인공이 만들어 내는 근대성의 새로운 지점을 제기함과 동시에 근대적 여성 주체의 규정성의 문제와 연계된다. 이러한 논의는 김유정 문학뿐만 아니라 한국문학의 근대성 논의와 연계되어 확장되어야 하는 지점이 될 수 있다.

참고문헌

1. 기본자료
김유정, 전신재 편, 『원본 김유정전집』(개정판), 강, 2007.

2. 논문
강선형, 「푸코의 생명관리정치와 아감벤의 생명정치」, 『철학논총』 78, 새한철학회, 2014. 10.
김영희, 「푸코의 후기 '권력'에 관한 연구」, 『문화와융합』 37-2, 한국문화융합학회. 2015. 12.
김주리, 「김유정 소설에 나타난 파괴적 신체 고찰」, 『한국문예비평연구』 21, 한국현대문예
　　　비평학회, 2006.
양창렬, 「생명권력인가 생명정치적 주권권력인가」, 『문학과사회』 19-3, 문학과지성사, 2006. 3.
이도흠, 「근대성 논의에서 패러다임과 방법론의 혁신 문제」, 『국어국문학』 153호, 국어국문
　　　학회, 2009. 12.
이송순, 「1920~30년대 전반기 식민지 조선의 농가경제분석」, 『사학연구』 제119호, 2015. 9.
이태숙, 「근대성과 여성주체」, 『한국문학이론과 비평』 제21집, 한국문학이론과비평학회, 2003.
조정환, 「한국문학의 근대성과 탈근대성」, 『상허학보』 19, 상허학회, 2007. 2.
주영하, 「'주막'의 근대적 지속과 분화」, 『실천민속학연구』 11, 실천민속학회, 2008. 2.
황정아, 「한국의 근대성 연구와 '근대주의'」, 『사회와철학』 31, 사회와철학연구회, 2016. 4.
홍혜원, 「폭력의 구조와 소설적 진실」, 『현대소설연구』 제47호, 현대소설학회, 2011. 08.

3. 단행본
강명관, 『조선풍속사』 3, 푸른역사, 2010.
소현숙, 『식민지시기 근대적 이혼제도와 여성의 대응』, 한양대학교, 2013.
이능화, 이재곤역, 『조선해어화사』, 동문선문예신서 29, 동문선, 1992.

미셸 푸코, 심세광 역, 『주체의 해석학』, 동문선, 2007.
_____,오생근역, 『감시와 처벌』, 나남출판, 2003.
토마스 홉스, 진석용 역, 『리바이어던』, 나남출판, 2008.

제4부 / 김유정과 문학콘텐츠

김유정역 갑니까?

박세현

도청 앞에서 매운탕을 먹고
지방신문에 논설을 쓰는 친구를 만나
헛기침같은 한담을 나누다 갑자기 일어선다
추억은 그 자리에 멈춰도 좋을 일이다
알싸한 바람이 불 것이다
휘적휘적 강원도청 소재지 뒷골목을 걷겠다
나역시 감자바위인데 이렇게 아는 얼굴이 없어도
된단 말인가? 속좁은 나의 사회성을 탓하면서
동시상영관을 찾아나설지도 모르겠다
「생활의 발견」이나 「욕망의 모호한 대상」이 걸려있는
극장이 있을지도 모른다
운 좋으면 그런 객석을 차지할 수도 있겠다

의암호를 일주하는 것도 잊지 않겠다
택시를 잡고 낮은 목소리로 말하겠다
김유정역 갑니까?
봉두난바로 박사논문 쓰던 시절 아내와 같이
소설가가 태어난 생가터에 도착했을 때
노랑 속살인 생강꽃 냄새 사이의 결틈으로
바람은 무조無調로 지나갔을 것이다
호적등본 같은 생존장부가 남아 있을 리 없던
신동면사무소를 나오면서
풍문과 회고의 사잇길로 사라져간 소설가가
역시 상기술上技術의 임자라고 메모할 것이다
김유정문학관 사랑채에서 쓱 나와보는
때문은 동정의 한복 입은 소설가를 만나면
어떻게 인사할까?
-선생님 소설로 학위논문을 쓴 박입니다
=아, 박사시군요
-시도 씁니다
=우리 때도 시쓰는 친구들 여럿 있었지요
요새도 시들 쓰는군요 고생이 많소
-덕담 한 말씀 해주세요
=덕담이라고 복창하면 되는 겁니까?
이런 식으로 흘러갔으면 좋겠다
김유정역에서 표를 끊고 대합실에 앉아 기다리는 동안
나는 쓸데없는 생각에 속이 환해지겠지
이 기차에 오르면 저 1930년대 구인회

사무실까지 직행할 것이다
대낮에도 등불을 들고 걸어가던 사내
염인증厭人症에 시달리던
소설가 양반의 손을 잡을 수 있을 것인가
육자배기를 들으며 공중에 누워
권련을 태우던 당신 앞에 설 수 있는가
(당신 앞에만 서면 자꾸 작아지겠지요)
명창 박녹주를 향해 질주하던 당신
징징대지 않고 문 걸어닫고
꽃피는 한세상과 헤어질 줄 알았던 당신
그런 당신과 당신 일행들
이상, 박태원, 박팔양, 정지용, 김기림,
이효석, 김환태, 이태준, 유치진
이 분들 술잔은 어떻게 들었는지
문학보다 먼저 궁금하다
끊어진 철길 위로 기차가 들어온다
나 혼자 기차에 오른다
2017년 3월 29일 김유정역 출발
기행문은 돌아와서 페이스북에 쓰겠다
선생님, 필승이 아저씨랑
들병이들 다 연락해주세요
구인회 동지들도 한꺼번에 초대합니다
이 봄 확 우려넣은 생강주 한 병씩 돌리렵니다
각자, 뜨겁고 신나게 병나발 부시도록

소설
춘천 아리랑

전상국

삐, 삐리, 삐, 삐에～

나, 점순이가 부는 호들기[1] 소리다. 수아리골 개울에서 파릇하니 물 오른 갯버들을 잘라 그 껍질로 요만하게 작게 만든 거라 소리가 좀 까불 대긴 하지만 자우룩 가라앉은 산 속을 깨우기엔 썩 그만이다.

삐에엥, 삐리리 삐～

금병산 어디선가 낭구[2] 하고 있을 춘배 들으라고 부는 호들기다. 우리 수탉을 때려죽인 뒤로 춘밴 내가 부는 호들기 소리만 들으면 득달같 이 달려오기로 나하고 손가락을 걸었다. 하지만 뭐 둘이 그렇게 만난다고 해서 시시덕대며 좋아할 그런 별일은 츰[3]부터 글렀다. 춘배가 본디

---

1 '호드기'의 강원 방언.
2 '나무'의 강원 방언.
3 '처음'의 강원 방언.

그런 애다. 내 호들기 소릴 듣고 와선 기껏 한다는 말이, 너 호들기 불면 뱀 나온다거나, 낭구 팔러 읍에 가야 한다, 며 부리나케 내빼기 일쑤다. 하긴 내 호들기 소리에 장단 맞춘답시고, 아주까리 동백아 열지를 마라 산골의 큰애기 떼난봉난다, 이렇게 강원도 아리랑 한 구절을 흥얼거린 적이 딱 한번 있긴 하다.

아무튼 난 춘배 개 상판때기[4]만 쳐다 봐두 되우 좋다. 근데 증말 이상한 건 춘배만 보면 그리 절로 흥이 솟으면서도 괜히 맘 한 구석이 짜안하다는 거다. 그건 울아부지가 나 시집갈 때 됐단 얘길 할 때마다 춘천 아리랑 그 서러운 한 대목을 흥얼거리게 되는 거와도 같다.

— 춘천아 봉의산아 너 잘 있거라 신연강 뱃터가 하직일세 아리랑 아리랑 아라리요 아리랑 고래로 넘어간다.

"점순아, 점순아! 이 지즈배[5]가 어디 간 거야?"

오늘이야말로 춘배를 만나 긴히 할 말이 있어 싸리다래끼를 허리에 차는데 어머이가 날 찾는다. 아부지 앞에서는 풀죽은 개 모양 목을 폭 움츠려 기신대면서도 나한텐 늘 저런다. 집에 중신애비가 드나들면서부터 부쩍 여잔 조신해야 시집 잘 갈 수 있다면서 저래 들볶는다.

"어머이, 나 뒷간에 있는데 왜 자꾸 그래유?"

"이년아, 똥은 나중에 싸구 닭새끼들부터 가둬."

오늘도 또 닭 타령이다. 하긴 울아부지가 알면 큰일이다. 우리 수탉이 죽은 뒤로 암탉 네 마리가 춘배네 집을 제 집으로 알고 아예 거기서 산다. 실은 춘배네 수탉이 구구구 우리 암탉들을 꾀 들인다. 춘배네 수탉

---

4 '얼굴'을 속되게 이르는 말.
5 '계집애'의 강원 방언.

놈이 자기네 암탉까지 모두 여섯 마리를 거느리고 다니는 꼴이라니! 죽은 우리 수탉 앞에서는 쪽도 못쓰던 것이 목을 한껏 치켜들고 기세 좋게 우리 암탉 등허리에 올라타 껍죽대는 꼴은 증말 보기에도 썩 쟁그랍다.

물론 우리 암탉들을 닭장에 가둬놓기만 하면 별일은 읎다. 그러나 시골에서 닭을 닭장에 가두는 일은 밤에 내려오는 살쾡이나 오소리 때문이고 해가 뜨는 즉시 밖에 내놔 키워야 한다. 집 밖에 나가야 풀씨는 물론 온갖 벌거지[6]를 잡아먹으면서 밸 채운다. 그래야 따로 모이 줄 걱정이 읎어서다. 그렇게 즈 집을 찾아들어야 할 우리 암탉들이 해만 떨어지면 뽀르르 춘배네 집으로 들어가는데다가 달걀도 아예 그 집 울밑에다 내지르니 이걸 어쩌냔 거다.

"마님!"

이 사실을 우리한테 알려준 게 바로 춘배 어머이다. 춘배 어머이는 울어머이보다 더 젊은데다 얼굴도(춘배가 즈 어무이 닮았나?) 마을에서 젤루 곱상하게 생겼다.

"마님, (춘배 어머이는 자기네가 우리 아부지한테 땅을 배제해서 부친다고 해서, 김참봉댁에서만 쓰는 마님이란 말을 울어머이한테도 쓴다) 저걸 어쩐대유. 마님댁 닭이 우리집에다 알을 낳네유."

이때부터 울어머이가 저래 닭 타령이다. 울아부지가 이걸 알면 우리 수탉 없어진 일도 알게 될 거구 그러면 예펜네가 집에서 닭 하나 건사 못하고 뭐하냐며 어머일 된통 나무라 칠 게 뻔하다.

사실은 울어머이두 우리 수탉이 벌건 대낮에 춘배가 내려친 지게작대기에 맞아 죽은 걸 깜깜 모른다. 밤에 살쾡이가 내려와 물어갔다고 내

---

6 '벌레'의 강원 방언.

가 그짓말[7]을 해서다.

그러니 춘배가 우리집 수탉을 때려죽인 일로 기가 푹 죽어 있을 수밖에 없다. 나, 점순이가 안 일을 테니 닭 죽은 건 걱정 말라고 했는데도 그게 영 못미더운 그런 낯짝으로 늘 내 눈칠 살살 보는 게 맘에 좀 그렇다.

춘배네 수탉이 우리 암탉 등에 올라타 껍죽댄 뒤 시치미 뚝 떼고 모이를 좌 먹고 있다. 뒷간 똥거름을 밭으로 내고 있는 춘배를 내가 불러 세웠다.

"춘배야, 너 왜 우리 닭 느 집에 가뒀니?"

"내가 은제[8]…."

"니가 우리 닭한테 옥시기[9]를 주니까 자꾸 글루 가잖아."

"우린 옥시기 다 먹어서 읎거든."

"느 수탉이 자꾸 우리 암탉을 꼬시니까 그렇잖아, 이 바브야!"

아무튼 춘배가 그날부터 우리 암탉이 즈네 집으로 못 오게 막았기 땜에 그 일루다 울어머이가 날 찾는 일은 읎게 됐다.

그런데 그날 우리 암탉들을 죄다 우리집 닭장에 몰아넣은 춘배가 나를 향해 무슨 말인가 끙끙 더듬는다.

"저, 점순아, 지, 지금 저기 장수바위 밑에서 마, 만남 안 돼?"

별꼴이다. 지가 먼저 저리 벌벌거리면서 날 만나자고 하는 건 증말 츰이니까 말이다.

"돼!"

그렇게 해서 금병산 자락 옛날 아기장수 얘기가 전해지고 있는 장수바위 절벽 밑에서 춘배와 만났다. 노란 동백꽃도 개나리도 참꽃[10]도 다

---

7 '거짓말'의 강원 방언.
8 '언제'의 강원 방언.
9 '옥수수'의 강원 방언.
10 '진달래'의 다른 말.

지면서 산천이 온통 싱숭생숭 봄기운으로 들썩인다. 춘배가 자꾸 내 눈을 피하면서 이런다.

"점순아, 너, 나 자꾸 바보라구 하지 마."

"그러면 왜 안 되는데?"

"나 바보 아니거든!"

그러더니 뜬금없이 이런 말까지 한다.

"너, 그리구 울아부지 고자라는, 그런 말두 하지 마."

그러면서 얼굴이 빨개진다.

"다들 그러던데, 느 아부지 고자라구."

"아니야. 울아부지 고자 아니다. 내가 봐서 알아."

"그럼 니가 한들 이주사 어른 아들이란 얘긴 뭐야?"

"것두 아니야. 그 소문 땜에 울어머이가 을매나 속상해 한다구."

춘배 아부지가 고자라는 말이 마을에 떠돌고 있는 건 춘배가 한들 부자 이주사를 닮았다는 소문에서 시작됐을 거다. 즈 어머니 닮아 얼굴이 오종종하면서도 콧날이 반듯한 춘배가 배불뚝이 한들 이주사를 닮았다는 건 말도 안 되지만 사람들은 그런 거 아랑곳없이 자꾸 이상한 소문을 퍼뜨리고 다닌다.

춘배네가 실레마을로 이살 온 건 삼 년 전이니까 춘배 어머이가 이주사와 어쩌고저쩌고 해서 춘배를 낳았다는 건 증말 아니다. 그게 다 마을에 든 들병이며 마을의 얼굴 반반한 젊은 아낙만 보면 침을 껄떡대는 한들 이주사의 못된 짓으로 해서 그렇다는 걸 나는 안다.

쇠돌엄마가 자긴 속곳이 세 개구 버섯이 네 벌이나 된다고 자랑하는 소릴 듣곤(그게 다 이주사 집 드나들어 생겼다는 자랑) 춘호네가 남편 노름빚 이 원을 얻기 위해 소낙비 오는 날 이주사집에서 지랄 중에 가장 몹쓸 지랄 봉변을 당한 일도 마을 사람들은 다 알고 있다.

이주사가 춘배 아부지한테 수작골 논 네 마지기를 농사짓게 한 것도 다 그런 꿍꿍이가 있어서란 소문이 마을에 파다하니 왜 춘배어머이가 속상하지 않겠는가. 그 소문 땜에 춘배 어머이가 춘배 아부지 얼굴도 제대로 못 쳐다본다는 소문이 돌고 있다.

호오오, 호오이! 꾀꼬리 한 쌍이 산 속 숲을 헤집어 솟구치며 짝짓기를 하는 광경이 참 귀엽고도 얄밉다. 그러나 지금 내 앞에 풀 죽은 낯짝으로 서 있는 춘배 보기가 좀 그렇다. 그래서,

"느 아부지가 증말 고자 아니라구?"

내 말에 춘배가 고갤 크게 끄덕인다.

"그럼 넌?"

춘배가 내 말을 못 들은 척 꽃 지고 잎이 돋기 시작한 동백낭구[11] 밑을 손으로 가리킨다.

"저거 느네 주려구 저 아래 밭 가생이[12]서 오늘 캤다."

땅속에서 겨울을 난 울퉁불퉁 제멋대로 생긴 뚱딴지가 소쿠리에 그득하다.

여름에 노란 꽃이 피는 뚱딴지를 보는 순간 내 주둥이서 그만 뚱딴지 같은 말이 툭 나오고 말았다. 사실은 춘배를 만나 이 말을 꼭 하리라 별러 오긴 했다. 나, 점순이의 앞날이, 아니 춘배와 내 일생이 걸린 일이다.

"야, 나 시집간다."

잽싸게 이 말을 내뱉고 춘배 낯짝을 살핀다. 근데 한참 있다가 춘배가 이런다.

---

11 생강나무. 산동백, 개동백이라고도 부른다.
12 '가장자리'의 방언.

"왜?"

왜라니, 이런 바보, 나 시집간다는데 고작 한다는 소리가.

"울아부지가 나 시집가야 한대."

"왜?"

"나 시집 간다구!"

"어디루?"

"어디긴, 서울 부잣집이다."

"………."

춘배, 갑자기 꿀 먹은 벙어리다. 춘배가 아무 소리 못하니 내가 또 말해야 한다.

"우리 도망갈래?"

"도망, 왜?"

"바보 멍청이! 너한테 시집가구 싶으니까 그렇지!"

춘배한테 시집가려면 둘이서 도망치는 수밖에 없다는 걸 어떻게 얘기해야 할는지 생각이 안나 그렇게 말한 거다. 근데 춘배가 도망가자는 내 말이 되우 어려운지 아직도 저래 벙벙한 낯짝으로 눈만 멀뚱거린다.

"흥, 도망 못가겠다 그거지?"

내 다그침에 춘배가 한참 뒤에 뭐라 웅얼거린다.

"그러믄 울아부지 울어머이 징역간다. 너 데리구 도망갔다구."

효자 났다. 더 웃긴 건 내가 절 데리고 가지, 지가 날 데리고 도망간다니 그게 말이 되냐.

실은 나도 달리 할 말이 없다. 나도 울어머이 울아부지 내버리고 도망은 증말 못 간다. 춘배와 도망을 가는 게 재민 있겠지만 어디서 뭘 어떻게 먹고 살는지 덜컥 겁부터 난다. 맨발로 마을에 들어와 거지꼴로 마

을을 떠돌다 팔미천 건너 사라지던, 송곳 모로 꽂을 땅뙈기 하나 없이
사는 사람들의 그 딱한 모습을 너무 많이 봐서다.

내가 증말 춘배한테 시집을 간다구? 맘 속으루 그렇게 묻는다. 그래
서 쟤하고 도망을 가야 한다구? 그런 생각을 하면서 춘배를 쳐다본다.
아니, 춘배 쟤 키가 왜 저리 작지? 낯판대기도 꾀죄죄하니 꽤 못 생겼다.

그래, 지난 해 이른 봄날 바위틈 노란 동백꽃 덤불에 춘배 어깨를 짚
은 채 그대로 둘이 한 몸뚱이가 됐을 때, 그때 이미 알아봤다. 수작골 이
쁜이와 도련님이 그랬다는 그게 뭔지는 모르지만 그때 춘배 **뺨따귀**에
주둥일 대봤는데 찝찔하니 어이구 그 땀 냄새 하구……. 그때 증말 우
스운 건 춘배 낯짝이 벌개 가지고 숨소리까지 이상했지 뭐냐. 그때 울어
머이가 날 불렀으니 망정이지 하마터면 춘배하고 뱉 맞췄을 거고 그러
면 꼼짝없이 어디론가 도망칠 수밖에 없었는지 모른다. 그때 증말 배가
맞았음 지금쯤,

네팔짜나 내팔자나 잘먹구 잘입구 소라반자 미닫이 각장장판 샛별같
은 놋요강 은앙금침 잔모벼개에 깔꾸덮구 잠자기는 삶은 개다리 뒤틀
리듯 뒤틀렸으니, 웅틀붕틀 멍석자리에 깊은 정이나 드리세.

어디서 이런 강원도 아리랑이나 흥얼거리고 자**빠**졌을는지도 모른다.

그런데, 시상[13]에 별꼴이다. 춘배 쟤가 울고 있지 뭐냐. 벌써 전부터
금병산 장수바위쪽으로 몸을 돌려 절벽에 환하게 핀 철쭉꽃을 쳐다본
다 싶었는데 춘배가 콧물까지 훌쩍이며 끅끅 울고 있다. 뭐야, 너? 나 시
집간다고 그래서 우는 거야? 아니믄, 우리 도망간 뒤 징역 살 느 아부지
어머이 생각해서, 그게 불쌍해서 벌써부터 우는 거냐구?

---

13 '세상'의 강원도 방언.

그래, 나 너하구 도망 안 가, 도망 못 간다고! 그렇게 얘기할 참인데 끅끅 울던 춘배가 느닷없이 장수바위 절벽 밑으로 치뛴다. 절벽 밑에까지 올라간 춘배가 애들 대가리만한 돌멩일 하나 주워들더니 뻔쩍 위로 쳐든다.

그로부터 6년 후, 단기 4273년, 서기 1939년 서울에서 춘천 가는 경춘선 기찻길이 뚫린 그 이듬해 사월 초하룻날 조점순(26세)은 기차에 오르기 전부터 가슴이 두근댄다. 서울로 시집가, 아니 서울이 아니라 서울에서 가까운 양주로 시집간 뒤 두 번째 춘천 실레마을 친정집으로 내려가는 길이다. 시집간 지 3년 만에 친정에 한번 다녀오긴 했어도 그때는 그 고된 시집살이 삼 년 그 한풀이로 사흘 밤낮을 내리 잠만 자느라 집 밖 나들이는 아예 꿈도 못 꿨다.

그러나 이번 삼 년 만에 다시 가는 친정 나들이는 그 동안 보고 싶던 실레마을 사람들과 만나 희희낙락 질펀하게 즐기고 싶다. 물론 곁에 네 살 박이 지즈배 하나와 젖먹이 언내[14]가 또 하나 있긴 하지만 연초조합 다니는 남편이 직장 일로 장인 환갑 그 전날에나 내려올 수 있다고 해 그나마 숨이 트인다.

경춘선 3번 객차 중간쯤 바른쪽 창가에 앉은 점순은 창밖으로 빠르게 흘러가는 바깥 풍경에 눈을 떼지 못한다. 봄이라곤 하지만 보리밭 말고는 산과 들이 아직 칙칙하다.

아, 근데 봄은 봄이다. 양지 바른 철둑 밑으로 봄에 가장 먼저 꽃이 피는 꽃다지가 무더기 무더기 노랗다. 그러고 보니 허리에 종댕이[15] 를 찬

---

14 '젖먹이'의 강원 방언.
15 '종다래끼'의 방언.

아낙네들이 고들빼기나 달래를 캐다가 달려가는 기차를 향해 하염없이 손을 내젓고 있는 모습도 보인다. 이와는 달리 밭에 두엄을 내는 농부들은 기차 같은 건 아랑곳없이 쇠스랑으로 땅 고르기에 여념이 없다.

대성리를 지나면서 바른쪽으로 북한강 물줄기가 눈에 훤하게 터진다. 그런데 청평 조금 못 미쳐 강 꼭대기에 사람들이 떼로 몰려 일을 하고 있다. 홍천에서 내려오는 물과 춘천 북한강을 높은 뚝[16]으로 막아 가둔 물로 전깃불을 만든다는 소문의 그 일판인 모양이다.

청평역을 거쳐 가평, 가평역에 섰던 기차가 가평 철교를 철거덩철거덩 건너 강가 경강역을 향하면서 예서부터가 춘천이다. 강을 낀 산자락이 드믄 드문 샛노랗다.

동백꽃이다. 점순은 잎이 나기 전 꽃부터 피는 저 동백 열매로 짠 참동백 기름을 머리에 바르고 시집을 갔다. 점순의 푸석거리는 머릿결이 참동백 기름을 바르자 잘잘 윤이 나고 그 알싸한 냄새 때문인가 그 징그런 머릿니도 서캐도 언제 있었나 싶게 없어졌다.

점순이 시집간 양주 산자락에도 지천인 동백나무 잎을 따다 찹쌀 풀에 묻혀 튀각을 해 어른들 상에 올렸더니 깻잎 튀각을 저리 밀어놓으면서 동백잎이 젤이다 했다. 시할아버지는 점순이가 노란 동백꽃을 따 말렸다가 차로 끓여 내자 이걸 먹으니 입안에 군내가 안 난다며 수시로 홀짝인다.

점순은 동백꽃 때문에 남편하고 몇 번 말싸움을 벌인 적도 있다. 남편은 동백꽃이 저 남쪽 바닷가에나 피는 빨간 동백꽃이 아닌, 천 년도 훨씬 넘는 오래 전부터 강원도 아리랑에 나오는 그 동백이라는 걸 모르는 맹추라서 그렇다. 바닷가 그 동백은 꽃 냄새가 없지만 강원도 아리랑

---

16 '둑'의 센말. 1944년 준공된 지금의 청평댐.

에 나오는 동백은 알싸한 냄새가 난다고, 그걸 말할 때마다 점순은 맘이 쬐끔 야릇했다.

이제 쫌 있으면 도착할 실레마을의 금병산이 눈에 선하다. 이쁜이와 금병의숙 야학당 다니며 글 배우던 생각도 새롭다. 이쁜이는 도련님과 그랬다는 소문 뒤 도련님이 훌쩍 마을을 떠나자 도련님이 보낸다는 편지 약조에 답장하기 위해 글씨를 열심히 배웠기 때문에 비록 글씨는 삐뚤 빼뚤이지만 점순이한테 보내는 편지 속에 할 말은 다 한다. 훌쩍 떠나간 뒤 두 번 다시 볼 수 없는 도련님이 그 동안 편지 한 장도 안 보내온 게 괘씸하고 괘씸해 그 동안 징징 울며 따라다니던 석숭이한테 시집을 갔다는 얘기도 눈물 콧물 섞어 썼다. 벌써 애가 셋이라는 얘기 끝에 그 애들 중 한 애의 귓바퀴가 도련님하고 닮았다는 얘기도 그 편지에 살짝.

점순은 그렇게 이쁜이의 편지로 고향 실레마을 소식을 듣는 게 증말 재미있었다. 덕돌이가 홍천에서 온 열아홉 살 먹은 계집한테 홀려 결혼까지 했다가 그 계집이 신랑 바지저고리 훔쳐 가지곤 물레방앗간에 숨겨 놨던 병든 남편한테 입혀 서울로 도망친 뒤 실성을 했다는 얘기. 그렇게 실성을 했던 덕돌이가 이젠 맘 잡고 잘 살게 된 건 지지난 해 겨울 자기 집 싸리문 앞에 포대기에 싸인 언내가 있어 그걸 들여 키우면서부터라고.

— 덕돌이가 그 언내 이름을 뭐라고 지었게? 히힛, 홍돌이야, 홍천할 때 그 홍.

점순은 덕돌이 얘기 끝에 이쁜이가 전한 또 다른 소식에 박수까지 짝짝 치면서 키득거렸다.

한들 이주사가 돌쇠 아버지한테 당한 이야기다. 돌쇠 엄마가 이주사 집에 드나들면서 남들은 입어볼 수 없는 속곳이며 버선까지 신고 다니면서 자랑했는데 그거야 돌쇠 엄마 좋으니까 좋은 거지만 돌쇠 아버지로서 정말 참을 수 없는 일이었을 게다. 게다가 돌쇠가 자기 씨라고 이주사가 동네방네 소문을 내고 다녔다니 돌쇠 아버지 속이 어떠했겠는가 말이다.

어느 날 이주사 머리통에 돌쇠엄마가 입고 다니던 속곳이 씌워졌다. 그 우스운 꼬락서닐 한 이주살 누가 번쩍 처들어 한들 논바닥에 집어던졌게?

— 히히, 인젠 이주사가 허리두 못 쓰는 병신이 됐단다.

점순은 어서 빨리 신남역에 마중 나온다는 이쁜일 만나고 싶었다.

그리고 춘배, 이 대목에서 점순은 생각을 멈춘다. 점순이 무릎에 코를 박고 자던 네 살 박이가 눈을 떠 칭얼거리기 시작한 것이다. 마침 기차도 백양역을 지나면서 강쪽으로 훤하게 뚫린 굴속을 빠져나가느라 꽤나 시끄러웠다.

밑으로 북한강이 굽이쳐 흐르는 강촌역에 기차가 서자 칼봉 바위절벽이 눈앞에 펼쳐졌다. 점순은 병풍처럼 솟은 칼봉 바위절벽을 후딱 훑어본다. 가슴까지 달달 떨면서. 그러나 곧 웃고 만다. 칼봉이 아니라 금병산 장수바위 절벽이라고 쓴 이쁜이의 편지가 생각난 것이다.

— 점순아, 너두 거기서 춘배하구 그랬니?

망측하게도 이쁜이가 편지에 그렇게 썼다. 점순이 니가 그랬으니까 춘배가 거기다 그렇게 썼을 거 아니냔 거다.

장수바위 절벽에 춘배가 뭔 글잔가를 새겨놨다는 그런 얘기다. 점순이 서울로 시집간 뒤 춘배가 한동안 실성을 해 거의 매일 금병산 장수바위에 올라가 벌인 일이라고 했다.

춘배가 장수바위 절벽에 돌멩이를 내려쳐 새겨 놓은 그 흔적을 이쁜이 신랑 석숭이가 발견한 것은 춘배네 식구 다섯이 멀리 만주 땅으로 줄

레줄레 떠난 그 얼마 뒤였다.

춘배가 바위절벽을 돌멩이로 내리쳐 새겼다는 그 흔적은,

— 점순아 ⋯⋯⋯⋯

읽을 수 있는 글씨는 고작 고거였다고, 점순이 니가 고향 오면 금병산 올라가 고거 함께 보자고, 그러면 그 뒤엣것이 뭔지 넌 읽을 수 있을 거 아니냐고, 킬킬거리는 말로 이쁜이의 삐뚤빼뚤한 편지는 끝. ○

유정 / 무정

우한용

이 나라에 폐결핵이 다시 창궐했다. 소모성질환의 대명사처럼 불리던 결핵이 면면촌촌 번져서 보건복지부장관이 해임되는 사태가 벌어진다는 것은 요해가 불가한 일이었다. 국민소득 3만 달러를 앞두고, 깔딱고개를 넘지 못하고 학학대는 중에 잘 챙기지 못한 허술한 구석이 그렇게 불거지는 것인지도 모를 일이었다. 한편에서는 사이버섹스숍 환경을 개선하라는 시위가 벌어지기도 했다. 실내 공기가 너무 탁해서 고객들이 폐결핵 위험에 노출되어 있다는 것이었다.

닭을 한 서너 뭇 고아먹고 살아나야 한다던 유정이, 이 결핵의 난국을 어떻게 견디는지, 무정은 속에서 무엇이 울컥 올라오는 것을 겨우 참았다. 무정도 결핵 진단을 받았다. 위장이 절딴나지 않아 그런대로 버티기는 하지만, 참담한 일이었다. 참담하다는 것은 삼십 못 넘기고 죽어야 한다는 삼엄한 현실 때문이었다. 죽기 전에 한번 서로 '엮여봐야' 하지 않겠나 하는 생각이 들었다. 전화도 하고, 문자도 보내고, 편지도 썼는데 유정 편에서 답이 없었다.

그런데 그날. 2016년 11월 29일 화요일.

무정은 속이 쓰려서 병원에 다녀오려고 나가는 중이었다. 개를 데리고 나갔다. 말뚝에 걸린 쇠줄을 철렁거리면서 앞발로 콘크리트 바닥을 박박 긁어댔다. 개를 끌고 나가기로 했다. 병원에 가는 환자가 개를 끌고 간다는 것은 초상집에 개를 데리고 가는 것만큼이나 울풋한 일이었다. 더구나 밖에서는 개팔자만도 못한 인간들이라는 자조섞인 말들이 오가는 중이었다. 하기는 개편에서 보자면 인간이 얼마나 하잘것없는지 웃음이 날 판이었다.

무정은 거리에 나서서 얼마 안 되는 사이 자기와 똑같이 생긴 사내를 만났다. 구텐 타크! 그게 사내의 인사였다. 무정은 얼떨결에 봉 주르! 하고 응대했다. 분명 서울인데 알자스로렌이라도 되는 양, 얼라스! 외국어가 벌창을 해서 흘러다녔다. 하기는 국내, 국외를 구별할 수 없는 시대가 되었다. 사내는 희한하게도 하얀 이를 드러내면서 무정을 향해 달려들 듯이 다가와서는, 자기가 잡고 있던 개 줄을 무정의 손에 쥐어주면서 잠시 케어해 달라는 것이었다. 상대는 개를 끌고 나간 무정을 보고, 어딘지 모를 친근미가 느껴지는지 터억하니 믿고 나오는 투였다. 검지와 장지 사이에 엄지를 끼워넣으면서 실실 웃었다.

중국은행으로 들어가는 사내의 뒷모습을 쳐다보며 무정은, 뭐하는 작대기가 저래, 멍하니 서 있었다. 중국은행 옆에는 엑스트라차티드뱅크가 자리잡고 있었다. 무슨무슨 인슈어런스, 어쩜 캐피탈, 뭐시기 파이낸스 그런 간판들이 총립해 있었다. 그 가운데 개 두 마리를 모시고 서

있는 자신은 누가 돌보는 존재인가 하는 의문이 들었다. 개와 사람 사이를 오가는 한편, 자유와 구속의 경계를 넘나드는 나그네로 서울이라는 희한한 동네에 살고 있는 자신이 존재의 실감을 가질 수 없게 했다.

건달 같기도 하고 활소 같기도 한 모습이 기억 속에서도 낯이 익었다. 전에 유정이 쓴 소설에 나오는 응칠이던가 응팔이던가 하는 매팔자의 사내를 연상케 하는 모습이었다. 매팔자라면 곰은 재주가 넘고 돈은 뙤놈이 먹는다는데, 그런 작자가 그 어마어마한 지투G2 중국은행을 드나드는 것은, 개발에 주석편자 격이었다. 아무튼 무정은 사내를 응구쯤으로 부를 요량으로, 유정이 좀 더 살아야 제 자식 수염나는 꼴을 볼 텐데 그런 사유를 조작하고 있었다.

무정의 수캐가 응구의 암캐 뒤로 추근거리며 달려들어 음부에다가 코를 대고 냄새를 쿵쿵 맡았다. 그것은 무정에게도 익숙한 일이었다. 이제까지 여자를 여자로 연구하고 받들어 모신 적이 없었다. 여자는 냄새로 다가와 물로 일렁이다가 구름이 되어 날아가는 그런 존재였다. 어느 사이 무정의 개가 벌건 양물을 내밀기 시작했다. 응구가 맡긴 개를 보고 욕정이 동하는 모양이었다. 무정은 공연히 얼굴에 열이 올랐다. 개에 대한 컴플렉스였다.

오빠야, 사이버 섹스숍에 와라. 여자애는 무정의 옆구리에 손을 걸어 당기면서 눈을 찡긋했다. 그게 너랑 하는 거보다 좋으냐? 그러엄, 좋지. 뭐가 좋은데? 깨끗하고, 병도 없어 위험하지 않고, 온몸으로 봉사한다아? 인간들처럼 꽃값 때문에 구질거리지 않아. 인터넷뱅킹으로 다 처리해 주거든. 무정은 그게 누구 계좌에 든 돈인지 물으려다 입을 닫았다. 계좌는 텄으되 잔고가 바닥이었다.

인간이 구질거린다고? 무정은 며칠 전 집을 나가버린 홍금을 생각했

다. 너랑 살다가는 굶어죽기 꼭 좋겠다는 게 가출의 이유였다. 횃불집
회에 나가 수당 받으면 술 사가지고 온다는 게 가출의 논리였다. 하긴
소설이 돈이 되는 것도 아니고 시가 도시락을 배달해 주는 것도 아니었
다. 굶어죽을 팔자라는 것이 문학인의 화상이었다. 그런데 따지고 보
면, 하기사 가출이랄 것도 없었다. 든 적이 없는데 난다는 게 도무지 논
리를 구성할 빌미를 제공하지 못했다.

　문학이라는 것을 그만둔다면? 다른 구멍을 찾아야 했다. 무정은 CSP
라는 사업을 구상하고 있었다. 약어가 유행이라 Cyber Sex Palace를 대
가리 문자만 따서 CSP라 해봤다. 구질거리는 윤리의 진흙탕을 벗어나
서 육신을 가진 인간이 누릴 수 있는 모든 감각을 황홀하게 느낄 수 있
으되, 도덕이나 법과는 아무 상관이 없는, 4D 마네킹을 이용한 아바타
섹스홀릭을 도모해볼 생각이었다. 그러나 생각으로 그치고 말았다. 종
잣돈이 없었다. 저승 가는 데도 노자가 든다던 어떤 골목 시인의 말이
저저히 옳았다.

　한 시간이 지나도록 응구는 나타나지 않았다. 혹시 해서 은행으로 들
어가려 하는데 구레나룻이 거뭇한 흑인 사내가 개는 데리고 들어오지
말라며, 뿌스 뿌스! 회전문을 막아섰다. 그 사내에게 잠시 개를 맡아달
라 넘겨주고 은행 안에 들어가 둘러봤다. 응구는 은행 안에 없었다. 낮
은 주파수로 윙윙 돌아가는 기계음으로 실내는 가득했다. 이전으로 치
면 비상구에 해당하는 구석에 CSP ONLEY라는 표지판이 불을 깜박이고
있었다. 이 작자가 귀찮은 개를 나한테 맡기고 저는 사이버 섹스 손님이
되어 한판 붙는 모양이었다. 무정의 경험으로는 십 분을 견디기 어려운
황홀한 진통이었다.

　아바타 거 물건 한번 기똥차구먼, 형씨 수고했소. 사내는 형씨 뭐 찾

소 하는 식으로 나타나서 아예 무정의 등을 슬슬 쓸어주면서 혼잣말을 했다. 나 글쟁이 무정이오. 당신 응칠이 아우 응구 맞지? 개인의 신상 자료를 어떻게 아시오? 응칠이가 유정이 자식이니까. 응구의 째진 눈꼬리가 치켜올라갔다. 유정 씨 아직 안 죽었소? 말 다루는 사람들, 몸은 늙어 죽어도 말을 책이란 미라를 만들어 남기면 썩지 않고 죽지도 않는다오. 내가 글 안 쓰기 잘 했지, 응구는 웨어러블을 만지면서 중얼거렸다. 형씨 계좌로 만천이백삼십 원이 입금되었소. 그거 형씨 시간수당이요. 무정은 응구를 쳐다보고 피식 웃었다. 건달의 개를 지켜주고 시간수당을 받은 꼴이 배알이 뒤틀리게 했다.

필요하면, 그 개 당신이 구워먹던지 삶아먹던지 하시오. 무정은 저 개가 혹 쇠푼이 될지도 모른다는 생각으로 그러마 했다. 그렇다기보다는 유정에게 보신을 시켜 줄 기회가 되리라는 기대가 더 컸다. 응구라는 사내가 제어 굳, 당케! 그런 인사를 닦았다. 독일서 굴러다니다가 돌아온 작잔가? 요새 매팔자는 그렇게 국제적으로 놀아나는 것이던가, 그런대로 세대를 앞서간다고 자부하던 무정은 홀연 나타난 응구의 행동에 아연해져 발끝을 내려다보았다. 백구두 끝이 개코가 되어 너덜거렸다.

무정은 잠시 담배연기를 날리면서, 응구라는 사내를 잡아놓을 걸 그랬다는 후회가 들었다. 개의 용도에 대해 사색과 명상을 잠시 감행해야 할 일이었다. 그런데 응구라는 사내에 대한 데자뷔, 그 징그런 기시감 때문에 속이 울렁거리고 쓰린 것 같기도 했다. 사실 응구라는 사내와는 침 묻은 담배 하나 나눠 핀 적이 없는데, 그 낯판대기가 오장을 울컥거리게 하는 것이었다. 제가 오갈 데 없으면 다시 나타나겠지. 무정은 하늘을 쳐다보다가 재채기를 했다. 콧물을 손으로 훑어냈다. 30년대식의 코풀기였다. 응구의 개가 커엉하고 한 번 짖었다.

응구라는 그 사내는 무정 자신의 그림자 같기도 하고, 자신이 그의 도 플갱어 아니면 그의 아바타일지도 모른다는 섬뜩한 느낌이 들었다. 내가 낯설어지고 낯선 내가 비위를 건드렸다. 개를 보면 응구라는 사내가 떠올랐다. 이른바 지투G2라고 하는 나라, 중국은행을 드나드는 응구라는 인간은 응오나 응칠이처럼 매팔자는 아닌 듯했다. 매가 사라졌는데 매팔자란 뭔가 말이다. 솔개는 가고 부리가 지친 인간만 남았다. 이태원 왈, 수많은 관계와 관계 속에 잃어버린 나의 얼굴아!

골목마다 은행이 즐비해서 경제가 날개를 단 것처럼 입으로 뇌던 시절은 멀리 갔다. 유정의 표현을 빈다면, 개가 핥은 솥바닥처럼 말갛게 솔질을 해 버린 판이었다. 무지렁이들이 항용 쓰던 관용구였다. 관용구가 사람을 잡는 것이라던 유정의 얼굴이 눈앞에 어른거렸다. 무정은 무단히, 맥락도 없이 지난 명절을 생각했다.

명절날 우울한 것은 남들 때문이다. 혼자서는 우울하고 즐겁고 할 일이 아무것도 없다. 남들 성묘하러 가는데 나는 내 조상 묘가 없어서 내 살아온 인생을 생각하게 된다. 남의 집은 애들 몰려와 재깔거리는 소리가 참새떼 같은데, 나는 혼자 담배연기만 날리고 있을 때 갑자기 옆이 허전하고 쓸쓸한 생각이 몰려든다. 이럴 때 유정이라도 찾아오면 좋으련만. 그 말을 할 줄 모르는 친구, 혀는 어디 쓰려고 달고 다니는지 모를 친구. 말로 다 뱉어버리면 글로 쓸 게 안 남는 모양인지, 유정은 말이 없었다. 여친이라고 죽자사자 쫓아다니던 가수 안젤리나한테 수없이 채이고 더욱 어눌해졌다.

무정은 요즈음 한 달여를 우울증에 시달려 잠을 못 잤다. 촛불을 들고 나와 여왕의 퇴진을 외치는 시위대 때문이었다. 녹두장군의 후예들이라 다르긴 다르다는 생각을 하기도 했다. 초가 자기 몸을 태워 세상을 밝히듯, 우리도 몸을 불살라 암흑 세상을 밝히겠다는 은유적 어법에 무정은 몸을 오소소 떨었다. 그것은 의문을 제기할 수 없는 절대격의 어법이었다. 그런데 귀를 파고 들오는 확성기 소리. 확, 성기를 잘라버리고 싶을 지경이었다. 그런데 어느 사이 그들이 자꾸 눈에 밟혀오기 시작했다. 여왕 퇴진을 외치는 저들이, 아직도 살아 있는 그 남들이라는 존재가 귀찮기 짝이 없었다. 나와 남을 구분하는 양분법에 문제가 있는 듯했다.

해서, 남이란 무엇인가를 연구에 연구를 거듭했다. 생각해보니 도무지 자기를 귀찮게 구는 작자가 없었다. 모든 타자는 퇴출당했다. 가는 데마다, 하이, 하이 소데스! 그렇게 허리들이 꺾였다. 그리고는 좋아요, 좋아요, 나중에는 아멘, 아멘 주체들은 그렇게들 무너졌다. 그렇게 고분고분하던 남들의 정수리에 침을 박기 시작한 것은 오유라와 그의 모친 죄순실이었다. 여왕은 죄순실을 자기의 시녀라고 코드를 부여했다. 그런데 죄순실 편에서는 자기가 여왕의 상왕이 되어 옥좌가 아니라 다이아몬드 스론 위에 비스듬히 누워 풀밭 위의 점심Le Déjeuner sur l'herbe을 농란하게 즐기고 있었다. 죄태민이라는 위엄겹게 자라 올라간 나무가 그늘을 드리우고 서 있었다. 무정은 그게 자기 일이라서 너무 익숙한 나머지 그러려니 하고 지냈다. 그런데 여왕 퇴진을 외치는 스피커 소리에 개가 꼬리를 물고 뱅뱅 돌면서 끙끙거리는 통에 무정은 그들을 다시 바라보았다.

연일 여왕 퇴진 시위가 불붙은 벌통이었다. 당신이 왕노릇하면, 무궁화삼천리 화려강산, 그 아니 낙원인가 외치던 이들이 거리로 튀쳐나왔다. 무정은 여왕 퇴진 촛불시위에 나가려고 다짐을 두었다. 그런데 다리가 켕기고 허리가 쿡쿡 쑤시는 바람에, 집에서 텔레비전만 지키고 앉아 있었다. 카메라가 비쳐주는 광화문 풍경은 혼자 보기는 아까웠다.

촛불을 들고 모여드는 시위대는 그야말로 도도한 인간의 물결이었다. 거기다가 소를 끌고 나온 사람들은 유정이 꼭 보아야 할 장면이었다. 소가 웃을 일을 잘도 도려내어 소설로 만들던 유정이 옆에 없는 게 아쉬웠다. 머리에 수건을 쓴 여성이 소의 눈가장자리에다가 입을 맞추며 눈물을 찍어냈다. 그 위로 트랙터를 몰고 해남에서 올라온다는 농민들의 행렬을 비춰주었다. 전쟁을 방불케 하는 영상이었다. 이 거대한 굿판을 유정이 못 보고 사탄마을에 주저앉아 있는 것은 역사적 손실이었다.

무정은 웨어러블로 유정에게 통화를 시도했다. 없는 번호입니다, 다시 확인하고 전화하기 바랍니다. 친절하고 매살스런 목소리였다. 홍금은 친절하지는 못해도 매살스럽지는 않았다. 무정은 유정의 전화번호를 다시 확인하고 음성메시지를 남겼다. 희한벌쩍한 굿판이 벌어졌다. 급거 서울로 오기 바람. 무정은 다시 텔레비전 화면을 바라보았다.

어떤 젊은이들은 고래풍선을 들고 행렬에 참여했다. 네월호에서 밖으로 빠져나오지 못하고 수장된 학생들의 혼령을 상징하는 것인 모양이었다. 침착하라는 선생의 말을 받들어, 남해바다에 수장된 젊은이들 300명. 원혼이니 고혼이니 하는 말로는 이름을 대신할 수 없는 젊은이들. 그 가운데 원효도, 세종대왕도, 만해도, 단재도, 그리고 장관도 판검사도, 아니 여왕이 없으라는 법이 있다던가. 사람들마다 80을 산다면 삼백 명의 연수명은 자그마치 2만 4천 년이었다. 이 나라 역사 다섯 굽이를 수장한, 그 엄청난 날 여왕이라는 사람이 어디서 뭘 했는지 밝히지 못하는 짓을 하고 있던 그런 나라. '이게 나라냐는 자조섞인 문자가 박힌 피켓을 든 여학생들. 압구정동 뱃놀이에 갔었다는 가짜뉴스도 무정은 익히 알고 있었다. 그 이야기를 듣고 낄낄거리자 개가 다가와 목덜미를 핥았다.

청기와집을 향해 행진하는 사람들을 바라보다가, 무정은 자기도 모르게 눈자위가 젖어들었다. 담배를 피워물었다. 목으로 넘어가던 담배 연기에 사래가 들려 기침을 해댔다. 기침이 거우러졌다. 옆구리 근육이 굳어서 풀리지 않았다. 소파에 앉아 몸을 떨었다. 양쪽 장딴지에 쥐가 났다. 무정은 바닥으로 미끄러져 내려와 몸을 굴렸다. 혼자 지내면서 가장 난감한 것은 몸을 추스르기 어려울 지경으로 병이 났을 때였다. 특히 쥐가 나면 죽을맛이었다. 그런데 개는 그 쥐를 잡을 줄 몰랐다. 고양이과가 아닌 것이다. 그럴 때마다 CSP 생각이 간절했다. 불평 한 마디 없이 전신을 자근자근 맛사지해주는 아바타 아가씨는 바디프렌드를 넘어 소울메이트였다. 아편 연기 속에서 부유하는 만큼이나 황홀한 힐링이었다. 무정은 1090-1004번으로 구조를 요청했다.

응급차가 도착해서 한참 경적을 울렸다. 기다시피 문앞으로 나갔다. 구조대의 도움으로 앰뷸런스를 탈 수 있었다. 병원 응급실은 시위대들로 뒤죽박죽이었다. 자동차보험 전문병원이라고는 하지만, 아니 그래서 그런지 전장을 방불하게 하는 광경이 눈앞에 전개되었다. 팔이 탈구가 되어 축 늘어진 늙은이, 머리가 터져 스카프로 묶어맨 청년, 발목을 거머쥐고 뒹구는 아가씨…… 아비규환의 공간에서 촛불은 타오르지 않았다.

텔레비전에서는 광화문에서 시위가 끝나고 쓰레기를 손에 들고 돌아가는 젊은이들을 비쳐주었다. 오늘 어떤 각오로 촛불을 들었습니까? 젊은 여기자가 물었다. 각오보다는, 나라가 더는 창피해지지 않게 하기 위해서 나왔습니다. 젊은 학생이 대답했다. 나라가 창피하다? 잘 사는 나라, 당당한 나라란 무엇인가? 나라는 누구 것인가? 나라가 누구 것이라니, 무정은 혼자 불독 얼굴을 해가지고 웃었다. 생각 굴러가는 방향이 스스로 생각해도 웃음이 났다. 개는 끙끙거리고.

병원에서 퇴원해 돌아온 날이었다. 유정이 찾아와서 개를 데리고 놀고 있었다. 유정의 홍채인식 기능이 입력되지 않은 걸로 미루어 보건대 아마 홍금이 같이 왔던 모양이었다. 무정은 그런 전후사정을 심문할 생각이 없었다. 유정은 개 두 마리를 번갈아 바라보며 연신 침을 흘렸다. 저거 한 마리만 고아먹으면 내가 살아날 수 있을 것만 같다. 의학적 보증이 있을랑가? 개 앞에서 개같은 소리를 하누먼. 마음에 가난이 들면 뭔짓은 못해. 개를 두 마리씩이나 데리고 뭘 하누? 혼자서 물건 내놓는 거 쳐다보기보다는 그래도 둘이 합궁하는 거 관상하는 게 낫지. 뭐가? 알면서 왜 물어? 성찰이 필요한 시점이니까. 성찰이라? '내가 이럴려고 여왕 하겠다고 그랬나 자괴감이 들기도 했다'는 거잖아. 오늘 희한한 굿을 볼 수 있을 거라. 아무튼 잘 왔어. 응구가 맡긴 개가 커엉 하고 외마디소리를 질렀다.

그게 11월 29일 낮이었다. 여왕의 대국민 담화가 있다는 것이었다. 무정은 전날 CSP에 다녀와 지쳐 늘어진 유정을 흔들어 깨웠다. 무정은 3D텔레비전 볼륨을 높여놓고 유정이 어떤 반응을 보일 것인가 못내 궁금해서 안달이었다. 자막에 2:30 여왕 담화 예정, 그런 문자가 떴다.

여왕이라는 사람이 2시 반 약속한 시간을 맞추어 나왔다. 연단에 선 여왕은 이전의 담화 때보다는 차분하고 결기있는 태도로 담화문을 읽어 내려갔다. 담화문은 담벼락에 써 붙이면 그만이지 뭐나온다고 읽고 그런다냐? 유정다운 말이었다. 그림이 있어야 종편쟁이들 잔소리 판이 살아나지. 어이, 유정이, 여왕 나오셨다. 무정의 재촉에 유정이 눈을 비싯하니 뜨고 텔레비전 화면을 쳐다봤다. 여왕은 전왕비처럼 올림머리를 하고 연단에 섰다. 연단 앞에 금빛 봉황이 새겨져 있었다. 그 밑에 로마자로 THE PRESIDENT OF THE REPUBLIC OF KOREA 왈, 꼴에 공화국회장이렸다. '봉황이야 눈물이 속된 줄을 모를 양이면 구천에 호곡하리라', 지훈의 한 구절이 떠오르는 것은 빌어먹을 교양의 장기기억 덕이었다.

저 개들 낑낑거리는 소리 듣기 싫어 못 살겠구먼. 유정이 투덜거렸다. 무정이 이 개놈의 새끼들, 작가 손님 시끄럽단다. 무정이 텔레비전 볼륨을 올렸다. 유정은 자세를 바로하고 텔레비전 화면에 빨려들어가듯 몰두해 귀를 세우고 경청해서 들었다.

존경하는 국민 여러분, 저의 불찰로 국민 여러분께 큰 심려를 끼쳐드린 점 다시 한 번 깊이 사죄드립니다. 이번 일로 마음 아파하시는 국민 여러분 모습을 뵈면서 저 자신 백 번이라도 사과드리는 것이 당연한 도리라고 생각하고 있습니다. 하지만 그런다 해도 그 큰 실망과 분노를 다 풀어드릴 수 없다는 생각에 이르면 제 가슴이 더욱 무너져 내리는 것만 같습니다.

국민 여러분, 돌이켜보면 지난 18년 동안 국민 여러분과 함께 했던 여정은 더 없이 고맙고 소중한 시간이었습니다. 저는 1998년 처음 정치를 시작했을 때부터 대통령에 취임해 오늘 이 순간에 이르기까지 오로지 국가와 국민을 위하는 마음으로 모든 노력을 다해왔습니다.

단 한 순간도 제 사익을 추구하지 않았고 작은 사심도 품지 않고 살아왔습니다. 지금 벌어지는 여러 문제들 역시 저로서는 국가를 위한 공적인 사업이라고 믿고 추진했던 일들이었고, 그 과정에서 어떠한 개인적 이익도 취하지 않았습니다. 하지만 주변을 제대로 관리하지 못한 것은 결국 저의 큰 잘못이었습니다.

이번 사건에 대한 경위는 가까운 시일 안에 소상히 말씀드리겠습니다. 국민 여러분, 그동안 저는 국내외 여건이 어려워지고 있는 상황에서 나라와 국민을 위해 어떻게 하는 것이 옳은 길인지 숱한 밤을 지새우며 고민하고 또 고민했습니다. 이제 저는 이 자리에서 저의 결심을 밝히고자 합니다.

저는 제 대통령직 임기 단축을 포함한 진퇴 문제를 국회의 결정에 맡기겠습니다. 여야 정치권이 논의해 국정 혼란과 공백을 최소화하고 안정되게 정권을 이양할 수 있는 방안을 만들어 주시면 그 일정과 법 절차에 따라 대통령직에서 물러나겠습니다. 저는 이제 모든 것을 내려놓았습니다. 하루 속히 대한민국이 혼란에서 벗어나 본래 궤도로 돌아가기 바라는 마음뿐입니다.

다시 한 번 국민들께 진심으로 죄송하다는 말씀을 드리며 대한민국의 희망찬 미래를 위해 정치권에서도 지혜를 모아줄 것을 호소드립니다.

여왕이 담화문을 다 읽고 단을 내려오려 하자 기자들이 질문하고 싶어서 안달이었다. 여러 가지 오늘 무거운 말씀을 드렸기 때문에 다음에 여기도 말했듯 가까운 시일 안에 여러 경위에 대해 소상히 말하겠고 여러분께서 질문하고 싶은 것도 그 때 하면 좋겠습니다. 여왕은 그렇게 말하고는 단을 내려와 발표장을 나갔다.

유정은 무정에게 담화를 다시 들을 수 있는가 물었다. 무정이 '여왕의 담화'라고 말하자 금방 들었던 여왕의 목소리가 다시 흘러나왔다. 말은 해버리는 것이 정상인데 그걸 기록하고 되풀이해서 듣는 건 개가 웃을 일이잖아. 말의 유령을 낳아놓는 정치꾼들 행태라니. 그러지 마시게. 숱한 밤을 지새우며 고민했다잖아. 존경받는 국민이라 좋으시겠어. 우리말이 그래서 그런데 국-민을 붙여 읽으면 궁민이잖아. 궁한 백성이란 뜻이야. 가난 구제는 나라도 못한다고 늙은이들이 늘 하던 말이 떠오르느만. 그럼 어쩌자는 건데?

무정은 유정을 한참 넋놓고 바라보았다. 그러다가 하품을 길게 품어냈다. 춘천 시내도 아니고 사탄絲灘마을 골짜기에 처박혀 폐병을 앓더니 사람이 달라졌다. 가난이 병이었다. 나라가 가난하고 사람을 만나지 못하는 마음의 가난이 폐결핵균과 함께 유정을 먹어들어가는 중이었다. 저 얼굴 언제 다시 볼 수 있을까 싶지를 않았다. 나라가 무언데 사람을 이렇게 죽어가게 하는가, 개가 커엉 맥없이 짖었다.

나라가 무엇인가를 짚어보던 무정은, 어딘지 사개가 물러난 것 같지 않은가? 나라라는 것은 전체, 전체라는 벼리가 서야 하는 법인데, 벼리가 물러나면 서까래며 문설주 기왓장 그런 것들이 제각각 자기가 주인이라고 버럭버럭 우기고드는 법이었다. 그렇게 낡은 집은 무너지게 마련이다. 집, 오이코스, 그것은 유기체이며 전체라는 것이 아니던가.

어이 유정이, 전체라는 게 뭔가 생각해 본 적 있는가? 무정의 질문에 유정은 머리가 띵하니 아파왔다. 말은 에너지였다. 그 에너지가 뇌를 맹렬하게 가격하는 중이었다. 전두엽으로 들어간 신호가 연수를 자극해서 머리가 아픈 것이었다. 뱃속에 육조를 배포하고 앉았던 시절의 언어는 행동과 단절되어 있었다. 그러나 언어는 에너지고 행동을 유발하는 자극제가 되었다. 그게 말의 제모습일 거란 생각이 들었다. 그런 언어에너지론은 어떤 소설가가 자기가 궁리한 결과라고 특허를 신청한 적도 있었다.

전체? 유정이 중얼거리는 순간, 티비화면에 대학 건물과 성당 건물이 교차되면서 흘러갔다. 대학교 왈 university, 성당은 일러 말하되 catholica. 말이 그렇다는 것일 뿐이지 대학을 어떻게 모두 알 수 있다는 것인가? 오유라가 말을 잘 탄다고 덜컥 학교에 넣어 주고, 메달 내놓아서 내가 누군지 알아 당신들, 하는 식으로 밀고 들어가는 대학, 그 전체를 어떻게 알 수 있단 말인가? 성당 또한 마찬가지로 그 전체를 알 수 없다. 내가 장편소설 안 쓴 이유 알겠지? 다행히 개떡같이 말해도 찰떡같이 알아듣는 독자가 있기는 하지. 그럴라나, 그게 착각이야. 무정이 당신 작품을 누가 읽고 그 뜻을 알겠나. 무정은 입을 닫았다.

현관에서 개 두 마리가 홀레붙는 장난을 하다가, 밖에서 인기척이 나자 낑낑거리며 문을 발로 긁었다. 응구가 찾아왔다. 지금 뭣들 하고 계신가요? 사유공작을 진행하는 중이라오. 말하자면 이런 것이지. 볼라나? 무정이 손가락을 움직여 화면을 키웠다. 화면은 유정의 생각을 따라 움직이고 있었다. 강사의 설명이었다.

나는 내 앞 한정된 부분만 내 눈에 보입니다. 등이 가려워야 등을 만지거나 긁게 되고, 내게 등이 있다는 것을 알지요? 뒤통수를 아는 것은 남이 내 뒤통수에 티검불이 붙었다는 이야기를 해주어야 가능한 일입니다. 더구나 내 내장은 내가 알지 못합니다. 허기나 포만감 혹은 통증으로 느낄 뿐이지요. 나는 나의 심장이나 위장은 물론 간도 쓸개도 본 적이 없잖습니까. 아마 여러분이 쓸개나 담낭을 보았다면 그건 남의 것을 보았을 뿐입니다. 더구나 나의 뇌에 대해서야 일러 무삼하겠습니까요? 강사는 인간의 뇌를 화면에 띄워 놓고 말이 없었다.

유정은 쇠등골을 생각했다. 마요네즈 군혀 놓은 것처럼 멀컹거리고 입에 들어가면 치즈처럼 녹던 등골과 뇌는 성분이 유사할 것이었다. 성분이 유사하면 맛 또한 그러할 것이었다. 유정이 침을 삼키자 화면에서 이야기하던 강사는, 생각이 엽기적입니다, 그렇게 말하고는 사라졌다.

고개를 주억거리던 무정이 응구를 홀금 쳐다보았다. 나는 내 눈앞에 놓인 것들만 보인다네. 바스 이스트 다린? (이 안에 뭐가 있지요?) 응구가 자신의 머리를 손가락으로 툭툭 치면서 물었다. 유정이 침을 흘리며 입맛을 다셨다. 뇌수를 먹고 싶다는 얼굴빛이었다. 응구가 나섰다.

머리에 생각이 들었다고요? 그거 몰라요. 우리는 눈으로 볼 뿐, 눈으로 뭔가를 볼 때, 뇌 속에서 어떤 작용이 일어나는지를 모릅니다. 그래서, 보이는 모든 것이 참되다. Omne quod videtur est verum. 유식한 주임신부님의 말씀입니다. 참되다는 것은 순수하다는 의미이기도 했다. 그래서 그런지 여왕은 '순수한 뜻에서'라는 말을 자주 되풀이해서 말하는지도 모를 일이었다. 나는 순수하다, 순수하게 백성을 위하고, 순수하게 나라의 장래를 걱정하고, 순수한 영혼으로 다가오는 죄순실을 '경계를 낮추고' 끌어안았다. 유정은 가만히 듣고 있었다. 이러니저러니 말을 많이 늘어놓는 것은 유정의 특기가 아니었다.

유정은 혼자 생각으로 순수란 말을 규정해 보고 있었다. 그런데 정리가 잘 안 되었다. 한자로 순수純粹라는 말 말고는 떠오르는 게 없었다. 순수한 의도? 그것은 모순이다. 순수라는 말은 의도를 배제한다. 어떻게 유정의 머릿속을 읽었는지 응구가 끼어들었다.

순수함puritas, 순수한authenticus 등은 시간공간이 배제된 것을 전제한다. 따라서 주체가 배제된 언어의 유령, 혹은 실체가 존재하지 않는, 그림자만 있는 그런 것을 유령이라고 한다. 순수한 의도intentio pura, 도무지 그런 게 존재하는가? 존재한다 해도 정치가로서는 정치적으로 판단하고 실행할 일이지, 순진하게, 나이브하게, 플로베르 〈순직한 마음Un coeur simple〉 그 하녀 펠리시테. 주제가 아니라…… 문체로 존재하는 소설. 유정의 문체라는 것은 사실 안젤리나가 노래하는 노랫말을 대강 변형해서 옮겨놓은 것이 아니었나. 안젤리나, 내 이 끓어오르는 가슴속의 말들이 안 들리는가? 유정은 뭔가 일들이 종말을 향해 치달린다는 느낌이 들었다.

밖에 누가 왔는지 개가 컹컹 짖었다. 현관에서 뱅뱅 맴을 돌면서 낑 낑거렸다. 나가봐야지 않나? 홍채인식 키라서 안 나가도 돼. 홍금이 말고는 아무도 못 들어오니까. 개가 나가고 싶은가보구먼. 무정이 문을 열고 나갔을 때 응구가 술과 아주를 한 보따리 사가지고 와서 서 있었다. 조금전까지도 탁자에 앉아 있던 사람이, 알 수 없는 일이었다.

아니, 어떻게? 무정이 응구를 위아래로 치올려보고 치내려보았다. 개한테 추적장치를 장착했지요. 그런 일은 일상이 되어 있어서 별로 놀랄 게 없었다. 자네 어르신 오셨네. 이야기 다 했는데요. 둘의 이야기를 듣고 있던 유정이 갑자기 기침을 하기 시작했다. 응구가 바이러스를 몰고 들어온 모양이었다. 플롯이 엮이지 않는 장면이었다.

유정은 화장실로 들어가 변기에다 대고 각혈을 했다. 먹은 게 없어서 그런지 요새는 토해내는 피도 양이 별스럽지 않았다. 밖에서 개들이 킁킁거리는 소리가 아득하게 들렸다. 유정이 화장실에서 나오자 응구가 유정을 끌어안고 입을 맞췄다. 유정은 입가를 소매로 훔쳤다.

유정이 소금물로 입을 헹구고 나와 거실 탁자에 둘러앉았다. 이윽고 중국요리가 배달되어 왔다. 응구가 올라오면서 주문한 것이었다. 비 게트 에스 이넨? (어떻게 지내시오?) 응구가 인사를 건넸다. 엉상떼! 싸 바 비엥. (좋아, 잘 지내는 중이야.) 무정이 대답했다. 응구가 주로 이야길 했다. 유정은 아무 말 없이 듣고 있었다. 아마 자기의 앞날을 짚어보고 있는지도 모를 일이었다. 응구는 중국음식점 상호가 벌겋게 찍힌 젓가락을 부러뜨려 이를 쑤셨다.

한 인간이 자신이 한 일에 대해 신념을 가진다는 게 무엇인지 아실랑가. 여왕은 신념의 여왕이지 않겠어라. 여왕의 아버지, 그 양반 우리 잘 알지 않나요? 부전여전이라 할까, 아무튼 아버지가 얼마나 무서운 사람입니까, 헌데 그 아버지도 못 말리는 딸이 저 여왕이지 않습니까요. 다스 봐르 마인 펠러! (그건 나의 실책이었습니다.) 그 한마디를 끝내 어금니 사려물고 안 할 겁니다. 텔레비전에서 보았지요? 한번 화면에 다시 띄워보세요. 응구가 텔레비전을 향해 '대국민 담화' 그렇게 말하자 아까 보았던 화면이 재생되었다.

내가 말입니다, 오유라 말 관리하러 독일로 네덜란드로 떠돌다보니, 말을 듣는 방식이 달라졌다우. 예컨대 '존경하는 국민여러분' 그 속에는 '징그러운 신민 여러분' 그런 의도가 깔려 있는 거 아닌가 몰라라. 그러니 말을 조심해야 한다니. 민어사이신어언, 일에는 민첩하고 말은 삼가라 그런 뜻 아니요. 헌데 그게 아니라 말과 당나귀는 좆이 크니 조심해야 쓰느니라, 그런 말씀이지요. 뭔소리냐면 말은 말이고 말좆은 마력을 지녔으니 함부로 할 일이 아니니라, 그런 말씀 아닙녀.

말은 흘러갑니다. 문자로 잡아 두어야 기억에 재생할 수 있지요. 어느 사이에 화면이 먹통이 되어 있었다. '본문 한글로' 화면에 담화 내용이 떴다. 한번 죽 훑어보세요. 응구는 요새 촛불 보니까 히틀러 시대 말이 자꾸 입에서 튀어나온다면서, 아 조, 엔트슐디궁! (대단히 송구합니다.) 그렇게 양해를 구했다.

유정은 화면에 눈을 주고 응시하고 있다가 혀를 찼다. 여왕이 어쩌면 전생에 들병이였는지도 모른다는 생각이 들었다. 절체절명의 어느 갈림길에서 인간이 할 수 있는 일이란 몸을 던지는 것 말고 무엇이 있을 것인가. 명색이기는 하지만, 가정이란 것이 있고 불알 두쪽 달랑 차고 다니면서 거드름이나 피우는 남편이란 물건이 있을 것이다. 눈먼 죄 사랑이라는 게 있어 애들을 낳고, 그런데 솥바닥이 쌀 맛을 본 지 오랜 터라 마누라가 나서지 않을 수 없는 형편이었다. 술청에 가서 소리도 하고, 남정네들 담배도 거들어야 했다. 그러다가 밤을 도와 운우지정을 요구하는 갸륵한 족속이 있어 청이 들어오면, 언감생심이어나 물실호기라 천량을 만들어 가는데, 말리고 자시고 할 법이라는 게 윤리라는 게 어느 사타구니에 끼어 있다던가. 그렇게 해서 집구석 목줄이 발딱거리게 해놓는 그 직업을 왈 들병이라고 하는 터였다.

말달려 전장을 누비는 남정네가 모두 후줄근하니 주저앉아서는 수염 뽑아가면서, 지당하고 지당하옵니다, 여왕님을 받들어 모실 자들은 눈 감고 모여라, 영이 서지 않는 민주가면들이 호가호위, 여우가 호랑이 등에 타고 위세를 농단하는 사이 여왕의 내전은 점점 내밀한 비밀의 궁성이 되어갔다. 여왕의 머리는 무당의 혼에 점령을 당했다. 현관에서 개들이 끙끙거리며 발로 바닥을 긁어댔다.

저 개새끼들이, 웅구가 구시렁거렸다. 그리고는 담화문에 대해 약간의 토를 달았다. 웅구가 토를 단 내용은 대체로 이런 것이었다.

아무튼 자기는 잘못한 게 하나도 없다는 주장이었다. 오로지 국가와 민족을 위해서 분골쇄신한 결과가 이런 데 이르렀다는 것이었다.

그러면서 국회를 뜻하는 '여야 정치권'의 논의 결과와 법절차에 따라 현직에서 물러나겠다는 것이었다. 정치적 계산이 가득한 발언이었다.

그럴 줄 알았다는 생각이 안 드는 것이기는 하지만, '나는 모든 것을 내려놓았습니다.' 하는 데서는 고개가 옆으로 돌아갔다. 불교에서 흔히 쓰는 말로 선법에서 번뇌를 벗어나는 방법으로 던지는 화두가 '방하착'이 아니던가. 그건 난 아무것도 모른다. 이제 당신들이 알아서 하라는 뜻이 아닌가. 그 때 당신들이란 정치권이라고 명시적으로 이야기하기도 했지만, 그렇다면 처음 이야기했던 대로 '국회'에서 알아서 하라는 이야기였다.

그래 여왕의 앞날을 어떻게 전망하시는가? 유정이 응구를 향해 물었다. 전망을 묻지 말고 직접 나가 보시지요. 응구의 말투는 약간 비틀려 있었다. 당신 눈으로 보라는 뜻이었다. 왈 눈 있는 자 볼 것이요, 귀 있는 자 들을지니라. 응구는 자기 말이 거칠다고 생각했는지, 앞으로 예상되는 일지를 스마트폰에 올리겠다고 했다. 무정은 고개를 주억거렸고, 유정은 입을 틀어막고 기침을 토해냈다.

유정은 사탄마을 집에 돌아오는 길에 안젤리나가 일하는 한국 소리 연구소에 들렀다. 안젤리나는 시민횃불행동본부에 소리 연습을 하러 갔다고 직원이 말했다. 안젤리나가 죽자사자 매달리는 자기를 돌려놓고 만나주지 않는 것이 야속했다. 만나주지 않는다는 것은 혼자생각일지도 몰랐다. 안젤리나의 매니저라는 작자가 흑심을 품고 자기를 돌려놓는 것은 아닌가 유정의 의심은 일구월심 커져만 갔다. 그러는 중에 유정의 말은 점점 어눌해졌다. 말을 할 자리가 없었다. 유정의 안으로 파고들어오는 타자가 가뭇없이 사라졌다. 유정은 응구가 끌고다니는 개처럼 한심하고 외로웠다.

서울 나들이를 하고 사이버섹스도 한판 치른 유정이 고향에 돌아와 입춘을 맞았다. 서울에 간 소득이 있었다면 광화문 촛불집회에서 안젤리나가 노래하는 걸 들을 수 있었다는 것 정도였다. 물론 크게 당한 일도 있기는 했지만.

안젤리나는 입이 걸었다. 전에 본 적이 없는 화법이었다. 이 오사리잡년이 민주주의 지켜야 한다고 콘크리트 바닥에 다리 벌리고 앉아 체루가쓰 뒤집어쓰곤 했는데, 오늘 나라가 이 꼴 이모양 되는 거 볼라고 그랬나 싶어 자괴감이 들기도 하고 그렇습니다. 아무튼 우리는 찔레꽃처럼 웃고 노래할 날을 기다려야 합니다. 안젤리나는 이연실의 '찔레꽃'을 편곡해서 불렀다.

> 엄마 일 가는 길에 하얀 찔레꽃
> 찔레꽃 하얀 잎은 맛도 좋지
> 배고픈 날 가만히 따먹었다오
> 엄마 엄마 부르며 따먹었다오
>
> 밤깊어 까만데 엄마 혼자서
> 하얀 발목 바쁘게 내게 오시네
> 밤마다 보는 꿈은 하얀 엄마꿈
> 산등성이 너머로 흔들리는 꿈

안젤리나는 노래를 멈추고, 잠시 청중을 쳐다보며 미동도 않고 서 있었다. 청중들의 웅성거림도 멈췄다. 정적 일순이었다. 여러분 박수 주세요. 박수 소리가 파도처럼 쏴아 쏴아 일렁거렸다. 저문세 형 말대로 사랑이라는 게 지겨울 때가 있지. 민주주의도 지겨울 때가 있지. 그래도 우리는 눈 녹은 봄날 푸르른 잎새를 기다리는 심정으로 민주주의를 지켜가야 합니다. 함께 외쳐봅시다, 민주주의라는 게 지겨울 때가, 모두 함께 있지! 있지! 하는 함성이 이순신 장군 동상 투구 위로 비둘기떼처럼 날아 올라갔다.

그때였다. 유정이 자리를 박차고 일어나 연단을 향해 돌진했다. 여왕탄핵추진단 요원이 유정을 잡아 연단에서 끌어내렸다. 질서를 지켜야

지……요. 뭐야? 유정이 겨우 입을 움직여 한 말은 이런 것이었다. 내
맘에 고독이 너무 흘러넘쳐. 연단에서 끌어내려진 유정은 오줌을 지렸
다. 응구의 개가 유정의 바지가랭이를 핥았다.

　어머 징그러워라. 개를 어떻게 길렀으면 저럴까나? 유모차에다가 아
이를 싣고 온 마미즈가 유정을 향해 침을 뱉었다. 아마 개를 껴안고 자
는 치들 같지 않아? 저런 작자들은 간수한테 짓터져야 해. 간수가 아니
라 수간이겠지. 그게 그거 아닌가. 남의 말이라고 함부로 지껄이지 말
라니. 유정이 기침을 했다. 유정의 입가에 묻은 피가 불빛에 괴기한 빛
깔로 번쩍였다.

　후인권의 '걱정 말아요 그대'라는 노래가 스피커가 찢어질 듯 울렸다.
유정은 후인권의 노래를 함께 따라 불렀다. 이승에서 부르는 마지막 노
래라도 되는 듯 처연하게 불렀다. 노래를 부르다가 각혈을 하기도 하고
손수건으로 입을 훔치고는, 또 노래를 불렀다. 유정은 울고 있었다. 무
정이 유정의 등을 토닥여주었다.

　무정이 데리고 나온 개가 오줌을 지렸다. 응구의 개가 그 오줌자리에
코를 대고 킁킁거렸다. 후인권이 작사하고 작곡한 '걱정 말아요 그대'는
후인권의 자유분방한 외모와 어울리기도 하고, 갈라지는 듯한 음성이
폐부로 파고드는 느낌이 복합적이었다. 검은 안경을 걸치고 머리를 산
발한 모습이 위압적으로 다가왔다. 그런데 그의 노래에 저문세한테 꾸
어온 듯한 구절이 귀에 들어왔다. '지나간 것은 지나간 대로, 그런 의미
가 있죠' 그런 의미라니? 어떤 의미 말인가? 응구는 그 노래를 무정의 웨
어러블로 전달했다.

그대여 아무 걱정 하지 말아요
우리 함께 노래합시다
그대 아픈 기억들 모두 그대여
그대 가슴에 깊이 묻어 버리고

지나간 것은 지나간 대로
그런 의미가 있죠
떠난 이에게 노래 하세요
후회없이 사랑했노라 말해요

…………

지나간 것은 지나간 대로
그런 의미가 있죠
우리 다 함께 노래합시다
후회없이 꿈을 꾸었다 말해요
새로운 꿈을 꾸겠다 말해요

　　무정은 가사가 명확하지 않아, 하며 '지나간 것은 지나간 대로 그런 의미가 있죠'라는 구절을 되풀이해서 속으로 중얼거렸다. 물론 거기 의미의 핵심이 들어 있는 것은 아니었다. 후회없는 꿈을 꾸었다든지, 새로운 꿈을 꾸겠다는 '그런 의미' 정도로 이해가 되었다. 중요한 것은 저 문세와 맥이 닿아 있다는 것, 노래는 노래지 문장의 정확성을 이야기하는 건 우스운 짓이라는 점이었다. 촛불집회 물결을 몰아가는 것은 의미가 아니라 일렁이는 촛불과 통제되지 않는 분노의 함성이었다.

그 함성에 휩쓸려 유정은 광화문 광장에 엎어지고 말았다. 그래서 하루저녁 병원 신세를 졌다. 신세를 지기보다는 호강을 했다. 응구가 개를 병원주차장에 묶어놓고 유정을 친아버지처럼 간병했다. 난 이제 끝난 것 같다. 여왕 탄핵당하는 거 보시고 죽어도 죽어야지요. 그거 봐서 뭐하게. 너희 매팔자 형제들 잘 사는 게 내 꿈이다. 유정의 눈자위에 물이 잡혀 있었다. 하나 부탁이 있다. 너 데리고 다니는 개 내가 삶아먹으면 안 되겠냐? 응구는 유정의 턱에 손을 들이대고 앞으로 제쳐 눈을 살폈다. 흰자위가 누렇게 물들어 있었다. 입춘쯤 해서 다시 오세요. 잡아드리지요. 그러마. 유정은 응구의 손아귀를 움켜잡고, 얼굴을 곧바로 바라볼 수 없어서 고개를 옆으로 돌렸다. 무정은 그저 덤덤하니 바라보다가, 유행가야! 그렇게 말했다.

2017년 2월 4일, 그 날은 입춘이었다.

유정은 아침에 일어나 기지개를 켰다. 어깨에서 우두둑 소리가 났다. 몸을 뒤로 재켜 허리를 폈다. 풋시옆도 하고, 아령을 들고 한참 팔을 휘둘렀다. 오랜만에 몸이 풀려 컨디션이 그야말로 무정이 말마따나 데끼리였다. 세수를 하려고 댓돌을 내려밟는데 쿨룩하고 기침이 났다. 손에 피가 묻어났다.

안개를 헤치고 다가오는 공기가 포근했다. 입춘추위는 꿔다 해도 한다고 늙은이들이 입을 놀렸다. 어떤 늙은이는 입춘에 오준독 깨진다면서 솜바지 가랭이를 틀어쥐기도 했다. 기분 상하게 는정거리는 습기가 목을 싸고돌았다.

형수가 챙겨주는 아침을 건성건성 먹고 기차역으로 걸어갔다. 서울에서 홍금이라는 여자 하나 꿰차고 동거하는 무정을 만나러 가는 길이었다. 무정을 만나는 것은 사실 구실에 지나지 않았다. 안젤리나를 만날 희망으로 가슴이 들들 끓었다. 안젤리나는 유정이 서울에 있을 때 글이 안 써지면 나가서 주저앉아 맥주를 찔끔거리면서 생각을 안추르던 비어카페 판도라의 마담이었다. 마담은 기타를 무릎에 올리고 발을 까딱거리면서 노래를 했다. 그러다가 어느 사이 대형가수가 되었다. 그게 지난번 서울에 갔을 때, '찔레꽃'을 처량하게 불러 사람들의 누선을 쥐어짜던 그 여자였다.

그리고 아직 몸 움직일 수 있을 때, 응구를 보고 싶었다. 독일 가서 오유라 마방간 관리하면서 빈 전대 덜렁거리고 다니다가 겨우 돌아와 서울에서 구라파식 교양을 발광하는 응구가 보고싶었다. 그리고 개도 한 마리 고아먹고 싶었던 터였다.

웬일인지 다리가 거뿐했다. 이런 컨디션이면 삼십 넘기는 것은 식은 죽 갓둘러먹기 여지가 없다 싶었다.

헌데, 입춘이라면 대길이요, 건양하여 다경인 법이렸다. 송방 가게다리에도 입춘축을 써 붙이고, 입춘방을 발라 놓는 날이었다. 나라에서는 춘첩자라 해서 대련을 써 붙이는 날이었다. 왈 수여산 부여해 같은 황당한 꿈을 발라 놓기도 하고, 거천재 내백복 하는 행안부 식의 발상을 글로 써 붙이기도 했다. 좋은 세월의 양풍이었다.

유정은 김유정역에서 아침신문을 하나 샀다. 아직도 종이신문이 팔리는 것은 이 시대의 기적과 같은 일이었다. 김유정역? 낯선 이름이었다. 분명 남춘천역이었는데 폐를 앓는 사이, 그 80년 어느 지점에 그런 변화가 있었던 모양이었다. 신문 타이틀이 『인지일보AI DAILY, The Daily of Artificial Intelligence』였다. 인공지능시대 신문이라는 뜻인 모양이었다. 인공지능이니 4차산업혁명이니 하는 기사들로 신문이 맥질이 되어 있었다. 이런 시대에 소설이란 게 무슨 쓸모가 있을 것인가, 고개가 가로저어졌다. CSP에서 아바타처녀 끌어안고 소설 읽은 작자가, 아니 빌어먹을 독자가 세상 어느 사타귀니에 박혀 있을 것인가, 난망이었다.

차를 기다리는 동안 하늘을 두어번 올려다보았다. 하늘이 흐려 해가 구름 속에 숨었는지 짙은 안개는 갤 기미를 보이지 않았다. 입춘이라 대길이요 건양하고 다경인데, 건양은 고사하고 중국발 미세먼지가 햇살을 가려 하늘이 천지개벽을 하려는 듯 어두웠다. 건양이 간데없는데 다경일 턱이 없었다. 구름이 해를 가렸으니 여왕의 행로에 암운이 드리우는 것은 아닌가 자못 걱정스러웠다. 그런 생각을 하다가, 내가 미쳤나 고개를 흔들었다. 머릿속이 흔들렸다.

이놈의 입춘은 춘정이 솟구친다는 뜻인지, 춘사가 시작되는 날이란 것인지 분간이 되질 않았다. 유정은 사이버섹스를 꼭 한 번만, 죽기 전에 다시 해보고 싶었다. 애 생길까 걱정을 하지 않아도 되고, 안젤리나 같은 여자에게 쥐어뜯기지 않고도 몸이 호졸근하게 풀려나가는 기분을 만끽할 수 있었다.

입춘이라 건양하고 다경이라는데, 크게 길한 것은 고사하고 나라가 둘로 갈라져 서로 대결을 하는 형국이었다. 해서 구경거리로는, 그야말로 대박이었다. 유정은 신문을 읽다가 희한한 기사를 발견했다. 촛불집회가 열 번을 넘겨 열 네번 째였다. 맞불집회라는 게 생겨나서 촛불과 맞불이 대길對吉하고 있었다. 전에 보았던 촛불집회는 사실 싱거운 놀이판이었다. 태극기부대의 전투는 기대를 잔뜩 모으게 했다. 데모를 할라치면 태극기쯤은 들고 애국가를 열창하는 가운데 조상의 유업을 칭송하고 여왕의 성스런 과업을 찬양하며, 마마를 부르짖으면서 이마를 당바닥에 찧어야 마땅했다. 교양머리 없는 징그러운 신민들이, 어디서 들은 풍월로 여왕을 구속하라든지 탄핵하라면서 넘나드는 꼴을 성현들의 눈앞에 펼치는 게 죄스럽고 황송하기 짝이 없는 우행이었다. 그런 생각이 깨진 것은 김유정역에 들이닥친 서울행 널리리열차 때문이었다.

유정은 서울에 도착하자마자 무정을 찾아갔다. 약속이 되어 있었던지 응구가 와 있었다. 비 게트 에스 이넨? (어이 지내시우?) 응구의 발칙한 인사였다. 유정은, 그래 기체후일향만강이다, 하고는 쩍 입맛을 다셨다. 맛불시위, 태극기부대, 애국가 집회 그런 이름들이 무정과 응구가 이야기하는 사이 주제어로 떠올랐다.

아직 집회를 시작할 시간이 아니었다. 집회는 오후 3시부터 시작한다고 했다. 우리 나가서 차나 한잔 합시다. 무정이 유정을 쳐다보고 점잔을 빼며 이야기했다. 무정은 봉두난발이 된 머리에 여름에 쓰는 파나마모자를 삐딱하게 얹어 놓고 탁자에 놓여 있던 웨어러블을 손목에 찼다. 유정은 개량한복 앞자락을 추슬러 여몄다. 응구가 개를 데리고 나왔다. 개는 유정을 보고 이빨을 응승그려 물고 거품긴 침을 흘렸다. 너를 먹어버리겠다는 기세였다.

백상병 시인의 '귀천'이라는 바에 들렀다. 마담이 향수냄새를 풍기며 다가와 주문 도와드리겠습니다, 손님들을 향해 웃음을 살살 피워냈다. 무정은 진토닉에다가 레몬향을 넣어 달라고 했다. 유정은 옥수수 막걸리를 시키다가, 아 여긴 서울이지, 두꺼비 빨간걸로 하면서 손으로 입을 가리고 웃었다. 마담이 따라 하며 볼에 보조개를 지었다. 비테, 필스너 츠바이. 마담이 난 독일어 몰라요, 토라지는 표정을 지었다. 우리집에는 개성있는 분들만 오신다우, 입맛도 개성이지요. 마담이 당신들 입맛은 각색이라는 듯, 그렇게 말했다.

LCD 모니터 화면에 시가 한 편 떠 있었다. 그 시는 벽에도 액자로 만들어져 걸려 있었다. 응구가 제법 분위기를 살려 읽었다.

아버지 어머니는
고향 산소에 있고

외톨배기 나는
서울에 있고

형과 누이들은
부산에 있는데,

여비가 없으니
가지 못한다.

저승 가는 데도
여비가 든다면

나는 영영
가지도 못하나?

제목이 '小陵調'라고 되어 있었다. 저거 좀 이상하다, 응구가 나섰다.

유정은 액자를 다시 바라보았다. 이상한 데가 없었다. 두보를 가리키는 소릉은 少陵인데 저건 小陵이라고 되어 있네요. 소리가 같으면 뜻도 같은 게야. 무정이 까스러진 투로 말했다.

그러지 마시고요, 소릉 두보의 시에 강매라는 게 있잖습니까? 응구가 제법 아는 체를 했다. 자네 아는 거 많아 먹고 싶은 거 많겠네. 무정이 들이받듯 말했다. 왜 시인은 가난해야 하는가? 유정이 혼잣말처럼 한 마디를 던졌다. 꽃구경이나 하고 고향 타령이나 하면서, 집회에 안 나가니까 가난하지요. 소릉 두보도 그래요, 매화타령을 실컷 하다가 고향에 돌아가 뒷동산을 바라볼 수 없는 게 무협의 높은 봉우리가 가로막아서 그렇다고 탄식하잖아요. 백상병 시인이 노자가 없어서 부산 고향에 못 간다고 했는데, 돈을 벌어야지요. 엿장사를 하더라도 벌어야 고향도 가고 그러지요. 데모에 동원되어 나가서 일당을 받던지. 그거, 여왕 신년 험담마냥 너무 얽은 거 아닌가? 자발적으로 나가야지. 그러다가 황새촉새 다 울고 말아요. 응구가 맥주를 벌컥벌컥 마시고는 마담을 불러 맥주를 더 시켰다.

그 사이 화면이 바뀌었다. 백상병은 '한 가지 소원'을 이야기하고 있었다. 유정이 한숨을 쉬더니 천천히 읊었다.

나의 다소 명석한 지성과 깨끗한 영혼이
흙속에 묻혀 살과 같이
문드러지고 진물이 나 삭여진다고?

야스퍼스는
과학에게 그 자체의 의미를 물어도

절대로 대답하지 못한다고 했는데

억지밖에 없는 엽전세상에서
용케도 이때껏 살았나 싶다.
별다른 불만은 없지만,

똥걸레 같은 지성은 썩어버려도
이런 시를 쓰게 하는 내 영혼은
어떻게 좀 안 될지 모르겠다.

내가 죽은 여러 해 뒤에는
꾹 쥔 십 원을 슬쩍 주고는
서울길 밤버스를 내 영혼은 타고 있지 않을까?

영혼이 탄 버스라? 영혼은 귀신이고, 귀신은 허깨비고, 허깨비들이 질러대는 소리라는 게 모두 진리라고, 영원한 진리라고 하니, 환장해서 팔팔 뛰다가 죽을 노릇입니다. 무정의 눈빛이 휘딱 돌아갔다. 그러지 말고 장도칼 물고 앞으로 고꾸라져 죽지 그러시나? 내 야기 들어보소. 무정이 탁자에다가 종이를 깔았다.

우리는 지금 거대한 역사의 터널을 지나가고 있는 중이요. 촛불도 태극기도 방식이 조금 다를 뿐이지 않나, 결국 터널을 빠져나가야지, 터널 안에서 질식해 죽을 수는 없지 않나. 여왕은 어쩌면 터널의 여왕인지도 모를 일이요. 오스트리아 학자 도플러Christian Johann Doppler(1803~1853)라는 이가 있는데, 19세기 초에 태어나서 50을 산 사람이요. 기차가 터널로 들어갈 때는 소리가 그리 크게 들리지 않는데 나올 때는 소리가 갑자기 커지는 효과가 있는데, 내가 공부한 방식으로 표현하면 이렇게 되오. 무정이 종이 위에다 이런 식을 그렸다.

$$f' = f\frac{v + v_0}{v - v_s} \ (\text{공식})$$

말하자면, (인용) 어떤 음원의 속력을 v_s(source), 관측자의 속력을 v_0(observer), 소리의 속도를 v 라고 하면 관측자가 듣는 소리의 진동수 f' 는 (공식)을 만족한다는 거지요. 이때 속력의 부호는 두 물체가 가까워지는 쪽을 양의 방향으로 택한 것이고. 알아듣겠소? 예컨대 v의 속력으로 다가가면 식은 이렇게 변형된다는 거라.

$$f' = f\frac{2v}{v} = 2f \ (\text{공식 2})$$

무정은 연필을 오른편 귀에다 꽂고는 잔을 들어 홀짝거리면서 좌중을 둘러봤다. 얼굴에 아무런 표정을 드러내지 않고 봉두난발 머리를 쓰윽 쓸어올렸다.

개량한복 깃말을 추켜올린 다음, 유정이 한 마디를 던졌다. 쉬운 말 다 놔두고 그게 뭐말라 비틀어진 짓이요? 설명을 좀 들어봐요. 이렇게 해야 굿하는 소리 없이 사태를 설명할 수 있다는 뜻이라오. 아무튼 작게 시작한 민중의 운동이 역사를 바꾸는 결과를 가져온다는 말이요. 여기서 얘기하는 우리는, 문학을 한다는 우리는 구경꾼일지도 모르지요. 터널을 지나가는 사람들은 아우성을 치는데 구경꾼들은 웃고 앉아있는 게 이 사태의 구도인지도 모르오. 무정은 모서리 죽은 어투로 차분히 이야기했다. 이제까지 늘어놨던 내 말들은 너무 용장해서, 미라의 무덤을

봉인해 버릴 참이라오. 그리고 다른 일을 도모할 참이요.

무정은 근간 새를 길렀다. 그것은 태양의 새라 하기도 하고 웅구 같은 건달은 불새라고 부르기도 했다. 그 새는 고구려 시절의 발이 셋 달린 까마귀였다. 어미는 알을 세 개 낳아 부화시켜 놓고는 불이 되어 하늘로 날아올라 무지개가 되었다. 유정이 서울에 오면 자기가 기른 새를 보여줄 작정이었다.

손에 집힌 알이 따끈따끈했다. 알을 손에 든 배우의 얼굴이 발갛게 달아올랐다. 그 얼굴을 바라보는 유정의 가슴 또한 더운 김이 가득 차올랐다. 유정은 손에 들고 있던 원고를 찢어서 휴지통에 넣었다. 그 순간 배우의 손에 들렸던 알이 바닥에 떨어져 작신 깨졌다. 개 두 마리가 달려들어 바닥에 흩어진 흰자를 핥았다.

된통 뒤통수를 치는 현기증에 유정은 바닥에 엎어지고 말았다. 바람이 몰아쳤다. 창문을 닫아 놓은 실내에 바람이 몰아치는 것은 알 수 없는 기이한 현상이었다. 무정이 입가에 웃음을 달고 다가와 유정을 부축해 일으켰다.

검은새 세 마리가 웅장한 비상을 시작했다. 향기인 듯 비릿한 냄새가 실내 가득 번졌다. 촛불이 일렁이는 속에, 사람들은 여왕 체포, 처단을 외치고 있었다. 그 옆에 태극기 부대가 제를 올리고 있었다. 여왕이여, 폐하여 부활하소서! 어둠의 장막을 걷고 일어나 어진 백성을 구하소서.

도무지 시간과 공간이 구획을 상실하고 마구 섞여 흐물거렸다. 이게 현실이라는 건가? 유정이 무정에게 물었다. 우리는 현실과 비현실 그 경계상에 있는 셈이야. 경계에 섰느라, 따라서 나는 존재한다, 그런 명제를 다뤄볼 참이라네. 그게 새를 기르는 일일세. 유정은 거우러지는 기침 때문에 무정이 말하는 계획을 알아듣기 어려웠다.

나는 내년 3월 29일 '종생기'를 마감할 것이네. 유정은 자못 심각한 얼굴로 무정을 쳐다봤다. 사이버 거시기 한 번 다시 가얄 텐데. 실체 없는 아가씨한테 몰두하지 마소. 그거 다 헛짓이요. 그럴 것이지. 헌데 인간이 몸 말고 뭐가 있다는 것이요? 유정이 또 기침을 했다. 그것은 몸이 공기로 분해되어 뼈마디를 빠져나가는 메카니즘이었다. 유정은 그렇게 분해되고 있었다.

유정은 그 해 3월 29일 죽었다. 무정은 베토벤 교향곡 9번, 그 유명한 합창 부분을 듣다가 유정이 죽었다는 소식을 받고 달려갔다. 그리고 통곡했다.

무정은 유정의 초상집에 다녀와서 20일 만에 피를 토하고 죽었다. 응구가 개 두 마리를 데리고 서서 무정의 주검을 지키고 있었다. 개들은 하늘로 날아올라 선회하는 삼족오 세 마리를 보고 왈왈왈 짖어댔다. *

소설

하늘 아래 첫 서점

이덕화

지리산 중턱에 자리 잡은 새재 마을의 겨울은 북적대던 여름에 비하면 고즈넉하다. 그나마 가끔 동네에서 들려오는 개 짖는 소리만 찬 공기를 깨울 뿐이다. 1000천 미터 넘는 산중턱에 자리 잡은 새재 마을은 하늘에서 첫 번째로 발견되는 마을이라고 '하늘 아래 첫 동네'라고 부른다. 덕천강가에 뜨문뜨문 남아있던 감나무의 홍씨를 쪼아대던 요란한 새들의 소리마저 잠들면 골짜기에 고이는 괴괴한 산소리만이 새재 마을을 감돈다.

찬경은 부엌에서 새우젓으로 간한 두부와 가래떡을 넣은 떡국을 간단히 끓여 먹고 다시 아래층 서점으로 내려왔다. 얼마 전에 김유정만을 평생 연구하다 돌아가신 학교 선배 퇴직교수의 책이 도착해 정리하던 중이다. 새로 도착한 책을 우선 정리하고 찬경이 읽어야겠다고 하는 책은 회전 책장에 정리했다. 하루 종일 작업 덕분인지 허리가 뻐근하다.

아직 정리되지 않은 책을 미뤄두고 찬경은 회전 책장에서 한 권으로 된 김유정 전집을 꺼내어 책상에 앉는다. 이리 저리 뒤지다 「산골 나그네」라는 작품이 눈에 들어왔다. 항상 허둥대며 읽은 작품들이었다. 산골의 가을 풍경의 묘사가 절묘하다.

산골의 가을은 왜 이리 고적할까? 앞뒤 울타리에서 부수수하고 떡잎은 진다. 바로 그것이 귀밑에서 들리는 듯 나직나직 속삭인다. 더욱 몹쓸 건 물소리, 골을 휘몰아 맑은 샘은 흘러내리고 야릇하게도 음률을 읊는다.
퐁! 퐁! 퐁! 쪼록 퐁!

그 부분까지 읽고 낮게 틀어 놓은 페드라의 주제곡 〈기차는 8시에 떠나네〉를 조수미 노래로 눈을 감고 듣고 있었다. 읽고 있던 김유정 작품과는 전혀 상반된 분위기임에도 감정이 고조되며 페드라를 외치던 그 장면이 여전히 가슴을 때린다. 그 때 문 열리는 소리가 들렸다. 이 시간에 좀 체 손님이 오지 않는데 하며 몸을 일으켜 찬경은 좀 더 밝은 조명의 불을 켰다. 손님은 들어오자마자 한참 문 입구에서 꼼짝하지 않았다. 그러다 갑자기 '흑'하는 흐느낌 소리가 들리는 듯했다. 찬경이 혹 아는 사람인가 하고 빤히 쳐다보았다. 음악에 도취 되었는지 문도 닫지 않은 채 그대로 서 있었다. 입술에 손가락을 댄 체 찬경을 바라보았다. 여자의 몸속에서 찬바람이 불어오듯 바깥에서부터 불어오는 바람이 그녀의 몸을 뚫고 들어왔다. 주객이 전도된 상황에서 찬경이 오히려 머슥해졌다. 찬경은 다시 읽고 있던 책이 있는 긴 통나무로 되어있는 책상으로 돌아왔다. 그때서야 그녀의 목소리가 들려왔다. 〈기차는 8시에 떠나네〉가 끝나고 〈마농의 샘〉에 나오는 베르디의 운명의 힘이 시작되고 있었다.

"여기 좀 있어도 되죠?"

찬경이 뒤를 따라 와 책상 가까이 있는 의자에 앉으며 서점을 눈으로 훑으며 말했다.

"네, 그럼요. 근데 어떻게 이 시간에…….'"

차림을 보니 여행 중인 것 같지도 않고, 등산복 차림도 아니다.

"저 윗동네 살아요. 여기 이런 서점이 있다니 기적 같아요. 하늘 아래 첫 서점이라, 새재 마을에 있는 서점이라는 뜻이네요."

"네 그렇게 인터넷에 올렸더니 금방 새재 마을에 있는 서점임을 알더라고요. 하기야 지리산 이쪽을 다녀 간 사람은 모를 리 없죠."

50대 후반 정도의 나이인데도 청바지에 엉덩이까지 오는 검은 티셔츠 위에 빨간 잠바를 깜찍하게 입었다. 머리는 생머리다. 딱히 미인이라고 할 수 없지만 모든 것이 나무랄 수 없는 균형적인 몸매와 얼굴 그리고 무엇보다도 발랄함이 주는 매력있는 여인이다.

"여기 오래 되었어요?"

"아니요, 3년 정도"

"어머 3년, 그러면 저희가 오기 전부터 있었네요. 여기에 오고 동네 쪽으로는 첫 외출이에요. 하기야 마을보다 산터목 산장 쪽이나 무제치기 폭포 쪽에 시간을 보냈거든요. 여기 이름이 너무 멋지지 않아요, 스스로 무지개를 친다고 무제치기 폭포라고 이름을 짓지 않나, 바위를 치면서 무지개 만드는 것 봤어요? 비가 온 뒤 바로 가면 몇 겹의 무지개가 겹치기로 걸려 있어요. 하늘 아래 첫 마을이라는 이름도 너무 호기심을 유발하는 이름이지 않아요?"

그러고는 말을 끊고 목을 뒤로 젖혀 천장까지 쌓여 있는 책을 본다.

"정말 책이 많네요. 그리고 다양한 책이네요. 책을 빌려주기도 해요?"

"네, 경우에 따라서, 대부분 등산객이나 관광객들이 다녀가기 때문에 여기서 몇 시간씩 쉬면서 읽고 가요, 가끔 동네 사람들이 빌려가기도 해요."

"어머? 몇 시간씩이나요. DVD도 있네요. 이것도 빌려 줘요?"

"등산객들이 쉬어 가기 위해 들리는 곳이기 때문에 쉬면서 여기서 보죠. 빌려가지는 않아요."

"어머? 어디서 봐요?"

"2층에 단독방이 몇 개 있어요. 거기서 봐요."

"그럼 책도 거기서 몇 시간씩 보고 갈 수 있어요?"

"그럼요."

"그럼 커피도 있어요?"

"장시간 머무는 사람들을 위해서 2층 거실에 언제나 커피포트에 내려놓고 있어요."

"근데 어떻게 그런 생각을 가지고 이런 서점을 만들었어요?"

"여기가 고향이에요. 부모들이 가지고 있던 땅에 저는 퇴직하고 책들을 버리든지 어떻게 처분하든지 하려고 했는데, 여기서 집을 짓고 책을 보면서 고향 사람들과 어울려 살고 싶다는 생각이 들었어요. 제가 그런다고 하니까 퇴직하는 동료교수들도 퇴직하면서 책 정리하다 필요 없는 책은 다 이쪽으로 보내 주더군요. 그래서 책이 많아졌죠."

"몇 시간씩 머물고 가는데 얼마를 내야 해요?"

"주는 대로 받아요."

"네? 주는 대로요. 그럼 안 주면요?"

"그럼 안 받죠."

"그럼 뭘 먹고 살아요? 여기서 자고 가는 사람도 있어요?"

"저는 돈 벌기 위해 하는 것은 아니에요. 집 있고 연금으로 충분하거든요. 가끔은 등산객들이 차타는 시간이 잘 안 맞으면 자고 가기도 해요. 요사이는 유 투브로 많이 알려져 일부러 여기 찾아오는 사람도 있어요."

"마치 딴 세상에 온 것 같아요. 저도 여기서 자도 돼요?"

"여자 혼자서요?"

"혼자는 안 돼요?"

"지금까지는. 여자 혼자 와서 잔 사람은 없어요. 이 동네 사신다면서요?"

"아니요, 그냥 물어보았어요."

그 때 그녀의 얼굴이 어두워졌다.

"커피 한 잔 줄까요? 2층 구경시켜 드릴게요."

"그래도 돼요?"

"그럼요."

찬경은 먼저 계단으로 향했다.

"이 나선형 계단도 너무 멋져요. 마치 어릴 때 다락방 가는 것 같애요."

"자주 오세요."

찬경은 자신의 침실을 뺀 방 3개와 작은 부엌을 모두 보여주었다.

그녀는 계곡이 바라보이는 방으로 들어가더니 나올 줄 모르고 계곡을 내려다보고 있었다. 찬경도 그 방으로 들어가 그녀가 보는 쪽으로 눈을 돌렸다. 계곡 아래 감나무에 새들이 쪼아 먹다 남은 홍씨 하나가 바람에 대롱거리고 있다.

"방이 너무 마음에 들어요. 아무 것도 없고 뒹굴면서 책을 보거나 영화를 본다는 거죠? 방 바깥에는 계곡이네요. 제가 어릴 때 살았던 계곡이 있는 언덕 한옥 2층 다락방 같아요. 저는 거기서 조그만 창 아래 계곡을 내려다보며 책도 읽고 낮잠도 자고 하루 종일 뒹굴며 제 소녀 꿈을 키웠어요, 그 다락방을 잊을 수가 없어요. 그 집을 떠나와 결혼해서 살 때도 항상 꿈속에서 그 집에 있는 꿈을 꾸었어요. 제가 어릴 때부터 꿈꾸던 방이에요. 오늘 하루만 여기서 재워 주면 안 돼요?"

"집 쫓겨났어요?"

찬경은 계속 재워달라는 그녀의 말을 농담처럼 받았다. 그녀는 흘깃 찬경을 쳐다보았다.

"혹시 오늘 아니면 평생 못 올지도 모른다는 생각이 들어서요. 또 제가 꿈에 그리던 집에서 저 스스로를 위로하면서 하루쯤 쉬고 싶어요."

찬경은 어떻게 답변을 해야 할지 몰라, 그녀의 말을 곱씹으며 못 들은 척 했다. 그녀는 술을 마시러 아랫마을로 내려가던 길이었다고 한다. 그런데 밖에서 밝게 불이 비쳐 들어 와 봤더니 서점이었단다. 그녀가 거실 테이블에 앉자 찬경은 커피를 끓여 그녀 앞에 두었다. 커피향을 음미하다 한 모금 마시고는 거실 벽난로 쪽에 놓여 있는 기타를 들고 왔다. 기타를 들더니 잠시 손가락으로 튕겨보더니 코드를 잠시 조정했다. 그리고 목소리를 가다듬고 조용필의 〈그 겨울의 찻집〉을 불렀다. 기타와 노래 솜씨가 보통이 아니었다. 눈에는 눈물이 고였다. 찬경은 못 본체 찬찬히 다시 한 번 그녀를 보았다. 그녀는 다시 노래에 도취해 거들떠보지도 않고 이어서 김동규가 부른 〈10월의 어느 멋진 날에〉를 불렀다. 찬경은 한 줄기 머리카락이 얼굴을 반쯤 가리고 한쪽 눈에서는 눈물이 흘러내리는 그녀의 모습이 영화의 한 장면 같다는 생각이 들었다.

"기타는 누가 연주하던 거예요?"

언제 눈물을 흘렸냐는 듯이 얼굴에 미소가 확 퍼지면서 물었다. 시인 네루다는 저런 미소를 '나비가 피어나듯이 퍼지는 미소'라고 했든가. 그녀의 다양한 표정에 자신도 모르게 빠져 든다.

"제가 연주하기도 하고 또 여기 오는 사람들 중에 연주하고 싶은 사람들도 연주하죠."

"이것을 빌려서 무제치기 폭포에 가서 한 번 연주하고 싶어요. 마을에서 무제치기 폭포까지 가는 데까지 너무 멋지지 않아요. 처음 여기 올 때 하루하루를 어떻게 견디나 했는데, 하루하루가 기적이에요. 여기야말로 인간은 사라지고 자연 스스로가 주인이더군요. 돈이 없어도 살 수 있는…… 지금은 여기를 떠나서 어떻게 사나 하는 생각이 들어요."

찬경은 기적이라는 단어를 좋아하는구나 생각하며 그녀를 보았다. 그녀의 심상치 않은 신상의 변화가 느껴졌다.

"왜 떠나시나요?"

"아, 네 그럴 사정이……."

그녀의 표정이 다시 어두워졌다.

"술 먹으러 가던 길이라고 했든가요? 여기서 한 잔 하죠."

찬경이 엉덩이를 들었다.

"마 됐십니더."

그녀의 억양이 갑자기 경남 사투리 억양으로 바뀌었다.

찬경도 잠시 망설였다. 여기서는 일체 술을 금지했다. 첫 해 술을 먹고 서로 싸우고 난장판이 난 적이 있었다. 그 이후로 술을 허용하지 않았다. 몰래 들고 와 마시는 사람들도 있다. 그러나 모른 체 한다. 그러나 행패를 부리거나 말썽이 나면 이 집을 오는 것을 금지한다는 것을 방마다 붙여 놓았다. 맥주 1, 2잔 정도, 와인 1, 2잔 정도로 더 이상 못 먹게 했다.

"손님과는 술은 잘 안하는데…… 뭘로 하시겠어요?"

"소주값 밖에 없는데예?"

"제가 한턱 쏠게요. 동네 이웃이라면서요. 맥주? 와인? 소주?"

"오늘은 좀 취하고 싶어요."

찬경은 일어나 오징어포와 소주를 한 병 가져왔다. 술을 따르고 한 잔을 그녀에게 건넸다.

"자 처음 만났으니까 건배 하죠."

"아까 페드라 주제곡을 듣고 계시던데, 그 영화 좋아해요?"

"네, 얼마 전에 그리이스 여행하면서 페드라가 죽었던 비슷한 계곡을 돌며 그 노래를 들으니까 더 슬프게 들리더군요."

"왜 사람들은 슬픈 것을 더 오래 기억하죠?"

"자기 연민 같은 것 아닐까요?"

"남자도 그런 것 있나요?"

"남자는 감성도 없나요?"

"애틋함, 다하지 못함 이런 것 때문에 미련이 남는 게 아닐까요. 첫 사랑이 이루어지면 첫사랑이 아니라잖아요."

찬경은 자신보다 더 10살이나 어리게 보이는 여자가 마치 인생이 끝난 듯한 묘한 느낌을 주는 여자라는 생각에 다시 얼굴을 쳐다보았다.

"이 나이까지 아무 미련이 없다고 하면 거짓이죠?"

"살맛 나게 하기도 하지만 인생을 진창으로 만들기도 하지요."

그녀는 찬경의 얼굴을 자세히 읽으려고 하는 것처럼 쳐다본다. 찬경이 때문인지 억양이 경상도 억양에서 서울 억양으로 왔다갔다 한다.

"자신의 경험인가요?"

"글쎄요?"

두 사람은 서로 얼굴을 쳐다본다. 찬경은 얼른 오징어를 집어 입에 넣는다. 그녀는 엉뚱하게 벽에 걸려있는 판화로 된 이중섭의 물고기와 노는 아이들을 쳐다본다.

"이중섭이 일본여자랑 결혼을 안했으면 좀 더 오래 살았을 것 같아요. 두 사람은 지독히 사랑했지만, 부인 이남덕 여사가 일본으로 돌아간 후 제대로 수입 없이 기식하면서 섭생을 제대로 못해 건강이 악화되었다는 생각이 들더군요. 한국 부인이라면 어떡하든 행상을 해서라도 제대로 이중섭을 화가로 성공하게 했을 거예요. 이중섭의 비참한 말로가 제 인생을 바꾸어놓았어요."

분명 사연이 있는 듯, 그러나 물을 수가 없었다.

"이중섭의 애틋하고 비극적인 가족 이야기 때문에 이중섭 그림이 더 좋지 않아요."

그녀는 일어나 그림 액자에 쌓인 먼지를 테이블에 있는 휴지를 뽑아 정성스레 닦는다. 찬경은 왜 그 장면에서 그동안 아내가 떠난 이후 한 번도 생각나지 않았던 아내와 그녀가 겹쳐보였는지. 숨이 탁 막히는 이 감동이 아내에 대한 그리움 때문인지, 아니면 가족에 대한 그리움 때문인지. 순간 서러움 같은 것이 가슴으로 올라왔다. 찬경은 자신을 의아해 하며 술잔을 입에 털어 넣으며 아무렇지 않듯이 말을 이었다.

"생각만 해도 가슴이 아프지 않아요? 가족에 왜 우리는 목이 메이는지?"

찬경은 진짜 목이 메었다. 그녀가 찬경이 쪽으로 흘킷 쳐다보았다.

"중간에 이중섭이 일본에 들어갔을 때 어떡하든 이중섭을 부인이 한국으로 돌아가지 못하게 말렸어야죠."

"사람마다 각기 사정이 있으니 그걸 우리가 다 이해하기는 힘들죠, 이남덕 여사는 그 나름 그렇게 못하는 사정이 있었겠죠. 어떤 사람에게는 사랑만이 중요하다고 생각하지만 살아가는데 너무 급박한 게 많지 않아요? 또 그 상황에 대처는 사람마다 다르니까요. 어떻든 이중섭이 마지막까지 가족을 그리며 혼자 죽어갔다는 것이 저도 눈물겨웠어요."

그녀는 술을 입에 털어 넣으며 크게 한숨을 쉬었다. 얼굴에는 눈에서 흘러내린 눈물 한 방울 불빛에 반사되어 반짝거렸다.

"너무 편안하신 것 같은데?"

"저요? 사람은 다 마찬가지예요. 저도 사랑 때문에 한 때 마음도 졸였고 허허 이런 이야기 오랜만에 하네요. 여기 지리산에 오니까 세상과 아주 멀어지는 것 같아요. 그리고 추억도 슬픔도 마치 다른 사람의 그것처럼 아득하게 느껴져요. 등산하며 오는 사람들도 사람 사는 이야기보다 산에서 생긴 일을 주로 대화거리로 삼으니 우리가 살았던 세상하고는 좀 다른 세상에 있는 것 같기도 해요. 그래서 그런지 인생 별 것 아니라는 생각이 많이 들어요. 내가 퇴직을 해서 그런지 먹고 사는 문제도, 왜 그렇게 젊었을 때 아등바등하고 살았나 하는 생각이 들 정도예요. 퇴직한 친구들 중에는 아직 세끼 밥 때문에 아내에게 매여 사는 친구들도 많거든요."

"서울에 있는 친구들이 보고 싶지 않아예?"

"아니요, 친구들이 여기로 와요. 오히려 서울에 있을 때보다 더 많은 사람들을 만나는 것 같애요. 신기하게 이 멀리까지…… 기대하지도 않았는데……."

"등산하지 않는 사람은요?"

"여기까지 차가 다니잖아요. 저 밑에 주차장에 세워 놓기도 하고 조개골 산장에 세워 놓기도 하지요. 휴가로 가족끼리 와서 가까운 조개골 가서 백숙과 도토리묵을 잘 시켜 먹어요. 가끔 메기탕도 먹고요."

"조개골 주인 잘 아셔요?"

"자주 가고, 또 이웃이니까요. 이장이시고 이 집 지을 때도 도움 많이 받았죠. 제가 서울에서 죽 살았기 때문에 이쪽 사정을 몰라 이 집 하청을 맡아 집을 설계, 건축하실 분 모두 이장에게 소개받았죠. 그리고 저희 선친이랑은 그 댁 선친끼리도 잘 알고요. 왜요? 잘 아시는 사이인가요?"

"아니예."

그녀의 얼굴이 다시 흐려졌다.

"말씨를 보니 여기 사람은 아닌 것 같은데, 어떻게 여기?"

그녀는 대답 대신 잔을 들어 술을 홀짝 다 입에 털어 넣었다. 그리고는 침묵이 계속 되었다. 찬경은 갑자기 자리가 어색해졌다. 찬경은 질문 한 것을 후회하며 더 이상 묻지 않고 비어 있는 술병을 들고 다시 술을 가지러 부엌으로 갔다.

바람이 싸아하고 지나가는 소리와 함께 나뭇가지 흔들리는 소리가 들린다. 찬경은 부엌문을 열어 계곡 아래를 본다. 쌍하고 찬 공기가 볼에 부딪친다. 약한 물줄기가 힘없이 흘러내린다. 아직 계곡 구석구석 녹지 않은 눈이 어둠 속에서도 희뿌옇다. 하늘은 맑다. 새벽별 하나만이 반짝거린다. 멀리 산등성이에는 그림처럼 초생달이 걸려있다.

찬경은 수도에서 물을 한 컵 따라 마시고 냉장고에서 소주 한 병을 들고 자리로 돌아왔다. 그녀는 테이블에 얼굴을 박고 있었다. 찬경은 그녀의 잔에 술을 따르고 자신의 잔에도 술을 따른다.

"다시 한 잔 들죠?"

처음 발랄하던 모습과는 달리 그녀의 주위를 감싸고 있는 우수의 그림자가 뭔지 알 수가 없다. 그녀는 연거푸 두 잔의 술을 들이킨다.

"참 인생 우습죠?"

50대 후반이라 인생의 쓴맛 단맛을 다 보았을 나이다. 그녀의 말을 듣고 찬경은 갑자기 유명을 달리한 아내가 생각난다.

"몇 년 전까지만 해도 제가 이 지리산 골짜기 있을 것을 상상도 못했어요. 저 자신도 저의 운명을 모르니."

"근데 어떻게 여기까지……."

"운명이라는 게 있는 것 같애요. 자신도 어쩌지 못하는 운명."

"저도 여기 오고 싶다는 생각은 했지, 올 줄 몰랐어요."

그리고 아무 말 없이 술잔만 기울였다. 찬경은 그녀가 어떻게 여기에 오게 되었는지 묻고 싶었지만, 어떤 사연이 있는 줄도 모르고 말을 꺼내기가 망설여져 일어서서 화장실로 가 볼일을 보고 왔다. 그리고 베토벤 비창을 틀고 술 한 잔을 들어 마시려는 찰나, 그녀의 몸이 갑자기 테이블에서 미끄러져 마룻바닥으로 떨어진다. 찬경은 급히 그녀 쪽으로 가 그녀를 흔들었다. 응 응거리며 의식이 잦아진다. '그 짧은 사이에 이렇게까지' 찬경은 속으로 중얼거리며 이 난감함을 어떻게 처리해야 할지 한참 서있었다. 밤에 술을 먹으러 마을을 찾아 내려올 정도면 제법 술을 하는 줄 알았는데 소주 한 병도 아니고, 겨우 반병 넘게 마셨나? 이렇게 인사불성이 되다니. 그러다 졸다 일어날 수도 있으니 베개를 가져와 머리에 고이고 자신은 다시 술을 마셨다. 찬경이도 오랜만에 하는 술이다. 자신도 무제치기 폭포에서 치밭목 산장까지 거의 매일 등산을 하는데도 그녀를 한 번도 보지 못했다는 게 신기하다. 자고 있는 옆모습을 본다. 그러나 낯설다. 그녀를 모르기 때문에 어쩌면 지나칠 수도 있다. 한 시간이 지나도 일어날 생각을 안 한다.

찬경은 어쩔 수 없이 그녀를 안았다. 그녀에게서 풍기는 은은한 향이 거의 머리를 아찔, 다리에 힘이 빠진다. 정신을 가다듬는다. 아내가 떠난 후 이렇게 가까이서 여자를 안아보기는 처음이다. 등골 아래로 열기가 훑고 지나가 한 곳으로 모인다. 순간 얼굴이 화끈거린다. '늙어 창피하지도 않냐는 아내의 말에 같은 집에서 10년을 별거했다. 나이 상관없이 가끔 불쑥 일어나는 욕망을 가두고 살았다. 몸 안에 누르고 눌렀던 야성의 발톱이 일제히 반란하듯 일어났다. 찬경은 서둘러 자신의 침실로 안고 갔다. 얼른 침대에 뉘였다. 입고 있던 잠바를 벗겼다. 집에서 입던 옷인지 얇은 면티에 청바지이다. 양말도 신은 그대로 이불을 덮어주고 그 방을 서둘러 나왔다. 생각지도 못한 자신에 대한 황당함이 곤혹스럽게 한다. 얼굴에 오른 열기를 의식하며 부엌으로 가 찬물을 한 컵 들이키고 거실로 왔다.

찬경은 혼자 다시 술잔을 들었다. 여기 내려와서 자신과 대면하는 시간이 많았다. 아내를 그렇게 떠나보내지 않았으면 이렇게 내려오지도 못했을 것이다. 아내는 사람들을 떠나 여기 내려와 있는 것을 원치 않았다. 아이들 곁에 있고 싶다고 했다. 하기야 공부를 하고 있는 딸은 결혼 후에도 수시로 자기 집으로 엄마를 불러들였다. 아내는 자신은 마치 이 세상에 아이들을 위해 태어난 것처럼 아이들의 요구에는 총알처럼 달려갔다. 어떤 때는 그런 아내가 이상했지만, 학교에 출근하고 바깥일만 자기 일처럼 알고 살아 온 자신과 같은 사람에게 아이들에게 그렇게 충실한 것을 보고 바깥에 있어도 마음은 편했다. 자신은 언제나 집에만 오면 이방인이었다. 집에 와도 연구실의 연장 같았다. 밥만 먹고 서재에 갇혀 책을 읽거나 음악을 들었다. 가끔 같이 텔레비전이나 볼까하고 거실로 나가면 자신이 없을 때는 시끌벅적하다가도 자신의 문이 열리는 소리만 나도 순식간에 조용해졌다. 자신이 뉴스를 볼 때도 거실에 아무도 얼씬 않았다. 그럴 때마다 마치 자신이 남의 집에 들어 온 침입자 같다는 생각을 매번 했다.

그런데 갑자기 아내가 심장 쇼크로 쓰러진 것은 자신의 정년을 일 년

앞두고였다. 그날도 찬경은 서재에서 책을 읽다 잠이 들었다. 화장실 때문에 일어난 것은 7시였다. 바깥에 있는 화장실에 화장지가 떨어져 안방으로 가 목욕탕 문을 여니 아내가 쓰러져 있었다. 놀라 흔들었지만 이미 몸은 싸늘했다. 찬경은 아들과 딸에게 전화를 하고 119를 불렀다. 병원 응급실에 도착했을 때 의사는 이미 심장 쇼크가 새벽 5시쯤 일어나 더 이상 소생은 힘들다고 사망임을 선언했다. 찬경이 5시 전후에도 화장실을 다녀왔다. 그러나 전혀 소리가 들리지 않았다. 어떻게 넘어지는 소리를 못 들었을까. 남편과 아내로 만나 오랜 세월을 살았는데 이 정도밖에 안 되는 인연이었나 생각하니 인생은 슬프고 허무하다는 생각이 들었다.

그렇게 아내를 보내고 나니, 그 집에 더 이상 머물고 싶지 않았다. 학기가 끝나기 무섭게 서둘러 고향으로 내려와 집짓기에 몰두했다. 미친 듯 서두르는 자신에 주위 사람들은 심지어 아들과 딸조차 아무 말을 안 했다. 지금도 내려온 것은 후회 안 한다. 다른 사람들은 아내 잃은 슬픔이 너무 커 쇼크를 먹었나보다 생각하지만 한 사람이 그렇게 어이없게 갔다고 생각하니 인생이 너무 허무했다. 그래서 바람 따라 살기로 했다. 찬경은 술병을 다 비우고 테이블을 정리하고 목욕탕으로 가 양치를 했다. 손님방으로 들어 가 요를 깔고 베개와 이불을 내렸다. 그리고 계곡 쪽으로 난 작은 창문을 열었다. 아직 10시 30분밖에 안된 시각인데도 칠흑 같다. 술기운이 온 몸을 훑고 다니는지 몸에 열기가 후끈 오른다. 겨울 한 철은 다녀가는 사람들이 뜸해서 간만에 마셨다. 그러나 기분은 좋다. 그녀를 안고 있는 동안 느꼈던 뿌듯한 열기가 그를 다시 들뜨게 한다. 다시 가슴이 벌떡거리며 얼굴이 발갛게 달아오른다. 창문 바깥으로 머리를 더 내민다. 찬 공기가 서서히 얼굴을 마사지하듯 어루만진다.

집에 사람과 같이 있다는 것이 이렇게 마음을 들뜨게 하는지 이전에 경험하지 못한 것이었다. 산행하는 사람들은 언제나 떼거리였다. 가끔 혼자 오는 남자도 있긴 있었다. 그러나 그 사람은 단지 손님이었다. 그녀도 단지 손님일 뿐이다. 그런데? 여자와 남자의 차이일까.

이런 저런 생각으로 뒹굴다 잠이 들었다. 잠이 깬 것은 화장실 때문이었다. 화장실로 가기 위해 핸드폰 시계를 보았을 때는 3시였다. 아직 바같은 어두컴컴하다. 볼일을 보고 부엌에 가서 물을 두 잔 마시고 마호병을 가지고 나와 커피포트 옆에 두었다. 찬경은 거실에 걸려있는 두꺼운 잠바를 걸치고 옥상으로 가는 계단을 올랐다. 그녀가 깰까봐 발소리를 조심하며 옥상을 오른다. 동네 불이 다 꺼져 주먹만 한 별들이 껌벅거리며 하늘 가득하다. 찬경은 양손을 벌리며 가슴을 마음껏 펼쳐본다. 온 몸이 열리듯 뼈들이 뿌드득 소리를 낸다. 한줄기 바람이 스치니 찬 공기가 몸에 소름을 돋게 한다. 몇 집 되지 않는 동네가 어둠 속에 잠겨 있다. 어느 집 닭인지 꼬끼오하는 소리가 들려온다. 찬경은 다시 하늘을 올려다본다.

다섯 살 때였다. 아버지와 지리산 장터목 산장에서 본 밤의 별들은 휘황찬란했다. 별을 둘러싸고 있는 은하수를 본 것은 그 날 처음이었다. 장터목 산장에서 밤새 술을 마시던 사람들의 와우하는 고함 소리에 자다 깬 것은 10시였다. 다음날 아침 천왕봉 해돋이를 보기 위해 새벽에 일어나야 한다며 일찍 잠자리에 들었었다. 아버지를 따라 밖을 나오니 사람들이 다 몰려 나와 하늘을 쳐다보고 있었다. '와 은하수다' 누군가 소리를 질렀다. 와우 총총히 박힌 별들 주위를 둘러싸고 있는 운무 같은 것이 띠를 두르고 있었다. 그러자 마치 폭죽이 쏟아지는 것처럼 별똥별이 무수히 떨어졌다. 그 때 어릴 때의 그 광경이 뇌리 속에 박혀 취미처럼 별을 쫓아 다녔다. 그 광경은 몇십 년이 지나도록 다시 볼 수 없었다.

찬경은 별을 따라 산길을 걷기 위해 머리에 쓰는 후레쉬 해트라이트를 거실 테이블 서랍에서 찾고 커피를 끓여 마호 병에 넣고 신발장에서 운동화를 찾아 길을 나섰다. 동네와 멀어질수록 별은 더욱더 많아지고 커 보인다. 30분 정도를 걸어 조개골을 지나 치밭목 산장까지 가기로 한다. 여름에는 이 시간에 나와 무제치기 폭포까지 갈 때도 있다. 그럴 때는 간단히 준비해 간 먹을 것을 크고 작은 폭포가 계속되는 계곡을 찾아 먹고 쉬었다 간다. 안개에 싸여 여러 겹의 무지개를 만드는 폭포에서 햇살 아래 휘황한 색깔을 내며 빛 화살로 쏟아지는 폭포, 마치 마법을 펼치는 듯한 무제치기 폭포는 그 자체가 예술이다. 어제 밤 그녀가 무제치기 폭포에서 기타를 연주하고 싶다는 말이 떠올랐다. 폭포의 물소리와 어울릴 수 있는 곳은 사티 짐노페디 곡 정도 어울릴까.

겨울에는 어두워 천천히 걸어 시간이 더 걸린다. 또 사람이 아무도 없는 산길은 무섭다. 어둠 속에서 조그만 소리만 들려도 화달짝 놀란다. 금방이라도 짐승이 달려들 것 같다. 키 작은 조릿대 가지들이 바람에 서로 몸을 부대끼며 이리 저리 흔들린다. 몸의 컨디션이 좋을 때는 매일 걷지만 그날그날 기분에 따라 산길은 달라진다. 지 엄마가 죽은 후 딸애가 한 말이 생각난다. '아버지! 엄마가 떠나자 서둘러 고향으로 내려가면 엄마의 혼조차도 아버지께서 거부한다고 엄마는 생각할 거예요. 생각해 보세요. 혼이라도 어머니가 아버지를 찾아 아버지 고향으로 가겠느냐 고. 워낙 시어머니와 고부간에 사이가 좋지 않았다. 찬경이 어머니는 오랜 동안의 산속의 생활에 익숙해 형식을 무시했다. 그런데 서울 출신의 아내는 형식 절차 예의를 많이 따졌다. 아내는 죽은 후에도 절대 찬경의 고향은 오지 않을 것이다. 딸애의 말도 그럴 듯하지만, 그렇다고 죽은 사람을 위로하기 위해 그 집에 머무를 수는 없었다.

아내가 가고 나니 마치 자신을 아들과 딸이 맡아야 할 짐처럼 느낄까봐 그것도 부담스러워졌다. 뒤처리를 아들과 딸에게 맡기고 자신의 서재의 짐과 옷만 챙겨 이사를 왔다. 3년 동안 아들네와 딸네는 딱 한 번씩 다녀갔다. 개네들로는 워낙이 먼 길이다. 가끔 며느리가 밑반찬을 해서 보냈지만, 보내지 말라고 했다. 여기 나물이 워낙 좋아 이불 빨래와 청소를 해주는 아주머니가 나물류를 가끔 해서 갖다준다고 말했다. 여기 왔다 돌아가는 등산객들이 남은 음식이라고 두고 간 음식도 지천이다. 아내가 있을 때 매일 아침 저녁 먹는 것이 일상의 큰 부분이었던 것이 흐물어지니 끼니는 아무 것도 아니었다. 한 시간쯤 걸으니 등에 땀이 난다. 앙상한 나무 가지 사이로 한줄기 빗줄기가 지나간다. 희끗희끗한 구름 사이로 짙은 회색 뭉게구름이 빠른 속도로 움직인다. 비가 오려나. 찬경은 갑자기 마음이 바빠졌다. 커피라도 마셔야지 생각하며 잠시 걸음을 멈추고 준비한 커피를 뚜껑에 따라 마셨다. 커피 향기가 산속으로 퍼진다. 따뜻한 커피 향기에 기분이 좋다.

커피 향기 때문인지 갑자기 어제 밤의 그녀의 몸에서 풍기던 향이 생각난다. 아직도 자고 있을까. 아무리 그래도 처음 만난 낯선 산골나그네 아닌가. 그 생각이 들자 마음이 두근거리며 침대 머리맡 서랍장의 저 금통장이 생각난다. 설마? 하는 생각과 이 가슴 두근거림의 징후는 하는 생각이 번갈아 나면서 더 이상 길을 걸을 수가 없다. 찬경은 서둘러 내려왔다. 일층에 불이 환하게 켜져 있다. 다시 퉁하며 가슴이 내려앉는다. 이층으로 올라가는 계단을 행했다. 역시 이층 현관에 그녀의 신발이 없다. 자신이 등산 출발 할 때도 신발이 없었나. 정확하게 기억이 나지 않는다. 침실로 들어갔다. 침대에 어지럽게 이불 베개가 엉켜있다. 서랍장도 열려 있다. 역시 저금통장과 도장을 같이 둔 비닐봉투가 없다. 시계를 보았다. 아직 은행문을 열 시간은 아니다. 아니 통장으로 현금 기계에서 돈을 찾을 수도 있다. 비밀번호? 아 그것도 저금통장 바로 제일 앞장에 잊을까봐 연필로 기록해 두었다. 퇴직할 때 받은 현금과 아내 죽은 후 보험회사에서 받은 보상금 또 조의금, 모두 합쳐 3억 가량의 돈을 5천씩 아들 딸에게 나누어 주고 1억 5천으로 집을 짓고 5천 현금이 들어있다.

어떻게 해야 할지 모르겠다. 아무리 생각해도 그녀가 그럴 것이라는 생각이 안 든다. 그렇지만 자신이 그랬다는 것을 증명하듯 서랍의 문까지 열어 놓고 갔지 않았나? 그녀가 용의주도함을 가지고 한 짓은 아니다. 찬경은 그녀가 한 행동을 상상해 보았다. 화장실 때문에 일어났다. 그러다 자신이 찬경의 침대에 잤다는 것을 알고 당황한다. 그리고 찬경을 찾는다. 아무리 이층을 뒤져도 없다. 다시 아래층으로 간다. 아래층에도 없다. 집으로 가려니 집을 비워두고 갈수도 없다. 다시 이층으로 와 침대방으로 들어간다. 다시 잠을 청할까하고 침대에 누웠다. 잠을 청하려 해도 잠이 안 온다. 이것저것 궁금해 뒤지다가 서랍에 있는 저금통장을 봤다. 도장도 비닐에 같이 들어 있다. 그 때 그녀는 유혹을 느낀다. 그것을 가지고 서랍을 닫을 여유도 없이 급히 도망친다.

이 시나리오가 맞을까. 두 번째 시나리오는 일어나보니 자신이 남의 침대에서 잤다는 것을 알고 서둘러 자신의 집으로 가 버렸다. 지나가는 객이 일층에 환하게 켜져 있는 불을 보고 들어왔다 사람이 아무도 없자 이층까지 올라가 서랍을 뒤졌다? 그건 가능성이 낮다. 이 새벽에 집 앞을 지나 갈 사람은 거의 없다. 있다고 해도 동네 사람일 것이다.

찬경은 이층 거실을 왔다갔다 한다. 마음을 정할 수가 없다. 무엇부터 해야 할지.

순간 그녀가 조개골 주인아저씨를 아느냐고 물은 것이 기억났다. 찬경은 문단속을 하고 조개골로 향하였다. 조개골에는 벌써 손님이 왔는지 식사 준비에 분주하다.

"안녕하셨어요?"

나물을 손질하고 있는 주인 아주머니에게 인사를 했다.

"아, 네? 왠일이십니꺼? 새벽에 등산 안 가셨어예?"

"네 잠시 갔다 왔어에. 아저씨는……."

"뒷 마당에서 닭 잡느라고"

찬경은 집 뒤를 돌아 뒷마당으로 나갔다.

"이장님 아침 먹으로 왔습니다."

"잘 왔어요, 생전 아침은 안 먹는다며요?"

"글씨예, 오늘은 땡기네요."

"그럼 안방에 들어가 기다리지…… 조그만 기다려 주소. 아침 손님이 있어 먼저 들여다 주고…… 안 바쁘지요? 방에 들어 가 계시~소?"

"아, 괜찮습니다. 천천히 하십쇼."

찬경은 혼자 안방을 들어가기도 그렇고 그냥 마당을 어슬렁 그랬다. 이장이 닭을 마무리하고 솥에 넣었는지 찬경의 얼굴을 빤히 쳐다보며 찬경이 쪽으로 왔다.

"꼭 할 말이 있는 것 같네예. 자, 들어갑시다. 내 바쁜 것은 끝났으니." 하고 먼저 마당 수도에서 손을 딱고 앞장선다. 찬경도 따라 들어간다. 방에 불을 넣었는지 훈훈하다.

"이 주위에 산다는 혹 50대 후반 머리 길고 날씬한 여자, 여기 사람 같지는 않고예 외지에서 들어 온 여자 같은데 아는 사람 있어예?"

"왜? 외지에서 여기 와서 사는 사람이 많나? 딱 한집 그러니까 요양차 온 부부는 아니고 같이 사는 여자 있제?"

"어떤 사람인지?"

"그 여자 부산여자인데, 마, 지발로 지복차고 나온 여자 아이가 쯧쯧"

"네? 무슨 말씀을?"

"근데 교수님이 그 여자를 어찌 압니꺼?"

"아, 어제 서점을 왔더라고요."

"생전 외출을 않든데. 근데 와?"

"글쎄 좀"

찬경은 뭐라 말을 해야 할 지 머리를 긁적거렸다.

"그 여자 의사인 남편을 차고 나와, 첫사랑인지 뭔지 하는 암 말기 환자 간호한다고 온지 일 년이 다 되었지, 아마. 첫사랑 남자하고는 학교 때 사권 모양인데 남자는 꽤 알려진 화가라 카든데, 여자 집에서 반대해 의사와 결혼 했는데도 이 남자는 이 여자를 못 잊어 결혼 안하고 독신으로 혼자 산 모양이라 카데, 근데 아마 말기암 환자로 시한부 인생이라는 것을 누구 통해서 들었는지 남편을 차고 나와서 마지막 길이라도 자신이 지켜주겠다고, 이쪽으로 왔지예. 참 순애보지. 지리산에는 빨치산패만 숨는 게 아니라 그런 순정파도 많이 도망오는기라. 그래서 그 두 사람 우리 집에 오라해서 밥도 많이 먹였다 아입니꺼."

"네? 그래서요?"

"자연식으로 치유해 보겠다고 왔지만 그게 어찌 쉽나? 두 사람 다 대단한 것이 환자도 그렇고 그렇게 몸이 아프면서도 무제치기 폭포 전체를 계절별로 그림을 그린다며 매일 무제치기 폭포에 가서 안 사나. 근데 등산가서 한 번도 못 봤어요? 하기야 그 사람들은 늦으막하게 가니까

엇갈리겠네예. 봄, 여름, 가을 계절마다 각기 무제치기 폭포를 그리겠다고 죽을 사람이나 옆에서 간호하는 사람이나 다 같이 얼마나 애를 쓰는지. 거기에 꼭 그 여자 모습이 있는 기라예, 비를 맞고 있는 모습, 빛을 받고 있는 모습, 조는 모습, 여러 가지 크기의 갖가지의 모습이, 거대한 자연과 대조적으로 조그마하게 초라할 정도로 한 귀퉁이에 헐벗은 모습으로 그려났다 아입니까, 그림을 보고 있으면 어찌나 멋지던지, 방하나는 전체가 그림 전시장처럼 그림으로 가득 차 있어예. 아무리 무리하지 말고 보양을 좀 하라고 해도, 그 행복한 순간을 놓치고 싶지 않다고 하데예. 마 결국 초겨울 내린 비에 감기가 걸려 폐렴으로 일어나지 못하게 됐지. 시한부 2개월 받았는데 일 년 넘겼으니 생명 연장은 안 했나 그래도. 복수에 물이 차, 호스피스 병원으로 옮기려고 해도 거기에 들어가려면 천 만 원은 미리 선수금으로 넣으라고 하는 모양인데. 그 여자가 집 뛰쳐나올 때 가져 온 돈은 다 썼고 돈이 없어, 어제 저녁에 우리집에 잠시 왔더만은 우리도 그래 큰돈이 모이나, 돈 좀 모였다하면 아새끼들이 다 가져가고 우울하게 한 참 앉아있더니 가버렸더마."

찬경은 더 이상 말을 할 수가 없었다.

"그래도 마 어떻게 순정파인지, 아무리 첫사랑이라지만 언제 헤어진 사람인데, 가족 없이 아프다고 집을 뛰쳐나와서까지 간호를 하고 지극 정성으로 뒷바라지를 하는 걸 보니, 여자들 지조없다고 하지만 이런 순정파를 보니, 세상이 얼마나 따뜻하게 느껴지는지예, 안 그렇습니까, 교수님예? 그 남자는 자신이 지금 죽어도 여한이 없다 안카나 마, 말년에 이런 호강을 받을 줄 몰랐다며. 자신은 이것으로 모든 것을 다 보상받았다며, 아프면서도 무척 행복해 했지, 우리 부부가 부러울 정도로 허허"

이장은 상을 행주로 닦으며 계속 그녀의 칭찬에 입이 마른다. 그러자 부인이 나물류를 쟁반에 담아 들어온다.

"갑자기 와서 제 밥 있습니꺼?"

"밥이 와 없노, 우리 집이 밥집인데…… 언제 닥칠지 모르는 손님들 생각해서 항상 여유있게 반찬이랑 밥을 한다 아입니꺼."

부인이 숟가락을 놓으며 거들었다.

"근데 참 왜 그 여자 이야기는 꺼냈어예?"

"아입니더, 어제 우리 집에 와서 우울하게 앉아 있길래, 무슨 사연이 있나하고요."

"병자가 이제 자기 손을 떠난기랴, 빨리 병원 가서 입원을 시켜야 복수를 빼지, 숨이 차 운신을 조금도 못하는기랴, 딱해서 쯧쯧 젊은 사람이 어쩌다…… 하기야 가족 없이 혼자 산다는 게 쉬운 일은 아니지."

"고기 좀 뜯으소, 가까운데도 한참 만이지예."

부인이 살코기를 뜯어 찬경이 개인 접시에다 올려준다.

"잡수세요. 천천히 먹을께요."

찬경은 머리가 복잡해 입맛도 없었다. 취나물, 곰취나물, 작살나물 등 각 양의 나물들이 고유의 향기를 내며 맛을 내 다른 때 같으면 허겁지겁 먹었을 텐데, 먹는 체만 한다. 머리 속으로는 '어떻게 해야 하나' 만 되돌이표처럼 되돌아온다. 그 돈은 어쩌면 내 돈이 아닐지도 몰라. 그렇게 쓰라고 서랍 속에 도장까지 비밀번호까지 챙겨두었는지 모르지. 찬경은 시계를 보았다. 9시가 되면 은행에 전화하면 출금을 막을 수는 있다. 그러나 자신이 그러면 안 될 것 같다. 이미 그 돈은 그 사람들을 위한 돈인지 모르겠다. 찬경은 그 돈을 급할 때 쓰려고 남겨 둔 돈이다. 사람 목숨보다 더 급한 것이 어디 있겠나?

"영 아침을 못 먹네예. 무슨 일 있어예?"

"아입니더, 조금 생각할 일이 있어, 이제 됐어 예."

찬경은 백숙의 고기를 한 점 뜯어 입에 넣었다. 보드라운 고기의 연한 살맛이 고소하다.

"산다는 게 별개 아니라 마, 그 여자도 뛰쳐나오기 전에는 자기네 집 담이 아주 높게 보였는데, 뛰쳐나와 보니, 세상 모든 것이 우습게 보이더라고 하대. 그 말은 아직도 나는 모르겠지마는, 아무튼 여자가 용기 있는 거라. 아무리 첫 사랑이라고는 하지만, 집까지 뛰쳐 나오고."

"당신은 모르는 소리 마소, 그 여자가 최씨한테 배반 때리고 의사하고 결혼했다고 하든데, 최씨는 그 쇼크로 결혼을 못하고 독신으로 살았다 안 합디까."

"글씨, 이 세상에 그런 여자가 한 둘이가, 그렇다 해도 그렇지, 안 그렇습니까 교수님."

"두 사람의 사정을 속속들이 어떻게 알겠습니까, 우리한테 하는 이야기인지, 진짜인지……."

건너방 손님방에서 부르는 소리에 부인이 달려 나간다.

"하기야, 남녀 관계는 모르는 기라예, 그치요 교수님."

이장은 마치 찬경을 그녀와 연관을 지으려는 듯 얼굴을 빤히 쳐다본다. 찬경은 순간 얼굴에 열이 오른다. 찬경은 얼른 작살나물을 집어 입에 넣는다. 아주머니가 녹두죽을 가져와 찬경이 앞과 이장 앞에 한 그릇씩 놓는다. 백숙 국물에 끓인 녹두죽은 맛도 좋지만 위를 가볍게 해 실컷 먹고도 죽 한 그릇을 비울 정도로 인기가 있다. 찬경은 죽그릇을 앞으로 땡겨 수저로 먹기 시작한다. 이장은 찬경이 더 이상 이야기를 하지 않자, 찬경이의 눈치만 살핀다. 항상 등산 한다고 아침은 얼굴을 보기 힘든 찬경이 등산까지 작파하고 아침 댓바람에 찾아 와 물으니 이상하게 생각할 만도 하다. 그렇다고 저금통장 이야기를 털어 놓을 수는 없다. 마음을 정리했는데도 찬경은 자꾸 핸드폰 시계를 드려다 보게 된다. 저금통장의 돈에 대한 아쉬운 마음이 아직 남아있다. 끈질긴 돈에 대한 애착이 포기했다고 마음을 굳혀도 다시 되돌아온다. 그래도 그 돈이 있어 마음이 푸근했다. 언제든 여행을 떠나고 싶으면 떠날 수 있다고 생각했다.

"여기서 커피 한잔 하시겠어예?"

"아입니다. 커피는 집에 가서 먹겠습니다."

"그럴 줄 알고 물어 봤지예."

찬경은 말 나온 김에 일어섰다. 또 핸드폰 시계를 들여다 본다. 이제 9시가 되려면 30분이 남았다. 마음을 정리하고도 은행 문 여는 시간에 신경이 간다. '그래, 마음을 정하지 말고 마음이 흐르는 방향으로 행동하자.' 혼자 속으로 다짐하며, 신발을 신었다. 지갑에서 2만원을 꺼내어 아주머니에게 건넨다.

"아, 마 됐습니다. 이웃에 밥 한 끼 먹고 무슨 돈은, 나중 손님하고 오면 그 때나 주이소."

찬경의 잠바 주머니에 도로 넣어준다.

"밥집에서 밥값을 안 받으면, 무슨 돈으로 장사 하려고 그라요."

"아무나한테 장사합니꺼."

"아침부터 잘 먹었습니다."

고개를 숙여 부부에게 인사를 하고 땅을 쳐다보며 천천히 발걸음을 떼었다. 찬경이 1분 정도 걸었을까,

"교수님이 왜 오셨어예?"

하는 부인의 소리가 들렸다.

"글씨 나도 잘 모르겠네, 처음에 그 왜 말기암 환자 최씨하고 사는 여자 얘기 묻더마, 그래서 다 이야기 해줬더니 그 다음 아무 말 안 하더만. 그 참 무슨 일인지……."

꽤 멀리 왔는데도 부부 이야기가 가까이서 이야기하는 것처럼 들린다.

"두 사람 사이에 무슨 일 있었남?"

"무슨 일이 있었겠어? 처음으로 어제 서점에 들렸다람시러."

그러면서 이야기는 끊어졌다. 부인이 손님방으로 달려가는 **빠른** 발걸음 소리가 들렸다.

찬경은 집으로 돌아 와 우선 침대 방을 정리하고 커피포트에 커피를 다시 끓였다. 그리고 기타를 들었다. 찬경은 마음을 가라앉기 위해서 '아람브라의 궁전의 추억'을 켰다. 자신은 처음 이 곡이 너무 좋아 기타를 배우기 시작했다. 스페인에 갔을 때 가이드가 아람브라 궁전을 지었을 당시의 왕 이야기를 들려주었다. 그 이야기 때문에 아람브라 궁전이 더 좋아졌다. 그 왕이 좋아하는 세 가지가 있는데, 방에서도 들릴 수 있는 낮은 물 흐르는 소리와 두 번째는 여자들의 소곤거리는 소리, 세 번째는 여자들의 귀고리 찰랑거리는 소리, 또 왕이 제일 좋아했다는 방을 안내해 주었다. 방 아래 계곡이 보이며 아무 장식이 없는 베개 하나 달랑 놓여있었다. 찬경도 그 방을 모델로 2층을 꾸몄다. 베개 외에는 아무 것도 방에 두지 않았다. 전제 군주 시대 모든 것을 다 가질 수 있는 왕의 꿈이 그렇게 소박한 것이 너무 좋았다. 그 때 그 방이 생각날 때마다 아람브라 궁전의 추억을 키었다. 어제 저녁 그녀가 살았다는 계곡이 보이는 다락방 이야기를 했을 때 찬경은 숨이 멎을 듯 했다. 세대를 거쳐 똑같은 꿈을 꾸는 사람이 있구나 하는 생각 때문에. 그것 때문에 그녀에게 모든 것을 주고 싶다는 생각이 순간 스쳐지나 갔다. 차츰 마음이 가라앉기 시작한다. 찬경은 커피포트에 새벽에 끓인 커피를 따뤄 다시 아래층으로 내려가 어제 읽던 '산골나그네' 마지막 부분을 펼쳤다. 그때 엠블엠블하며 구급차 지나가는 소리가 들렸다.

"아 얼른 오게유."
똥끝이 마르는 듯이 계집은 사내의 손목을 접접히 잡아끈다. 병든 몸이라 끌리는 대로 뒤툭거리며 거지도 으슥한 산 저편으로 같이 사라진다. 수은빛 같은 물방울을 뿜으며 물결은 산벽에 부닥뜨린다. 어디선지 지정치 못할 늑대 소리는 이산 저산서 와글와글 굴러 내린다.

찬경이 '산골나그네'의 마지막 페이지를 덮자, 좀체 새재마을에서 들리지 않던 구급차의 낯선 소리 때문인지 동네 개들이 일제히 컹컹 컹컹 울부짖는다.

필자 소개

강헌국(姜憲國, Kang, Hunkook)
고려대학교 국어국문학과를 졸업하고 동 대학원 국어국문학과에서 석사학위와 박사학위를 받았다. 현재 고려대학교 국어국문학과 교수로 재직 중이다. 저서로『서사문법시론』,『활자들의 뒷면』이 있으며, 편저로『소나기, 별』이 있다. '강윤후'라는 필명으로 등단하여 시집「다시 쓸쓸한 날에」를 내기도 했다.

김근호(金勤浩, Kim, Keunho)
현재 전남대학교 국어교육과 교수. 1976년 경남 진주 출생. 서울대학교 국어교육과를 졸업하고, 동 대학원 국어교육과에서 석사학위와 박사학위를 받았다. 최근 발표한 논문으로「산업화시대 한국소설의 폭력 표상과 이웃 윤리」,「문학교육에서의 국민 형성을 위한 정전과 감정의 역학」,「소설가 구보씨의 산책과 불화 감정의 정치성」등이 있다.

김윤정(金阮訂, Kim, Younjung)
성신여자대학교 국어국문학과에서 학사, 이화여자대학교에서 석사, 박사학위를 받았다. 현재 이화여자대학교 국어국문학과에 재직 중이다. 저서로『박완서 소설의 젠더 의식 연구』, 공저로『디아스포라와 한국문학』,『전쟁기 문학담론과 집단기억의 재구성』이 있으며, 주요 논문으로는「박완서 소설〈그 남자네 집〉의 젠더 수행성과 장소」,「박완서 소설에 나타난 '남편'의 표상과 젠더 정치성 연구」,「식민지 근대의 문화번역과 신여성－나혜석을 중심으로」,「식민지 시대 慣習의 법제화와 문학의 젠더 정치성－이선희 소설을 중심으로」,「박완서 소설에 나타난 노년기 정체성의 위기와 문학적 대응」,「김훈의 역사소설에 나타난 역사 변용의 원리 연구」등이 있다.

박세현(朴南澈, Park, Namchul)
관동대 국어교육학과와 한양대 대학원 국문학과를 졸업했다. 같은 대학원에서「김유정 소설 연구」로 문학박사학위를 받았다. 1983년『문예중앙』여름호에「오랑캐꽃을 위하여」를 포함해 10편의 시를 발표하며 등단했다. 지은 책으로『꿈꾸지 않는 자의 행복』,『길찾기』,『오늘 문득 나를 바꾸고 싶다』,『정선 아리랑』,『치악산』,『본의아니게』등의 시집과 연구서『김유정의 소설세계』, 산문집『설렘』등이 있다.

송주현(宋周賢, Song, Juhyun)

이화여자대학교 국어국문학과 및 동대학원 졸업했다. 현재 한신대학교 교수로 재직 중이다. 지은 책으로『1960년대 한국현대소설의 유목민적 상상력』,『효과적인 의사소통과 창의적 말하기』등이 있다.

신정숙(申正淑, Shin, Jungsuk)

연세대학교 국어국문학과 석사, 박사를 졸업했다. 이후 근대문학사의 주요 작가 이광수, 김동리, 김유정, 대표적인 여성작가로 손꼽히는 박완서 등의 문학과 대중문화, 그리고 다양한 교수법에 대해 연구했다. 주요 논문으로는 「춘원과 에밀 졸라와의 대화」, 「김동리 문학관과 니체 예술관의 상호연관성 연구」, 「문학적 환상과 정치성의 구현」, 「발표·토론 동영상을 활용한 '거꾸로' 교수법의 교육 효과 사례 분석」 등이 있다. 연구 저서로는『김동리, 근대에 길을 묻다』,『한국 근대 예술과 육체』가 있다.

우한용(禹漢鎔, Woo, Hanyong)

전북대학교 교수 역임, 서울대학교 교수 역임, 현재 서울대학교 사범대학 명예교수로 있다. 소설가.『채만식 소설담론의 시학』,『한국 현대소설 담론연구』,『문학교육과 문화론』,『한국 근대문학교육사 연구』,『창작교육론』,『소설장르의 역동학』 등의 저서가 있고, 장편소설『생명의 노래』1·2,『시칠리아의 도마뱀』이 있다. 소설집으로『불바람』,『귀무덤』,『양들은 걸어서 하늘로 간다』,『멜랑꼴리아』,『초연기』,『호텔 몽골리아』,『도도니의 참나무』가 있다. 현재는 소설 창작에 주력하고 있다.

이덕화(李德和, Lee, Dukhwa)

연세대 박사, 평택대학교 명예교수이다. 한국여성문학학회, 한국문학연구학회 회장 역임, 현재 작가교수회 회장, 작가포럼 대표로 있다. 저서로는『김남천 연구』,『박경리와 최명희, 두 여성적 글쓰기』,『여성 문학에 나타난 근대체험과 타자의식』,『한말숙 작품에 나타난 타자윤리학』,『아시아적 신체와 혼종적 정체성』 등 다수가 있다.

이미림(李美林, Lee, Mirim)

숙명여자대학교 국어국문학과와 동 대학원을 졸업하고 문학박사학위를 받았다. 현재 강릉원주대학교 국어국문학과 교수이다. 월북작가소설, 여행소설, 다문화소설, 강원문학을 연구하고 있다. 저서로『월북작가소설연구』,『월북작가에 대한 재인식』,『우리 시대의 여행소설』,『한국현대소설의 떠남과 머묾』,『21세기 한국소설의 다문화와 이방인들』이 있으며 산문집으로『내 마음의 산책』,『내 안의 타자를 찾아서』,『책 읽어주는 여자』 등이 있다.

이태숙(李娬叔, Lee, Taesuk)
단국대학교 교육 교수로 재직 중이다. 우리 근대문학의 질적 규정성은 근대성에 대한 역사, 철학, 경제학적 근대성 규정과 연계되어 분석되어야 한다고 생각하며, 그에 따라 30년대 모더니즘을 문학과 사회과학적으로 연계하여 연구하고 있다. 저서로『문화와 섹슈얼리티』, 『근대의 수정구슬—근대여성과 문학』이 있으며, 논문으로「전혜린 문학과 풍경의 알레고리」,「황석영 성장소설에 나타난 '자아'와 '기억'의 공간」 등이 있다.

장수경(張壽慶, Jang, Sukyung)
충남대학교를 졸업했고, 고려대학교 국어국문학과에서 문학박사학위를 받았다. 2000년부터 아동문학가로 활동해왔고, 현재 목원대학교 교양교육원 교수로 재직하고 있다. 저서로『학원과 학원세대』(2013) 등이 있고, 창작동화로『오줌멀리싸기시합』(2000),『전교모범생』(2005),『피어라 못난이꽃』(2008) 등이 있다. 주요 논문으로「정념의 관점에서 본 김유정 소설의 미학」,「공감적 감수성 증진을 위한 문학교육」,「일제강점기 모성담론에 맞서는 위반의 포즈」,「옛이야기의 놀이성과 변신과 성장의 미학」,「해방후 방정환 전집과 강소천 전집의 존재양상」,「1960년대 아동문학전집의 문화적 상상력」 등이 있다.

전상국(全商國, Jeon, Sangguk)
경희대학교 국문학과와 동 대학원 국문과 졸업, 1963년 조선일보 신춘문예에 소설「동행」 당선으로 등단했다. 소설집으로『우상의 눈물』,『아베의 가족』,『온 생애의 한순간』,『남이섬』 외 다수가 있다. 현재 강원대학교 명예교수 및 김유정문학촌장을 맡고 있다.

조수진(曺壽珍, Cho, Sujin)
고려대학교 국어국문학과 석사과정에서 현대문학을 전공하고, 한국외국어대학교 국어국문학과 박사과정에서 외국어로서의 한국어교육을 전공했다. 성균관대학교 학부대학 초빙교수이며 한국외국어대학교, 고려대학교에 출강하고 있다. 저서로『외국인을 위한 문학 교육 방법』이 있다.